살인자에게

살인자에게

김선미 장편소설

연담Ⓛ

차례

작은아들 진웅

여름 미풍에 수많은 유등들이 일제히 흔들렸다. 한들거리는 유등 사이로 퍼지는 빛을 바라보다가 나도 모르게 눈을 비볐다.

"눈에 뭐 들어갔어?"

얼얼해진 눈으로 고개를 돌렸다. 눈을 비빈 탓에 초점이 맞지 않아서 윤곽밖에 알아볼 수 없었지만, 앞에 있는 사람이 민기라는 건 목소리로 알 수 있었다. 민기의 얼굴이 차츰 뚜렷해졌다. 까만 눈동자가 내 얼굴을 빤히 쳐다보고 있었다.

"괜찮아. 근데 너희 쪽은 벌써 다 설치한 거야?"

민기가 사다리 옆에 말아둔 철사를 발로 툭툭 건드렸다.

"다 하긴. 꼰대가 철사 부족하다고 가져오란다. 대체 이딴 축제

는 왜 해서 성가시게 만드는 거야? 이름도 촌스러워. 소원이 뭐
야."

소원 유등 축제는 우리 지역의 대표 관광상품이다. 소원등을
저수지에 띄운 사진이 SNS에 퍼지면서 알려졌다. 올해부터는 유
등 축제와 학교 예술제가 연계되면서 생태관찰로로 들어가는 진
입로 옆에 유등 터널이 추가로 만들어졌다. 터널 골조를 이룬 반
원형 파이프에 학생들의 작품을 전시하기로 한 것이다. 덕분에 키
가 큰 남학생들이 각 반에서 만든 유등 작품을 파이프 천장에 고
정하는 작업을 수행 중이었다.

"야! 내려오지 못해!"

체육 선생님이 지른 고함 뒤로 괴성이 실려 왔다. 몇몇 아이들이
전망대에서 노란 유등을 흔들며 내는 소리였다. 체육 선생님이 호
루라기를 불자 아이들은 오히려 전망대 꼭대기로 달아났다. 우왕
좌왕하던 아이들이 저수지 쪽 난간에 발을 걸치며 밑으로 뛰어내
리는 시늉을 했다. 그 모습을 바라보면서 민기가 실소를 내뱉었다.

"노란 탑으로 올라가면 도망갈 길이 있는 것도 아닌데 저길 왜
올라가."

일명 노란 탑으로 불리는 전망대는 생태관찰로가 끝나는 지점
에 세워져 있었다. 전망대 앞쪽으로 저수지가 펼쳐져 있어서 멀리
서 보면 전망대가 마치 풍차나 탑처럼 보였다. 그러나 가까이서
바라보면 전망대 난간마다 노란 유등을 둘러놓은, 녹슨 철골이 흉
한 낡은 구조물일 뿐이었다.

"안마! 뭐 하고 자빠졌어? 빨리 가지고 와."

이번엔 담임이 민기를 향해 소리를 질렀다. 민기가 알겠다는 의미로 손을 들어올리며 "저 꼰대를, 확!" 하고 입엣말을 했다. 두 줌 정도의 철사를 챙긴 민기가 직접 철사를 길게 한 줄 잘라선 양 끝을 둥글게 말았다. 그러곤 내 어깨를 툭 친 뒤에 담임한테로 달려갔다.

나는 공구함에 니퍼를 넣어두고 사다리로 올라가 유등 고리에 철사를 감았다. 이미 매달아놓은 유등들의 거리를 가늠하면서 반대쪽 철사를 파이프에 고정하고 있는데 반장이 사다리 밑에서 말을 걸었다.

"유진웅! 오늘 조퇴해?"

올려다보는 각도 때문인지 반장이 나를 노려보는 것처럼 보였다. 나는 유등이 단단히 고정된 건지 움직여보면서 대답했다.

"할머니가 하래. 이거 끝나면 바로 가봐야 할 것 같아."

"물고기 유등은 다 만들었어? 오늘까지 마무리해 준댔잖아."

"어쩌지. 아직 다 못 했어. 미안해."

"아직도? 아 씨! 너 때문에 한희 선배한테 핑계대야 하잖아."

반장은 유등 축제 준비위원이었다. 준비위원은 팀을 나눠 축제 주제에 맞춘 대형 유등을 만들어야 했다. 올해의 주제는 과거였다. 반장이 속한 팀은 세로형 돛을 단 돛단배 유등을 만들었다. 사공 두 명이 양 끝에 서서 노를 젓는 모습이 꽤 사실적으로 표현된 작품이었다. 노란색 조명이 눈에 더 잘 띄도록 한지도 난색 계열로만 썼다고 들었다.

완성된 돛단배를 수평형 받침대에 고정해둔 것이 그제 밤. 학교 대표인 준비위원장이 돛단배를 보고 주변이 허전하다며 물고기 유등을 세워두라고 지시했다고 한다. 물고기 유등은 등지느러미와 꼬리지느러미의 곡선이 부드럽게 이어지도록 한 뒤에 배지느러미에 두꺼운 고정쇠를 엮어 한지를 붙여야 하기에 세심함이 필요했다. 그런 탓에 손재주가 없는 반장이 물고기 유등을 대신 만들어달라고 부탁해온 것이 어제 낮이었다.

"진웅이한테 엎드려 빌면서 만들어달라고 사정해도 시원찮을 판국에 지금 짜증내는 거냐?"

어느새 돌아온 민기가 핀잔을 놓으며 반장의 어깨에 팔을 둘렀다. 몸이 다부진 민기가 팔을 두르자 반장의 체구가 더욱 왜소해 보였다.

"아니, 짜증을 내는 게 아니고…… 진웅이가 맡은 일이 중요해서 그렇지."

"내 말이 그 말이야. 네가 도와달라고 한 처지에 짜증내면 안 되지 않냐?"

반장의 어깨에 팔을 올린 채로 민기가 손에 쥐고 있던 긴 철사를 빙글빙글 돌렸다. 조금 전만 해도 끝을 말아두어 뭉툭했는데 언제 폈는지 철사 끝이 뾰족했다. 코앞에서 철사가 스치듯 돌아가자 반장이 고개를 움츠렸다.

"물고기 골격은 잡아놨으니까 이제 한지만 붙이면 돼. 내일 아침에는 넘겨줄 수 있을 거야."

"진짜?"

반장이 반색하자 민기가 둘렀던 팔을 풀면서 한숨을 쉬었다.

"어휴! 하여간 착해빠져선. 그냥 해주지 마. 이 새끼 뭐가 이쁘다고. 일주일간 네 꼬붕이라도 하라고 해."

반장이 눈을 내리깔고 다른 곳을 보는 척했다. 나는 유등이 제대로 고정되었는지 한번 더 확인한 뒤에 사다리에서 내려왔다. 유등 설치를 마무리한 반 아이들은 공구를 정리하느라고 부산스럽게 이동하고 있었다. 민기가 휘파람을 불며 날 돌려세우더니 교복 셔츠에 묻은 먼지를 털어주었다.

"근데 조퇴는 왜 하는 거야? 집에 무슨 일 있어?"

반장의 말에 휘파람 소리가 갑자기 뚝 끊겼다. 민기가 콧잔등에 주름이 잡힐 만큼 이를 드러내며 반장을 노려보았다.

"반장이라고 봐줬더니 끝도 없이 기어오르네. 네가 뭔데 진웅이 조퇴 사유까지 알려고 해. 제대로 한번 밟혀야지 정신 차리지?"

"난 그냥 진웅이가 지금까지 조퇴한 적이 없으니까 무슨 일이 생겼나 걱정돼서……."

"걱정? 언제부터 네가 진웅이를 걱정했다고? 진웅이한테 일등 뺏길까 봐 네 성적 걱정이나 하겠지. 근데 네 머리로는 진웅이 못이겨. 절대. 그. 건. 너. 도. 알. 잖. 아."

민기가 말을 툭툭 끊으며 그때마다 철사로 어깨를 찌르자 반장이 찔리는 수만큼 뒷걸음질을 쳤다.

"너랑 상관없는 일은 신경 *끄고*, 얼른 *꺼져*."

뭘 잘못한 건지 모르겠다는 표정으로 나를 보던 반장은 민기가 인상을 한번 더 쓰자 군소리 없이 자리를 떠났다. 반장이 억울해하는 것도 당연했다. 민기는 내가 곤란해질까 봐 평소보다 과하게 화를 냈다. 조퇴 사유를 말해주는 건 덫이 어디에 놓여 있는지 뻔히 알면서도 밟는 행동이라고 생각했을 것이다.

그러나 민기는 몰랐다. 우리 아버지가 교도소에서 돌아오는 것쯤 아무렇지 않게 여겨주는 편이 더 위안이 된다는 걸.

공공연한 비밀이지만, 내게는 일가족을 죽이려고 한 아버지가 있다. 사업 실패를 비관해서 가족을, 그러니까 나와 엄마와 형을 모두 죽이려고 했다. 세상엔 때론 그런 일도 일어나는 법이다. 피를 나눈 가족이 가족을 살해하는 일 같은 거 말이다.

일이 제대로 전개됐다면 다음 날 인터넷 기사에는 '빚 독촉에 시달린 일가족 동반자살'이라는 헤드라인이 떴을지도 모른다. 그러나 일은 아버지가 원하는 대로 풀리지 않았다.

아버지가 휘두른 칼에 엄마는 죽었지만, 형은 죽지 않았다. 형은 아버지가 칼을 들고 달려들자 맨손으로 칼날을 잡았다. 형의 오른손목을 타고 붉은 피가 흘러내렸다. 아마도 아버지는 당황했을 것이다. 형이 반항할 줄 몰랐을 테니까. 가장이 모든 일을 결정하면 나머지 가족들이 두말없이 그를 따르는 세상에서 자라온 세대였으니까. 그래서 핏방울이 툭툭 바닥으로 떨어지는 동안 어찌할 바를 모르던 아버지는 다음 행동을 취하지 못했고, 형은 취했다. 형은 칼에 들어간 힘이 약해진 틈을 타 아버지를 밀어 넘어뜨리고 현관문 밖으로 도망쳤다. 그때 형은 열다섯 살이었다.

아내를 죽인 흥분과 아들의 반항이 일으킨 분노가 뒤엉켜 아버지는 제정신이 아니었다. 아버지는 나를 내버려둔 채 맨발로 형을 쫓아나갔다. 아마도 일곱 살짜리 어린애쯤은 나중에 처리해도 된다고 판단했는지도 모른다.

그러나 일곱 살은 아무것도 모르는 나이가 아니다. 나는 본능적으로 무언가 잘못됐다는 기미를 알아차렸고, 아버지가 형을 쫓아나간 사이에 안방 침대 밑으로 숨었다. 기어들어 간 좁은 침대 밑에서 두 팔을 괴지도 못하고 얼굴을 바닥에 댄 채 숨죽이고 있었다. 코밑 바로 아래까지 엄마 몸에서 쏟아진 피가 흘러왔다. 그때 나는 분명 어떤 생각을 했을 텐데 아무리 되짚어 봐도 도무지 기억이 나지 않는다.

나중에 들은 얘기로는 아버지가 돌아왔을 때까지 엄마는 살아 있었다고 한다. 아버지가 형을 붙잡지 못하고 성이 난 채로 돌아오면서 울렸을 발소리와 엄마가 숨이 끊어지기 직전까지 내뱉었을 신음을 들었던 것도 같고, 아닌 것도 같다. 침대 밑에 엎드린 채 코끝에서 진동하는 비릿한 피 냄새를 삼십 분이 넘도록 맡다 보면 그 뒤의 일들은 모호해지기 마련이다. 그래서 아버지가 집으로 돌아와 나를 불렀을 때 나는 대답하지 않았다. 그 목소리는 구연동화에서 들었던 늑대의 목소리였다. 나는 나를 부르는 남자가 나의 아버지라는 사실을 의심하기로 했다. 늑대에게 붙잡히면 꼼짝없이 잡아먹힌다는 것쯤은 이미 알고 있었으니까.

대답이 돌아오지 않자 아버지는 쓰러져 있는 엄마 앞에 무릎을 꿇더니 엄마의 손을 잡고 뭔가를 중얼거렸다. 그러곤 자신의 아랫배에 칼을 찔러넣었다. 엄마 옆으로 쓰러진 아버지가 배를 잡고 꿈틀거렸다. 고개를 조금만 돌려도 나와 눈이 마주칠 수 있는 위치였다. 아버지가 핏물을 휘저으며 기어와 나를 잡아챌까 봐 겁이 나서 눈을 꽉 감았다.

한참 뒤에 경찰차의 사이렌 소리, 사람들의 웅성거림, 신발 밑 창이 거실 바닥을 비벼대는 소리가 뒤섞여 들려왔다. 누군가 "여 기 아이가 있다." 하고 소리쳤다. 곧바로 내 등에 닿아 있던 침대 가 들어올려졌다.

"얘야! 괜찮니?"

그제야 눈을 살며시 뜨고 앞을 봤다. 안방 문 앞에 쓰러져 있던 아버지는 사라졌고, 엄마는 여전히 몸을 문지방에 걸친 채 누워 있었다.

"얘야! 괜찮아?"

경찰이 다시 물었다. 나는 털끝조차 다치지 않았지만 어렸다. 괜찮은 것이 무엇인지 반대로 괜찮지 않은 것은 또 무엇인지 알 수 없었다.

경찰이 날 안기 위해 손을 뻗어왔다. 안기는 도중에 바닥을 짚 었는데 손바닥에 끈끈한 피가 잔뜩 묻었다. 손금을 덮을 만큼 진 하고 꾸덕꾸덕한 붉은 피. 엄마 몸에서 쏟아져나온 붉은 피가 사 방으로 흘러가 있었다. 카메라를 든 경찰이 이리저리 움직이며 엄 마를 촬영했다.

"엄마를 왜 찍어요?"

당황한 기색이 역력한 경찰이 부랴부랴 내 눈을 가리고 날 안 아 어딘가로 옮겼다. 그동안 나는 손바닥이 끈적거린다는 생각만 했다.

여러 사람을 정신없이 거친 후에 돌아보니 어느새 형이 날 안고 있었다. 형은 오른손에 붕대를 감은 채였다.

"형!"

형은 자신을 부르는 소리를 들었을 텐데도 허공을 바라보고만 있었다. 끈질기게 몇 번 더 부른 뒤에야 형이 날 내려다봤다. 껍데기만 남은 것 같은 눈동자를 본 건 그때가 처음이다. 형의 눈에는 아무 감정도 실려 있지 않았고 그 자체로 텅 비어 있었다.

"엄마는 어디 있어?"

형은 대답할 마음이 없는 듯 입술을 잘근잘근 씹었다. 엄마를 만나서 빨리 찐득거리는 손을 씻겨달라고 해야 하는데 엄마는 대체 어디 간 거야? 아직도 사진을 찍고 있나? 왜 그랬는지 모르겠지만 그때 나는 피가 굳은 손바닥을 마주치면서 그런 생각을 하고 있었다. 엄마는 살아 있다고. 비록 피를 많이 흘렸지만 분명 살아 있다고. 살아 있지 않을 리가 없다고. 내가 그런 생각을 하는 동안에 형의 입술은 기어이 터져서 피가 조금씩 배어 나오기 시작했다. 그런데도 형은 계속 입술을 씹고 있었다. 입술을 깨물어 말을 아예 없애버리려는 사람처럼.

"형!"

"엄마는 이제 없어."

그게 다였다. 형은 더는 묻는 것을 용납하지 않겠다는 듯 입술을 꽉 깨문 채 눈을 감았다. 형의 양 볼을 타고 눈물이 끊임없이 흘러내리고 있었다. 나는 그 말이 엄마가 죽었다는 뜻이라는 걸 눈치로 알게 되었다. 하지만 엄마가 죽었다는 사실을 알았다고 눈물이 나지도 않았다. 이상하지만, 그후로 나는 단 한 번도 울지 않았다. 엄마의 장례식을 치를 때도 마찬가지였다.

다만 엄마가 죽은 지 한 달쯤 지난 어느 날부터 엄마의 죽음을 매번 다른 형태로 기억해내곤 했다. 엄마가 죽는 순간을 두 눈으로 직접 목격했음에도 불구하고 병이나 교통사고로 돌아가신 것 같은 비틀린 기분이 들었다. 엄마는 강에서 익사했고, 화재 사고로 불에 타 죽었으며 때론 굶어 죽거나 아버지가 아닌 다른 사람에 의해 살해당했다. 세상의 모든 죽음은 엄마의 죽음으로 이어졌기에 내게 죽음은 그저 어둡고 끈적끈적한 무엇 같았다. 이를테면, 여름의 밤. 그래, 밤! 어쩌면 죽음은 내게 매일 오고 마는 밤일지도 모른다. 피하고 싶어도 피할 수 없고 돌이키고 싶어도 돌이킬 수 없는 밤.

누구에게나 오고야 마는 밤이지만 그 밤에 아버지는 소속되지 못했다. 아버지의 자살기도는 실패로 끝났다. 아버지는 응급실로 실려갔고 살아났다. 병원에서 퇴원한 아버지는 아내를 계획적으로 살해하고 아들에게 상해를 입힌 가족 살해범으로 전락한 뒤, 수감됐다.

아버지는 왜 다 같이 죽으려고 했을까. 가장으로서 책임감이 강해서? 아니면 가족은 운명 공동체니까? 그도 아니면 가족을 지켜줄 제도가 없다고 여긴 건가? 나는 잘 모르겠다. 일가족 동반자살을 시도할 만큼 아버지는 벼랑 끝에 있었을 거라고, 민기는 말했다.

그러나 민기는 잘못 알고 있다. 동반자살이 아니다. 동반자살이라는 말은 모든 가족이 동의해서 함께 죽음을 택했을 때만 사용하는 것이다. 나는 죽음에 동의한 적이 없다. 그건 엄마도, 형도 마찬가지였다. 우리는 대항할 힘도 없는 상태에서 아버지가 정한 목적에 의해 강제로 희생당한 것이다. 그렇기에 동반자살이라고 말하면 안 된다.

십 년 동안 아버지는 면회를 거부해왔다. 아주 어릴 적에 할머니를 따라서 아버지를 만나러 간 적이 있는데 면회소로 들어서던 아버지가 나를 보자마자 문밖으로 나가 순식간에 모습을 감춰버렸다. 마치 내 코앞에서 문이 세차게 닫힌 듯한 빈틈없는 거부였다. 그게 아버지의 마지막 모습이다. 십 년 만에 출소하는 오늘 이전까지는.

"드디어 만나네?"

민기에게 그렇다고 대답해주려다가 반원형 파이프로 시선을 옮겼다.

이제 아버지를 만나는 거야.

유등이 불안하게 흔들리고 있었다.

*

우리집은 유등 축제장에서 그리 멀지 않은 언덕에 자리잡고 있다. 시력이 좋은 사람이 우리집에서 유등 축제장을 바라보면 전망대 꼭대기에 사람이 있는지 없는지 알 수 있을 만큼 가까운 거리라고 보면 된다.

집은 세 개의 방이 나란히 붙어 있고 일자형의 긴 마루를 통해 이동하는 구조이다. 부엌은 대문 옆에, 욕실은 안마당 끝에 외따로 떨어져 있다. 아버지가 한창 사업가로 승승장구하던 때에 혼자 사는 노인은 몸조심해야 한다면서 개축을 시도한 적이 있는데, 그때 할머니가 몇 년이나 더 산다고 그러냐며 반대하는 바람에 부엌과 욕실이 따로 증축되는 선에서 공사가 마무리되었다고 한다. 그 탓에 부엌과 욕실은 마루에서 내려와 신발을 신고 몇 걸음 걸은 뒤 다시 신발을 벗고 들어가야 하는 형태가 되고 말았다.

나는 대문으로 들어서자마자 부엌으로 가서 할머니를 찾았다. 할머니는 개수대에서 당근을 씻고 있었다. 나를 본 할머니의 눈빛이 한순간 빛났다가 사그라졌다. 아직 아무도 도착하지 않았다는 걸 그 눈빛만으로도 알 수 있었다.

교복을 걸어두고 편한 옷으로 갈아입은 뒤에 방청소를 했다. 욕실을 정리하고, 가스레인지 주변에 튄 기름 자국을 닦고, 마룻바닥을 걸레로 훔치고 있는데 아버지가 안마당으로 쭈뼛대며 들어섰다. 아버지는 단정한 차림에 이발도 한 모습이었다. 그런데도 금방이라도 바람에 날아갈 것 같은 마른풀처럼 보였다.

"……네가 진웅이냐?"

쇠가 갈리는 것 같은 탁한 음성이 아버지의 성대에서 울려 나왔다. 지난 며칠 동안 아버지를 만나면 어떻게 인사를 해야 하나 고민해왔건만 막상 닥치자 고개를 끄덕이는 것조차 할 수 없었다.

아버지의 목소리를 들은 할머니가 슬리퍼도 제대로 신지 않고선 부엌에서 뛰어나왔다. 아버지에게 매달리다시피 한 할머니가 아버지의 여윈 뺨을 어루만졌다.

"고생했네. 고생했어."

아버지는 환대가 영 어색한지 할머니를 안아주지도 못하고 엉거주춤하게 서 있기만 했다. 할머니가 앞치마로 눈을 훔치면서 부엌으로 들어갔다. 나는 그제야 마루에서 내려와 아버지의 가방이라도 들어드려야 하는 건지 망설이고 있었다. 아버지는 등을 돌린 채 부엌만 바라봤다. 일부러 내가 있는 쪽을 보지 않는 것 같아서 가방을 향해 선뜻 손을 뻗을 수가 없었다. 부엌에서 나온 할머니가 흰 두부를 손으로 떠서 입에 가져다 대자 아버지가 머뭇대면서 받아먹었다. 할머니가 두부를 한 움큼 떠서 두 번 더 아버지에게 먹였다.

"이제 됐어요."

아버지가 잔기침을 터뜨리며 입을 가렸다. 할머니가 아쉬운 듯 접시를 부엌에 두고 와선 아버지의 가방을 들어주었다. 그러곤 여태껏 이것도 들어주지 않고 뭘 하고 있었냐는 눈빛으로 날 쳐다봤다. 무안해져 얼굴이 달아올랐다.

"아버지한테 인사드렸니?"

"아직……."

"어서 인사드려라."

나는 허리를 접고 허둥지둥 인사했다. 아버지라는 단어를 뱉어내려고 했지만 혀끝에서 맴돌 뿐 말은 나오질 않았다. 고개를 들자 아버지의 얼굴 역시 붉게 달아올라 있었다.

할머니는 마루에 가방을 내려놓고 아버지에게 뭘 타고 왔는지,

점심은 먹었는지, 무얼 먹었는지를 물었다. 아버지가 헛소리를 내며 대답하는 동안에 나는 낡고 더러운 아버지의 헝겊 가방을 바라보았다. 가방의 내력을 읽어내면 아버지를 해석할 수 있는 단서가 어딘가에서 툭 튀어나올 것만 같았지만 때에 전 가방에서 내가 찾아낼 수 있는 정보는 없었다.

아버지와 이런저런 말들을 주고받던 할머니가 날 슬쩍 쳐다보곤 심부름을 시켰다. 아버지가 들어선 순간부터 흐름이 바뀐 공기가 무거웠던 차였기에 나는 순순히 집을 나섰다. 대문을 나서는 것만으로 가슴을 조이던 끈이 풀린 기분이었다. 아버지는 내가 상상하던 모습이기도 했고, 아니기도 했다. 늑대는 죽었으려나. 죽은 것처럼 위장하고 아직 숨어 있을지도 모른다는 생각이 들자 풀렸던 긴장이 다시 팽팽해졌다.

언덕을 내려와 큰길로 들어서자 유등 축제장으로 들어가는지 말 모형의 유등을 실은 트럭 한 대가 빠르게 지나갔다. 곧이어 오토바이를 탄 젊은 남자들 무리가 내 옆을 지나쳐 가면서 경적을 울렸다. 축제 기간에 마을 사람들은 평소보다 예민해졌다. 아버지가 그 날 선 활기를 단번에 꺼뜨릴 수 있을 만큼 어떤 영향력을 행사할지 지금으로선 알 수 없었지만, 왠지 모든 걸 태워버릴 불길한 일이 생길 것만 같아서 불안했다.

어쩌면 그 불씨는 형이 만들어낼지도 모른다. 형 역시 오랜만에 집으로 내려오기로 했다. 서울로 떠난 지 십 년 만에. 형이 그동안 집으로 한 번도 내려오지 못한 건 아버지 때문이 아니었다. 다른 이유가 있었다.

형이 이곳을 떠난 건 우리가 할머니 집에 맡겨진 지 세 달이 지난 후였다. 아버지가 응급실에서 깨어나기도 전에 할머니의 손을 잡고 시골로 내려온 우리는 모든 일에 서툴렀다. 서툰 만큼 편견에 제대로 대처하는 방법도 알지 못했다. 저수지에서 일어난 사건에 형이 휘말린 것도 그 때문이다.

저수지에 여자애가 빠져 죽은 사건은 사고사로 결론났지만, 마을 사람들은 쉽게 수긍하지 않았다. 마을이 생긴 이래로 단 한 번도 없었던 의문의 죽음이 우리가 내려온 직후 발생했다며 모두 미심쩍어했다. 아버지가 살인을 저질렀으니까 그 자식도 누군가를 죽일 수 있을 거라고 수군거리는 목소리가 어디서든 들려왔다.

'그 집안은 더러운 피를 타고난 거야.'

험담과 욕설과 그보다 더한 말들이 우리의 가슴 위로 차곡차곡 더해져 갔다. 시간이 지나도 형이 여자애를 죽인 범인이라는 소문은 사그라지지 않았다. 형의 눈빛이 점점 서늘해졌다. 서울로 떠나는 게 어떻겠냐는 권유를 듣자마자 형은 바로 짐을 쌌다.

형이 집을 떠나던 날, 나는 앞으로 내 본심을 감추고 살아가야 한다는 사실을 깨달았다. 순진하고 착한 아이를 연기하지 않으면 살아남을 수 없다는 걸 알아차린 것이다. 형처럼 나도 쫓겨날 순 없는 노릇이니까.

그후로 나는 착한 아이로 살았다. 어렵지는 않았다. 단지 가끔 외로웠다. 비를 맞으며 집으로 돌아가던 길에 주변을 둘러보거나, 새벽에 깨어나 차가운 이불을 여밀 때마다 형의 체온이 그리웠다. 그런 감정들을 뭐라고 부르면 좋을까. 사람이 보고 싶은 게 아니라 따뜻함을 갈구하는 마음들을 말이다. 일기에도 쓸 수 없는 하루하루를 보내면서 스스로를 끌어안아보는 쓸쓸함을 어떻게 설명해야 할지 모르겠다.

나는 아직도 어렸고, 남겨진다는 것의 의미를 몰랐다. 서울로 떠밀린 형이 한 번도 연락을 해오지 않는 이유를 알지 못한 채 형이 나를 돌아봐주길 기다리며 살았다. 그토록 기다려온 형이 마침내 돌아와 마루에 앉아 있는 걸 보면서도 초조해지는 건 아직도 마을이 형의 과거를 덮지 않았기 때문이었다.

"형!"

십 년이라는 시간 동안 형은 소년에서 멋진 청년이 되어 있었다. 키가 더 컸고 눈빛은 서늘함이 깊어졌다. 성큼성큼 다가온 형이 내 머리를 쓰다듬었다. 어릴 때로 되돌아간 것 같은 간지러운 느낌이 좋아서 웃음이 저절로 나왔다. 형은 나를 따라서 입꼬리를 올렸지만 실상 눈은 웃고 있지 않았다. 나를 쓰다듬던 순간에도 눈동자는 끊임없이 주변을 탐색하고 있었다. 아버지를 만나지 못해 불안한 것인지, 아니면 만날까 봐 경계하는 것인지 알 수 없었다. 그걸 물어볼 정도로 나는 어리석지 않았다.

형과 안부를 주고받고 내 방으로 형의 캐리어 가방을 옮기려는데 대문에서 기척이 났다. 돌아보니 바깥마당에서 뽑은 파를 들고 할머니가 들어서는 중이었다.

"가만있어봐라. 둘이서만 붙어 지내지 말고 방은 따로 쓰는 게 좋겠다. 진혁이는 바깥방을 쓰도록 하고 진웅이는 아버지랑 같이 가운뎃방을 쓰거라."

몇 번의 끈덕진 전화 끝에 할머니는 결국 형에게 집으로 내려오겠다는 말을 받아냈다. 사흘만 지내다 갈 거라는 단서가 붙었지만 그만큼도 형으로서는 엄청 커다란 양보를 한 셈이었다. 그런 형에게 할머니는 어째서 냉정하게 구시는 걸까. 또 난데없이 아버지와 방을 함께 쓰라니. 갑작스러운 제안에 나는 물론 형마저 난처해지고 말았다.

　"할머니! 가운뎃방은 제가 쓰기 전에 원래 형 방이었잖아요."

　"원래 형 방이라니? 거긴 원래 네 애비 방이었어."

　할머니가 평소와 다르게 언성을 높였다. 형의 눈초리도 다시 매서워지고 있었다. 말대꾸를 더 하면 분위기가 한층 험악해질 것 같아서 방법을 고민하고 있는데 형이 내 손에서 캐리어 가방을 가져가더니 다른 손으로 내 손을 꽉 잡았다.

　"오랜만에 만났으니까 형이랑 얘기도 나눌 겸 바깥방에서 같이 지내자."

　어떻게 대답해야 할지 망설이는 사이, 할머니와 형의 말싸움이 시작됐다.

　"둘이 같은 방 쓰지 말라니까 그러네."

　"그럼 살인자하고 애를 같은 방에 둬요? 무슨 일이 일어날 줄 알고."

　"지 애비한테 살인자가 뭐야, 살인자가!"

　"그럼 그 사람이 우리 엄마 안 죽였어요?"

　"저, 저, 저……."

　할머니가 말을 잇지 못하는 틈에 형이 바깥방 문을 열어젖혔다. 할머니의 거친 숨소리가 방 안까지 들려오는 것 같았다. 형은 관심 목록에서 이미 할머니를 지웠다는 듯 담담한 표정으로 방을 한번 휘돌아보았다. 치운다고 치웠는데도 워낙 잡동사니가 많이 쌓여 있는 탓에 방은 너저분했다.

"지저분하지?"

"내 자취방보다는 깨끗해. 신경쓰지 마."

형이 캐리어 가방을 열었다. 접어둔 옷들은 얼핏 보아도 디자인이 세련돼 보였다. 일하는 곳에서 받은 것들이라고 말하며 형이 갈아입을 옷을 꺼냈다. 셀 수도 없이 많은 검은 문신들이 팔뚝을 넘어 가슴과 등허리까지 새겨져 있었다. 문신은 여덟 자리의 숫자들이었다. 같은 숫자가 반복되고 있는 것으로 보아 특정한 날짜인 것 같다고 생각하는 순간, 갈라진 땅 사이로 쑥 빠진 것처럼 공포감이 엄습해왔다.

'그 사람은 아버지가 아니야. 나는 그 남자를 죽일 수도 있어.'

형은 서울로 떠나가기 전날 내게 그렇게 말했다.

나와 이곳에서 지내는 동안 형은 이런저런 이야기를 많이 들려주었지만 아버지를 죽이겠다는 말은 그날 단 한 번 말한 것이 다였다. 하지만 그 말은 오랜 시간이 지난 뒤에도, 조금도 축나지 않은 채 어딘가 숨어 있다가 예상치 못한 순간에 불쑥 튀어나오곤 했다. 아이스크림을 먹거나 바람이 불어오는 반대쪽으로 산책을 나가거나 양치질을 하던 순간에 아주 불쑥. 그럴 때마다 나는 형이 정말 그렇게 할지도 모르겠다고 생각했다. 바로 지금처럼.

나는 숨이 막히는 듯해 방문을 열고 허둥지둥 밖으로 나왔다.

형이 온몸에 새긴 날짜가 어떤 의미인지를 알기에 무서워졌다. 형은 아버지를 아직도 용서하지 못한 것이다. 그 말은 일기에 쓰지 못할 또 다른 하루가 이미 시작되었다는 걸 뜻했다.

*

가족이 다 함께 안방에서 첫 식사를 하자고 제안한 건 할머니였다. 양옆에 앉은 사람과 무릎을 맞대다보면 한번 더 서로 돌아볼 거라면서 그리하자고 했다. 우리 가족의 상황을 고려한다면 좋은 의견이 아니라고 생각했지만 할머니의 기분이 상할까 봐 내색하지 않았다.

그런데 막상 안방에 밥상을 부려놓고 보니 부엌이 아닌 건 어쩌면 형을 위한 배려가 아니었을까 하는 생각이 들었다. 부엌에는 칼이 있고, 형은 아버지가 휘두른 칼에 베인 적이 있으니까. 한 공간에 형과 아버지와 칼이 같이 있는 건 바람직하지 않다고 할머니는 판단했는지도 모른다.

어떤 이유였건 상 앞에 모두 둘러앉으니 할머니의 의도대로 무릎이 닿을 만큼 서로 거리가 가까웠다. 다만 무릎이 부딪히면 재빨리 다리를 오므리며 고개를 돌린 탓에 점점 분위기가 어색해졌다. 겨우 이어지던 대화마저 끊기자 오랜 시간을 건너온 상처들이 금방이라도 벽을 뚫고 튀어나올 것만 같았다.

나는 입맛이 없었다. 할머니를 도와서 반찬을 준비할 때 음식 냄새를 잔뜩 맡아 이미 배가 부른 것처럼 느껴졌다. 그러나 그런

27

티를 내지 않고 말없이 밥을 먹었다. 사방에 먹물이라도 풀어놓은 것 같은 묵직한 분위기 속에서 오로지 아버지가 밥을 먹는 소리만이 들려왔다. 아버지는 며칠 굶은 사람처럼 먹었다. 할머니가 반찬을 얹어주면 사양하는 법 없이 주는 대로 모두 입에 욱여넣었다. 반면에 형은 밥을 깨작거렸다. 직접적인 감정 표현을 하진 않았지만 순간순간 미간에 잡히는 주름으로 보아 불쾌함을 억지로 참고 있는 것 같았다.

"저는 그만 먹을게요."

형이 반도 먹지 않은 밥을 남기고 자리에서 일어났다.

"왜 더 먹지 않고?"

할머니가 붙잡았지만, 형은 아버지 쪽을 보지 않으려고 애쓰면서 배가 부르다며 밖으로 나갔다. 그 몸짓이 아버지 때문에 먹지 않는 거라는 걸 대신 설명하고 있었다. 형이 나가고 난 뒤에 방 분위기는 더욱 가라앉았다.

겨우겨우 식사를 마치고 여덟 시 뉴스가 시작될 때 밥상을 들고 안방에서 나왔다. 문을 잡아준 할머니가 부엌까지 따라 나와선 뜬금없이 양푼에 달걀을 풀기 시작했다. 나는 남은 반찬을 플라스틱 통으로 옮겨 담으면서 그 모습을 흘깃거렸다. 가위로 알끈을 잘라내던 할머니가 짐짓 무심하게 말을 붙여왔다.

"네 형은 그 방에서 지낼 만할 것 같니?"

형의 안부를 묻고 싶어서 달걀까지 푸시는 건가. 직선적인 할머니가 어째서 수고스러운 일까지 일부러 만들어가며 이러시는 건지 이해되지 않았지만 되도록 근심을 덜어드리고 싶었다.

"아주 잘 지낼 것 같아요. 자취방보다 좋대요."

"형 있는 동안 할미하고 안방에서 지낼래?"

"왜요?"

"왜긴 왜야. 오랜만에 손주랑 같이 자겠다는데, 이유가 꼭 필요하니?"

낮에 방 문제로 실랑이를 벌였던 게 떠올랐다. 난처해서 머뭇댔더니 할머니가 가위를 내려놓고 한숨을 쉬었다.

"할미가 괜한 걸 물었구나. 오랜만에 만났으니까 같이 있고 싶겠지. 오죽 그리워했니. 네 뜻대로 해라. 있는 동안에 별일이야 있겠니……."

"무슨 일이요?"

"아니다, 아무것도."

석연치 않은 표정의 할머니가 양푼을 식탁 위에 그대로 올려두고 부엌을 나갔다. 뭘 염려하시는 걸까. 아버지와 형 사이에 일이 생길까 걱정하는 눈치는 아닌데. 양푼에 랩을 씌워 냉장고에 넣어두면서 유추해봐도 떠오르는 재료는 없었다.

부엌 불을 끄고 나오는데 아버지가 안방에서 급히 빠져나와 슬리퍼도 신지 못한 채 욕실로 뛰어들어가는 게 보였다. 구역질하는 소리가 한 번 난 뒤, 샤워기를 틀었는지 물 흐르는 소리가 뒤이어서 났다. 아마도 오랜만에 맛본 기름진 음식이 배 속에서 부대낀 모양이었다. 샤워하는 척하며 변기를 끌어안고 구토하는 아버지를 마을 사람들이 본다면 뭐라고 말할까. 살인자가 토할 만큼 먹느냐며 고개를 흔들까. 가지가지 한다면서 욕을 할까. 잘 모르겠다. 지금 내가 보고 있는 아버지는 적어도 욕실에서만큼은 살인자가 아니었다. 그저 엄마가 해준 음식을 다 먹어야 한다는 강박관념에 사로잡혀 있던 아들일 뿐이었다. 그런 인과관계를 마을 사람들이 이해할 수 있으면 좋을 텐데. 아니면 최소한 형만이라도.

나는 슬리퍼를 가져다가 화장실 앞에 가지런히 놓아두었다. 아버지가 화장실에서 나왔을 때 맨발로 걷지 않도록. 맨발로 다니는 건 십 년 전 그날이면 충분했다.

"유진웅!"

이름을 부르는 소리에 돌아보니 뜻밖에도 대문 앞에 반장이 서 있었다. 설마 왜 조퇴한 건지 알아보려고 온 건가. 순간적으로 그런 의문이 들었지만 노란 티셔츠와 청색 반바지 차림인 것으로 보아 학교에서 곧장 우리집으로 온 건 아닌 듯했다. 반장이 안경을 만지작거리면서 집안을 훑고 있었다.

"여긴 어쩐 일이야?"

"왜 폰 안 받아? 내가 전화를 몇 번이나 했는지 알아?"

"전화했었어? 미안해. 몰랐어. 핸드폰을 진동으로 해놓고선 방에 뒀네."

"일부러 안 받은 건 아니고?"

"아니야. 일부러 안 받을 이유가 없잖아."

"민기 전화였으면 받았겠지."

"정말 몰랐어. 근데 무슨 일인데 집까지 온 건데?"

"아 씨, 그니까 네가 폰을 안 받아서 내가 여기까지 온 거잖아."

반장이 신경질적으로 말하며 안마당으로 들어섰다. 그와 동시에 아버지가 입가를 훔치면서 화장실을 나왔다. 반장과 아버지의 시선이 부딪쳤고 곧이어 두 사람 모두 나를 바라보며 누구인지를 눈으로 묻고 있었다.

내가 조퇴한 이유는 아버지가 교도소에서 돌아왔기 때문이고, 곧 마을 사람들도 아버지가 돌아왔다는 걸 알게 되겠지만. 그래서 그들의 자식이 다니는 학교에도 소문이 퍼져 아이들이 나를 둘러싸고 이것저것 물어대는 날이 곧 닥치겠지만. 그렇다고 해도 반장으로부터 소문이 시작되는 건 싫었다.

"우리 반 반장이에요. 제가 핸드폰을 못 받아서 찾아왔나봐요. 잠깐 얘기 좀 나누고 올게요."

나는 의문의 대칭점에 있는 반장이 입을 열기 전에 부랴부랴 나섰다. 반장에게 아버지를 소개해줄 이유는 당연히 없었다. 곧장 반장에게 다가가서 팔을 붙잡자 반장이 입꼬리를 슬쩍 올리며 웃는 게 느껴졌다.

"진웅이 아버지시죠? 아까 저희 집에서 뵀었는데. 저는 정 호자 수 자 쓰시는 분 아들이에요."

"아아! 호수 아들."

아버지가 맨발로 바닥을 디디려다가 앞에 놓인 슬리퍼를 내려다봤다. '이게 왜 여기 있지?' 하는 의문 섞인 눈빛이 내게 와닿았다가 사라졌다. 나는 괜히 민망해서 반장의 팔을 잡아끌었다.

"나가서 얘기해."

"알았으니까 놔. 저 가볼게요. 저희 아버지한테도 만나 뵀다고 말씀드릴게요."

반장이 헤실헤실 웃으면서 내 팔을 쳐냈다. 나는 슬리퍼도 신지 못한 채 서서 이쪽을 바라보는 아버지에게 가볍게 눈인사를 하고 대문을 나섰다. 반장은 몇 걸음 걷다 서더니 뒤를 돌아보곤 득의만면하게 웃었다.

"야! 저 사람이 너네 아버지였어?"

"목소리 낮춰. 다 들려."

"꼴에 또 자기 아버지라고 편드냐? 하긴 뭐, 출소하자마자 돈 빌리러 여기저기 기웃대는 사람도 아버지라면 아버지지. 우리 아버지가 낯짝도 두껍다고 하도 역정을 내셔서 누군가 궁금했거든. 설마하니 너네 아버지일 줄은 몰랐다."

아버지는 이 마을에서 태어났고 고등학교를 졸업할 때까지 쭉 이곳에서 살았다. 당연히 친구들이 마을에 남아 있었다. 하지만 살인자를 친구로 여기는 사람이 몇 명이나 될까. 아버지는 피해야 할 사람이 누구인지 파악도 못 한 채 돈을 빌리려 한 모양이었다. 근데 왜 아버지는 돈이 필요했던 거지. 출소하자마자 당장 써야 할 만큼 긴급한 상황이 있는 걸까?

"근데 너, 너네 아버지 빼닮았다."

승리를 쟁취하기라도 한 듯 반장이 의기양양해졌다.

"우리 아버지라는 걸 확인하러 온 거니?"

"유진웅, 웃긴다. 네가 대단한 사람이라도 되냐? 아니면 네 아버지가 자랑할 사람이라도 돼? 내가 시간 아깝게 그걸 확인해서 뭐 하게?"

"그럼 왜 왔는데?"

"아아, 내가 왜 왔냐면, 한희 선배 때문에. 한희 선배가 연꽃 유등을 두 개 정도 만들어 올 수 없냐고 부탁을 해와서 말이야. 믿을 사람이 나밖에 없다나 뭐라나. 너도 알잖아. 한희 선배가 나 믿고 있는 거. 그래서 그 얘기 하러 온 거야."

"연꽃 만들어 달라고?"

"나는 리허설하러 유등 축제장에 가봐야 하거든. 그래서 만들 시간이 안 돼. 리허설에 준비위원이 빠진다는 게 말이 안 되잖아. 그러니까 네가 대신 만들어줬으면 해."

"리허설 때문에 시간 없어서 못 만든다고 하면 되잖아."

"한희 선배가 나한테 특별히 부탁한 건데 어떻게 못 한다고 해. 어차피 내가 만들 것도 아니고."

처음부터 내게 맡길 작정으로 부탁을 받아들인 거였다. 그런 탓에 연락이 안 되니 우리집으로 찾아올 수밖에 없었을 것이다. 만만하게 보인 내가 한심한 건지, 유등 하나 제대로 만들 줄 모르는 반장이 한심한 건지 판단이 안 섰다.

"물고기 유등은 만들어줄게. 약속했으니까. 그렇지만 연꽃은 안 돼. 그건 네가 알아서 만들어."

반장이 내 어깨에 손을 탁 올려놓더니 손아귀에 힘을 주었다. 가느다란 손가락뼈가 고스란히 느껴졌다.

"유진웅, 네가 착각하고 있나본데 너한테 선택권은 없어. 내가 너네 아버지를 보기 전이었다면 있었을 수도 있겠지. 근데 지금은 아니야. 상황이 백팔십도 바뀌었어. 너는 이제 내 말을 잘 들어야 해. 왜냐고? 내가 키맨이거든. 네가 내 말을 잘 듣나 안 듣나를 보고 애들한테 말할지 말지도 결정할 거고, 네가 내 말만 잘 들으면 우리 아버지한테 부탁해서 너네 아버지한테 돈 빌려주라고 할 거야. 네가 내 말만 잘 들으면 말이야."

나는 대꾸하지 않았다. 속에서 뭔가가 끓어오르지도 않았고 식어버리지도 않았다. 그저 어째서 이 아이는 이다지도 오만하고 비겁한 것인지를, 이 아이의 아버지도 낮에 우리 아버지에게 똑같이 행동했을지를 생각했을 뿐이다. 내가 말없이 서 있자 반장이 팔을 내리고 눈치를 보면서 안경을 고쳐 썼다.

"민기한테는 오늘 일 얘기하지 마라. 아니, 또 뭐라고 할 거 뻔해서 그래. 민기 그 자식은 생트집 잡는 데 도사잖아. 유독 나한테 더 지랄이고."

"민기 생트집 잡는 애 아니야."

"애가 뭘 모르네. 유진웅, 너도 조심해. 겉보기엔 민기 자식이 널 위해주는 거 같지? 그거 다 가식이야. 민기 같은 애들은 웃으면서 사람 짓밟기를 좋아하는 타입이야. 모르긴 몰라도 너도 지금 민기한테 이용당하고 있는 거야."

"할말 다 했으면 가."

반장이 분한 얼굴을 하기에 한마디 독하게 내지르려나 싶었지만 정작 튀어나온 말은 예상과 달랐다.

"참 나! 끝까지 고상한 척하네. 네가 만들겠다고 확답을 안 했는데 내가 어떻게 가. 나도 바빠. 빨리 대답이나 해."

만들겠다고 할 때까지 도돌이표로 계속 칭얼거릴 게 뻔했다. 어차피 유등 축제는 학교에서도 함께 진행하는 행사였다. 학교 행사를 돕는다는 마음으로 가볍게 받아들이자고 마음을 바꿨다.

"만들어줄 테니까 그만 가."

"분명 네 입으로 만들어준다고 말했다. 약속한 거다."

"그래."

"내일 아침에도 일찍 올 거지? 내 자리에 민기 모르게 올려둬. 알았지? 나 이제 리허설하러 간다."

빠르게 말을 뱉어낸 반장이 몇 걸음 걷다가 갑자기 뒤를 돌아봤다.

"유진웅! 너 옛날에 아버지한테 죽을 뻔했다면서? 오늘밤에는 죽지 마라. 유등 만들어야 하니까. 알았지?"

반장이 언덕을 뛰어 내려갔다. 뒷모습을 끝까지 지켜보다가 집으로 돌아섰다. 마루에 아버지는 없었다. 조금 전까지 아버지는 우리가 나누던 대화를 마루에서 엿듣고 있었다. 문이 여닫히는 소리가 반장이 돌아간 뒤에야 들렸다는 걸 알 수 있을 만큼 조용한 밤이었다. 어쩌면 아버지를 위해서라도 반장에게 한마디쯤 내던졌어야 했는지 모른다. 그러나 나는 내 속에 빼곡하게 들어찬 말 가운데 어느 것 하나도 꺼내지 않았다. 어디서부터 꺼내야 할지 아직은 알 수 없어서였다. 나는 불이 켜진 방을 한참 보다가 바깥방으로 들어갔다.

형이 돌아오기 전에 유등을 완성해두려고 서둘러 작업을 시작했다. 여러 겹 쌓아둔 신문지 위에 한지를 올려두고 커터칼로 물고기 모양을 자르고 있는데 형이 조용히 방으로 들어왔다. 형의 시선이 내 얼굴을 지나 커터칼로 옮겨갔다고 느낀 순간, 형의 얼굴에서 핏기가 사라졌다.

칼을 무서워하는구나.

나는 필통 안에 커터칼을 재빨리 집어넣었다. 그러곤 필통을 가방에 넣고 지퍼를 잠갔다. 형이 벽에 기대면서 숨을 얕게 뱉어냈다. 숨소리에도 떨림이 있다는 걸 그때 처음 알았다. 칼 공포증을 알은척하는 것이 오히려 형에게 독이 될 것 같아서 나는 이어서 하려던 작업인 듯 오려둔 한지에 자연스럽게 그림을 그렸다. 형의 숨소리가 점점 안정되어 갔다.

"사실적으로 잘 그렸네. 엄마가 봤더라면 자랑스러워하셨겠다."

형이 그림을 칭찬하면서 엄마 이야기를 꺼냈다. 나는 엄마에 대한 기억이 많지 않았다. 내가 배앓이를 하고 있을 때, 우유를 대신 마셔주며 "이건 아빠한테는 비밀이야." 하고 웃어주던 모습 정도만 기억난다. 엄마의 체취를 생각하면 피 냄새가, 엄마의 얼굴을 떠올리면 피에 젖은 옷만 생각나니 우유를 마셔주던 모습은 희귀한 기억에 속하는지도 모르겠다.

"근데 아까 찾아온 애는 누구야?"

"아! 봤어? 우리 반 반장."

"너한테 무례하게 구는 것 같던데, 자주 그래?"

"아니야. 오늘 처음 그런 거야. 요즘에 축제 준비 때문에 힘든가 봐."

형이 물끄러미 나를 쳐다보았다.

"아버지 때문에 널 내려놓진 마."

그 말 뒤로 형의 체취가 짙게 풍겨왔다. 숨구멍에 털이 돋아나 있는 짐승의 냄새였다. 그건 실제로 풍기는 체취가 아니라 어쩌면 기억이 빚어낸 환후(幻嗅)일지도 몰랐다. 그날의 짐승은 사라지고 없으니까.

"그렇게. ……형처럼."

형이 입술을 깨물었다. 나는 십 년 전의 어느 때로도 돌아가고 싶은 생각이 없었다. 다시는 형의 입술이 피로 물드는 걸 보고 싶지 않아서 형에게 그만 자자고 말했다. 졸리지 않았지만, 신문지를 구석에 밀어두고 요를 깔았다. 형이 요 위에 눕기 전에 문손잡이의 잠금장치를 눌렀다. 문손잡이를 돌렸다가 다시 딸각 잠글 때 형의 오른 손바닥에 나 있는 짙고 울퉁불퉁한 상흔이 눈에 들어왔다. 맨손으로 칼을 잡아 간신히 아버지의 손아귀에서 도망친 형. 형이 아니었다면 나는 지금쯤 이 세상에 없었을 것이다.

형은 문이 잘 잠겼는지 한 번 더 확인하고 나서야 자리에 누웠다. 나는 좀처럼 잠이 오지 않아서 눈을 감고 가만히 숨을 쉬었다. 뒤척이지도 않았다. 조용하고 얌전하게 있는 건 내가 가장 잘할 수 있는 일이었다.

속으로 양을 팔백 마리쯤 세었을 때, 형이 슬그머니 밖으로 나갔다. 형을 불러서 어디 가느냐고 물을 수도 있었지만 그러지 않았다. 아직 형과 나는 서로에게 길들여진 사이가 아니었다. 뒤이어 옆방 문이 열리고 아버지도 밖으로 나가는 소리가 들려왔다. 다시 혼자였다. 나는 양손을 맞잡고 손을 녹이듯 주무르며 안마당을 서성이는 누군가의 발소리를 들었다.

할머니의 기침 소리밖에 들리지 않던 여느 밤과는 달리 낯선 소리들이 넘치고 있었다. 비록 우리가 단지 사흘만을 같이할 뿐인 가족이라고 해도, 오늘밤 이 소리만큼은 언젠가 다 함께 기억할지도 모른다. 그리고 그걸 추억이라고 부르게 될지도.

높낮이가 다른 달그락거리는 소리가 아득하게 멀어져 갔다. 뒤이어 아사삭아사삭, 하는 불길한 소리가 연달아 났다.

아사삭아사삭…… 아사삭아사삭…… 아사삭아사삭…….

세상이 쪼개지는 것 같은 그 소리를 듣다가 나는 어느새 잠이 들었다.

사건 둘째 날

잠에서 깬 후 한동안 멍하니 누워 있었다. 형은 옆에 없었다. 고개를 돌리지 않아도 옆에 없다는 것쯤은 알 수 있었다. 방문이 잠겨 있지 않은 걸 곁눈질로 확인했다. 일찍 깨서 나갔나. 어쩌면 어젯밤에 나간 뒤로 돌아오지 않은 건지도. 그편이 오히려 설득력이 있었다.

나는 밤새 어지러운 꿈을 꾸었다. 꿈 탓인지 컨디션도 좋지 않았다. 미열이 났고 약간의 근육통도 있었다. 열을 재보려고 이마를 짚었는데 손바닥이 까끌까끌했다. 손을 들어 보니 손가락 사이에 흙이 묻어 있었다. 흙이 왜 묻어 있지? 이상해서 손바닥과 손등을 차례로 훑어보았다. 손톱 끝마다 피가 굳은 채 말라붙어 있었다. 손목에는 피를 닦아낸 흔적도 희미하게 남아 있었다. 다른 손톱으로 손톱 밑을 파내자 덩어리진 굳은 피가 이불 위로 떨어졌다.

잠옷도 바뀌어 있었다. 어젠 분명 흰색 반팔 티셔츠와 남색 트레이닝팬츠를 입고 잤다. 그런데 자고 일어났더니 생전 처음 보는 회색 긴팔 트레이닝복을 위아래로 입고 있었다. 사이즈도 두 치수쯤 더 컸다. 바지를 걷어올리면서 어기적거렸더니 발가락 사이에 붙어 있던 흙이 이불 위로 흩어졌다.

벽거울에 비친 얼굴에는 뺨부터 목까지 여러 개의 붉은 줄이 길게 그어져 있었다. 할퀸 상처였다. 팔뚝은 정도가 더 심했다. 어찌나 심하게 긁혔는지 피가 배어 나온 곳도 있었다. 살짝 건드려보자 쓰라렸다.

지난밤에 대체 무슨 일이 있었던 것일까. 가장 간단한 추리는 내가 스스로 목과 팔뚝을 긁어서 상처를 냈다는 것이다. 그렇다면 손톱 밑에 낀 굳은 피도 설명이 된다. 그러나 손과 발에 묻은 흙과 바뀐 잠옷은? 어젯밤 아사삭거리던 소리를 듣고 잠든 후에 뭔가 일어난 거라고 봐야 했다. 그 일의 정체가 대체 무엇일까. 나는 왜 기억이 없는거지. 그리고 형은 지금 어디에 있는 걸까.

다시 거울을 봤다. 머리가 부스스한 소년이 나를 마주 바라보고 곤혹스러운 표정을 지었다. 너는 지난밤 일을 알고 있니? 거울 속의 소년 역시 모르겠다는 표정이다.

일단 생각은 치워두고 학교 갈 준비부터 하기로 했다. 마루로 나섰는데 평소에 신던 파란 슬리퍼가 사라지고 없었다. 아무리 찾아보아도 없기에 형이 신고 나갔나 싶어서 다른 슬리퍼를 신고 욕실로 들어갔다.

수도를 틀고 손톱에 낀 흙과 굳은 핏덩어리를 씻어냈다. 한 손가락씩 신경써서 문지르지 않으면 손톱 밑이 완전히 깨끗해지지 않았다. 수도꼭지를 잠그고 비누를 녹여서 거품을 풍성하게 냈다. 비누 거품을 씻으려고 다시 수도를 트는데 문이 벌컥 열렸다. 형이었다.

형은 욕실 슬리퍼를 신으려다가 내가 먼저 화장실에 들어와 있는 걸 발견하곤 움찔하며 발을 헛디뎠다. 형이 입고 있는 검은색 반팔 티셔츠와 트레이닝복 바지는 온통 흙투성이였다. 턱 아래쪽에는 선명하게 핏자국까지 있었다.

"어? 아! 네가 있었구나. 노크를 할 걸 그랬네."

"형!"

형이 다급하게 욕실 문을 닫으려고 하기에 나도 급하게 형을 불렀다. 반동을 이기지 못하고 닫혔던 욕실 문이 잠시 뒤에 다시 열렸다.

"왜?"

문을 잡고 서 있는 형의 손톱에도 흙이 끼어 있었다. 형은 불안해 보였다. 이제 막 완성된 유화처럼 손가락으로 쓱 밀어버리면 지워질 것같이 축축한 기운을 발산하고 있었다.

"형! 내가 왜 형 옷을 입고 있는 거야?"

그제야 내가 입고 있는 트레이닝복으로 눈길을 돌린 형이 입술을 살짝 깨물었다.

"어젯밤에 네가 잘못 입었나보지. 내 거랑 뒤섞여 있었잖아. 헷갈릴 수 있어."

형이 허둥대며 욕실 앞을 벗어났다. 수도꼭지에서는 물이 쏟아지고 있었다. 하지만 나는 수도꼭지를 잠글 생각도 하지 못한 채 물줄기만 쳐다보았다. 내 손톱에는 아직도 핏자국이 남아 있었다. 그리고 형은 거짓말을 하고 있었다.

바깥방으로 들어가자 형이 교대하듯 밖으로 나갔다. 턱에 있던 핏자국은 이미 지워지고 없었다. 새 옷으로 갈아입어 모습도 말끔했다. 벗어둔 옷들은 캐리어 가방에 넣어두었는지 보이지 않았다. 비밀번호가 걸려 있는 자물쇠를 내려다보다가 주변 바닥에 떨어져 있는 도깨비바늘 열매를 발견했다. 내가 입고 있는 트레이닝복에도 도깨비바늘 열매가 붙어 있는지 확인해보았는데 없었다. 도깨비바늘 열매는 형이 흙투성이 옷을 벗을 때 떨어진 모양이었다.

형은 밤새 어디를 헤매고 다닌 걸까. 흙투성이가 된 연유는 무엇이고 어째서 도깨비바늘 열매가 붙은 옷을 캐리어 가방에 감춘 거지. 턱에 묻어 있던 핏자국과 손톱에 낀 흙은 또 무엇이었을까. 모든 게 다 의문투성이였다.

할머니가 아침 먹으라며 부르는 소리에 시계를 보니 욕실에서 지체한 탓에 평소보다 늦어 있었다. 도깨비바늘 열매를 그러모아서 필통에 넣어두고 서둘러 교복으로 갈아입었다.

부엌에는 아버지가 제일 먼저 와서 식탁 앞에 앉아 계셨다. 인사를 드리며 아버지의 옆자리에 앉는 순간, 날숨에서 술냄새가 훅 풍겨왔다. 눈에는 핏발이 서 있고 수염을 밀지 않아서 하룻밤 사이에 몇 년은 더 늙어버린 것처럼 보였다. 어젯밤 밖에서 늦게까지 술을 드신 건가. 나도 모르게 아버지의 손톱을 흘깃거렸다. 깨끗했다. 내가 무엇을 궁금해하는지 나조차도 알 수 없으면서 괜한 의심만 더해가고 있는 꼴이었다.

할머니가 부엌문으로 얼굴을 빼고 형을 부르자, 잠시 뒤에 형이 젖은 머리를 털면서 부엌으로 들어왔다. 아버지가 마치 투명한 존재라도 된 것처럼 쳐다보지도 않으면서 아버지로부터 최대한 떨어져 앉기 위해 식탁 의자를 옆으로 옮겼다. 할머니가 국그릇을 넘겨주면서 내 팔을 힐끗 쳐다보았다.

"팔이 왜 그러니? 밤새 무슨 일 있었니?"

교복 반소매 아래로 드러난 팔뚝을 아버지와 형도 동시에 쳐다보았다. 그러나 두 사람 모두 이미 할퀸 상처는 본 적이 있는 것처럼 덤덤한 표정으로 곧 시선을 거두었다. 긁혔다는 것보단 긁었다는 변명이 나을 것 같아서 왜 긁었는지 이유를 생각하고 있는데 형이 먼저 입을 열었다.

"밤새 모기한테 시달려서 온몸을 긁적였어요. 시골이라서 그런지 모기가 극성이네요. 저도 엄청나죠?"

형의 팔뚝과 목에도 긁힌 상처들이 가득했다. 할머니한테 상처를 보여주면서 아직도 가렵다는 듯 형이 손목을 긁었다. 분명 바깥방에서 나갈 때까지만 해도 형 팔뚝에는 긁힌 상처가 없었다. 내가 잘못 봤을 리가 없다. 형은 씻자마자 부엌으로 바로 왔으니 씻는 동안 일부러 상처를 낸 거라고 짐작해볼 수 있었다. 왜 형은 수고스럽게 그런 행동까지 해가면서 계속 거짓말을 하는 걸까.

"모기가 있었어?"

할머니가 깐깐한 성미대로 한번 더 확인차 내게 물었다. 찰나였지만 형이 밥을 뜨다가 숟가락을 멈칫하는 게 느껴졌다.

나는 나직한 목소리로 그랬다고 거짓말을 했다. 형을 도와줘야겠다고 생각한 건 아니다. 아침밥을 먹는 자리에서 무엇이 진실인지 공방을 벌이고 싶지 않았을 뿐이다. 우리 가족에게 오늘은 겨우 이틀째 날이었다. 앞으로 조심할 것이 발밑에 잔뜩 깔려 있는데 벌써 함정을 밟을 수는 없었다.

할머니는 더는 캐묻지 않았다. 아버지는 아직도 좀 멍해 보였고, 형은 어제와 달리 밥을 열심히 먹었다. 그리고 나는 여전히 입맛이 없었다.

"오늘 혹시 시장에 가실 거예요?"

형이 갑자기 친근한 어투로 할머니에게 말을 붙였다. 할머니가 반찬을 집어서 아버지 밥그릇에 올려주면서 대답했다.

"내일 쓸 성묘 음식 사러 오전에 갔다 오려고 하는데 뭐 필요한 것 있니? 사다주랴?"

"아니요. 할머니랑 같이 시장에나 다녀오려고요. 제가 짐 들어드릴게요."

형이 먼저 시장에 가자고 하는 것도 놀라운데 할머니마저 형의 말에 토를 달지 않고 선선히 고개를 끄덕이며 그러자고 했다. 어제와는 사뭇 분위기가 달랐다. 나도 시장에 데려가달라고 응석이라도 부려볼까 했는데 그사이에 다들 두꺼운 가면을 쓴 것처럼 무표정으로 돌아와 있었다. 서로를 배려하기 위해 평화로운 척한 게 아니라, 속에 다른 꿍꿍이를 숨겨놓은 대화였다. 그렇게 하는 목적이 각자 있을 텐데 그 수수께끼를 샅샅이 들여다볼 힌트가 없었다. 그저 모든 게 석연치 않을 뿐이었다.

*

평소보다 늦게 등교했더니 반 아이들 대부분이 교실에 있었다. 교실로 들어서자 떠들고 있던 아이들이 들까불며 나를 반겼다. 내 어깨를 두드려주는 아이들을 지나 어리둥절해진 채로 가방을 내려놓자마자 여자애 세 명이 내 자리로 와 나를 에워쌌다.

"혹시 어제 너희 형 오지 않았어? 회색 셔츠 입고. 맞지? 왔었지?"

예상치도 못한 질문에 한순간 당황했다. 어떻게 알았을까? 민기 외에는 모르는데. 혹시 반장이 말했나? 반장이 어제 형을 봤던가? 눈앞에 있는 여자애들은 물론 다른 아이들까지도 내가 대답하길 기다리고 있는 게 느껴졌다. 불편했지만 내색하지 않고 여자애들에게 최대한 다정하게 대답을 해주었다.

"어떻게 알았어?"

여자애들 얼굴이 일제히 환해졌다.

"어쩐지! 잡지 보는데 너랑 이미지가 닮았다 했어."

무슨 말이냐고 물었더니 치아교정기를 찬 여자애가 패션 잡지를 책상 위에 펼쳐놓았다.

"너희 형 모델이잖아. 이 광고 보고 남자 모델이 진짜 멋지다고 생각하고 있었는데 어제 버스 정류장에서 딱 마주쳐서 정말이지 심장이 멎는 줄 알았다니까."

펼쳐진 페이지에는 청바지 브랜드의 영문 로고가 상단에 흘림 체로 쓰여 있고, 전면에 상의를 탈의한 남자 모델이 청바지만 입 은 채 소파에 비스듬히 누워 있었다. 남자 모델은 정말 형이었다.

"형이 모델이라고 왜 얘기 안 했어?"

"진웅이가 언제 자랑하는 것 봤니! 근데 진웅아, 형은 여자친구 있어?"

"언제 서울로 올라가신대?"

"몇 살이셔?"

"완전 비밀주의라서 인터뷰도 안 한다고 하더라. 정보가 하나 도 없어. 말 좀 해봐, 진웅아."

여자애들의 질문이 한꺼번에 쏟아졌다. 형이 모델이었구나. 여 자애들만큼 나도 형에 대해 아는 게 없었다. 십 년 동안 들은 소식 이라곤, 잘 지내고 있다는 말이 전부였으니까. 그래서 나도 여자 애들만큼 형에 대해서 모든 걸 알고 싶었다. 서울로 올라간 형이 그날 밤 느꼈을 심정부터 오늘 아침에 거짓말한 이유까지 전부.

"남자들끼리 할 얘기가 있어. 다들 자리 좀 비켜줘."

민기가 어깨를 들이밀며 여자애들 사이로 끼어들었다. 여자애 들이 갑자기 무슨 얘기냐면서 볼멘소리를 했지만 민기가 등을 떠 밀다시피 쫓아내자 눈을 흘기면서 자리를 비켜주었다. 민기가 더 물러나라면서 손을 휘저었다. 여자애들이 멀어지자 민기가 책상 을 뒤로 밀곤 그 위에 걸터앉았다.

"내 문자 또 안 봤지?"

"어? 응. 미안해. 어제 정신이 없어서 못 봤어."

"문자 확인 잘 안 하는 게 하루이틀도 아니고, 그건 됐고. 어제 버스 정류장에서 쟤들이 너희 형이랑 마주쳤나봐. 사진도 몰래 찍었더라. 어제 학교 페북에 네 형 사진이 업로드되고 나서 아주 난리가 났었어. 모델이 이런 구질구질한 시골에 왜 온 건지, 누구를 만나러 온 건지, 지금 어디에 있는지 댓글이 수백 개는 달렸어."

나는 페이스북도, 인스타그램도, 카카오톡도 하지 않는다. PC 게임도 마찬가지이다. 칼을 휘두르는 내 아바타를 보고 사람들이 어떤 걸 연상할 수 있는 상황은 모두 피해야 했다. 얘가 걔잖아. 동반자살 당할 뻔한 애. 동반자살? 부모가 애들이랑 다 같이 죽자고 하는 거 있잖아. 정말? 얘네 엄마는 그날 남편 칼에 맞아서 죽었대. 불쌍하다. 나를 모르는 누군가에게 소개될 때마다 되풀이되는 수군거림에서 벗어나고 싶었다. 그래서 알 수 있는 친구로 추천되지 않도록, 세상에 흔적을 남기지 않도록, 모든 소셜 미디어에 가입하지 않은 것이다.

"너 나 할 것 없이 실시간으로 댓글을 달기 시작하더니 결국 회색 셔츠를 입은 모델이 너희 형이라는 것까지 알아냈잖아. 다들 무슨 아이돌이라도 만난 것처럼 들떠 있어."

지금 아이들이 보이는 관심은 형이 마을을 떠날 수밖에 없었던 이유를 모르기에 가능한 호의였다. 형이 인터뷰를 마다하고 정체를 숨겨온 까닭도 마녀사냥을 당하지 않으려는 발버둥이었을 것이다. 호의가 사라지고 재판이 시작되는 건 시간문제였다.

47

"그나저나 만나보니까 어때?"

"그냥 보통이었어."

"그게 끝? 별다른 인상도 없었어?"

"음……. 굳이 찾자면 형의 체취가 좀 독특했어."

"체취? 어땠는데?"

피비린내. 상처 입은 짐승에게서 나는 피비린내. 형의 독특한 체취에 섞인 건 분명 피 냄새였다.

"뭐야, 왜 대답이 없어? 가만, 근데 목은 왜 그러냐? 얼굴도 잔뜩 긁혔네."

얇은 카디건을 입어서 팔은 가렸지만, 목과 얼굴에 난 상처는 그대로 드러난 채였다. 민기가 상체를 내 쪽으로 기울이며 얼굴을 뚫어지게 쳐다봤다.

"누가 이랬어? 아버지야? 아니면 형?"

"아니야. 좀 긁어서 그래."

"피가 나도록 긁었다고? 누가 해코지한 게 아니라?"

민기가 눈빛을 빛내고 있었다. 변명처럼 아니라고 대답하는데 동시에 자율학습을 알리는 종소리가 울렸다. 불현듯 반장이 떠올랐다.

"아! 큰일났다. 한지 다 못 붙였는데."

"유등?"

"응, 아직 다 못 했어."

"반장 새끼 아직 안 온 거 같으니까 걱정하지 마. 그리고 걔가 징징대도 해주지 말라니까. 엿 먹어보라고, 그냥 못 했다고 해."

"반장이 아직 학교에 안 왔다고? 결석한 적 없잖아."

"유등 축제장으로 눈도장 찍으러 갔나보지, 뭐. 참, 오늘 단축수업이래. 매일 축제면 좋겠다."

기지개를 켜면서 민기가 자리로 돌아갔다. 유등 축제장으로 바로 갔다고? 리허설 때 문제라도 생겼나? 나는 반장의 빈자리를 보다가 쇼핑백에서 미완성 상태인 물고기 유등을 꺼냈다.

자습시간 내내 작업해 물고기 유등을 완성하고, 하는 김에 철사를 더 꼬아서 지지대를 두껍게 만들어두었다. 철사를 둥글게 구부려 연꽃도 만들었다. 연꽃은 이전에도 만들어본 적이 있어서 물고기 유등보다 손쉽게 완성이 되었다. 쉬는 시간에 완성된 유등들을 반장 자리에 올려두었다. 다행히 반장은 아직도 교실에 오지 않았다.

잡지를 품에 안은 여자애들이 나를 보면서 귀엣말을 하고 있었다. 나와 눈이 마주치자 여자애들이 자리에서 벌떡 일어나 단걸음에 오는 걸 민기가 막았다.

"한희 누나가 부르는 것 같은데, 다녀와봐."

민기가 손가락을 까닥거려 엑스 표시를 했다. 자리를 피하는 게 좋을 거라는 신호였다. 민기는 내가 곤란할 것 같은 자리를 먼저 알게 되면 손가락으로 엑스를 그려 보여 내가 도망칠 수 있도록 해주었다. 민기의 제안대로 자리를 피했다가 돌아오면 여자애들의 관심이 한풀 꺾여 있을지도 몰랐다. 민기가 둘러댄 핑계에 여자애들이 거짓말하지 말라고 아우성을 치며 한꺼번에 앞으로 몰려나왔다. 어쩌지 싶었을 때 한희 누나의 목소리가 들려왔다.

"진웅아!"

타이밍을 맞춘 듯이 한희 누나가 생긋 웃으면서 교실로 들어
왔다. 여자애들이 당황한 나머지 잡지로 얼굴을 가리며 물러섰다.
반 아이들이 한희 누나에게 인사할 기회를 엿보다가 한 명이 시
작하자 앞다퉈 인사를 했다. 한희 누나는 우리 학교의 셀럽이었
다. 또 내 여자친구기도 했다.

"학교 페이스북이 생긴 이래 댓글이 가장 많이 달린 게시물이
뭔지 알아? 바로 너희 형이 내려왔다는 소식이야."

한희 누나도 들떠 있었다. 그것이 좋은 의미인지, 나쁜 의미인
지 가늠이 되지 않았다. 왜냐면 한희 누나는 우리집의 가정사를
속속들이 알고 있었으니까. 한희 누나가 내게 좋아한다는 고백을
했을 때 나는 그날의 일을 가능한 솔직하게 들려주었다. 소문을
들었겠지만 직접 말해주는 게 예의라고 생각했다. 실은 내가 살인
자의 자식이며 누명을 쓴 형의 동생이라는 것을. 그때 내 말을 다
들은 한희 누나는 본질이라는 말을 했다. 어떤 상황을 지나왔고,
또 앞으로 건너게 되더라도 나의 본질은 달라지지 않는다고. 자신
은 나의 선한 본질을 믿는다고.

"누나! 진웅이는 페북 안 하잖아. 아직 어제 사건을 잘 몰라서
좀 멍해. 살살해요."

"그래? 그럼 본론만 말해야겠다."

"뭔데요?"

"축제 리뷰를 너희 형 인터뷰로 제작하고 싶어. 그래서 말인데
형은 언제 서울로 올라가실 계획이니?"

한희 누나의 질문에 여자애들이 귀를 세우고 있었다. 차라리 기회인지도 몰랐다. 형이 이 동네를 금방 뜰 걸 알면 관심도 수그러들 수 있었다. 내일 간다고 대답하자 여자애들이 눈에 띄게 시무룩해졌다. 한희 누나는 핸드폰으로 일정을 체크하더니 갑자기 오늘 집으로 같이 가자고 했다.

"리뷰는 안 되겠지만 아슬아슬하게 개막 축하 영상은 될 것 같아. 수업 일찍 끝나니까 곧장 가서 촬영하고 바로 편집하면 축제 개막 때 쓸 수 있을 거야."

집에는 형뿐만이 아니라 아버지도 계셨다. 아직 한희 누나에게 아버지가 돌아왔다는 사실을 말하지 않았다. 난감한 상황이었다. 표정을 살피던 한희 누나가 부드럽게 내 등을 다독였다.

"내키지 않는구나. 그럼 영상 얘긴 없던 거로 해."

한희 누나는 학교 대표로 유등 축제 준비위원장을 맡고 있었다. 학교 예술제를 지역 축제와 연계하는 아이디어를 내고 군청을 직접 찾아가서 공무원들을 설득한 사람이 한희 누나였다. 그런 만큼 누구보다 열심히 축제를 준비해왔다.

"누나한테 중요한 일이잖아요. 같이 가요."

"정말 그래도 돼?"

"물론이죠."

"좋았어. 그럼 수업 끝나고 교문에서 기다려."

한희 누나가 밝게 웃으며 등을 한 번 쓸어주곤 반장의 책상에서 물고기 유등을 집어 들었다.

"꼼꼼하게 잘 만들었네. 색감도 좋고. 근데 태민이 실력은 아닌 것 같다. 한지에 그려 넣은 비늘만 봐도 디테일이 섬세한 게 진웅이 취향이 묻어 있거든."

"어유, 누나. 그런 말 반장 앞에서 하면 반장 울어요. 알면서도 모르는 척해주고 칭찬으로 춤추게 만들어서 부려먹는 센스가 필요합니다."

민기가 능글맞게 말하자 한희 누나가 말을 정정해주었다.

"내가 언제 부려먹었어. 스스로 따라오는 거지."

"하긴. 반장이 누나의 찐 부하이긴 하지. 그것도 아주 충성스러운 부하."

문득 한희 누나 앞에서 자신을 깎아내린 걸 반장이 알게 된다면 어제 내게 그랬던 것처럼 민기에게도 으름장을 놓을까 궁금해졌다. 당연히 안 그러겠지. 민기를 무서워하니까.

"그나저나 태민이는 어디 갔니?"

"유등 축제장에 간 거 아니었어요? 유등 설치하러 간 줄 알았는데."

"걔가 수업 빼먹고 축제 일을 돕는다고? 그럴 일은 없어. 그리고 주문해둔 유등은 여기 있는데?"

"아픈 건가?"

"어젯밤에 리허설 왔을 때는 멀쩡했어. 늦잠이라도 자나보지. 아무튼 태민이 오면 유등 가지고 바로 나한테 오라고 해."

"예예. 분부대로 합지요."

한희 누나가 유등을 내려놓고 교실을 나갔다. 민기가 한희 누나가 내려놓은 물고기 유등을 집어 들더니 피융, 소리를 내며 허공에서 비행하듯이 움직였다. 반 아이들이 민기를 보면서 키득거렸다.

"연꽃은 왜 만들었대? 반장이 또 시켰냐?"

"내가 그냥 만든 거야. 일종의 서비스."

민기가 반장을 만나면 한소리 하고 싶어하는 눈치기에 팔을 끌고 와서 자리에 앉혔다. 의자 등받이에 기댄 민기가 기어이 한마디를 했다.

"오늘 급식 메뉴로 생선이나 나왔으면 좋겠다."

반 아이들이 책상을 치면서 웃어댔다. 수업시간을 알리는 종이 울렸다.

*

수업은 6교시까지만 진행되었다. 반장은 수업이 끝날 때까지 나타나지 않았다. 중간에 담임선생님이 와서 반장이 등교했는지를 묻고는 바로 교실을 나갔다. 교무실에 갔다 온 부반장이 종례 없으니까 집으로 가도 된다고 전하자 아이들이 환호성을 질렀다.

나는 교문에서 한희 누나를 만나 집으로 같이 걸어갔다. 일상적인 대화를 주고받으면서도 머릿속은 아버지가 돌아왔다는 소식을 어떻게 알려야 할지 고민이 가득했다. 걸음이 저절로 느려지자 한희 누나가 보조를 맞추며 걷다가 길가에 핀 시들어버린 풀꽃을 꺾었다. 어떤 결론에 닿더라도 솔직하게 말해야겠지. 나는 주눅이 드는 마음을 달래면서 상황을 설명했다. 아버지가 교도소에서 돌아왔다는 것을. 그러니까 앞으로 아버지와 함께 살게 될 것 같다는 말을.

내 말을 다 듣고도 한희 누나는 아무렇지 않은 듯 보였다. 꽃대에서 꽃잎을 다 떼버리더니 손가락으로 꽃대를 튕겨 버리곤 내 손을 꼭 잡았다.

"그게 걱정됐던 거야? 걱정하지 마. 네 상황 다 감안하고 만난 거잖아. 나는 오히려 이제 네 아버지께 인사드릴 수 있어서 좋아."

교문에서 한희 누나를 만나기 전까지 줄곧 헤어질 각오를 하고 있었는데 어른스러운 말에 그만 부끄러워지고 말았다. 나는 아직도 어리구나. 한희 누나의 손을 맞잡으면서 그런 생각을 했다. 본질을 잊지 말자고.

한희 누나와 함께 언덕을 올라갔다. 손을 놓고 대문으로 들어서는데 형이 가운뎃방에서 나오는 게 보였다. 목장갑을 낀 채 수건을 덮은 길쭉한 물건을 들고 있었다. 나무 막대기인가? 아니면 커튼 봉? 형이 안마당에 선 나를 보곤 깜짝 놀라면서 들고 있던 물건을 등 뒤로 숨겼다.

"안녕하세요."

한희 누나가 활기찬 목소리로 인사했다. 형은 인사를 받아주지도 못하고 어정쩡한 자세로 서 있었다. 한희 누나가 내 얼굴을 한 번 보더니 형에게로 성큼성큼 다가갔다. 형이 눈동자를 불안하게 굴렸다. 그러곤 마루에서 재빨리 내려와 우리에게 등을 돌리고 섰다. 마루에는 아버지의 헝겊 가방이 지퍼가 열린 채 널브러져 있었다. 형이 가방을 급히 끌어다가 방금 방에서 가지고 나온 길쭉한 물건을 그 안에 쑤셔넣었다.

"잠깐 시간 괜찮으세요?"

형이 가방 지퍼를 닫고 난 뒤, 간발의 차이로 한희 누나가 형 옆에 섰다. 형이 가방을 들고 돌아서면서 한희 누나에게서 반걸음쯤 떨어졌다. 나는 형이 낀 목장갑과 아버지의 낡은 가방을 보았다. 형과 내 눈이 마주쳤다.

"누구?"

형이 내게 물었다. 지금 상황이 형에게 그다지 유쾌하지 않다는 게 표정에서 느껴졌다. 한희 누나는 바로 옆에 서 있는 자신을 무시한 채 내게 묻는 형의 옆모습을 유심히 보고 있었다.

"여자친구야."

"최한희요. 학교 선배예요."

나와 한희 누나가 동시에 대답했다. 서로 다른 답을 내놓았다는 사실에 당황한 건 나뿐이었다. 한희 누나는 한결 더 높은 톤으로 형에게 다시 말을 붙였다.

"모델 말고 목수도 하시나봐요?"

형이 서늘한 눈빛으로 한희 누나를 잠깐 내려다봤다가 눈을 돌렸다.

"예초기 수리해놨으니까 내일 쓸 수 있을 거야."

아마도 자신이 목장갑을 끼고 있는 이유를 알려주려고 일부러 예초기 얘기를 꺼낸 것 같았다. 형이 헝겊 가방을 들고 안마당을 가로질렀다.

"저기요. 잠깐만요."

한희 누나가 형의 팔을 붙잡았다가 형이 노려보자 이내 놓았다. 그러나 한희 누나는 노려보는 눈빛 따위에 주눅이 들 사람이 아니었다. 곧바로 형을 뒤따라가며 향후 일정을 꼬치꼬치 캐묻기 시작했다.

"어디 가는 거예요? 무슨 볼일 있으세요? 몇 시간이나 걸리는 일인데요? 유등 축제 개막 때 쓸 축하 영상을 인터뷰로 딸 수 있을까 하고 온 거거든요. 오래 안 걸려요. 시간 잠깐 내줄 수는 없어요?"

형은 어떤 질문에도 대꾸하지 않았다. 형이 지금껏 자신에게 단 한마디도 건네지 않았다는 걸 잘 알고 있는 한희 누나가 내게 대신 물어보라는 눈짓을 보내왔다.

"형! 나가는 거야?"

묻고 싶었던 질문은 이런 게 아니었다. 나는 형이 들고 있는 형 겊 가방이 신경쓰였다. 그건 형 가방이 아니잖아. 왜 들고 나가는 거야? 아까 다급하게 가방에 넣은 건 또 뭐고? 형이 나를 지나쳐 대문을 빠져나가면서 대답했다.

"잠깐 다녀올 데가 있어."

형은 빠른 걸음으로 언덕을 내려갔다.

"너희 형, 대단히 잘난 분인가보다. 개막 영상이 한순간에 물 건너갔네."

비꼬는 말투와 달리 한희 누나는 즐거워 보였다. 한희 누나가 안마당 한편에 놓인 예초기로 다가가더니 핸들 밑 칼날을 들여다보았다.

"이걸 고쳤단 말이지? 제법이네. 칼날이 무섭지도 않나봐?"

그건 형의 약점이었다. 감히 내가 형의 약점을 인정할 수는 없었다. 묻는 이가 아무리 한희 누나라고 해도. 내가 짐짓 못 들은 체하며 주스를 마시겠냐고 물었더니 한희 누나가 "잠깐만, 전화왔어." 하곤 교복 치마 주머니에서 핸드폰을 꺼냈다. 진동이 울리고 있었다. 발신번호를 확인한 한희 누나가 미간을 찡그리곤 안마당을 나가서 전화를 받았다. 잠시 뒤에 돌아온 한희 누나는 표정이 어두워져 있었다.

"축제장에 가봐야 할 것 같아. 아직도 태민이가 소식이 없어서 실종신고를 냈다네."

"실종신고라니요? 학교에만 안 온 거 아니었어요?"

"어제 집에도 안 들어왔나봐. 리허설 때 어땠는지, 몇 시에 집으로 돌아갔는지 아까 너희 담임이 물어봐서 답을 해드리긴 했는데 상황이 좀 심각해졌네. 경찰이 묻고 싶은 게 있대서 얼른 가야 할 것 같아."

"데려다줄게요."

"괜찮아. 금방인데 뭘. 혼자 갈 수 있어."

"반장은 어떻게 된 일일까요? 괜찮을까요?"

"경찰이 찾고 있으니까 별일 없을 거야. 소식 듣게 되면 바로 알려줄게. 갈게."

나는 언덕까지 한희 누나를 배웅하고 집으로 들어왔다. 그러곤 조금 전 한희 누나처럼 핸들 밑 칼날을 들여다보았다. 마른풀을 제거해놓은 톱니형 칼날은 매끄럽고 날카로웠다. 어젯밤 커터칼을 보고도 하얗게 질리던 형이 예초기를 고쳐놓았다는 사실이 믿기지 않았다.

칼날에 비친 일그러진 내 얼굴이 반장의 얼굴로 서서히 변해갔다. 반장은 어제 왜 집으로 돌아가지 않은 걸까. 갑자기 어디로 사라진 걸까. 설마……. 생각이 꼬리를 물자 마음이 들볶였다. 나는 도리질을 치고 가방에서 영어 프린트물을 꺼냈다. 별일 없을 거야. 쓸데없는 생각 말고 시험 준비나 하자.

연습장을 꺼내 오려고 가운뎃방으로 들어갔더니 뜻밖에도 아버지가 누워 계셨다. 형이 가운뎃방에 들어갔다가 나왔을 때도 아버지가 계속 계셨다는 뜻이었다. 나도 모르게 아버지의 코밑에 손가락을 가져다 대었다. 뜨거운 콧김이 손가락에 닿았다.

무슨 생각을 하는 거야. 형이 아버지를 죽일 리가 없잖아.

하지만 형이 서울로 떠날 때 했던 말이 다시금 떠올랐다. 지옥불을 눈에 담고 이를 악물던 표정까지. 나는 벽에 기대며 스르륵 자리에 주저앉았다. 잠에 빠진 아버지가 셔츠 속으로 손을 넣어 배를 긁적였다. 셔츠가 흐트러진 탓에 배꼽 옆에 사선으로 난 흉터가 드러났다. 아버지가 스스로 만든, 평생을 안고 가야 하는 흉터. 결코 지워지지 않을 흉터를 갈라내어 없애려는 형의 모습이 자꾸만 머릿속에 그려졌다.

연습장을 들고나오기 전에 바닥에 고여 있던 하얀 액체를 휴지로 닦아냈다. 아버지가 주무시다가 막걸리 병을 엎은 모양인데 흘러나온 양은 많지 않았다. 정리가 마무리될 무렵 느닷없이 다른 손이 내 손목을 덥석 붙잡았다. 아버지였다. 손목을 잡아끄는 바람에 아버지 쪽으로 상체가 기울어지며 아버지와 마주보는 모양새가 되었다. 아버지의 멍한 갈색 눈동자 속에 내 얼굴이 그림자처럼 비치고 있었다.

"아버지!"

눈동자에 초점이 돌아오면서 아버지가 잡았던 손목을 황급히 놓았다. 황망해 보이는 아버지가 말을 더듬었다.

"바, 방에 누, 누가 들어왔었냐?"

아버지가 잠든 사이에 방에 들어왔다가 살그머니 나간 형. 그 모습을 가슴 깊이 가라앉히며 고개를 저었다.

"아니요. 아무도 들어오지 않았어요."

두 번째 거짓말이었다. 아버지가 괜히 마음을 쓸 것 같아서 거짓말을 했다. 다행히 아버지는 눈치채지 못한 듯 보였고, 관자놀이를 누르면서 방을 나갔다. 그제야 나는 손목을 만져보았다. 과격하게 붙잡히는 바람에 손목에는 붉은 손자국이 그대로 남아 있었다. 십 년 전에도 아버지는 나를 이렇게 붙잡았을까. 나는 욱신거리는 손목을 위아래로 움직여보다가 막걸리 병을 마저 정리했다.

형은 저녁나절이 되어서야 돌아왔다. 방문을 걸어 잠근 형이 그대로 자리에 드러누우며 눈을 감았다. 목장갑은 끼고 있지 않았다. 흙도 깨끗하게 제거되어서 마치 새로 돋을새김해놓은 것처럼 손톱이 반듯했다. 형에게 오늘 아침의 흔적은 이제 없었다.

나는 조용히 문을 열고 방 밖으로 나왔다. 아버지의 낡은 가방이 마루에 놓여 있었다. 형이 급하게 뒤돌아서 가방에 집어넣었던 건 무엇이었을까. 호기심 반 의심 반으로 나도 모르게 가방으로 손을 뻗는 순간, 할머니가 호미를 든 채 안마당으로 들어섰다. 나는 손을 재빨리 거둬들였다.

"네 아버지한테 두통약 좀 꺼내줘라. 이기지도 못하는 술을 좋다고 마셔대더니 머리가 아프다고 생난리로구나."

뒤따라 들어온 아버지가 "몇 잔 마시지도 않았는데, 이상하네." 하면서 이마에 손을 얹었다. 나는 구급약통에서 두통약을 꺼내어 아버지에게 드렸다. 아버지는 물도 없이 두통약을 삼킨 뒤에 헝겊 가방을 끌어다가 지퍼를 열었다. 가방을 끌어가는 순간부터 조마조마한 마음으로 아버지를 지켜보았는데 가방 안을 한참 뒤적인 아버지가 꺼내든 건 속옷이었다. 그 길쭉한 물건은 사라지고 없었다. 그걸 감쌌던 수건도. 혹시나 내가 잘못 본 건가 싶어서 아버지가 욕실로 들어가기 전에 가방에 길쭉한 물건이 없었냐고 한 번 더 확인했지만 어리둥절한 표정만이 되돌아왔다.

"그럼 혹시 제 파란 슬리퍼는 보셨어요?"

"그것도 못 봤는데. 중요한 거냐?"

"할머니가 얼마 전에 새로 사주신 건데, 아침부터 안 보여서요."

"보게 되면 알려주마."

아버지가 내 눈을 피하며 욕실로 들어갔다. 이상했다. 아버지가 어제 슬리퍼를 신고 나가셨다가 잃어버리셨나? 아니야. 그렇다면 말씀을 하셨겠지. 그럼 대체 내 슬리퍼는 어디로 사라진 걸까. 형이 돌아왔는데도 내 슬리퍼는 여전히 없었다. 돌이켜보니 아침에 욕실에서 형과 마주쳤을 때도 형은 운동화를 신고 있었다. 그러니까 슬리퍼는 어젯밤에 내가 잠든 뒤부터 사라진 채였다는 말이 된다. 할머니는 슬리퍼를 지금껏 건든 적이 없으니 아버지와 형이 만졌다고 보는 편이 옳았다. 잃어버렸거나 버렸거나. 둘 중 어느 것이든, 찜찜하게 남아 있는 오늘 아침의 기이한 행적과 맞닿아 있을 거라는 예감이 들었다.

나는 사라진 슬리퍼와 정체불명의 물건을 골똘히 생각했다. 아버지와 형의 행동들까지도. 아무리 머리를 굴려봐도 결론은 하나였다.

아버지와 형이 수상했다.

*

유등 축제장에 가자고 흔들어 깨웠더니 피곤한 모양인지 형이 됐다고 웅얼거리며 이불을 끌어다가 머리꼭지까지 썼다. 저녁도 먹지 않고 자더니 아직도 피곤한가? 그대로 자도록 두고 싶은 마음은 굴뚝같았지만 할머니가 기다리고 있었다. 할머니는 유등 축제장에 다 함께 갈 날을 고대하며 품앗이해서 번 돈으로 새 옷까지 장만했다. 할머니가 실망하는 모습을 보고 싶지 않아서 나는 형을 다시 깨웠다.

"형! 마지막 밤이잖아. 같이 놀자. 응? 놀아주라."

절박한 부름에 형이 힘겹게 눈을 떴다. 길게 한숨을 내쉬며 일어난 형이 내 머리를 쓰다듬었다.

"밖에 날씨 좋아?"

"응, 너무너무 좋아."

형이 벽거울을 보며 매무새를 점검하는 동안 나는 DSLR 카메라를 챙겼다. 아버지가 아끼던 카메라라고 들었는데 시골로 내려올 때 형이 유일하게 들고 온 물건이기도 했다. 형이 카메라를 흘금 보곤 잔머리를 넘겼다.

"아직도 가지고 있었어?"

"가끔 써. 써도 돼?"

"그걸 왜 나한테 물어. 내 것도 아닌데."

형이 카메라를 두고 서울로 올라간 이유를 물론 나는 알고 있었다. 아버지의 물건이니까. 얼결에 아버지가 소중히 여기던 카메라를 들고 할머니 집으로 내려왔지만 볼 때마다 아버지가 떠올라서 장롱에 처박아 두고 서울로 가버렸다는 것을. 아버지의 카메라가 돌고 돌아 내 손에 맡겨진 건 그런 이유였다.

나는 티셔츠 위에 얇은 카디건을 걸치고 밖으로 나왔다. 할머니와 아버지는 벌써 나와서 안마당에서 기다리고 계셨다. 할머니가 사다놓은 새 옷으로 갈아입은 아버지는 관광객들 틈에 섞여 있어도 구분되지 않을 만큼 평범해 보였다. 아버지가 내 손에 들린 카메라를 보곤 슬쩍 고개를 끄덕여주었다. 마치, 그걸 버리지 않고 네가 가지고 있었구나, 하는 것처럼.

형까지 합세하여 우리는 나란히 언덕길을 내려갔다. 헤아릴 수도 없는 수많은 별이 까만 밤하늘에 총총히 박혀 있었다. 짙고 푸른 어둠이 깔린 여름밤. 손을 뻗으면 닿을 수 있을 것처럼 모든 게 가깝게 느껴졌다.

축제장 입구로 들어서자 다양한 모형의 유등이 빛을 발하고 있었다. 저수지 둘레에 색색의 둥근 유등을 매달아 주변이 무척 예뻤다. 개막식은 이미 끝났을 시간이라서 여유가 있을 줄 알았는데 유등을 배경으로 사진을 찍는 관광객들이 서로를 밀쳐대는 통에 느긋하게 풍경을 볼 정신은 없었다.

앞서서 걸어가던 할머니가 용 모형의 유등 앞에 멈춰 서더니 사진을 찍자며 우리를 불렀다. 그러나 아버지는 고개를 숙인 채 걷고 있던 탓에 그 말을 듣지 못했고, 형은 관광객들의 머리통을 보면서 팔짱을 낀 채 그대로 앞을 지나쳐 갔다. 할머니가 그런 아버지와 형을 뒤따라서 힘없이 걸음을 옮겼다.

할머니는 사진 찍을 장소를 둘러보려고 멈춰 서느라 자주 사람들과 부딪혔다. 카메라는 아직 렌즈 캡도 벗기지 않은 상태였다. 아버지는 여전히 죄인처럼 고개를 수그리고 있었고, 형은 불만이 곧 폭발할 것 같은 표정이었다. 어떻게든 분위기를 전환해서 사진도 찍고, 시원히 웃고, 기쁘게 집으로 돌아가고 싶었다.

"마실 걸 사 올게요. 저기서 잠깐만 쉬고 계세요."

나는 가족들을 휴게 쉼터에 남겨둔 채 노점들이 늘어선 거리로 뛰어갔다. 사람들을 따라 줄을 선 뒤에 멍하니 카메라를 만지작거렸다. 포토존을 벗어나며 서운해하던 할머니의 상심한 표정이 눈앞에 계속 아른댔다. 잠시 쉬면 여유가 생길 거라는 희망으로 시간을 끌고 있었지만, 효과가 있을 것 같지 않았다.

사람들이 점차 줄어들고 마침내 내 차례가 되어 앞을 봤을 때, 음료는 없고 색색의 소원등이 늘어서 있었다. 바보 같은 실수를 했다. 내가 줄을 서서 기다린 곳은 소원등을 파는 축제 운영 센터였다.

"어떤 색으로 드릴까요?"

축제 운영 센터 로고가 찍힌 조끼를 입은 여자가 내 뒤에 서 있는 손님을 흘깃 본 뒤 재촉하는 눈빛을 보냈다. 죄송하다고 말하며 돌아 나오려고 했다. 서로에게 덕담을 건네는 가족이나 등에 소원을 쓰는 것이지 우리처럼 한 공간에 있는 것조차 껄끄러워하는 가족은 빌 소원이 없었다. 정말 그러려고 했는데 입이 제멋대로 움직였다.

"저기…… 흰색으로 주세요."

어느새 희고 자그마한 소원등이 내 손에 들려 있었다. 나는 소원등을 들고 휴게 쉼터로 터덜터덜 돌아왔다. 가족들이 내 손에 들린 소원등을 터지기 직전의 폭탄처럼 바라봤다.

"그게 뭐냐?"

"소원을 쓰는 등이래요. 무료로 나눠주기에 받아왔어요."

차마 사 왔다고 사실대로 말할 수가 없어 다시 거짓말을 했다.

"그러고 보니 매해 유등 축제에 왔지만, 소원등은 써본 적이 없구나."

할머니가 손수건을 깔아둔 의자에서 일어나면서 소원등을 어디에서 써야 하는지를 물었다. 다행이었다. 다른 걸 더 묻지 않아서. 거짓말도 쉬운 게 아니었다.

한참을 찾아다닌 끝에 우리 가족은 물가 근처에 마련된 천막 부스로 들어갔다. 부스에는 스탠딩 테이블이 여러 개 놓여 있었고 테이블을 둘러싼 사람들이 머리를 맞대고 무슨 소원을 쓸지 의논 중이었다.

우리 가족도 어정쩡하게나마 테이블을 끼고 둥글게 모여 섰다. 옆의 가족은 소원등 양옆에 빼곡한 글씨로 소원을 적고도 모자랐는지 빈자리를 찾아서 등을 요리조리 돌려보는 참이었다. 우리 식구 건강하게 해주세요. 우리 가족 행복하게 해주세요. 내가 생각해본 적 없는 평범한 소원들이, 너무나 평범해서 빌 수조차 없던 소원들이 그들의 손에서는 망설임도 없이 획획 적혀가고 있었다.

"뭐라고 쓸까요?"

가족들 모두 뭐라고 써야 할지 모르는 눈치였다. 옆의 가족이 소원을 다 쓰고 부스를 나간 후에 새로운 가족이 올 때까지도 우리는 얼어붙은 사람들처럼 가만히 서 있기만 했다. 안내 도우미가 다가와서 도와드릴지를 묻자 형이 괜찮다고 대답하곤 내 손에서 사인펜을 가져갔다.

─각자 잘 살게 해주세요.

형이 등 바깥쪽에 소원을 휘갈겨 썼다. 형이 쓴 소원이 벌거벗은 것처럼 가엽게 보였다. 각자 잘 살면 되는데. 그저 지금처럼 그 말대로 살면 되는데. 어째서 마음이 말라가는 것 같은 기분이 드는 걸까.

형이 사인펜을 테이블에 던지듯이 놓으며 냉소적으로 빈정거렸다.

"다른 소원이라도 있어요? 이번엔 사업이 잘되게 해달라고 빌까요?"

"못된 자식 같으니라고!"

역정을 내는 할머니와 사인펜의 뚜껑을 닫아두는 아버지를 옆의 가족이 곁눈질로 쳐다보고 있었다. 계속 이렇게 있을 수도 없어 소원을 다 썼다고 말하니 안내 도우미가 캔들 라이터로 소원등 안 촛불에 불을 붙여주었다. 불꽃이 어지럽게 흔들렸다. 아슬아슬하게 타오르는 불꽃처럼 위태로운 우리 가족이 안내 도우미를 따라서 소원등을 들고 물가로 내려갔다.

"소원이 이루어지게 해달라고 간절히 빌면서 다 같이 띄우세요."

다들 나서지 않기에 나 혼자서 물 위에 소원등을 살며시 내려놓았다. 노랗고 파란 불꽃을 피우고 있는 소원등이 안내 도우미가 쥔 작대기에 떠밀려 물가에서 멀어져 갔다. 물결을 따라 출렁대며 흘러가는 소원등을 보면서 우리는 이제 각자 잘 살아가게 되는 걸지를 생각했다. 어떻게 사는 것이 각자 잘 사는 것인지 나로서는 알 수 없었지만, 소원등은 그런 것쯤 상관없다는 듯 저멀리로 흘러갔다.

소원등을 떠내려 보내고 나서 할머니가 화장실에 갔다. 형은 바지 주머니에 손을 찔러넣은 채 조금 떨어진 곳에서 저수지를 바라보았다. 누군가 내 팔뚝을 툭 치기에 쳐다봤더니 아버지가 내게 손짓을 하고 있었다. 나는 아버지를 따라 좌판이 늘어선 거리로 들어섰다. 지나가는 사람들을 피해 사람이 적은 좌판 앞에 선 아버지가 내게 살갑게 말을 붙여왔다.

"하나 골라 봐라."

좌판에는 꼬맹이들이나 좋아할 법한 조잡한 기념품들이 무질

서하게 흩어져 있었다. 아버지가 손잡이가 달린 작은 북을 들고 좌우로 흔들자 북에 연결된 구슬이 북통을 통통 쳤다. 좌판 뒤에서 빈 상자를 정리하던 좌판 주인이 북소리에 돌아섰다.

"어서 오……. 아니, 이게 누구야? 유재만이 아니야? 언제 나왔대?"

좌판 주인이 상자 위에 올려두었던 먼지떨이를 집어 들고 다가왔다.

"……어제."

아버지가 좌판 주인의 눈치를 보면서 슬그머니 작은 북을 내려놓았다. 친구가 아니라 피해야 할 사람이라는 걸 그 몸짓이 말하고 있었다.

"세상 좋아졌네. 살인범도 몇 년이면 내보내고 말이야."

그냥 돌아 나오기는 늦었다. 아버지도 그 사실을 본능적으로 깨달았는지 화제를 바꾸며 한 발 물러섰다.

"기념품 파는 거야?"

"왜 하나 사주게?"

"그래, 내가 하나 살게."

아버지가 되는 대로 도자기로 만든 유등 모양 자석을 집었다가 아무래도 너무 조악하다고 판단했는지 도로 내려놓았다. 좌판 주인이 기다렸다는 듯이 먼지떨이로 자석을 탁탁 털었다. 아버지가 먼저 집었던 작은 북으로 손을 뻗은 것과 동시에 좌판 주인도 먼지떨이로 작은 북을 털어 아버지 손에 털이 가닿았다. 아버지의 손끝만 닿아도 더러운 게 묻는다는 듯 노골적인 반응이었다.

"뭐 해, 당신?"

앞치마를 두른 여자가 머리를 양 갈래로 딴 여자아이의 손을 잡고 좌판 안쪽으로 들어왔다. 좌판 주인이 먼지떨이로 아버지 앞에 놓인 기념품들을 털면서 대답했다.

"내가 얘기한 적 있지. 빚더미에 앉아서 가족들 다 죽이려다가 실패해 지 마누라만 죽이고 감옥에 간 동창 새끼가 있다고. 저 새끼가 바로 그 새끼야."

좌판 주인의 아내가 뜨악한 눈길로 아버지를 쳐다보더니 여자아이를 품 안으로 끌어당겼다. 아버지의 존재만으로 위협이 느껴지는 모양이었다. 엄마가 갑자기 끌어안자 답답했던지 여자아이가 칭얼거리며 품에서 벗어나려고 했다.

"가만히 좀 있어."

좌판 주인의 아내가 아버지의 눈치를 보면서 여자아이를 더욱 세게 끌어안았다. 좌판 주인이 못마땅하다는 듯 아내를 바라보더니 아버지를 향해 인상을 찌푸렸다.

"왜 내 말이 틀렸어?"

기념품을 고르는 척하던 손님들이 아버지를 흘깃흘깃 쳐다봤다. 아버지는 고개를 숙인 채 기념품 더미만 내려다보고 있었다.

"입에 꿀이라도 처발랐나. 어째 말이 없어?"

"이거 하나 줘."

아버지가 작은 북을 손에 쥐고 주머니에서 만원을 꺼내 불쑥 내밀었다.

"안 팔아, 이 새끼야. 살인자 새끼 돈 받고 부정탈 일 있어?"

그제야 아버지 옆에 서 있는 날 발견한 좌판 주인의 아내가 남편의 옷자락을 끌어당기며 눈짓을 보냈다. 좌판 주인이 "아! 왜?" 하면서 짜증을 내곤 날 쳐다봤다.

"꼴에 애비라고 같이 나온 거야? 나도 자식 키우는 애비지만 넌 참 낯짝도 두껍다. 자식새끼들한테 부끄럽지도 않냐? 미안하지도 않아?"

"……."

"그냥 혼자나 뒈지지. 네가 뭐라도 되는 줄 알고 같이 죽자고 덤비냐, 덤비길. 학교 때도 별 볼 일 없던 놈이 꼴값한다, 진짜."

돌연 아버지의 분위기가 변했다. 정확히 표현할 수는 없지만 나는 그 순간을 단번에 느낄 수 있었다. 그건 온몸에서 뿜어져 나오는 기운 때문이었다. 아버지에게는 십 년 전처럼 모든 것을 파괴하고 말겠다는 듯 거친 기운이 서려 있었다. 나는 시간을 거슬러 올라가서 일곱 살 아이가 된 듯 몸을 움츠렸다. 아버지가 좌판 너머로 팔을 뻗어 좌판 주인의 멱살을 잡았다.

"다시 한번 지껄여봐. 네가 뭘 안다고 주둥이를 함부로 나불거려?"

"내가 왜 몰라. 세상이 다 아는 걸. 만날 이불 덮고 같이 자던 마누라 죽이고, 지 자식새끼들까지 죽이려다가 감옥 간 거 모르는 놈도 있을까 봐. 네 큰아들놈도 너처럼 살인귀가 돼서……."

좌판 주인은 말을 끝맺지 못했다. 아버지가 주먹을 날렸기 때문이다. 좌판 주인이 몸으로 기념품을 쓸며 쓰러지자 그의 아내가 비명을 질렀다. 주변에서 기념품을 구경하던 사람들이 새로운 구경거리를 찾아서 모여들었다. 좌판 주인이 입가에 묻은 피를 닦아내며 바닥에 침을 뱉었다.

"퉤! 이 미친 새끼가. 장사도 안 되는데 잘 걸렸다, 이 새끼야. 오늘 깽값이나 한번 받아보자."

좌판 주인이 좌판을 넘어와 아버지에게로 달려들었다. 아버지가 좌판 주인을 안듯이 받아내자 두 사람이 엉겨붙은 채로 나동그라졌다. 좌판 주인이 먼저 일어나 아버지의 배에 올라탔다. 주먹을 휘둘러 아버지의 볼을 때린 뒤에 광대 옆을 쳤다. 아버지는 얼굴을 가렸고, 아무도 좌판 주인을 말리지 않았다.

싸움이 끝날 때까지 얼굴을 가리고만 있을 줄 알았던 아버지가 손을 버둥거려서 흙을 집더니 좌판 주인에게 뿌렸다. 좌판 주인이 눈을 막는 틈에 몸을 뒤집고 빠져나온 아버지가 곧바로 그의 얼굴을 무릎으로 찍어 올렸다. 얼굴을 감싸쥐며 좌판 주인이 쓰러지자 아버지가 자리에서 일어나 주위를 두리번거렸다. 그러곤 눈에 띄는 큼지막한 돌을 주워 와 좌판 주인의 가슴에 올라탔다. 아버지가 돌을 내리찍으려고 했다.

"아버지! 안 돼요!"

나는 새된 목소리로 외쳤다. 아버지가 머뭇댔고, 그 틈에 주변 상인들이 싸움을 말리려고 아버지의 팔을 붙잡았다. 와중에도 아버지는 이걸 놓치면 세상이 끝날 것처럼 좌판 주인의 멱살을 악착같이 움켜쥐고 있었다. 좌판 주인의 아내가 울면서 "죽이지 마요." 하고 애원했다. 아버지의 손에 힘이 빠지며 멱살이 풀렸다.

아버지는 돌을 바닥에 버렸다. 상인들을 밀치며 일어나면서 살짝 비틀거렸다. 자신을 둘러싸고 있는 구경꾼들에게 입을 달싹였는데 처음에는 뭐라고 하는지 들리지 않았다.

"재밌냐? ……재밌어?"

아버지는 재미있냐고 중얼거리고 있었다. 구경꾼들은 그 말을 알아듣지 못하고 아버지를 손가락질했다. 팔을 휘저어 길을 만든 아버지가 자신을 쳐다보고 있는 눈들을 피해 쫓기듯 자리를 빠져나갔다. 좌판 주인이 코피를 닦으면서 아버지의 뒤통수를 향해 악다구니를 썼다.

"개새끼야! 또 누구 죽이러 가냐?"

좌판 주인의 어린 딸이 울고 있었다. 나도 그 애처럼 울고 싶었다. 여자아이를 어르고 달래며 눈물을 닦아주는 사람들에게 나도 상처받은 마음을 보여주고 싶었다. 하지만 그럴 수 없다. 보여준다고 해서 달라질 것도 없으니까. 나 역시 아버지에게 죽을 뻔했다고 항변해도 나는 여전히 살인자의 자식이었다. 아버지를 손가락질하던 사람들이 이제는 나를 향해 비난의 눈초리를 보내고 있다는 걸 잘 알고 있었다.

나는 나에게 작은 북을 사주고 싶어했던 아버지를 찾아 축제장을 헤매고 다녔다. 유등이 밝게 빛나는 곳에선 아버지를 찾을 수 없을 것 같아서 한적한 곳을 위주로 기웃거렸다. 글씨가 다 지워진 표지판을 지나 배드민턴장으로 들어가니 아버지가 도둑고양이처럼 후미진 구석 바위에 걸터앉아 있었다. 배드민턴장은 숨이 막힐 만큼 적막했다. 그래서 나는 숨을 크게 몰아쉬면서 아버지를 불렀다.

"아버지!"

내가 부르는 소리에도 아버지는 고개를 돌리지 않았다. 오히려 어둠 속에 몸을 더욱 파묻었다. 나는 아버지에게 조용히 다가가 흙투성이가 된 옷을 조심스럽게 털어주었다. 아버지는 미동도 없이 내 손이 닿는 대로 가만히 있었다.

"이제 돌아가요."

아버지와 함께 화장실 앞으로 돌아오자 형이 팔짱을 낀 채 기다리고 있었다. 형은 몰골이 형편없어진 아버지를 흘깃 보긴 했지만 곧 시선을 돌렸다.

"할머니는?"

형이 수변을 가리켰다. 할머니가 손수건을 쥔 채 저수지를 보고 있었다. 물가 쪽으로 다가가자 할머니가 얻어맞은 아버지의 얼굴을 오랫동안 바라보다가 출입구를 향해 먼저 걸음을 뗐다. 아버지가 빨갛게 부은 얼굴을 가리면서 할머니의 뒤를 따라갔다. 나는 카메라 렌즈 캡을 만지작거리면서 걸었다. 할머니가 그토록 원했던 가족사진은 결국 한 장도 찍지 못했다.

행사장 출구를 빠져나와 왔던 길을 피해 돌아 나갔다. 길가에는 드문드문 포장마차가 서 있었다. 할머니가 포장마차 쪽으로 걸음을 옮기는가 싶더니 누구에게도 묻지 않고 거침없이 포장마차 문을 들추었다. 엉겁결에 다들 포장마차로 들어서니 할머니는 이미 천막에 붙여놓은 메뉴를 보면서 안주를 시키고 있었다.

포장마차 주인이 소주를 가져다주자 아버지가 할머니의 잔을 채운 후 형에게도 권했다. 형은 술잔을 엎어 놓으면서 마시지 않겠다고 했다. 술을 드시지 않는 할머니도 잔을 받았는데 그냥 좀 받아주지. 아버지가 입을 달싹이다가 결국 힘없이 소주병을 내려놓았다. 할머니가 소주를 한숨에 들이켜더니 밭은기침을 하며 손수건으로 입을 가렸다. 나는 그 모든 게 서글펐다. 그래서 형이 엎어 놓은 술잔을 바로 들고 아버지에게 내밀었다.

"저도 주세요."

"잘 생각했다. 술은 어른한테 배우는 거지. 나도 한 잔 더 다오."

"어머니!"

"괜찮다, 오늘은."

아버지가 입을 굳게 다물고 할머니에게 술을 다시 따라드렸다. 내게도 소주를 따라준 아버지가 혼자 술을 들이켰다. 나도 고개를 옆으로 돌리고 술을 마셨다. 쓰다는 감각이 목에서부터 몰려와 입 안에 퍼졌다. 아버지가 또 따라주기에 두 손으로 술을 받았다. 아버지와 할머니가 술을 주거니 받거니 거듭하는 동안 안주가 나왔다. 할머니는 그럭저럭 기분이 나아진 듯 새로운 안주를 시켰다. 포장마차 주인이 서비스라면서 계란프라이를 가져다주었다.

"좋은 카메라네요."

"그럼 뭐 하겠수. 사진 한 장 찍지 못했는걸."

"사람이 너무 많죠?"

유등 축제장에 관광객이 많은 탓에 사진을 찍지 못한 거라고 여긴 포장마차 주인이 자신이 찍어주겠다고 먼저 제안해오자 할머니가 빼지 않고 카메라를 내밀었다. 말리지도 못하고 당황한 채 있던 가족들이 포장마차 주인의 요청대로 쭈뼛대며 카메라를 바라보았다. 손님들의 눈이 우리에게로 쏠렸다가 형에게로 고정되었다. 금방이라도 밖으로 뛰쳐나갈까 봐 조마조마했는데 형은 어느새 진지하게 카메라를 보고 있었다. 모델 작업을 할 때도 저런 표정을 지으며 카메라를 응시할 거라고 생각했다. 이건 그저 일이야, 하고 말이다.

"자! 찍습니다. 웃어요, 치즈!"

포장마차 주인은 그렇게 말하고 나서도 두 번 더 셔터를 누르더니 확인해보라며 카메라를 건네주었다. 한 장은 초점이 흔들렸고, 다른 사진에서는 아버지와 형의 표정이 위험한 동물이라도 만난 듯 굳어 있었다. 그나마 마지막 사진은 어설프게라도 다들 웃고 있어서 진짜 가족사진처럼 보였다.

형은 사진에는 관심이 없는 듯 묵묵히 국수만 먹었다. 할머니는 사진을 언제 뽑을 수 있는지 궁금해했다. 아버지는 한동안 카메라 액정 속의 사진을 들여다보다가 얻어맞지 않은 부위마저 빨개질 때까지 술을 마셨다. 그 속도에 맞추느라 나는 꽤 많은 양의 술을 급하게 마셔야만 했다.

포장마차를 나와 집으로 돌아가는 길, 세상의 모든 냄새가 사라졌다고 생각했다. 아무런 냄새도 맡아지지 않았다. 그리고 세상이 굉장히 좁고 구불구불하게 보였다. 그 길에는 어떠한 불행도 숨어 있지 않을 것만 같았다. 그런데도 나는 그 길 위에서 비틀거렸다.

"너 취했어."

형이 날 부축했다.

"나쁘지 않아."

정말 나쁘지 않았다. 감각도, 욕망도, 판단도 마비된 듯 만드는 기묘한 나른함이 좋았다. 그날 밤 나는 술에 취해서 깊게 잤다.

꿈도 없었다.

사건 셋째 날

시체를 보았다. 폐쇄된 양계장에서 죽어 있는 걸 우리 가족이 발견했다. 할아버지 성묘를 다녀오는 길이었고, 할머니를 제외하고는 모두 두 번째로 보는 시체였다.

성묘는 흠잡을 데 없이 완벽했다. 날씨도 맑았고 아버지와 형은 협의한 듯 분담하여 산소를 살폈다. 음식도 나눠 먹었다. 할머니의 어깨를 주무르던 형이 무언가를 얘기하며 웃기도 했다. 헤어지기 전에 형이 웃어서 다행이라고 생각했다. 적어도 이곳 생활이 최악은 아니었다는 증거니까. 아마도 형은 이곳을 떠나면 앞으로 다시는 돌아오지 않을 것이다. 나는 형이 마지막을 향해 전진하고 있다는 걸 느낄 수 있었다.

산길을 내려와 평소대로 큰길 앞 정류장에서 버스를 기다리려고 했는데 할머니가 그대로 지나쳐 가며 다른 길로 가자고 했다. 할머니를 뒤따라가면서 형이 슬쩍 웃다가 나와 눈이 마주치자 고개를 돌렸다. 정류장 의자에 내려두었던 짐을 들고 형의 뒤를 부랴부랴 쫓아갔다. 그런 내 뒤를 아버지가 조심스럽게 따라오고 있었다.

걷다보니 어디를 지나쳐 집으로 돌아가는 건지 파악되었다. 조금 더 가다보면 작년 겨울에 발생한 조류독감의 여파로 닭 삼만 마리를 도살 처분한 양계장이 나올 터였다. 도살된 닭을 인근 지역 땅에 매몰한 뒤로 한동안 썩는 냄새가 진동하여 아무도 가까이 가지 않는 곳이었다. 새로 닭을 들이지 않은 양계장은 얼마 있지 않아 폐쇄되었다고 들었다.

폐쇄된 양계장을 향해 걸으면서 형은 중간중간 예초기를 돌렸다. 모터 진동을 견디느라고 어깨와 팔에 힘이 잔뜩 들어가 힘겨워 보였는데도 멈추지 않았다. 날카로운 칼날에 잘려나간 풀이 바람을 타고 날아갔다.

"예초기 날이 돌에라도 부딪치면 어쩌려고 계속 돌려. 그만 꺼."

"조심하고 있어요."

할머니가 위험하다고 말리는데도 형은 고집스럽게 풀을 베었다. 할아버지 무덤가에서 할머니와 웃던 유순한 형은 햇볕에 말라버려 증발한 듯 미간이 사정없이 구겨져 있었다. 아버지가 목에 난 땀을 닦으면서 형이 등에 메고 있는 예초기로 손을 뻗었다.

"무거울 것 같은데 이리 주렴."

형이 홱 돌아보는 바람에 예초기 핸들이 땅을 치면서 흙먼지가 날렸다.

"왜요? 어디에다가 쓰게요?"

"어디에다 쓰냐니, 그게 무슨 말……."

말끝이 흐려지며 아버지가 발밑을 바라봤다. 단지 예초기를 끄려고 했다는 걸 형이 모를 리가 없었다. 모터가 회전하는 소리만이 한낮의 정적을 깨고 있었다.

"뭣들 하고 있어? 어서들 와!"

저만치 앞서서 가느라고 방금 무슨 말이 오갔는지 알 턱이 없는 할머니가 신경질적으로 손짓했다. 한참 동안 아무도 입을 열지 않고 앞만 보며 움직였다. 형이 또다시 예초기를 돌리다가 자리에 멈춰 서자 사위가 조용해졌다.

"고장났나봐."

형은 전원 버튼을 딸깍대며 누르고 있었다. 칼날을 고정하는 고무 나사가 헐거워져 빠진 모양이었다. 고무 나사를 교체하고 단단히 조여준다면 날이 돌 수도 있지만, 교체하다가 칼날에 손을 다칠 위험이 컸다. 형이 예초기 핸들을 어깨에 메며 숨을 몰아쉬었다.

"버리고 가자."

십 킬로그램이 넘는 예초기가 무겁기도 했을 것이다. 그래서 아버지도 예초기를 들어준다고 했던 거고. 형의 기분이 상하지 않도록 예초기를 넘겨받는 방법이 있을까 생각했지만 뾰족한 수가 떠오르지는 않았다.

"이제 배턴 터치할까? 내가 들고 가서 집에서 분리수거할게."

"고장난 걸 왜 들고 가? 저기에 버리고 가면 되지."

형이 찢어진 비닐이 너덜거리는 폐쇄된 양계장을 가리켰다.

"남의 땅에 쓰레기 함부로 버리는 거 아니다."

어느새 할머니가 길을 되짚어와서 단호하게 말했다. 어차피 버려진 땅인데 어떠냐는 식으로 형이 할머니를 설득하기 시작했다. 두 사람이 옥신각신 따지는 걸 지켜보고 있던 아버지가 중간에 끼어들며 예초기를 살펴보려고 했다.

"고칠 수 있나 한번 보자."

"하! 이걸 고치시겠다고요? 어제 고쳐보겠다고 건드려서 고장 낸 건 아니고요? 괜한 일에 참견하지 마세요. 예초기는 제가 잘 알아요. 이건 더는 못 써요. 버리고 가는 게 나아요."

누구의 말도 듣지 않겠다는 듯 형이 고집을 피웠다. 대신 들어주는 것도, 고치는 것도 싫다. 버리고 가야겠다. 이미 결론을 낸 형이 예초기를 버리고 오겠다며 제멋대로 양계장으로 들어갔다.

"저, 저 썩을 놈 같으니라고."

할머니가 떨떠름한 표정으로 치마를 쥐고 앉았다. 화기애애하던 분위기는 진즉에 깨어졌고, 이대로라면 형이 서울로 돌아갈 때까지 다들 입을 꾹 다물고 있을 게 뻔했다. 날씨마저 점점 뜨거워지고 있었다.

"형!"

형은 한참이 지나도 양계장에서 나오지 않았다. 아무리 불러도 대답조차 없었다. 안에서 뭐 하는 거냐고 할머니가 부아를 내서 나는 더욱 큰 목소리로 형을 불렀다. 인내심에 한계가 온 할머니가 자리에서 일어났다.

"제가 가서 데려올게요."

"일 없다."

할머니가 걸음을 옮기기에 내가 먼저 앞으로 치고 나가서 양계장으로 들어갔다. 내가 나오지 않자 순차적으로 아버지와 할머니도 양계장으로 들어왔다. 그렇게 모두 폐쇄된 양계장에 들어가 시체를 보게 된 것이다.

시체가 있다는 걸 바로 알아차린 건 아니다. 왕겨로 뒤덮인 양계장 바닥을 얼떨떨한 표정으로 보고 있는 형의 시선을 따라가다가 바닥을 뚫고 튀어나온 것 같은 손을 먼저 발견했다. 팔목 부근까지 드러나 있는 하얀 팔을 보곤 할머니가 주저앉지 않으려고 양계장 골조를 붙잡았다. 할머니를 부축해야 한다는 걸 알면서도 나는 홀린 듯 팔목을 쳐다보고만 있었다. 흙이 낀 손톱, 굽은 손가락, 왕겨를 발판 삼아 올라오려는 듯 쭉 뻗은 팔목. 비현실적이면서도 어딘가 익숙한 모습이었다.

형이 왕겨를 사각사각 밟으며 팔목 옆쪽으로 다가갔다.

"사람이 묻혀 있어."

형의 말을 듣고 보니 팔목 주변이 조금 볼록하게 튀어나온 듯 보였다. 저 아래에 사람이 있다고 생각하니 목덜미에 소름이 끼쳐왔다. 형이 무릎을 꿇고 왕겨를 헤쳤다.

"건드리면 안 돼, 형!"

경찰에 신고하는 것이 순서가 아닐까 싶었는데, 차마 신고하자

는 말까지 꺼내지는 못했다. 아버지가 옆에 있었기 때문이다. 아
버지는 출소한 지 사흘 만에 암매장된 시신과 엮이고 말았다. 시
신을 발견한 경위를 조리 있게 설명한다 한들 경찰은 분명 아버
지부터 의심할 터였다.

"만지지 말고 경찰에 연락해라."

할머니가 골조를 붙잡은 채 잠긴 목소리로 말했다. 형이 할머
니 쪽을 보지 않고 왕겨를 계속 파내면서 대답했다.

"경찰에 연락하면요. 경찰이 와서 누굴 제일 먼저 의심하겠어
요?"

"의심하다니, 누굴? 누굴……."

할머니가 골조를 놓치며 힘없이 자리에 주저앉았다.

"죽었는지 살았는지 파악한 뒤에 신고해도 안 늦어요. 일단 파
내요. 그런 뒤에 아버지는 집으로 먼저 돌아가세요. 우리가 찾은
것처럼 말 맞추면 되니까."

시신을 발견했을 때 아버지가 양계장에 없었다는 말을 경찰이
믿어줄까? 그들이 그렇게 허술할까? 혼란스러운 제안을 판단할
틈도 없이 형이 시신을 파내는 걸 도와달라고 했다. 아버지가 머
뭇거리다가 조심스럽게 이동해서 팔목 주변의 왕겨를 긁어내기
시작했다. 이제 돌이킬 수 없다. 나아가는 수밖에. 나도 두려운 마
음을 다잡고 시체를 향해 손을 뻗었다. 땅속에서 기를 쓰고 기어
나오려는 듯 구부러진 손가락에 내 손끝이 닿기 전에 형이 내 손
목을 움켜잡았다.

"넌 할머니 옆에 있어."

"하지만……."

"곧 끝나."

형이 잡았던 손목을 풀어주며 할머니 옆으로 가라고 고갯짓을 했다. 내가 가려고 하지 않자 등을 떠밀기까지 했다.

"형 말 들어라."

아버지까지 거드는 바람에 어쩔 수 없이 자리에서 벗어났다. 내가 가장자리로 물러나자 아버지와 형이 본격적으로 시체 주변을 파기 시작했다. 흙더미가 쌓여갈수록 땅에 묻힌 시신의 윤곽이 서서히 드러났다. 엎어져 있는 시신의 등이 먼저 보였고 허리와 다리가 뒤이어 나타났다. 노란색 티셔츠가 등 위로 말려 올라가서 척추뼈가 고스란히 드러나 있었다.

아무도 머리가 있을 거라 추정되는 부근을 건드리지 않았다. 형이 시체의 몸통을 흘깃 보더니 작심한 듯 어깨 위쪽 흙을 흐트러뜨렸다. 머리에 가까워질수록 피와 흙이 뒤섞인 흙덩이가 자주 나왔다. 머리카락이 형의 손에 걸리고 마침내 머리통이 드러났다. 머리가 드러난 뒤에 형은 주변 흙을 조심스럽게 파냈다. 얼굴선이 점점 형태를 분명하게 잡아가고 있었다.

형이 손을 털고 일어났다. 그러곤 아버지에게 방금 땅에서 파낸 시신의 생사를 확인해보라고 했다.

"내가?"

"죽었는지 한번은 확인해야죠."

당연히 죽었다는 걸 알고 있는데 왜 그래야 하는지 묻고 싶었지만 입을 여는 것조차 힘겨워서 그만두었다. 내키지 않는 듯 머뭇거리며 아버지가 시신의 목에 손가락을 가져다 대었다. 몇 초에 불과한 시간이었지만 대답을 기다리는 동안, 시간이 영원과 같이 느껴졌다.

"죽었어."

형과 아버지가 시신 곁에서 멀어지자 시신의 옆얼굴이 보였다. 피에 젖은 검은 머리카락이 진홍색 반점이 생긴 볼에 엉겨붙어 있었다. 무서웠다. 벌어진 입안에 흙이 들어차 있어 숨쉬기 답답하겠다는 어처구니없는 생각이 들 만큼 충격도 컸다. 보지 않으려고 해도 자꾸만 시체로 시선이 갔다. 흙이 묻은 눈꺼풀 위를 거미가 유유히 지나가고 있었다. 낯이 익다고 느낀 순간, 가슴 밑바닥에서 무언가가 울컥 치받혀 올라왔다.

시신은 내 또래 남자애였다. 그리고 내가 알고 있는 남자애이기도 했다. 내게 유등을 만들라고 시킨 뒤 학교에 나오지 않은 아이, 정태민. 안경을 쓰고 있지 않아서 늦게 알아보았지만 분명 반장이었다. 반장이 죽은 채 내 발치에 엎드려 있었다.

"반장이에요."

아버지가 바지춤에 손가락을 연신 닦다가 깜짝 놀란 얼굴로 나를 돌아보았다.

"그제 밤에 왔었던 아이 말이냐?"

그제야 턱이 덜덜 떨려왔다. 학교에 나오지 않았던 이유가 단번에 이해되면서 다리에 힘이 풀렸다. 두려움에 울음이 터질 것 같아서 마른 눈을 깜박여보았지만 눈물이 나오진 않았다. 대신 미칠 듯한 불안감이 엄습해왔다. 금방이라도 반장이 눈을 뜨고 나를 노려볼 것만 같았다. 자신을 살려내라고. 자신의 운명과 내 것을 맞바꿔달라며 당장이라도 다리를 붙잡을 것만 같아서 나도 모르게 뒷걸음질을 쳤다.

죽은 사람이 반장이라는 걸 확인하고 나니까 시선을 어디에 둬야 할지 알 수 없었다. 시선을 이리저리 옮기다가 피로 물든 노란색 티셔츠가 눈에 들어왔다. 그 순간 내 속에서는 무언가 딸깍하고 열렸다가 금세 닫혔다. 엄마가 생각난 건 아니었다. 그럼에도 불구하고 미끄러운 감촉과 비릿한 피 냄새가 뇌리에 되살아났다.

"왜 호수 아들이 이런 곳에서……."

아버지 역시 핏기가 없이 하얗게 질려 있었다.

"그럴 걸 따져 뭐 해요. 이제 신고할 테니까 아버지는 진웅이하고 먼저 집으로 돌아가세요. 할머니와 제가 예초기를 버리러 왔다가 시신을 발견했다고 하면 되니까요. 아버지하고 진웅이는 우리가 양계장으로 간 사이에 먼저 집으로 돌아가서 이 상황을 모른다고 할게요. 두 사람은 여기 없던 거예요. 알았죠?"

지극히 냉정한 형의 말에 현실로 돌아왔다. 반장이 죽은 걸 봤는데 어떻게 가만히 있으라는 걸까. 더욱이 할머니는 제대로 서지도 못하는데. 할머니를 두고 가지 않겠다고 버티자, 형이 내 말을 끊고 할머니는 노인이라서 의심받지 않을 거라고 했다. 아버지마저 끼어들며 자신이 대신 남겠다고 하자 결국 형이 폭발했다.

"누구 때문에 이러는 건지 모르시겠어요?"

"어차피 발자국도 남았고 저 아이한테 손도 댔는데 경찰이 모를 리가 없다. 괜히 집으로 돌아갔다가 현장에서 도망쳤다고 의심만 더 살 수 있어."

아버지 말이 맞았다. 경찰이 우리가 낸 얕은꾀에 넘어갈 리 만무했다. 현장에 있었다는 증거가 나올 텐데 자리에 없었다고 주장하면 오히려 문제가 될 수 있었다.

"다 같이 있어보자. 우리가 해친 것도 아닌데 경찰이 괜한 사람을 트집잡겠니."

넋이 나간 채 앉아 있던 할머니가 양계장 골조를 붙잡으면서 일어났다. 형은 내키지 않는 듯 인상을 썼지만, 이번만큼은 할머니와 아버지의 의견에 따랐다. 형이 경찰과 통화하는 사이 우리는 밖으로 나와서 경찰이 오기를 기다렸다. 양계장 문은 닫아두었지만 찢긴 비닐 사이로 안이 훤히 들여다보였다. 죽은 반장이 우리 가족에게서 도망가려는 듯 여전히 팔을 든 채 엎드려 있었다. 반장은 어째서 죽은 걸까? 누가 이곳에 묻은 걸까? 언제 그런 거지? 죽을 때 아프진 않았을까? 두서없는 생각들이 머릿속을 쓱쓱 지나갔다. 가슴이 진정되지 않고 연신 쿵쾅거렸다. 다들 괜찮은지 걱정되어 돌아보니 아버지는 착잡해 보였고, 할머니는 지쳐 보였다. 그리고 형은…… 형은 태연해 보였다.

양계장에서 나온 형이 내 옆에 나란히 앉았다. 나는 입을 틀어막으며 무릎 사이에 얼굴을 처박았다.

"괜찮아?"

도리어 내가 묻고 싶은 질문이었다. 형! 괜찮은 거야? 우리 가족은 괜찮은 거야? 형도, 나도 그리고 아버지도. 그러나 폐쇄된 양계장으로 고집스럽게 들어간 의도를 모르는 이상 형에게 물음표가 붙은 말들을 있는 대로 쏟아낼 순 없었다. 나는 고개를 들고 살짝 끄덕여주었다.

"괜찮아."

네 번째 거짓말이었다. 형은 마음에 걸리는 게 있는지 자리에 그대로 앉아 있었다.

"이따 경찰이 오면 이것저것 질문을 할 거야. 그냥 잘 모르겠다고 해. 정신이 없었다고. 무서웠다고."

"형 말대로 할게."

"괜찮은 거 맞지?"

"괜찮아, 정말."

형은 뭔가를 더 말하고 싶어하는 눈치였으나 더는 말하지 않고 그냥 자리에서 일어났다. 나는 양계장에서 우리집으로 돌아가는 길을 바라보았다. 길가에는 짙푸르고 질긴 풀들이 끝도 없이 돋아나 있었다. 그 길 끝에 있는 우리집이 아득하게 멀게만 느껴졌다. 그 위에 펼쳐진 날씨마저 흐려지고 있었다.

십오 분 정도 지나고 난 뒤 사이렌이 울리며 차 세 대가 큰길에 붙어섰다. 네 명의 경찰과 사복 차림의 남자 두 명이 경찰차에서 내렸고 'KCSI'라고 수놓인 모자를 쓴 과학수사요원들이 승합차에서 우르르 내렸다. 경찰들이 공터를 가로질러 먼저 왔다. 보호복으로 갈아입은 과학수사요원들은 감식 가방과 카메라를 들고 양계장으로 들어갔다.

곧바로 폴리스라인이 쳐졌다. 경찰이 우리 가족의 신상명세를 적는 동안 사복을 입은 남자들이 신발캡을 신은 채 양계장으로 뒤이어 들어갔다가 나와선 마스크와 라텍스 장갑을 벗어 바지 뒷주머니에 쑤셔넣고 수첩에 뭔가를 적었다. 아무래도 형사인 모양이었다.

폴리스라인 앞에 선 경찰과 몇 마디를 나눈 형사들이 보고를 다 받았는지 고개를 끄덕이곤 뭔가를 지시했다. 경찰이 큰길가로 뛰어가자 두 형사는 신발캡을 벗지 않은 채 우리에게로 걸어왔다.

"신고자가 유진혁 씨로 되어 있는데 안에는 다들 들어갔었나봐요."

구깃구깃한 남방을 입은 형사가 입을 열자 덧니가 엿보였다.

"그게 문제라도 되나요?"

덧니 형사가 심드렁한 표정과 달리 또랑또랑 울리는 목소리로 설명했다.

"지금 현장 감식하는데, 사방에 족흔적이 너무 많아서 요원들이 뭘 채취해야 할지 헷갈려 해요. 동선도 엉켰고. 가뜩이나 왕겨 더미에는 족흔적이 선명하게 남지를 않는데 말이에요. 그래서 말이니까 협조 좀 부탁해요. 유진웅 군이랑 어머님은 지금 바로 여기서 족적 좀 뜰게요. 다른 두 분은 진술도 할 겸 서에서 뜨시고."

"여기서요?"

형이 놀란 듯 되물었다.

"별건 아니고, 양계장 안에서 채취한 족흔적에서 범인 신발 흔을 가려내 비교해야 하니까 신고자들 신발 흔도 뜨는 거예요. 마침 오네."

보호복 위로 과학수사라고 적힌 조끼를 입은 요원이 종이상자를 받쳐들고 와서 바닥의 돌들을 치워낸 뒤 내려놓았다.

"사진 먼저 찍을게요."

과학수사요원이 종이상자에서 꺼낸 간이의자에 앉으라고 한 뒤에 신발을 한쪽씩 벗으라고 했다. 내가 먼저 자리에 앉아서 신발을 벗었다. 과학수사요원이 신발을 뒤집어 바닥 문양을 촬영했다. 할머니의 신발까지 찍고 나자 이번엔 흙바닥에 물을 뿌리고 나무 막대기로 저었다. 바닥이 곧 진흙탕이 되었다. 같은 방식으로 조금 떨어진 곳에도 다른 진흙탕을 만들었다.

"보통은 사진만 찍고 마는데, 현장이 좀 특수해서 그러니 이해 좀 부탁해요."

덧니 형사가 발을 이렇게 가져다 대라고 시범을 보이고 난 뒤에 할머니가 진흙탕을 지나가도록 도와주었다. 나는 과학수사요원이 시키는 대로 새로 만든 진흙탕을 걸어서 지나갔다. 질척질척한 땅에 운동화 바닥 문양이 찍혔다. 석고 채취틀을 꺼내 족적에 놓은 과학수사요원이 그 안으로 석고액을 조심스럽게 부었다. 과학수사요원과 눈을 맞춘 뒤 덧니 형사가 우리를 휘돌아봤다.

"따로 신고 상황에 대해 좀 들을게요. 두 분은 잠깐 이쪽으로 오시겠어요?"

머뭇거리며 발을 옮기는 아버지와 형의 얼굴에 불안함이 가득했다. 할머니 옆에는 어느새 나타났는지 경찰이 붙어 서 있었다.

"유진웅, 학교는 잘 다니고 있지?"

두 사람이 멀어지자 턱수염이 난 형사가 수첩을 들고 내게 다가왔다. 어투로 보아 그는 나를 이미 알고 있는 눈치였다. 초등학교 입학식 때 모두 나를 알고 있었던 것처럼 말이다.

입학식 날, 나는 개교 이래 가장 유명한 입학생이었다. 입학식에 참관하러 온 학부모들은 운동장에서 할머니 손을 붙잡고 대기하고 있던 나를 이미 알고 있었다. 자기 자식을 맡아줄 담임선생님보다 내 얼굴을 더 보고 싶어했던 구경꾼들.

'쟤가 개잖아.'

서로의 귓가에 대고 나를 흘깃거리며 하던 그 말들을 지금까지도 잊지 못하고 있다. 형사도 어쩌면 쟤가 개잖아, 라는 말을 들었을 수도 있다. 아니면 하는 쪽이었든. 쟤가 개잖아. 아버지한테 죽을 뻔한 애. 어머! 용케 살았네. 근데 찝찝하다, 좀. 쟤 아버지가 살인자인 거잖아. 우리 애랑 같은 반이 되면 어쩌지. 호기심이 두려움으로 바뀌는 순간, 튀어나오던 말들. 쟤랑 절대 놀아선 안 돼. 가까이 다가가지도 말고. 불길한 기운 물들어.

"진웅이가 이제 고등학교 1학년이 됐지?"

"네."

"오늘은 학교에 안 갔나보네."

"할아버지 성묘를 다녀와야 해서 결석계 냈어요."

"진웅이는 미성년자라 할머니가 계실 때 한두 가지만 물어볼 거야. 너무 겁먹지 말고 얼른 끝내고, 할머니 모셔 가자. 알았지? 어머니는 진웅이 끝나고 여쭤볼 거니까 잠시만 가만히 계셔요."

턱수염 형사가 볼펜 꼭지를 턱끝으로 누르고 수첩을 폈다. 슬쩍 곁눈질로 쳐다보니 덧니 형사도 수첩에 형이 하는 말을 적고 있었다. 아버지는 다른 경찰이 맡고 있었다.

"진웅이는 시신을 처음 봤을 때 뭔가 특이한 점이 있다고 느꼈니? 주변이나 아니면 시체에. 그냥 직감을 물어보는 거니까 생각나는 대로 말하면 돼."

"잘 모르겠어요. 반장이 죽은 걸 확인한 뒤에는 정신이 없어서요."

"반장? 죽은 아이가 너희 학교 반장이니? 어느 반?"

"같은 반이요. 1학년 4반."

틱수염 형사가 반장의 이름을 문기에 정태민이라고 말해주고, 담임선생님의 전화번호를 불러주었다. 반장이 어제 학교에 나오지 않았다는 얘기는 하지 않았다. 그건 담임선생님이 해야 할 말이었다.

"집은? 집도 아니?"

"집은 잘 몰라요."

아버지라면 반장의 집으로 찾아갔었으니 위치를 알고 있겠지만 그 얘기도 하지 않았다. 그제 밤에 반장이 나를 찾아왔었다는 말도 물론 하지 않을 작정이었다. 지금도 상황이 충분히 불리한데 그걸 더 복잡하게 만들고 싶지 않았다.

틱수염 형사가 볼펜을 귀에 꽂은 채 수첩에 적은 내용을 눈으로 읽었다. 그러곤 할머니에게 같은 질문을 던졌다. 할머니 옆에 붙어 있던 경찰이 이번에는 내 옆으로 오더니 다른 곳으로 가 있어도 된다고 귀엣말을 했다.

나는 몇 걸음 물러나서 할머니가 끝나길 기다렸다. 과학수사요원이 채취틀 옆에서 석고액이 굳기를 기다리고 있었다. 그 모습을 지켜보고 있는데 누군가 내 이름을 불러서 돌아보니 덧니 형사였다. 그 옆에서 형이 덧니 형사를 노려보고 있었다. 뭔가가 잘못되었다는 직감이 들었다.

덧니 형사는 집에 모기가 있었는지 궁금해했다. 어제 아침에 형이 할머니에게 둘러대던 말이 떠올랐다. 형의 팔과 목에는 아직도 할퀸 상처들이 남아 있었다. 덧니 형사가 그 점을 파고드는 모양이었다. 혹시나 반장과 몸싸움을 벌이지 않았는지를. 할퀸 상처를 증거로 만들고 싶어하는 덧니 형사에게 내가 그렇다고 답하자 이번에는 내 몸 전체를 핥듯이 쭉 훑어보았다.

"근데 너는 멀쩡하네? 형은 잠을 설칠 만큼 물려서 여기저기를 긁었는데 말이야."

"저도 물렸어요. 긁어서 상처가 났었는데 오늘 다 가라앉았어요."

몇 번째 거짓말이더라. 다섯 번째였나. 아니면 여섯 번째? 이제 숫자 세기는 그만두는 편이 나을 것 같다.

이 정도면 의혹이 풀렸으려나 싶었는데 덧니 형사는 모기가 얼마나 많았는지, 어제도 있었는지 형에게 집요하게 다시 질문을 던졌다. 형이 짜증 섞인 목소리로 대답하고 덧니 형사가 소모적인 질문을 이어가는 와중에 마을 사람들이 하나둘 모여들며 주변이 웅성거리기 시작했다. 경찰이 들어오면 안 된다고 외치면서 마을 사람들이 폴리스라인으로 다가오는 걸 막아냈다.

"빨리들 모여들었네."

턱수염 형사가 손부채질을 하며 점점 불어나는 구경꾼들을 둘러보았다. 귓바퀴에는 여전히 볼펜이 꽂혀 있었다.

"두 분은 신고자 진술도 더 하셔야 하니까 같이 서까지 가시죠. 이력들도 있고."

덧니 형사를 따라 아버지와 형이 공터를 가로질러 경찰차로 향했다. 경찰차 주변에 모여 있던 구경꾼들이 핸드폰을 들고 차에 올라타는 아버지와 형을 촬영했다. 경찰이 찍지 말라고 외치는 소리가 들려왔다. 멀리 떨어져 있음에도 불구하고 카메라 셔터음이 귓가에 들리는 듯했다. 양계장을 배경으로 셀카를 찍던 사람들이 핸드폰을 내 쪽으로 향하자 턱수염 형사가 나를 돌려세우며 어깨에 팔을 얹었다.

"큰길 말고 샛길로 해서 집에 가거라. 오늘은 어디 돌아다니지 말고 집에 붙어 있고."

할머니를 부축해서 샛길로 빠졌다. 할머니는 평소처럼 의연하게 걸으려고 노력했지만 다리에 힘이 풀리는지 자꾸 발을 헛디뎠다. 그리고 등 뒤에선 계속 카메라 셔터음이 들려오고 있었다.

*

집에 있으라는 형사의 경고를 무시하고 싶진 않았지만 나는 학교를 찾아갔다. 한희 누나를 급히 만나야 했다. 샛길을 통해 집으로 돌아와 발견한 것 때문이었다.

도깨비바늘 열매.

그것들이 내 바지에 잔뜩 붙어 있었다. 처음에 떠오른 얼굴은 형이었다. 다음으로는 반장의 얼굴. 나는 필통을 꺼내 안에 모아 두었던 도깨비바늘 열매에 새로운 열매를 덧었었다. 가시가 뾰족한 열매들이 필통 안에서 가볍게 흔들렸다. 도깨비바늘 열매는 어디에나 있어. 깊게 파지 마. 도깨비바늘 열매를 집으려고 필통을 휘젓다가 가시에 손가락을 찔렸다. 피는 나지 않았지만 놀랄 만큼 따끔했다.

어쩌면 형은 오늘 내가 걸었던 샛길을 이전에 이미 걸었을지도 모른다. 왜 그 길을 걸었을까? 덮어두려고 했던 의구심이 고개를 빳빳하게 쳐들었다. 잠옷이 바뀐 것. 형의 손톱에 흙이 끼어 있던 것. 턱에 묻은 핏자국. 그리고 오늘의 일들. 형의 행동 하나하나가 수상쩍었다. 이제 나는 형을 의심하고 있다는 사실을 인정해야만 했다. 형은 분명 뭔가를 저질렀다.

형이 사건과 아무런 관련이 없다 해도 나는 형을 잃은 것과 다름없었다. 이미 의심하기 시작했으니까. 하나밖에 없는 형을 의심한다는 사실 자체로 괴로웠다. 형은 내 목숨을 살려준 것과 진배없는데. 내가 이래도 되는 건지 죄책감이 들었다. 그 마음을 털어놓고 위로받고자 한희 누나를 찾아갔다.

학교 앞에서 한희 누나에게 문자를 보냈지만, 답장은 없었다. 결석한 주제에 학교로 들어가 찾아볼 수도 없는 노릇이라서 건너편 문구점에서 발이 붙잡힌 듯 교문만 보고 서 있었다.

얼마 지나지 않아 아이들이 가방을 메고 우르르 몰려나오기 시작했다. 아직 수업 중인 시간이었다. 누구라도 붙잡고 무슨 일인지 물으려는데 장난을 치며 운동장을 질러오는 민기가 보였다. 민기와 같이 나오던 무리 가운데 한 명이 슬리퍼를 질질 끌면서 걸어오다가 나를 쳐다봤다. 노란 탑 전망대에 올라갔다가 체육 선생님에게 귀를 잡혀 끌려 내려온 아이였다.

"여어! 유진웅!"

슬리퍼가 날 부르자 민기가 그제야 날 발견하곤 곧바로 손가락을 까닥거려 엑스 표시를 했다. 피하라는 신호였다. 그러나 내 이름을 부른 뒤에 나를 향해 똑바로 걸어오는 아이들을 못 본 척 돌아설 순 없었다. 법석을 떨며 내게 다가온 녀석들이 먹이를 찾은 짐승처럼 눈빛을 빛냈다.

"오늘 학교 째꼈다며?"

"응. 근데 왜 다들 벌써 나와?"

"정태민이 죽었대. 장난 아니지? 그래서 꼰대가 짭새 오기 전에 집에 가란다."

교복 바지를 엉덩이까지 내려 입은 녀석이 들뜬 듯 대답했다. 반장이 죽었다는 소식이 벌써 퍼졌구나. 그렇다면 이미 학교 페이스북을 통해 별의별 억측들이 다 나오고 있을 터였다.

"정태민이 그 새끼는 그제부터 실종 상태였다며? 걔네 엄마가 실종신고도 어제 했다는데, 죽은 거래."

"자살이라니까. 성적 비관 뭐 그런 거 있잖아."

"병신 새끼가 아까부터 자꾸 헛소리하네. 자살한 놈이 어떻게 스스로 양계장에 파묻히냐? 좀비야? 엉? 좀비냐고."

"아까 엄마한테 톡 왔는데 저녁에 학부모 회의도 열린대. 추도식 열어준다고."

"당장은 못 할걸. 태민이네 부모가 지금 추도식을 할 정신이겠냐?"

"유등 축제 준비한다고 나갔다가 죽은 거라는데, 축제는 계속하려나?"

"유등 축제랑 정태민이 죽은 게 뭔 상관이야?"

"상관이 왜 없어? 옛날이랑 똑같이 유등 축제 때 죽은 거잖아."

볼에 여드름이 난 아이가 말을 마치자마자 그 옆에 선 아이가 "아아!" 소리를 내더니 내 눈치를 보며 여드름의 옆구리를 팔꿈치로 찔렀다.

"아우 씨, 아파. 아까 민기가…….'

"시발! 선 넘지 마라."

민기가 험악하게 인상을 쓰며 여드름을 쏘아보았다. 분위기가 갑자기 어색해져서 아이들이 각각 다른 곳을 보며 딴청을 부렸다. 실실 웃고 있던 슬리퍼가 슬리퍼를 벗었다가 신었다가 하더니 제대로 꿰차 신곤 민기를 정면으로 봤다.

"힘 빼지 말자. 어차피 진웅이도 알아야 하잖아. 소문은 이미 다 퍼졌는데 당사자만 모르고 있으면 쓰나."

민기가 경고했던 대목에 이제 다다른 모양이었다. 그 소문이 무슨 소문인지 어서 물어보라는 얼굴로 모두 나를 바라보고 있었다. 나는 올가미인 걸 알면서도 아이들이 원하는 대로 걸려주기로 했다.

"어떤 소문인데?"

슬리퍼가 씨익 웃었다.

"일명 저수지 사건. 들어봤지? 십 년 전 유등 축제 때 노란 탑 전망대에서 떨어져 저수지에 빠져 죽은 여자애 말이야. 여자애를 저수지에 빠뜨린 범인이 돌아왔다네. 축제 기간에 맞춰서. 누군지 궁금하지 않아?"

"……."

"바로 너희 형, 유진혁이야. 너희 형이 정태민도 죽인 거 아니냐는 소문이 돌고 있어. 살인자가 나타나자 살인 사건이 또 발생했다, 있을 법한 전개잖아."

"추리소설 같은 전개네."

쿵쿵 뛰는 심장을 들키지 않으려고 애써 무덤덤함을 가장했다. 여드름이 손가락을 좌우로 흔들면서 내 말을 부정했다.

"에이, 아니지. 그랬다면 목격자는 진작에 죽었어야지. 추리소설에선 목격자들이 다 죽잖아. 근데 저수지 사건 목격한 여자는 아직 살아 있단다."

십 년 전에 형은 의심을 풀지 못해서 마을을 떠날 수밖에 없었다. 그런데 이번엔 의심을 풀지 못해서 마을을 떠나지 못할 수도 있었다. 과거엔 여자아이를, 현재는 반장을 살해한 범인으로 낙인찍힌 형. 그리고 나쁜 피. 동정과 혐오가 뒤섞인 눈으로 나를 볼 사람들. 다시 시작될, 쟤가 개잖아…….

다들 내가 울길 바라는 눈초리였다. 그러나 나는 지금까지 유지해온 대로 담담한 표정을 바꾸지 않았다. 쟤가 개, 라는 말을 들을 때마다 고개를 숙일 수 없다는 걸 이미 배웠기 때문이다. 고개를 숙인다는 건 내게 그런 말을 더 해도 좋다는 뜻이나 다름없었다. 나는 고개를 숙이지도, 시선을 피하지도, 변명하지도 않았다.

"진웅이 형한테 의심이 쏠릴 걸 알고 다른 놈이 살인을 저질렀을 수도 있어."

보다 못했는지 민기가 나와 무리 사이로 끼어들었다. 여드름이 운동화 끈을 묶다가 말고 민기를 올려다보았다.

"그럼 진웅이 형 말고, 다른 살인자가 돌아다니고 있다고? 누구?"

"유등 축제에는 관광객이 많이 와. 반장이 집으로 돌아가는 길에 어떤 놈한테 당한 건지 까보기 전까지 모르는 거야."

"하긴⋯⋯. 양계장 쪽이 후미지긴 했지. 근데 반장 집이 양계장 근처야?"

그 순간, 누군가의 핸드폰에서 알람이 울렸다. 핸드폰을 들여다본 아이가 "야! 버스 온다." 하고 말했다. 아이들이 내게 왔을 때처럼 인사도 없이 우르르 버스 정류장으로 몰려갔다. 아이들이 멀어지자 민기의 표정이 걱정스러운 표정으로 돌아왔다. 나는 민기가 괜찮으냐고 묻기 전에 먼저 선수를 쳤다.

"한희 누나 못 봤어?"

민기가 그럴 줄 알았다는 듯 피식 웃었다.

"못 봤어. 오늘 안 보이던데. 전화는 걸어봤어?"

"아직."

"학생회 일로 바쁠 수도 있겠다. 학교가 비상이라서."

"민기야! 버스 거의 다 왔어."

버스 정류장에서 무리가 민기를 부르고 있었다.

"어디 가?"

"애들이랑 양계장에 가보기로 했어. 범죄 현장은 처음이니까 다들 흥분해서는 난리다, 아주. 지들이 범인을 잡을 단서를 찾겠다나 뭐라나."

"양계장은 수사 중이라서 접근도 못 할 텐데."

"내 말이 그 말이야. 한창 조사 중인 현장에 어떻게 들어가냐고 말려봐도 소용없어. 병신들, 아마도 양계장에서 닭 모가지라도 주워 와야지 잠잠해질걸."

반장의 머리카락에 엉겨붙어 있던 핏덩이가 떠올랐다. 다시금 가슴에 두려움이 차올랐다. 민기가 내 표정을 살피더니 툭 던지듯 물었다.

"구경할 겸 같이 갈래?"

민기는 아직 우리 가족이 신고자라는 걸 모르고 있었다. 내가 양계장으로 돌아가면 달갑지 않은 상황들이 이어질 거라는 것도.

"아니, 안 갈래."

민기가 내 어깨에 떨어져 있던 머리카락을 집어 바닥에 버렸다.

"하긴 가겠냐, 네가. 근데 그제 밤에 반장이 너한테 전화했었어? 연꽃 유등 만들어달라고?"

"사실은 집으로 찾아왔었어."

민기가 잠시 생각에 잠겨 있다가 찰나이지만 매서운 눈초리로 변했다.

"혹시 반장이 노란색 옷 입고 왔었니?"

예상하지 못한 질문이었다. 형이나 아버지가 반장을 만났는지, 혹은 이상한 낌새를 못 챘는지 물을 줄 알았기에 더욱 그랬다. 나는 가슴에 찜찜하게 모이는 불쾌함을 애써 억눌렀다.

"맞아. 노란색 티셔츠 입고 왔었어. 근데 그건 왜 물어?"

"민기야! 빨리 와."

여드름이 부르자 민기가 정류장으로 다가오는 버스를 돌아보면서 대답했다.

"퍼즐 좀 맞춰보려고."

"퍼즐?"

"버스 와서 안 되겠다. 먼저 갈게. 나중에 얘기하자."

"잠깐만! 근데 저수지 사건 목격자가 누구야?"

나는 뒤돌아 달리는 민기의 뒤통수를 향해 다급하게 질문을 던졌다. 민기가 뛰다가 말고 뒤돌아서서 뒷걸음질치며 대답했다.

"왜 있잖아. 우리 어릴 적에 유명했던 미친 여자."

민기가 다시 버스 정류장으로 달려갔다. 아이들이 버스에 오르내리면서 민기가 탈 때까지 시간을 끌어주고 있었다. 마침내 민기가 올라타자 곧바로 버스가 출발했다.

나는 버스가 완전히 사라질 때까지 지켜보다가 핸드폰으로 인터넷에 접속했다. 목격자 정보를 모아야 했다. 통합 검색에서 십여 페이지쯤 넘겼을 때 '전망데 축제 사건의 진실'이라는 맞춤법이 잘못된 제목의 문서가 눈에 띄었다. 클릭하고 블로그 페이지로 들어가니 주부들을 대상으로 발행된 잡지 표지만 덩그러니 있었다. 표지를 확대해서 보자 하단에 '유등 축제장 의문의 추락사! 정말 사고인가?'라고 적힌 제목이 눈에 들어왔다. 해당 잡지사 홈페이지를 찾아내어 들어가자 모든 과월호가 회원가입 후 유료 결제를 해야만 읽을 수 있게 돼 있었다. 마음이 급했다.

잰걸음으로 공공도서관을 찾아갔다. 정기간행물실로 뛰어가서 해당 잡지의 과월호를 수색하듯이 찾아냈다. 잡지를 휙휙 넘기자 중간쯤에 저수지 사건을 재구성한 기사가 있었다.

당시 축제장에는 비가 올 거란 예보가 있어서 관광객이 많지 않았다. 죽은 아이는 경기도 여주에 사는 초등학교 4학년 여자아이로, 주말을 맞아 유등 축제를 구경하러 온 관광객이었다. 여자아이는 부모와 떨어져서 축제를 홀로 관람했기에 언제, 왜 전망대에 올라갔는지는 확인되지 않았다. 어쩌다가 전망대에서 '첫' 추락을 한 것인지 이유도 밝혀지지 않았다. 경찰에 따르면 난간에는 바깥에 전등을 달 때 쉽게 이동할 수 있도록 여닫이문을 설치해 두었는데 그 문을 열고 밖을 내다보다가 추락한 것으로 추측하고 있었다. 그러나 아이를 발견했을 당시에 여닫이문은 안에서 빗장이 걸려 있던 것으로 확인되었다.

'첫' 추락을 한 아이는 몸이 유등 줄에 거꾸로 걸리며 살 기회를 얻었다. 그때 아이는 의식이 있었고, 유등 줄에서 미끄러지기 전에 유등을 거는 또 다른 철사를 '생명줄'로 잡았다. 아이가 철사를 잡았던 것은 시신을 저수지에서 건져낸 뒤 손바닥에 난 상처를 분석해 밝혀냈다.

그렇다면 어느 부분이 의문인가? 살해의 흔적은 어디에 남아있는가? 바로 손톱에 나 있던 피멍이 문제였다. 아이가 철사를 잡은 것과 동시에 줄이 풀리면서 몸이 똑바로 매달리게 되었다. 다행스럽게도 줄은 계단 난간에 걸쳐졌고, 아이는 난간 기둥을 붙잡을 수 있었다.

그러나 그 순간, 누군가 나타나 아이의 손가락을 짓밟았다. 꽤 오래 밟고 있었는지 엄지손톱을 제외한 나머지 손톱에 피멍이 들었고 손톱 주변 피부는 벗겨져 있었다. 철사만 잡고 있었다면 생길 수 없는 상처였다. 아이는 난간을 놓쳤고, 저수지에 빠졌으며, 수장되었다.

사건의 용의자로 유○○(15세)군이 지목되었다. 하지만 증거 부족으로 혐의를 벗었다. 사건이 발생하던 시각에 소년이 전망대로 올라가는 걸 봤다고 증언한 목격자가 지적장애를 앓고 있다는 것이 그 이유였다. 난간에 설치된 여닫이문에서 유○○군의 지문이 발견되었다. 그러나 현장이 공공장소이기 때문에 반드시 그날 찍혔다고 볼 수 없다는 이유로 지문 역시 증거에서 제외되었다. 사건은 의문만을 남긴 채 '사고사'로 종결되었다고 기사는 전하고 있었다.

잡지는 부주의하게 목격자의 얼굴을 노출했다. 미친 여자니까 초상권은 상관없을 거라고 판단했는지도 모른다. 더욱이 기사에는 목격자가 사는 집을 유추할 수 있는 정보도 실려 있었다. 유등축제장에서 반 블록 정도 떨어진 곳에 혼자 살고 있다는 사실을.

*

공공도서관을 나와 집으로 향했다. 온기가 없는 방을 거쳐 뒤란을 살펴보니 할머니가 목 가리개가 달린 챙이 넓은 모자를 쓰고 고추밭을 매고 있었다. 고추밭은 올해 봄까지만 해도 수백 송이의 꽃들이 피어 있던 꽃밭이었다. 무슨 이유에선지 할머니는 꽃밭으로 매일 나가서 절정인 꽃들을 뽑아냈다. 나도 틈나는 대로 할머니를 도와 뿌리를 뽑아냈지만 꽃대를 흔들어 덩이진 흙을 털어내면서도 어째서 꽃밭을 없애는지 이유를 듣지는 못했다. 덕분에 지금은 고추가 자라서 밭에 푸른 잎이 가득했다.

"너 누워 계시지 왜 나와 계세요?"

할머니가 고개를 들자 챙 밑으로 드러난 얼굴에 그늘이 졌다.

"이럴 땐 몸이라도 움직여야지 엉뚱한 생각이 안 드는 법이다."

할머니가 잡초를 뽑아낸 흙 주변을 꾹꾹 눌러 다졌다. 풋고추가 달린 고춧대들이 금방이라도 쓰러질 듯 바람에 흔들렸다. 알록달록한 꽃들이 흐드러지게 핀 꽃밭이 환영처럼 할머니 뒤로 불쑥 떠올랐다가 사라졌다. 누군가 우는 소리가 바람 소리에 섞여 들리는 것 같았다.

"아버지랑 형은 아직 안 돌아왔어요?"

할머니가 벌레 먹은 고추를 따서 밭 가장자리로 던졌다.

"들어왔다가 둘 다 나갔다."

"어디로요?"

"네 애비는 모르겠고, 진혁이는 네 여자친구랑 같이 나가더라."

"한희 누나랑 나갔다고요? 한희 누나가 집에 왔었어요?"

"그렇다니까."

줄을 맞춰 심어놓은 고춧대 너머에서 할머니가 일어났다. 내게 등을 돌린 채 반대편 고추 고랑을 살피는 통에 더는 말을 붙이지 못하고 집으로 들어왔다. 마루에 걸터앉아 한희 누나에게 전화를 걸었지만, 연결이 되지 않았다. 메시지를 남길까 하다가 그만두고 바깥마당에 세워둔 자전거에 올라탔다.

두 사람을 찾으려고 돌아다닌 건 아닌데 우연히 간 편의점 앞에 형과 한희 누나가 같이 있는 게 보였다. 한희 누나가 형에게 뭔가를 얘기하면서 웃고 있었다.

나는 귀목나무 아래에 자전거를 세우고 한희 누나에게 다시 전화를 걸었다. 파라솔에서 나온 한희 누나가 조금 떨어진 나무 그늘로 가서 한 손으로 입을 가리고 전화를 받았다.

"지금 뭐 해요?"

"축제 진행 사항 체크하고 있지."

"잠깐 만날 수 있어요?"

"전체 회의 있어서 대기 중이라 지금은 힘들어."

핸드폰 너머에선 한희 누나의 조급한 숨소리가 들려오고 있었다. 나는 핸드폰을 으스러지게 쥐었다.

"아무튼 지금 좀 바쁘니까 나중에 통화하자. 전화할게."

한희 누나가 전화를 먼저 끊었다. 파라솔 아래에 앉아 있던 형이 바지 주머니에서 무언가를 꺼내 한희 누나의 발치로 던졌다. 다가갈까, 다가갈 수 있을까, 어떻게 다가갈까를 생각하는 동안에 두 사람은 함께 택시를 타고 사라졌다.

나는 택시가 시야에서 보이지 않게 된 뒤에야 귀목나무 뒤에서 나왔다. 그러곤 형이 앉아 있던 파라솔을 거쳐서 한희 누나가 서 있던 나무 그늘 밑으로 걸어갔다. 바닥에는 색색의 물감이 칠해진 조약돌들이 흩어져 있었다. 나는 조약돌을 하나하나 주워서 형이 그랬을 것처럼 주머니에 넣고 자전거를 세워둔 곳으로 돌아왔다.

자전거를 몰고 곧장 방치된 공장으로 향했다. 한희 누나가 방치된 공장의 실태를 다큐멘터리로 찍을 거라며 나를 이곳으로 데려왔던 게 벌써 두 달 전이었다. 그날 캠코더에는 아무것도 찍히지 않았다. 우리는 공장 벽에 기대어 키스를 나누었다. 내 인생의 첫 번째 키스였다.

모로 쓰러져 있는 정문 옆에 자전거를 세우려다 그대로 안쪽으로 몰고 들어갔다. 오랜만에 찾은 공장은 벽이 검게 그을려 을씨년스러웠다. 뭔가를 태운 흔적이 곳곳에 남아 있었고 타지 않은 자리는 풀들이 메우고 있었다. 풀들이 짓이겨지며 바퀴에 감기자 아무리 힘껏 페달을 밟아도 속도가 나지 않았다. 손에 힘을 주고 핸들 브레이크를 당기면서 몸을 외로 트는 순간 운동화 끈이 자전거 체인과 엉키면서 풀숲으로 몸이 처박혔다. 무릎이 까지고 팔에 멍이 들었다.

죽은 짐승처럼 처량한 자전거를 하염없이 쳐다보다가 우거진 풀들을 서걱서걱 밟고 풀숲을 나왔다. 신발 밑에서 풀이 서로 스치며 몸을 비비는 소리가 또렷하게 들려왔다. 나는 공장 벽 아래에 드러누웠다. 점점 어두워지는 하늘 아래에서 조금 전 있었던 일을 되짚으며 주절거렸다.

진혁이 형. 한희 누나. 진혁이 형. 한희 누나. 진혁이……

"유진웅, 여기서 자냐?"

두런거리는 소리에 눈을 떠보니 슬리퍼와 그 무리가 나를 내려다보고 있었다. 깜박 잠이 들었었는지 다가오는 소리를 듣지 못했다.

"고귀한 몸이신데 이불이라도 깔아드려라."

낄낄대며 웃는 소리가 들려왔다. 나는 땅바닥에서 일어나 옷에 묻은 흙을 털어냈다. 아이들이 서로를 툭툭 치면서 웃고 있었다. 민기는 보이지 않았다.

"민기는?"

"몰라. 갑자기 볼일이 생겼다고 버스에서 내리더니 연락도 안 돼. 양계장에는 자기가 가자고 바람잡아놓고선 어디로 토낀 건지."

"민기가 양계장에 가자고 먼저 제안했다고?"

"태민이 죽인 범인이 단서를 남겼을 거라고 양계장 뒤져보자고 꼬시더니만, 버스에서 내리면서는 불피울 준비나 해놓으라더라. 아 씨! 덕분에 휘발유 사러 돌아갔다가 왔네."

"야! 민기가 불 얘기 하는 거 싫어하는 거 몰라?"

"아우, 몰라. 몰라. 글고 민기가 불 얘기 하지 말라는 게 아니잖아. 저거 말하지 말라는 거지."

여드름의 시선 끝에는 비닐포대와 휘발유 통이 있었다. 순간이었지만 비닐포대 안에서 무언가가 꿈틀거렸다. 내 눈길을 눈치챈 슬리퍼가 자리를 옮겨 비닐포대를 몸으로 가렸다.

"근데 너는 여기서 왜 자빠져서 자고 있었냐? 집에 안 들어갔냐?"

"어? 나는……."

"야! 너희 형이랑 아버지가 정태민 시체 찾아낸 거 맞아?"

여드름이 갑자기 대화에 끼어들었다. 아이들이 동작을 멈춘 채 나를 관찰하듯 바라봤다.

"야! 맞느냐고? 왜 대답이 없어?"

버럭 소리를 지르는 녀석에게 여드름이 "왜 애한테 화를 내고 그래. 살살 달래가며 물어야지." 하면서 웃었다.

"대답 없는 걸 보니까 맞나보다. 너도 정태민 찾았을 때 같이 있었어?"

"아까 양계장에서 말 좆나 많았던 아저씨한테 받은 현장 사진 좀 줘봐. 거기 배경에 유진웅도 있었던 것 같아."

포위망을 좁혀오는 사냥꾼들에게서는 강렬한 열기가 뿜어져 나오고 있었다. 아이들이 사진을 확대하면서 옥신거리는 동안 세상이 점점 작아지는 것처럼 숨이 막혀왔다.

"시끄러워. 주둥이에 지퍼 좀 채워."

슬리퍼가 아이들을 둘러보며 미간에 주름을 잡자 인상이 한층 험악해졌다. 아이들이 입을 벙긋대려다가 눈치를 보며 다물었다. 슬리퍼가 미간을 찌푸린 채로 내게 턱짓을 했다.

"넌 그만 가봐."

나는 그 기세에 떠밀린 듯 자리를 벗어났다. 아이들이 불만 섞인 표정으로 먹잇감이 사라져가는 것을 지켜보고 있었다. 내 팔뚝에 든 검붉은 멍을 다른 손으로 조심스레 감싸쥐었다. 그들이 이걸 본다면 멍든 자리를 눌러보겠다며 당장이라도 달려들 것 같았다.

공장을 막 돌아가려는데 뒤에서 슬리퍼의 나직한 목소리가 들려왔다.

"야, 유진웅! 기다려봐."

뒤를 돌아보자 슬리퍼가 느리게 내 쪽으로 오고 있었다. 그을린 공장 벽이 배경처럼 슬리퍼 뒤에 펼쳐졌다. 나는 그을음이 어떻게 생긴 건지 알 수 있을 것 같았다. 휘발유. 불피우기. 그리고 비닐포대.

"왜 불렀는데?"

내 앞까지 온 슬리퍼가 얼굴만 쳐다볼 뿐 말이 없어서 내가 먼저 물었다. 슬리퍼가 흙바닥에 침을 뱉었다. 상체를 숙이기에 또 침을 뱉나 싶었는데 느닷없이 나를 끌어당기며 속삭였다.

"민기 조심해라. 걔는 저 새끼들이랑 급이 달라. 재미를 위해서라면 뭐든 하거든. 그것도 아주 잔인하게."

그 말만 남긴 채 슬리퍼가 아이들에게로 돌아갔다. 담배를 나눠 피우며 들까불던 아이들이 슬리퍼가 휘발유 통을 걷어차자 조용해졌다. 나는 자전거를 끌고 공장을 빠져나왔다.

민기는 초등학교 1학년 때부터 함께한 단짝이었다. 그런데 요 며칠 사이에 벌써 두 번이나 민기를 조심하라는 충고를 들었다. 한 번은 민기를 싫어하는 반장에게. 다른 한 번은 민기를 따르는 슬리퍼에게. 누군가 계속 나를 막다른 골목으로 내모는 것처럼 내가 믿고 있는 것들이 계속 뒤집히고 있었다.

나는 덜덜거리는 자전거를 끌고 한 시간이 넘도록 걸어서 집에

도착했다. 어스름도 가라앉아 밤이 깊어가고 있었다. 할머니가 늦었다면서 맞아주었고, 아버지는 피곤한지 주무시고 계셨다.

형은 밤늦게 돌아왔다. 형이 방문을 잠그는 걸 알면서도 자는 척하며 눈을 뜨지 않았다.

밤새도록 형의 등을 바라봤다. 형은 무서운 꿈을 꾸는지 뒤척이며 가끔 신음을 흘렸다. 오늘은 너무 끔찍하고 슬픈 날이었고 형도 꿈에서 오늘을 돌이켜보는 것 같았다.

밤은 아주 길었다.

사건 넷째 날

"들었냐? 정태민 죽인 범인이 4반 유진웅 형이라며?"

미술실 창문 너머에서 목소리가 넘어왔다. 복도를 지나가면서 한 말이었는데도, 미술실 분위기가 워낙 고요했던 탓에 그림을 그리던 모두 들을 수 있었다. 내가 미술실로 들어왔을 때처럼 다시금 공기가 얼어붙었다. 표정을 찌푸리지 않으려고 붓에 힘을 주며 캔버스를 보았더니 이전에 그려놓았던 꽃밭에 검은색 유화물감이 두텁게 발려 있었다. 나도 모르게 계속 같은 자리를 칠하고 있었던 모양이다. 핸드폰 진동이 울릴 때까지 캔버스를 멍하니 쳐다보았다. 민기의 호출이었다.

화구 정리를 마치고 후문을 향해 천천히 걸어갔다. 적어도 오늘분의 비아냥거림은 끝났다는 사실에 조금은 안도감이 들었다.

어제 슬리퍼와 그 무리를 마주쳤을 때만 해도 사태가 이렇게까지 심각한 줄은 몰랐다. 그저 우리집에 대한 소문들이 언제나 그랬듯 돌고 돌다가 어딘가에 내려앉아서 피어나고 있는 거라고만 생각했다. 그러나 악의가 자라나는 시간은 내 예상보다 빨랐다. 아버지가 출소했다는 사실이 퍼진 것이 결정적이었다.

그제 밤에 유등 축제장에서 아버지가 싸우던 모습을 본 아이들이 있었다. 아버지가 흥분하여 돌을 집어 든 것이 문제였다. 이야기는 곧장 부풀려졌다. 전과자로 출소한 남자는 어느새 옆구리에 칼 하나쯤은 가볍게 숨기고 다니는 연쇄살인마로 변해 있었다.

형을 보고 싶다고 떼를 쓰던 여자애들도 조용해졌다. 문신은 몸에 그린 더러운 낙서가 되었고 서늘한 눈빛에는 뻔뻔함이 묻어 있다고 소곤거렸다. 형은 사람을 죽이고도 무사히 법망을 빠져나가 태연히 사는 사이코로 불렸다.

쉬는 시간 내내 내보인 잔혹함은 수업시간에도 이어졌다. 쪽지를 돌려 내 등 뒤에서 못다 한 말들을 적다가 선생님에게 압수당해서 알게 됐다. 아이들은 웃음을 참고 있었다. 나는 선생님이 쪽지를 구겨 쓰레기통에 버릴 때까지도 무릎에 손을 얹고 부스럭대지 않도록 긴장하고 있었다. 버둥거리면 더 잘게 부서질 테니까.

종일 입을 꾹 다문 채 아무런 말도 하지 않았다. 말을 하지 않았으므로 우리 가족의 가슴에 낙인을 찍는 것에 어정쩡히 동의해 버린 꼴이 되고 말았다. 마음을 비워보려고 했고 말을 듣지 않으려고도 해봤지만 잘되진 않았다. 의연해야 한다고 되뇌며 단단히 조였던 다짐들이 너무도 쉽게 풀어졌다. 고개를 숙이지 않고 허리를 펴고 앉는 게 내가 해낼 수 있는 유일한 행동이었다. 아무도 내게 말을 걸지 않았다. 민기조차도.

후문으로 다가가자 주머니에 손을 넣은 채 기다리고 있는 민기가 보였다. 민기가 풀이 죽은 나를 쳐다보면서 벙글거렸다.

"유등 축제장에 안 갈래?"

민기는 평소의 모습으로 돌아와 있었다. 재치 있고 서글서글한 내 친구로. 다만 풀이 죽은 나를 보면서 벙글거리는 것으로 보아 내 기분을 배려하려는 마음은 없어 보였다.

반 아이들은 평소 나와 붙어다니던 민기가 나를 외면한 채 다른 아이들과 아무렇지 않게 장난치는 모습이 뭘 의미하는지 바로 깨달았다. 그건 거부였다. 어쩌면 아이들이 순식간에 적대적으로 돌변한 것도 민기가 나를 버렸다고 여겼기에 가능했을 것이다.

민기는 차선 옆에 붙어선 채 차로를 따라서 아슬아슬하게 걸어갔다. 자동차가 클랙슨을 울려도 아랑곳하지 않았다. 간간이 내게 농담을 던지기도 했다. 그러면서도 오늘 있었던 일들은 일절 입 밖으로 꺼내지 않았다.

우리는 유등 축제장으로 들어선 뒤에 조금 걷다가 벤치가 있는 그늘 밑으로 갔다. 낮인데도 축제장에는 한가롭게 수변을 산책하는 사람들이 많았다.

"이거 받아."

민기가 가방에서 물감 튜브를 꺼내 불쑥 내밀었다. 카드뮴 옐로 라이트. 노란색 아크릴 물감이었다. 나는 얼결에 물감을 받아들다가 손끝에서 놓치고 말았다.

"받기 싫어? 어제 일부러 화방 가서 사온 건데."

어제? 급하게 버스에서 내려서 어딘가로 갔다는 여드름의 말이 기억났다. 물감을 사려고 일부러 아이들과의 약속도 어긴 건가? 나를 위해서?

"고마워. 근데 갑자기 왜 주는 거야?"

"너 노란색 물감 없잖아. 지금 써봐."

나중에 쓰겠다는 말이 목에 걸렸다. 그렇지만 그런 말을 꺼내 민기를 실망시키고 싶지 않았다. 나는 캔버스백에서 나무화판과 스케치북을 주섬주섬 꺼냈다.

"갑자기 그리라니까 뭘 그려야 할지 모르겠네."

"저기 노란 돛단배 유등 있네. 저거 그리면 되겠다."

주위를 둘러보던 민기가 돛단배 유등을 가리켰다. 돛단배 유등이 설치된 저수지 가에서 인부들이 물고기 골격에 철사를 휘감고 있었다. 받침대 위에 설치하지 않고 맨바닥에 고정해 놓아 물살을 이기지 못하고 쓰러진 모양이었다.

"저런 식으로 철사를 감으면 다시 또 쓰러질 텐데."

"한희 누나가 맡은 일이라서 신경쓰여?"

"조금."

"아무튼 유난이라니까. 정 그러면 가서 도와드리고 와."

물고기 유등을 만든 책임감 때문이기도 했지만 내게는 시간이 필요했다. 민기가 왜 그러는지 파악할 시간. 어찌 보면 민기도 갑자기 변한 상황에 당황한 나머지 오늘 아무런 행동을 취하지 못한 걸지도 모른다. 무리에 있다보면 그렇게 내 뜻과는 다르게 행동할 수도 있었다. 그렇다 해도 갑자기 노란색 물감을 주는 건 이상했다.

캔버스백에 도로 화구를 넣고 앞주머니에 노란색 물감을 따로 넣어두었다. 고개를 숙이고 지퍼를 잠그는데 민기가 새 운동화를 신고 있는 게 눈에 들어왔다.

"운동화 새로 샀네. 이전에 신던 것도 산 지 얼마 안 됐잖아."

"아! 그거? 기념해야 할 일이 생겨서 고이 모셔뒀어."

"기념할 일?"

"애들은 모르는 그런 게 있어. 여튼 심심하니까 빨리 끝내고 올라와."

민기가 내 캔버스백과 가방을 들고 언덕으로 올라갔다. 꺼림칙함이 가슴 언저리에서 스멀스멀 움트고 있었다. 왜 이러지. 잊으려고 해도 민기를 조심하라는 슬리퍼의 말이 부메랑처럼 계속 되돌아왔다. 민기는 내 친구야. 나는 마음을 다잡기 위해 도리질을 치고 저수지 가로 가서 인부들을 도와주었다.

재설치 작업을 하다가 잠시 눈을 들었을 때, 민기 옆에 우리 형이 서 있는 게 보였다. 무슨 대화 중인지 내 쪽은 쳐다보지도 않고 둘이 마주보고 있었다. 오늘 학교에서 있었던 일을 민기가 말할까 봐 조급해져서 서둘러 작업을 마쳤다. 끝마치고 보니 형이 유등축제장 입구를 향해 길을 되짚어가는 중이었다.

"형!"

부르는 소리를 듣지 못했는지 형이 빠르게 입구 쪽으로 가버리더니 눈에서 금세 사라졌다. 언덕으로 뛰어 올라가자 이번엔 민기가 인상을 쓴 채 형이 사라진 길 끝을 보고 있었다. 두 사람 사이에 무슨 일인가가 있었다는 게 대번에 느껴졌다.

"방금 우리 형이랑 같이 있었지?"

민기가 고개를 좌우로 꺾어 뚝뚝 소리를 내곤 미소를 지었다.

"봤어?"

"응."

"키 크시더라. 스타일도 좋고. 여자애들이 호들갑 떨면서 난리친 게 이해되더라."

"무슨 얘기 했어? 형은 다시 온대? 어디로 간다는 말은 안 해?"

"워워워! 뭘 그리 조급하게 물어봐. 하나씩 가자, 하나씩."

그렇게 말하면서도 민기는 내 질문 중 어느 것 하나에도 대답해주지 않았다. 풀밭에는 물감과 팔레트가 흩어져 있었다. 스케치북도 펼쳐진 채였다. 민기는 이 풍경을 설명할 생각이 없다는 듯 어깨에 메고 있던 가방에서 물티슈를 꺼내 손을 닦았다. 하는 수 없이 내가 다시 민기에게 같은 질문을 했다.

"형이랑 무슨 얘기 했어?"

민기가 다 쓴 물티슈를 바닥에 버리고 교복 셔츠의 새하얀 목깃을 더욱 빳빳하게 세우더니 돌연 히죽 웃었다.

"재밌는 얘기 했지. 아주 재미난 얘기."

"무슨 얘기인데?"

"너희 형한테 진짜 독특한 냄새가 난다고 말해줬어."

그제 학교에서 민기에게 했던 말이 떠올랐다. 형은 말로 표현

하기 힘든 독특한 체취를 가지고 있다고. 그러나 그 말만 듣고 형이 급하게 가버릴 리 없었다. 지금 바닥에 펼쳐진 이 풍경과 연관된 다른 일이 있었던 게 확실했다.

시차를 두고 민기가 말을 덧붙였다.

"……피비린내가 난다고. 맞지? 네가 맡은 체취도 피비린내인거."

분명 내가 맡은 냄새는 피 냄새였다. 형에게는 십 년 전에 칼을 맨손으로 붙잡으면서 생긴 상흔이 있었고, 나는 그 상흔을 보며 내가 무의식적으로 냄새를 만들어낸 거라고 생각했다. 그런데 민기도 같은 냄새를 맡았다. 그렇다면 형에게서 나는 냄새는 실제적인 것일지도 몰랐다.

"뭘 그리 심각해?"

"아, 아니야. 아무튼 많이 기다렸지? 이제 그림 그려야겠다."

내가 허둥지둥 화구를 들어올리자 민기가 내 손목을 잡았다. 입꼬리를 올리며 가만히 나를 보던 민기가 잡았던 손목을 천천히 놨다.

"안 그려도 돼. 안 봐도 대강 알 것 같거든."

"뭘 알 것 같다는 건데?"

"그건 비밀."

민기가 기지개를 켜면서 허리를 곧추세우자 평소보다 키가 더 커 보였다.

"저수지가 넓네. 아! 내일 유등 축제장에서 너희 형이랑 셋이 볼까?"

"형이랑? 나는 좋지만, 형한테 먼저 물어봐야 할 것 같아."

"내가 재미난 얘기 해준다고 전하면 아마 올 거야."

"무슨 얘긴데?"

"내일 되면 알게 되겠지. 나는 종일 노란 탑 근처에 있을 계획이니까, 오면 연락 줘. 나 먼저 간다."

뒤돌아 걷던 민기가 갑자기 돌아서며 손가락으로 엑스 표시를 했다. 도망치는 게 좋을 거라는 신호. 내 주변에는 아무도 없었다. 그리고 민기 역시 누군가와 함께 있는 게 아니었다.

"왜? 아무도 없잖아."

"너한테 주는 경고야."

"경고?"

"도망칠 수 있을 때 도망치라고."

민기가 하는 말의 의미를 종잡을 수가 없었다.

"누구한테서?"

"잘 생각해봐."

그렇게 말한 뒤 민기가 천천히 언덕을 내려갔다. 뜬금없이 경고라니. 누구한테서 도망치라는 거야. 생각을 거듭할수록 쌓이는 건 답답함뿐이었다.

민기와 헤어지고 수변 산책로를 걸었다. 올망졸망하게 달아놓은 색색의 유등이 바람에 가볍게 흔들렸다. 조금 더 걷자 한희 누나가 천막 부스 아래에 웅크리고 있는 게 보였다. 웅크린 등 위로 햇빛이 쏟아져서 마치 등에만 빛을 부어놓은 듯 밝게 빛나고 있었다.

사실 오늘 아침부터 조금 전까지 한희 누나는 내게 끊임없이 연락을 해왔다. 주변 시선에 전혀 신경쓸 것 없다고. 축제장 점검이 있어서 학교에 못 가지만 마음만은 함께할 거라고. 같이 있어주지 못해서 미안하다고. 걱정되니 연락 달라고. 한희 누나가 보낸 문자에 나는 답장을 하지 않았다. 핸드폰을 만지작거리며 답장을 하려다가도 어제 형과 함께 있던 한희 누나의 웃는 얼굴이 떠올라서 그럴 수가 없었다.

 일어나 천막 고정대를 발로 툭툭 차던 한희 누나가 날 발견하곤 손을 흔들었다. 그러곤 한달음에 뛰어와 내 두 손을 잡았다. 어떻게 반응해야 할지 몰라서 가만히 있는데 한희 누나가 밥 먹었냐고 물어왔고 아니라고 답하자 나를 끌고 부스로 갔다. 테이블 위에 놓아둔 쇼핑백을 뒤적이더니 샌드위치를 꺼냈다. 한희 누나가 흙바닥에 털썩 앉아서 자기 몫으로 가지고 온 샌드위치를 내게 나눠주었다. 나는 고맙다고 말한 뒤 샌드위치를 받아들었다. 한희 누나가 별다른 말을 하지 않기에 나도 특별히 뭔가를 묻지 않았다. 왜 형을 만났어요? 어째서 변함없이 친절하게 대해주는 거예요? 같은 말들이 샌드위치 빵 사이에서 납작하게 눌린 채 목을 따라서 넘어갔다. 한희 누나가 샌드위치를 하나 더 내밀기에 거절하지 않고 받았다.

 "어제 말이야. 너희 형이랑 잠깐 만났어. 의심스러운 점이 있어서 확인해보고 싶었거든."

 샌드위치를 먹으면서 한희 누나가 예상하지 못한 고백을 했다. 조약돌이 지금도 내 바지 주머니에 들어 있었다. 나는 주머니에 손을 넣어 가만히 조약돌을 쥐었다.

"어떤 점을요?"

"그보다 먼저 물어보고 싶은 게 있는데, 너희 형 문신 말이야. 여덟 자리 숫자로 된 문신들. 특정 날짜를 가리키는 것 같은데 그 날이 무슨 날인지 알아?"

20100406. 형의 몸을 뒤덮은 숫자들. 그건 아버지가 우리 가족을 살해하려고 했던 날의 날짜였다. 그리고 엄마가 죽은 날이기도 했다.

"십 년 전 그 일이 2010년 4월 6일에 있었어요……."

"그럴 것 같더라. 인터넷으로 찾아보면 쉽게 확인할 수 있긴 한데, 너한테 직접 듣고 싶어서 일부러 찾아보지 않았어."

"형 문신 때문에 어떤 의심을 한 건 아니죠?"

"당연히 아니지. 내가 처음에 의심한 건 예초기야. 너희 형이 예초기를 고쳐놨다고 했잖아. 그게 마음에 걸렸어."

한희 누나가 예초기를 한참 동안 들여다보던 모습이 떠올랐다. 누나가 돌아간 뒤에 나도 한동안 예초기를 살펴보았다.

"사람이 고통스러운 일을 겪으면 트라우마가 생기잖아. 너희 형은 사건 날짜를 수도 없이 몸에 새길 정도로 아직 상처에서 벗어나지 못했는데 날카로운 칼날이 있는 예초기를 고칠 수 있었을까 싶었어. 너희 형 손바닥에 상흔도 있잖아. 아! 상흔은 어제 너희 형이랑 이야기 나누다가 봤어."

한희 누나가 변명하는 자신이 우스운지 쿡, 하고 웃었다. 그러더니 웃어서 미안하다고 사과하며 말을 계속했다.

"너는 형이 칼날을 무서워한다는 걸 알고 있었지? 내가 예초기 보면서 형이 칼날을 안 무서워하냐고 물었는데 못 들은 척하면서 다른 말로 돌렸잖아. 평소의 너라면 대답했겠지. 안 무서워한다고. 근데 형이 무서워하는 걸 알고 있으니까 대답을 못 한 거야. 거짓말은 못 하는 성격이니까."

내가 그동안 해온 거짓말을 모르기에 믿어주는 것이었다. 고맙기도 하고 미안하기도 했다. 한희 누나가 자신의 추측에 관한 피드백을 듣고 싶어한다는 걸 알았으나 다른 말로 누나의 관심을 돌렸다.

"혹시 누나도 형한테서 독특한 체취 같은 거 느꼈어요?"

"독특한 체취? 예를 들면 어떤 거?"

"진지한 질문은 아니에요. 그냥 아까 민기가 우리 형을 만났는데 체취가 특이하다고 말해서요."

"글쎄……. 나는 별다른 건 못 느꼈어."

한희 누나는 피 냄새를 맡지 못했다. 현재로선 민기와 나만이 형의 체취에 반응하는 것이다. 각자의 생각에 빠져 둘 다 말없이 천막 사이를 바라보았다. 꽃들이 바람에 흔들리는 걸 보면서 한희 누나가 무릎을 감싸 안았다.

"어제 너희 가족이 태민이를 발견했잖아. 사실 내가 태민이를 좋아하진 않았어도 걔가 나를 잘 따르는 건 기특하게 생각했어. 태민이가 두개골 파열로 사망했다는 말을 군청회의서 들었는데 마음이 무너지더라. 가만히 있을 수가 없었어. 그제 너희 집으로 갔을 때 너희 형 들고 있던 게 기억났거든."

"형이 들고 있던 거요?"

"못 봤어? 그때 너희 형이 쇠파이프를 들고 있었잖아."

긴 막대기인 줄로만 알았는데 그게 쇠파이프였다니. 발밑이 꺼진 것처럼 멀미가 일었다. 그건 증거일까. 아니면 단지 우연일까.

"형이 쇠파이프로 반장을 살해했다고 생각하는 거예요?"

"그렇게 직구로 지적할 줄은 몰랐네."

"미안해요."

"왜 미안해. 네 형을 괜히 의심하는 내가 더 미안하지. 사실 반신반의해. 어제 너희 형 만나서는 도발하는 차원으로 직접 물어보기도 했지만, 확신하는 건 아니야. 동기가 없거든. 네 형이 태민이를 죽여야 할 이유가 없어."

"사람들은 있다고 생각하던데요. 예전에 저수지에서 여자애도 죽였으니까 반장도 죽였을 거라고요."

"편견에 사로잡혀서 진실을 못 보고 하는 말이지."

"진실이요?"

"그래, 진실. 저수지에서 죽은 여자애와 네 형은 이전에 만난 적이 없어. 죽일 이유가 없지. 그리고 이번에는 태민이가 죽었어. 역시나 네 형과 태민이는 만난 적이 없어. 물론 네 형이 사이코패스여서 무차별적으로 사람을 죽였을 수도 있어. 공교롭게도 네 형이돌아온 뒤에 살인 사건이 발생했으니까 더 그렇게 보이겠지. 그렇지만 적어도 아직까진 그게 진실은 아니야. 사이코패스 논리를 적용하는 거라면 누구라도 범인이 될 수 있어. 네 형도 살인 사건이 발생하면 자신이 제일 먼저 의심받을 거라는 걸 알 거야. 그런데도 살인을 했다? 그랬다면 살인을 저지른 이유가 분명 있을 거야. 네 형이 범인이 아니라면 사건의 이면에는 다른 진실이 있는 거고. 그래서 우리는 먼저 너희 형의 범행 동기를 찾아야 해. 그게 사건을 푸는 시작이야."

"우리요?"

"범인 찾으러 같이 가야지. 너라면 누굴 먼저 조사할 것 같아?"

"……범인을 본 사람이요."

*

목격자는 유등 축제장에서 그리 멀지 않은 곳에 살고 있었다. 정태민이 살해당하는 장면을 목격한 사람은 아니었지만, 형이 지금 받는 의심의 시작점이 된 사람이긴 했다. 저수지 사건의 목격자였던 미친 여자. 그녀를 만나는 건 사건을 푸는 데 꼭 필요한 과정이었다.

여자의 집은 무너지기 직전 상태로 방치되어 있었다. 담벼락은 한 축이 부서졌고, 그마저도 비닐로 대충 덮어놓아 찢긴 비닐이 땅바닥에 끌리고 있었다. 남아 있는 담장 위에는 철조망이 둘러쳐져 있었는데 어떤 이유에선지 드문드문 종이꽃이 꽂혀 있었다. 안마당에선 퀴퀴한 냄새가 풍겨왔다.

"저기요!"

한 여자가 마당 구석에서 등을 돌린 채 쪼그리고 있었다. 한희 누나가 불렀지만 여자는 우리 쪽을 쳐다보지 않았다. 저기요, 하고 몇 번 더 불러도 매한가지였다. 무엇을 하고 있는지 확인하려고 옆으로 몇 걸음 떼고 보니 여자는 꽃을 먹고 있었다. 꽃대에 달린 꽃송이를 입에 넣어 우물우물 씹는 중이었다.

저수지 사건을 탐문하던 경찰이 목격자 증언을 진지하게 고려하지 않은 이유가 이해됐다. 여자가 하는 행동을 보면 누구라도 그 말을 믿을 수 없었을 것이다.

"진술은 안 되겠네."

맥이 빠진 한희 누나가 마루로 터벅터벅 걸어가 걸터앉았다. 힘은 나 역시 빠졌다. 증인이 없는 것과 마찬가지인데도 마을 사람들은 형을 범인으로 몰아서 형의 십 년을 절망으로 채워놨다. 그 탓에 나도 외로운 어린 시절을 보내야만 했다. 아무도 그 시간을 보상해줄 수 없었다.

"그만 돌아가요."

내 목소리에 여자가 돌연히 뒤를 돌아보더니 일어나서 치마를 탁탁 털었다.

"오빠! 왜 이제 왔어?"

여자가 나를 오빠라고 불렀다. 그러곤 성큼성큼 걸어와선 뒷걸음질치던 나를 막듯이 덥석 잡았다.

"오빠! 나는 많이 늙었다."

불현듯 여자가 그날 저수지에서 보았던 형을 나로 착각하고 있을지도 모른다는 생각이 들었다. 그 당시 형은 열다섯 살. 지금의 나와 두 살밖에 차이가 나지 않았다. 나는 여자의 손아귀에서 몸을 빼내려던 노력을 그만두었다.

"제가 기억이 나요?"

"기억난다. 근데 하나도 안 변했네?"

여자가 배시시 웃었다. 그러다가 내 얼굴을 유심히 쳐다보고는 손을 놓고 졸린 듯 눈을 깜박거렸다.

"키가 컸어."

"그 남자가요?"

한희 누나가 상체를 앞으로 숙이며 관심을 보였다. 담장에 드리워진 거미줄에 기억이라도 걸려 있는 것처럼 여자가 그쪽을 뚫어지게 쳐다보았다.

"깜깜했어. 등이 예뻤어."

"그 남자가 키가 컸어요?"

"잘생겼어. 나는 등을 보고 있었어. 노란 탑에 올라가면 다 보여."

두서없는 이야기에 조바심이 난 나와 달리 한희 누나는 침착하게 대답을 유도했다.

"노란 탑에서 남자가 뭘 하고 있었어요?"

느닷없이 여자가 내 캔버스백을 낚아채 가선 안에 든 물건을 마루에 꺼내놓기 시작했다. 캔버스백이 비자 이번엔 물감 케이스를 열고 물감을 하나씩 꺼내며 숫자를 세었다. 한희 누나는 여자가 물감을 다 꺼내놓을 때까지 기다렸다가 조곤조곤한 목소리로 다시 질문을 던졌다.

"남자가 노란 탑에서 뭘 하고 있었는지 기억나요?"

"달리기."

"달리기요?"

"달리기로 노란 탑으로 올라갔다. 그리고 내려왔다."

"내려온 다음에는요?"

"풍덩!"

나는 전망대 꼭대기로 뛰어 올라가는 형을 그려보았다. 그리고 저수지에서 죽은 여자아이를 생각했다. 형은 그 밤에 왜 전망대로 올라간 걸까. 여자아이를 죽인 이유보다 나는 그게 더 궁금했다. 여자는 손아귀에 힘을 주어 물감을 눌렀다가 말았다가 하며 배시시 웃었다. 한희 누나는 핸드폰을 꺼내어 녹음 버튼을 누르고 있었다.

"노란 탑으로 올라갔던 남자가 내려온 다음에 풍덩 하고 소리가 들렸다고 했죠. 누가 빠지는 걸 봤어요?"

"아니. 풍덩 하고 달려왔어."

시간을 헷갈리는 건지 여자가 말을 바꾸었다. 한희 누나가 인내심을 가지고 어린아이에게 질문하듯 또박또박 천천히 말을 걸었다.

"남자가 노란 탑으로 올라간 다음에 풍덩 소리가 들렸어요? 아니면 내려온 다음에 풍덩 소리를 들었어요?"

"몰라."

한희 누나가 녹음 버튼을 끄고 벽에 털썩 기댔다. 이대로 끝내기엔 아쉬웠다. 나는 여러 물감을 번갈아가며 들곤 비행기 놀이를 하는 여자에게 불쑥 튀어나오는 대로 질문을 했다.

"노란 탑에 다른 사람은 없었어요?"

갑자기 여자가 물감을 쥔 채 손을 부들부들 떨었다. 압력을 받아 물감 튜브의 상단이 부풀어 오르고 있었다. 여자가 몸까지 떨며 입술을 달싹거렸다.

"눈이 나를 봤어."

여자와 내 눈이 마주쳤다. 그 순간 여자가 들고 있던 물감이 터졌다. 붉은 물감이 손가락 사이로 흐르자 여자가 비명을 질렀다.

"피가 아니에요. 그냥 빨간색 물감이에요."

진정시키려고 다가가자 여자가 마루에 붉은 손바닥 자국을 찍어가며 도망쳤다. 막다른 벽에 닿자 숨을 곳을 찾아 주변을 두리번대다가 귀를 막고 중얼거렸다.

"눈이 나를 봤어. 눈이 나를 봤어. 눈이 나를 봤어. 눈이······."

양 볼에 붉은 물감이 묻은 여자가 내 눈을 보고 있었다.

*

여자를 진정시키지 못하고 결국 쫓기듯이 집을 빠져나왔다. 한희 누나도 충격 받은 모양인지 기운 없이 걷다가 데려다주겠다는 걸 마다하고 혼자 돌아갔다. 여자의 집을 나온 뒤에도 머릿속에는 눈이 나를 봤다는 말만 줄곧 울려댔다. 그 말이 노란 탑에 다른 사람이 있었다는 의미인지, 범인의 눈을 봤다는 건지 불명확해서 더 혼란스러웠다.

집으로 돌아가는 동안 여자가 본 사람이 형이 맞는 게 아닐까 하는 의구심이 그림자처럼 가슴에 드리워졌다. 여자의 정상적이지 않은 상태로 인해 오히려 형이 저수지 사건의 용의자에서 쉽게 풀려난 건 아닐까 하는 의구심. 그래서 실은 형이 아무 이유 없이 저수지에서 여자애를 살인한 게 아닐까 하는 최악의 결론이 내 머리를 장악하고 있었다.

학교에서부터 시달려온 피로감으로 바로 집으로 들어가서 쉬고 싶었지만, 막상 대문을 보자 망설여졌다. 형 앞에서 착한 아이의 무게를 견뎌낼 수 있을지 자신이 없었다. 그러나 달리 갈 곳도 없어서 눈에 띄는 대로 바깥마당에 세워둔 자전거에 올라탔다. 바퀴가 세내로 움직이지 않는다는 건 확인한 다음에야 풀린 기어를 고쳐두지 않았다는 걸 알아차렸다. 할머니의 말마따나 딴생각이 나지 않도록 몸을 써야 할 때가 온 것이다.

나는 창고로 들어가 연장을 뒤졌다. 창고 기둥에 꿰어 걸어둔 마늘쪽을 피하다가 사료 포대 주변에서 불을 피운 흔적을 발견했다. 며칠 전까지만 해도 없던 흔적이었다. 뭘 태운 거지? 누가 그런 거지? 의문을 따라 떠오른 사람은 형이었다.

불은 한 번만 피운 게 아니었다. 한 번 태우고 이후에 다시 태웠는지 물을 뿌려서 없앤 자국 위에 재들이 흩어져 있었다. 타다 남은 재를 살펴보다가 사료 포대 뒤쪽에 흙덩어리들이 떨어져 있는 걸 찾아냈다. 부스러져서 지저분해지기 전에 치워두려고 발끝으로 쓸어내는데 빛깔이 좀 이상했다. 굳은 물감인가? 그런데 왜 창고에 물감 덩어리가 있지? 생각보다 먼저 손이 뻗어 나갔다. 손가락으로 작은 덩어리를 집어 올려 문지르자 쉽게 뭉개졌다. 희미하게 퍼지는 비린 냄새가 느껴진 순간 그게 피라는 걸 깨달았다.

126

손가락에 묻은 피를 우두커니 내려다보다가 윗부분이 구겨진 채 접혀 있는 사료 포대가 눈에 들어왔다. 윗면에 묻은 검붉은 자국도 피처럼 보였다.

나는 무언가에 이끌리듯 포대를 열어 안을 살펴보았다. 포대 안에는 타다 만 슬리퍼가 들어 있었다. 고무가 녹아 정확한 모양은 알아볼 수 없었지만 내 발에 대어보니 크기가 딱 맞았다. 잃어버린 파란 슬리퍼였다. 그런데 이게 여기 왜? 어째서 내 슬리퍼를 태운 거지. 대체 형은 어떤 흔적을 지우려고 한 걸까?

창고가 갑자기 낯설어졌다. 내가 알지 못하는 일들이 이 안에서 벌어졌을지도 모른다는 생각에 더이상 머무르고 싶지가 않았다. 뛰쳐나오듯 문을 열고 밖으로 나왔을 때 날은 이미 어둑해져 있었다.

그림자가 등 뒤를 휙 지나갔다. 누군가 덮칠 것 같은 불안함에 안마당으로 다급히 뛰어들어갔다. 불을 켜두지 않은 마루에 어떤 형체가 있었다. 멈칫하며 자리에 우뚝 섰다. 가슴이 쿵쾅거렸다. 그 형체의 정체가 아버지라는 건 뒤늦게 드러났다.

가방을 내려놓고 불을 켜자 놀란 가슴이 차츰 가라앉고 안도감이 밀려왔다. 아버지는 딴 곳을 보는 듯 몸을 틀었다. 마루 밑에는 〈벼룩시장〉 신문이 떨어져 있었다. '운전기사 구함'이나 '식당 배달종업원 구함'이라고 적힌 구인광고에 드문드문 동그라미가 그려져 있었다. 전과자라는 딱지를 달고 구할 수 있는 직업에는 한계가 있을 거였다. 나는 마루 위에 신문을 올려두고 아버지 옆에 앉았다. 나와 있는 게 불편한지 아버지가 몸을 더 움츠렸다. 우리를 죽이려고 했던 밤에 너무나 커 보였던 아버지가 지금은 한없이 작게 느껴졌다.

그날 아버지는 우유에 수면제를 몰래 탔다고 한다. 그러곤 우유를 내밀며 형과 내게 가져다주라고 엄마를 떠밀었다. 나는 배앓이 중이었기 때문에 우유를 마시지 않았다. 형은 우유를 마시면 배가 아팠으므로 평소에도 잘 마시지 않았다. 대신 우유를 방에 있던 화초에 쏟아 버렸다. 오로지 엄마만이 내 몫의 우유까지 마시고 잠들었다고 한다. 수면제는 마취제와는 달라서 외부의 자극에 반응을 보인다. 엄마도 감각이 살아 있었고 아버지가 목을 조를 때 잠에 취한 상태로 경미한 저항을 했다고 한다. 그러다가 어느 순간, 어떤 이유로 깨어났고 그 뒤에 아버지가 휘두른 칼에 죽음을 맞았다.

어두워진 밤하늘을 보면서 아버지와 앉아 있자니 그날에 대해 묻고 싶어졌다. 엄마를 살해할 때 기분이 어땠는지, 형에게 칼을 휘두를 때는 또 어떤 생각이 들었는지, 왜 우리를 죽이려고 했는지 묻고 싶었다. 그러나 나는 그저 아픈 곳은 없는지를 물었다. 아버지는 내 질문이 뜻밖이라는 듯 고개를 돌리고 나를 바라보았다. 아버지의 얼굴에 아침에는 없었던 새로운 상처가 여러 군데 나 있었다. 무슨 일이 일어났던 걸까? 그제처럼 또 싸움이 난 걸까? 누군가에게 맞은 게 분명한 아버지의 몰골이 안쓰럽고 속상해서 오히려 아무런 내색도 할 수 없었다.

"아픈 곳은 없다."

입술이 찢어지고 눈도 살짝 부은 아버지가 탁한 목소리로 대답했다. 방금 한 생각 탓인지 부은 눈에 눈물이 고인 것 같았다. 아버지에게도 오늘은 힘든 하루였구나. 나는 하늘에 떠 있는 달을 올려다보았다. 달은 가장자리가 이지러져 완전히 둥글지는 않았다. 우리 가족처럼.

"너무 무리하지는 마세요."

아버지를 위로하고자 한 말인데, 그게 오히려 독이 되었는지 아버지가 고개를 숙이고 다짐 아닌 다짐을 했다.

"내가 꼭 돈을 벌어서 너도 대학에 보내고, 진혁이도 결혼시키고 할 거다. 꼭 내가 돈을 벌 거다. 알겠지? 아버지가 돈을 벌 거야. 걱정하지 마라."

돈이구나. 다시 돈이구나.

아버지는 눈을 뜬 채 꿈을 꾸고 있었고, 나는 눈을 감은 채 현실을 보고 있었다. 한동안 아무런 말없이 우리 두 사람은 나란히 앉아 있었다. 아버지는 손을 주무르며 하늘을 쳐다보았다. 그 모습이 누군가에게 용서를 빌고 있는 것처럼 보였다.

"비가 오려고 그러나. 왜 이렇게 허리가 쑤시니."

할머니가 대문으로 들어서기에 얼른 다가가 짐을 들어드렸다. 아버지는 신문을 보는 척하며 얼굴을 가렸다. 나는 부엌에 짐을 두고 조용히 바깥방으로 들어갔다.

문을 열자마자 "어?" 소리가 나올 만큼 깜짝 놀랐다. 할머니가 무슨 일이냐고 묻기에 아무 일도 아니라고 얼버무리며 문을 닫았다. 누가 뒤진 건지 물건들이 마구잡이로 널려 있었다. 나는 방문을 열고 나가 할머니가 없는 것을 확인한 뒤에 아버지에게 작은 목소리로 물었다.

"혹시 방에서……."

"방?"

그 물음표 하나가 분명한 증거였다. 아버지는 바깥방 상태를 알지 못하고 있었다. 혹시 싶어서 가운뎃방을 열었더니 매한가지로 물건들이 모두 끄집어져 있었다. 안방은 깨끗했다. 할머니가 그랬을 리는 없고, 아버지도 아니라면 남은 건 한 사람뿐이었다. 형이 무언가를 찾기 위해 방을 뒤진 것이다.

저수지 사건부터 양계장, 쇠파이프, 창고 그리고 뒤집힌 방까지. 나침반은 계속 형을 가리키고 있었다. 도망칠 수 있을 때 도망치라는 경고도 민기가 형을 만난 뒤에 한 것이다. 한희 누나 역시 형을 의심하고 있었다. 반장과 형이 만난 적이 없으므로 살해 동기가 없다고 추측했지만 직접적이지 않을 뿐, 사실 그날 밤 두 사람은 만났다. 형은 어딘가에서 반장과 내가 대화를 나누는 걸 엿듣고 있었다. 반장의 말 때문이었을까? 아니면 다른 이유가 있을까? 그 이유가 무엇이든 북풍은 불어오고 있었다.

그리고 형은 아직 돌아오지 않았다.

사건 다섯째 날

"형은 아버지가 왜 우리랑 같이 죽으려 했다고 생각해?"

형이 긴장한 눈빛으로 나를 쏘아보았다. 나는 형의 매서운 눈을 마주보면서 대답을 기다렸다. 전망대 꼭대기에는 우리 둘뿐이었다. 낮게 내려앉은 하늘에서는 금방이라도 비가 떨어질 듯했다.

아버지는 세 시간 전에 경찰서로 끌려갔다. 내 예상이 틀린 게 아니라면, 아버지가 끌려간 이유를 알고 있는 건 형뿐이었다.

형사들은 점심 직전에 들이닥쳤다. 공교롭게도 경찰차가 바깥마당에 들어서던 순간에 우리 가족들은 모두 마루에 나와 있었다. 할머니는 굵은 콩을 골라내고 있었고, 형은 책을 읽고 있었다. 아니, 읽는 척했다는 편이 맞는 표현일 것이다. 계속 같은 페이지가 펼쳐진 채였으니까. 책을 은폐물 삼아 그 사이에 끼워둔 사진을 보고 있었는데, 누가 찍힌 사진인지는 알아볼 수 없었다.

아버지는 커피가 든 머그잔을 들고 어떤 생각에 골몰한 채 안 마당을 왔다갔다했다. 덕분에 형사가 온 것을 가장 먼저 발견한 사람이 아버지였다. 안마당으로 들어선 형사들이 서로 빠르게 눈 짓을 주고받았다. 아버지가 도주할 수 없도록 퇴로를 막은 것은 턱수염이 난 형사 쪽이었다. 그들이 아버지를 찾으러 왔다는 걸 어떻게 알았는지 설명할 방법이 없다. 그저 나는 알았고, 내 예감 은 틀리지 않았다. 오늘도 여전히 구깃거리는 남방을 입은 덧니 형사가 기민한 동작으로 아버지에게 다가갔다.

"잠깐 서까지 가주셔야겠어요."

아버지는 형사를 봤다가 우리 쪽을 돌아봤다가 다시 형사를 보 고 조금 웃었다. 마치 수취인을 착각한 소포를 배달받았을 때처럼 약간은 어이가 없다는 얼굴이었다.

"정태민 군 살해 현장에서 범행에 사용된 걸로 추정되는 흉기 가 발견됐어요. 흉기에 유재만 씨의 지문이 찍혀 있었고요."

덧니 형사가 가족들을 의식했는지 한 박자 뜸을 들이고 이어서 말했다.

"몇 가지만 조사하면 돼요. 우선 참고인 조사니까 잠깐 마실 다 녀온다는 기분으로 같이 가시죠."

덧니 형사가 팔을 잡으려고 하자 아버지가 뿌리쳤다. 그 바람 에 커피가 튀면서 덧니 형사의 남방에 커피 얼룩이 졌다.

"잠깐만요. 흉기라니요?"

"쇠파이프에서 정태민 군 혈흔이 발견됐어요."

"쇠파이프요? 긴 막대처럼 생긴?"

나는 무엇에 홀린 듯 혼잣말을 했다. 모두의 눈이 나를 향했다. 내가 내뱉은 말이 어떤 의미를 지니고 있는지 깨우치는 데는 일 초도 걸리지 않았다. 아버지는 절망적인 눈빛으로 날 보고 있었다. 턱수염 형사가 걸렸구나, 하는 낚시꾼의 표정을 지으며 눈빛을 빛냈다. 어린 물고기여! 이제 낚싯대를 당기면 넌 끌려오는 거야, 하고.

"유진웅! 쇠파이프에 대해서 아는 게 있나보네. 쇠파이프를 본적이 있어? 집에 다른 쇠파이프가 있니?"

"아, 아니에요. 전 몰라요."

기억나지도 않는 수많은 거짓말 중의 하나. 그러나 이번엔 거짓말이 통하지 않으리라는 걸, 입을 여는 순간에 이미 깨달았다.

형사들은 대문 앞에 선 채 낮은 목소리로 대화를 나눴다. 누가 남고 누가 아버지를 데려갈지를 의논하고 있는 모양이었다. 그들의 결정에 따라 아버지는 손목에 수갑을 찬 채 경찰서로 가게 되었다. 파트너 없이 혼자 돌아가야 하는 상황에서, 만에 하나 있을지 모르는 위험을 대비하는 조치니까 이해해달라며 아버지의 오른손에만 덧니 형사가 수갑을 채웠다. 반대쪽 수갑은 경찰차 뒷좌석 손잡이에 고정됐다. 할머니가 차창을 두드리면서 울었다.

"재만아! 재만아!"

아버지는 초범이 아니었다. 그렇기에 괜찮을 거라고, 금방 돌아올 수 있을 거라고 말하지 않았다. 아버지는 부르튼 입술을 깨물며 오롯이 정면만 응시하고 있었다. 울다가 제풀에 지친 할머니가 주저앉듯이 쓰러지자 그제야 아버지가 창문에 손을 짚으며 엄마, 라고 입 모양으로 말했다. 할머니가 대꾸할 겨를도 없이 경찰차는 바깥마당을 돌아 언덕길을 내려갔다.

나는 쓰러진 할머니를 업고 안방으로 들어갔다. 요를 깔고 할머니를 눕혀드리자 뺨을 따라 흐르던 눈물이 베개를 적셨다. 할머니가 우는 걸 처음 보아서 당황한 나머지 신발을 신은 채로 방에 들어왔다. 그걸 내내 모르다가 마루를 내려설 때 깨달았다.

턱수염 형사가 안마당에서 형과 얘기를 나누다가 방에서 나오는 날 보더니 손짓을 했다. 조용한 곳으로 가자고 해서 다 같이 고추밭으로 갔다. 형사가 형에게 담배를 권했다. 형이 피우지 않는다고 하자 턱수염 형사가 담뱃갑을 바지 주머니에 도로 넣었다. 고추 이랑을 덮어둔 검정 비닐이 바람에 부대끼며 펄럭대고 있었다. 형사가 내 시선을 따라서 고추밭을 보다가 잊고 있었다는 듯 갑자기 내 등을 두드렸다.

"아버지 때문에 많이 놀랐지? 별건 아니야. 몇 가지 확인할 게 있어서 그런 거니까 특이한 점이 없으면 오늘밤에라도 돌아오실 거다. 물론 그러기 위해서는 진웅이가 우리한테 협조를 잘해줘야겠지. 내 말이 무슨 뜻인지 알지?"

알아요. 조금 전에 쇠파이프를 언급했듯이 다시 한번 실언을 해달라는 말이겠지요.

"아까 긴 막대처럼 생긴 쇠파이프가 맞느냐고 물었지? 본 적이 있어?"

"······아니요. 기억이 안 나요."

"그럼 그 말은 왜 한 거였어?"

형사가 날 추궁하는 기미를 보이자 형이 쓴웃음을 지으며 대화에 끼어들었다.

"형사님! 진웅이는 아직 고등학생이에요. 미성년자라고요. 질문은 저한테 해주세요. 제가 충분히 답변해드릴 수 있으니까요."

"그래서 보호자 끼고 친절하게 물어보는 것 아닙니까?"

"친절한 건 모르겠고요. 쇠파이프라면 저도 봤어요."

"유진혁 씨도 쇠파이프를 봤다? 어디서요?"

"당연히 양계장에서죠. 바닥에 쇠파이프가 여러 개 버려져 있었잖아요. 진웅이도 사건 현장에서 본 거고요. 그렇지?"

양계장에 쇠파이프들이 버려져 있었구나. 그런데 머릿속을 아무리 뒤져봐도 기억나지 않았다. 그렇지만 형이 한 말이니까 사실일 것이다.

"집에서 가져간 건 아니라는 말이군요. 그래? 진웅이 너도, 사건 현장에서 쇠파이프를 봤던 거니?"

나는 고개를 끄덕여서 그렇다는 표시를 했다. 입을 열면 또 실언을 할까 봐 두려웠다.

"현장에 다른 특별한 점은 없었어?"

"잘 모르겠어요. 경황이 없어서요."

"경황이 없었을 텐데, 쇠파이프는 잘 봤네?"

형사가 압박하며 질문을 던지자 형이 대신 대답했다.

"애 머리가 깨져 있었어요. 머리에 둔기를 맞아 사망한 거라고 추측하는 건 어린애도 할 수 있는 것 아닌가요? 더욱이 양계장에 버려져 있는 쇠파이프를 우연히 봤으니까 혹시 흉기로 사용된 건 아닐까 스쳐가며 짐작했을 테고, 그럼 다른 건 기억하지 못하더라도 쇠파이프는 무의식에 남게 되는 거죠."

"유진혁 씨는 그 자리에서 시신의 머리가 깨진 것도 확인했나 봐요? 보통은 어려운 일인데 말이에요."

"어머니가 살해되는 순간을 목격한 자식에게 그 정도는 어려운 일도 아닙니다."

"그건 참 유감이네요."

아버지가 복역한 이유를 형사도 알고 있어서인지 더는 그 문제를 꺼내지 않았다. 빼곡하게 글씨가 적힌 수첩을 팔랑팔랑 넘기며 수사 내용을 훑은 형사가 이번엔 형에게 질문을 던졌다.

"정태민 군의 사망 시간이 수요일 자정 전에서 목요일 새벽 사이로 추정되고 있어요. 그때 아버지는 집에 같이 계셨나요?"

형이 난처하다는 듯 내 얼굴을 한번 보더니 목소리를 낮추며 말했다.

"이런 말씀을 드려도 되는 건지 모르겠지만……. 사실 그날 밤에 아버지가 어딘가로 나가신 것 같아요."

"나가셨다고요? 몇 시에요?"

"그날 제가 좀체 잠을 못 자고 있었거든요. 근데 옆방 그러니까 아버지가 쓰시는 방문이 열리는 소리가 들렸어요. 열 시쯤이었을 거예요. 그러고 나서 한동안 깨어 있었는데도 아버지가 들어오는 소리는 듣지 못했어요."

"유진혁 씨는 몇 시에 잠이 들었는데요?"

"글쎄요……. 열두 시나 한 시 정도? 정확히는 모르겠어요."

거짓말. 거짓말. 거짓말……. 형은 거짓말을 너무도 천연스럽게 하고 있었다. 아버지가 방에서 나가는 소리를 형이 들었을 리 없었다. 왜냐면 아버지보다 먼저 밖으로 나갔으니까. 당연히 아버지가 들어오는 소리도 듣지 못했을 것이다. 형은 그날 밤새 돌아오지 않았으니 말이다.

형사가 수첩에 형이 진술한 내용을 적고 그것을 점퍼 안주머니에 집어넣었다. 가슴이 두둑해지는 느낌일 것이다. 사건을 해결하고 있다는 착각을 일으키는 증언이 적혀 있으니까. 그 증언들이 형이 조작한 알리바이라는 걸 깨달은 후에는 이미 미로에 들어선 다음일 수 있었다.

턱수염 형사가 돌아간 뒤 형도 사라졌다. 나는 할머니를 대신해서 집안 정리를 했다. 곯은 콩을 골라서 버리고 남은 콩을 갈무리해 부엌에 가져다놓았다. 콩 부스러기가 흩어져 있는 마루를 닦고 아버지가 두고 간 머그잔을 씻어서 찬장에 넣어두었다. 내친김에 할머니가 드시기 좋을 만한 달걀죽도 만들어두었다.

더 할 일이 없을까 두리번대다가 결국 아버지의 낡은 가방까지 열었는데 텅 비어 있었다. 옷가지를 다 방에 두셨나. 이대로 할 일이 없어지면 마음이 심란해질 텐데. 나쁜 생각이 날 지배하지 못하도록 몸을 바쁘게 움직여야 해. 나는 헝겊 가방이라도 빨아두어야겠다 싶어서 공을 들여 속을 뒤집었다. 그리고 보았다. 안쪽 바느질 선 바로 위의 붉은 핏자국을.

잠옷이 바뀐 날, 욕실에서 형을 마주쳤을 때 형의 손톱에 껴 있던 굳은 피. 아버지가 주무시던 방에서 형이 수건으로 덮어서 가지고 나온 쇠파이프. 형 곁 가방 안쪽에 나 있는 핏자국은 아마도 형이 다급히 쇠파이프를 가방에 넣었을 때 묻은 것일 터였다. 이제야 확실해졌다. 형은 쇠파이프로 반장을 죽이고 양계장에 파묻었다. 그리고 아버지에게 그 죄를 덮어씌우려 하고 있었다.

도대체 왜……? 아버지를 죽이지 못해서 대신 누명이라도 씌우겠다는 건가? 여전히 십 년 전 그날의 망령에 붙들린 채로 형은 벼랑 끝을 헤매고 있었다.

한동안 형 곁 가방을 손에 쥔 채 멍하니 서 있었다. 시간이 정지된 듯 아무것도 할 수 없었다. 내 머리를 쓰다듬어주고 내 그림을 칭찬해주던 형이, 내가 전혀 모르는 사람처럼 느껴졌다. 형을 떠올리면 뒤따라오는 기억마저 낯설었다. 낯설어서 두려웠고, 두려워서 슬퍼졌다. 그런 감정을 흩뜨려버리듯 핸드폰 진동이 끊임없이 울려댔다. 주머니 속에서 꺼내는 동안에도 진동이 계속되었다.

'살인자의 아들, 살인자의 동생!'

'정태민 대신 네가 뒈졌어야 해!'

'반장이 얼마나 잘해줬는데 은혜도 모르고. 불쌍한 반장.'

'학교에 나오기만 해봐. 가만 안 둘 테니까.'

'세상에서 영원히 꺼져버려라!'

'사이코패스 새끼야. 한희 선배한테서 당장 떨어져.'

'다음엔 누굴 또 죽일 거냐? 소름끼치는 새끼.'

칼로 심장을 찌르고 후비는 것처럼 날카로운 말들이 4444,

1818 같은 발신번호로 연달아 도착하고 있었다. 수백 통의 문자들을 하나하나 읽어내려가다가 눈을 질끈 감고 도로 주머니에 집어넣었다. 진짜 아픈 건 이런 말들이 아니었다. 나는 형이 완전히 낯선 사람처럼 느껴진다는 사실이 너무 고통스러웠다.

낡은 가방을 세숫대야에 옮긴 뒤 물에 푹 잠기도록 수돗물을 틀었다. 그러곤 세제를 풀어 거품을 낸 다음 빨래판에 대고 핏자국을 문질렀다. 거품 속에서 형이 내 손을 잡아주던 모습이 떠올랐다가 물러나길 반복했다. 따뜻했는데. 그 순간을 정말 소중하게 간직하고 있었는데. 그러나 이제는 그 기억마저 쓸쓸해지는 시간들을 견뎌야 한다. 애써 모른 척해온 형의 거짓말을 밝혀야만 한다.

나는 언덕을 내려오면서 형에게 전화를 걸었다. 전화기가 꺼져 있다는 음성 메시지를 몇 번 더 듣고 나서야 통화 버튼 누르는 걸 그만두었다. 형이 어디에 있을지 알 수 있을 것 같았다. 형의 첫 살인이 시작된 곳, 노란 탑. 분명 형은 그곳에 있을 것이다. 나는 노란 탑을 향해, 부서지고 있는 미래를 향해, 진실을 향해 뛰어갔다.

*

형은 노란 탑 전망대 꼭대기에서 눈을 감은 채 앉아 있었다. 내가 전망대 계단을 다 오른 뒤 가까이 다가가는 동안에도 형은 미동조차 하지 않았다. 강한 바람이 사방에서 불어왔다. 형의 뺨에 붉게 열이 오른 거로 봐서는 꽤 오랫동안 그 자리에 있었던 것 같았다.

"이런 곳에 앉아 있으면 범인이라고 오해받아."

아니면 누명을 씌우려는 사람으로 볼지도 몰라.

형이 천천히 눈을 뜨고 나를 올려다봤다. 손바닥에 피를 묻힌
채 엄마가 어디 있냐고 묻던 내게 이제 엄마는 없다고 대답하던
그날처럼 형의 눈동자는 텅 비어 있었다. 무서울 정도로 까만 눈
동자를 내리깔고 형이 입술을 깨물었다.

나는 형 옆에 앉았다. 하늘이 어지러울 만큼 낮고 흐렸다. 곧 비
가 내릴 날씨였다. 누가 떠밀고 있는 것도 아닌데도 스스로 벼랑
에 서려고 하는 형의 손을 이번에는 내가 먼저 잡아야 했다.

"형은 아버지가 왜 우리랑 같이 죽으려 했다고 생각해?"

형의 눈빛에 불꽃이 일었다. 모든 것을 태워버리겠다는 듯 나
를 쏘아보았다. 나는 형의 매서운 눈을 마주보면서 대답을 기다렸
다. 형이 아주 천천히 입을 열었다. 소유욕 때문이라고. 아버지는
그의 아내와 그의 아들들을 소유했다고 착각했기 때문에 아무렇
지 않게 칼을 휘두를 수 있었다고, 형은 말했다. 그건 동반자살이
아니라, 살인이라고.

나 역시 동반자살이 아니라는 건 잘 알았다. 그러나 형의 마음
을 들여다보기 위해서는 가장 아픈 곳을 건드려야만 했다. 아버
지가 반장을 죽였을 거라고 보냐는 질문에 형은 곧바로 대답하지
않고 저수지를 내려다보았다. 사람들의 염원을 담고 띄워진 소원
등들이 침몰해가는 중이었다.

"가장 사랑하는 사람을 죽일 수 있는 사람은 누구든 죽일 수 있
어."

질문을 바꾼다면 형이 감추고 있는 것들을 보여줄까. 형은 아무런 이유 없이 아버지가 사람을 죽일 수 있을 거라고 보느냐고. 우리 가족에게 칼을 휘두르기 전, 아버지는 절망에 붙잡힌 계획을 세웠고 일그러졌을망정 살해 동기가 있었다. 그런 아버지가 처음 보는 남자애를 아무 이유 없이 죽일 리가 없다는 걸 형도 잘 알고 있었다.

반면에 형은 저수지 사건의 용의자였다. 그 살인에 이유는 없었다. 양계장에서 일어난 살인이 이전과 다른 건 살해 동기는 없더라도 고의적이라는 것이다. 반장을 희생양으로 골라 살해하고 그 죄를 아버지에게 덮어씌우려는 것. 십 년 전 그날에 대한 복수. 그게 내 결론이었다.

침묵 사이로 바람이 불어왔다. 형의 머리카락이 미간 언저리에서 흩날렸다. 형이 머리칼을 쓸어넘기자 깨끗했던 왼쪽 손목에 새로운 문신이 새겨져 있는 게 뒤늦게 눈에 들어왔다. 삐뚤빼뚤하게 찍힌 숫자는 이전 숫자와는 달랐다. 19701028. 그 숫자는 엄마가 태어난 날이었다.

칼을 맞잡았던 오른손부터 시작해 온몸에 십 년 전 처절했던 기억을 날짜로 새겨온 형이, 왼손목에 엄마의 생일을 새로 새겼다는 걸 어떻게 해석해야 할까. 어쩌면 새로운 문신은 무언가의 시작을 의미하거나 아니면 끝을 의미하는 건지도 몰랐다. 형의 양 손목은 형의 것인 동시에 엄마의 것이었고, 또한 아버지의 것이기도 했으니까. 확실한 것은 새로운 문신을 할 만큼 형을 뒤흔들어 놓은 심경의 변화가 있었다는 것이다.

"이제 문신은 그만 새길 거야?"

"아마도."

형의 눈동자만큼 까만 새들이 하늘을 날고 있었다. 낮지만 귓가에 들릴 만큼 슬프게 울면서. 이제 복수는 완성된 건지 물어보려다가 그 질문을 혀 아래에 묻어두었다. 질문을 받으면 형이 다시 입술을 깨물 것 같았기 때문이다. 나는 다시는 형의 피를 보고 싶지 않았다.

"진웅아!"

목소리가 들린 쪽으로 고개를 돌려보니 한희 누나가 상자를 들고 계단을 올라오고 있었다. 한희 누나를 본 형이 자리에서 일어났다. 곤혹스러웠을 질문에서 자연스럽게 형이 빠져나갈 기회였다. 할 수 있다면 나도 당장 어딘가로 숨고 싶었다. 이 모든 상황을 어떻게 수습해야 할지 몰라서 막막했다. 아버지를 이대로 둘 수도, 형을 내버려둘 수도 없었다. 최악의 상황은 내가 신고를 하는 거지만 거기까지 가지 않았으면 했다. 나머지는 형의 선택에 달린 일이었다. 그리고 형에게도 뒤를 돌아볼 시간이 필요할 터였다.

형은 바지 주머니에 손을 넣고 계단을 내려갔다. 한희 누나와 중간에서 마주쳤지만 눈길도 주지 않고 차갑게 스쳐 지나갔다. 한희 누나가 돌아서서 형이 내려가는 걸 바라봤다. 나는 반 계단쯤 내려가서 상자를 들어주었다.

"고마워. 근데 역시 체취는 별다를 게 없어."

"네?"

"네가 어제 그랬잖아. 형한테서 독특한 체취가 나고. 집중

해서 맡아봤는데, 나한테는 별로 특이하진 않아. 오히려 좀 좋은 편?"

한희 누나가 살짝 웃었다. 나는 마주 웃기도 애매하여 계단을 뛰어올라가 상자를 바닥에 내려놓았다. 상자에는 노란색 유등과 전선들이 들어 있었다. 한희 누나는 손목을 위아래로 흔들며 풀어주더니 핸드폰으로 시간을 체크했다.

"축제위원들 만나기로 하셨어요?"

"노란 탑 유등 불이 잘 안 들어온다고 해서 교체하려고 왔는데 다들 늦네. 비도 올 것 같은데. 이러다가 유등 다 망가지고 행사 엉망되고 여기저기 불려다니다가 끝나겠다, 아주."

먹구름이 몰려와 있어서 금방이라도 비가 쏟아진다고 해도 이상하지 않았다. 조금 전보다 더 강해진 바람에 유등이 마구 흔들리기 시작했다.

"도와줄까요?"

"그래도 돼? 시간 괜찮겠어?"

축제위원들을 마주치는 건 불편했지만 사람들을 피하고 다닐 수만도 없는 노릇이었다. 괜찮다고 대답하자 한희 누나가 "좋았어."라고 말하더니 주머니에서 열쇠를 꺼냈다. 그러곤 난간에 설치된 여닫이문의 자물쇠를 풀었다. 한희 누나가 난간에 배를 댄 채 여닫이문 밖에 설치된 점등 스위치를 누르자 노란 탑에 내걸린 유등들에 불이 들어왔다.

"내가 나가면 하나씩 건네줘."

노란 유등을 내게 맡긴 한희 누나가 여닫이문 밖으로 몸을 내밀었다.

"뭘 하게요?"

"난간 밖에도 몇 개 설치하려고. 그래야 저수지 건너편에서는 운치 있게 보이거든."

"위험해요."

"괜찮아, 괜찮아. 나 수영 잘해. 인명구조 자격증도 있어. 조심할 테니까 얼굴 풀어."

한희 누나가 난간에 발을 걸치고 한 걸음씩 옆으로 옮겨갔다. 나는 긴장한 채 난간 앞에 바짝 붙어서 만일의 사태를 대비했다.

"유등 한 개 줘볼래?"

전망대 끝까지 건너간 한희 누나가 유등을 건네받고 한 손으로 난간을 잡았다. 그러곤 약간 상체를 숙이고 다른 손으로 난간 밑바닥에 유등을 걸었다. 내가 안에서 재빨리 철사를 엮어서 유등을 난간에 고정했다. 유등을 하나 더 달라고 해서 가지러 간 사이에, 한희 누나는 왔던 길로 조금 이동해 있었다.

한희 누나와 네 번째 유등을 작업하고 있는데 전망대가 쿵쿵 울렸다. 돌아보니 아이 두 명이 술래잡기를 하는 듯 소리를 지르며 계단을 뛰어오르고 있었다. 나는 반사적으로 한희 누나의 손등을 덮듯이 잡았다. 난간 밖에서 안쪽을 보던 한희 누나가 "나 괜찮아."라고 말하는 순간, 계단을 다 올라온 아이들이 전망대 위에서 괴성을 내며 크게 점프하기 시작했다.

"얘들아! 위험해. 뛰지 마."

바닥이 흔들리는 걸 느낀 한희 누나가 아이들을 향해 외쳤다.

아이들은 한희 누나 쪽을 봤지만 아랑곳하지 않고 까르르 웃더니 전망대 통로로 뛰어갔다. 한희 누나가 인상을 쓰며 난간을 잡고 있던 손에 힘을 줬다.

"아!"

한희 누나의 손을 나도 모르게 놓았다. 뭔가 이상하다. 속이 갑자기 울렁거리고 머리가 어지러웠다. 내가 비틀거리며 몇 걸음 이동하자 한희 누나가 다급하게 나를 불렀다.

"진웅아! 왜 그래?"

난간 밖에 있는 한희 누나를 보자 더욱 머리가 어지러웠다. 전망대 바닥은 여전히 흔들리고 있었다. 바람에 유등이 미친듯이 하느작거렸다. 머리를 짚으며 난간을 잡으려고 하는데, 한 아이가 달려오다가 나를 들이받았다. 나는 휘청이며 뒷걸음질쳤다.

"위험해!"

한희 누나가 비명에 가까운 소리로 외치는 걸 들으면서 열려 있던 여닫이문으로 발을 헛디뎠다. 허공에 몸이 붕 떴다.

다음 순간 나는 저수지로 추락하고 있었다.

저수지에 빠졌다는 건 차가운 물이 뺨에 닿는 찰나에 깨달았다. 수초가 뺨을 스치고, 물기둥이 나를 휘돌아갔다. 물속은 방향을 가늠할 수 없는 어둠으로 가득했다. 그러나 물에 빠질 때의 충격은 물을 들이마시는 것에 비하면 아무것도 아니었다. 폐에 들어찬 물 때문에 곧 숨을 쉬는 게 힘들어졌다. 괴로워서 목을 붙잡고 허우적거렸다. 흔들리는 수초가 살며시 발목을 스쳐가자 날 붙잡는 것인지 놓아주는 것인지 분간이 서지 않았다. 눈앞이 점점 암

흑으로 변해갔다. 정신을 잃어가고 있다는 걸 또렷이 느끼면서도 할 수 있는 일이 아무것도 없었다.

나는 죽음의 경계선을 보고 있었다. 죽음을 느낀 일순간에 소리는 사라졌지만, 눈앞은 이상하리만치 환해졌다. 그리고 눈앞에 여자애가 나타났다. 아! 너구나. 저수지에서 죽은 아이. 여자애가 내게 무슨 말을 하고 싶은 듯 입을 벙긋거렸다. 검은 머리카락이 물결을 타고 사방으로 뻗어 있었다. 무슨 말이 하고 싶은 거니? 창백한 여자애에게로 손을 뻗었다. 여자애도 내게 손을 뻗어왔다. 손끝이 맞닿은 순간, 나는 내가 착각하고 있었다는 걸 불현듯 깨달았다.

형은 범인이 아니었다.

아버지

사건 첫째 날

주도면밀하게 동반자살할 계획을 세웠다.

내가 먼저 가족들의 숨을 끊어버린 뒤에 그들을 뒤따라 삶을 마감하는 방법이었다. 고통스럽지 않도록 모든 건 비밀에 부쳤다. 앞으로 죽을 거라는 사실을 미리 알게 되는 것만큼 최악은 없을 테니까. 비밀은 그런 면에서 좋은 법이다.

일주일 동안 각기 다른 병원으로 가서 세 번에 걸쳐 수면제를 십 정씩 처방받았다. 수면제를 먹으면 몇 시간 후 잠이 오는지 실험까지 해보았다. 고통스러우면 안 되니까 철저하게 준비했다.

예정된 그날, 플라스틱 절구에 하얀 수면제 환을 쏟아넣고 공이로 가루가 될 때까지 빻았다. 가루가 된 수면제를 흰 종이로 싼

후 절구와 공이는 쓰레기통에 버렸다. 그러곤 천 밀리리터 우유를 사 들고 밤이 될 때까지 거리를 배회했다.

어둑해진 밤거리에 서서 불 켜진 우리집을 바라보았다. 맑은 정신으로는 도저히 일을 치를 수 없을 것 같아서 슈퍼로 되돌아가 소주를 두 병 샀다. 빈속에 강소주를 들이켰다. 평소 주량보다 한 병을 더 마셨는데도 좀처럼 취하질 않았다. 생의 마지막날이라 그럴까 싶었지만, 집 앞 골목으로 들어서던 길에 결국 마신 술을 다 토해내고 말았다. 위액이 나올 때까지 담벼락을 붙잡고 구역질을 했다. 눈물이 나왔지만 울 수가 없었다.

아내인 순영은 거실에서 볼륨을 최소로 놓고 텔레비전을 보고 있었다. 나를 흘깃 쳐다보기는 했지만 왔냐는 인사도 하지 않았다. 그때쯤 순영은 늘 나를 본체만체했다.

나는 주방으로 들어가서 우유를 꺼내놓았다. 순영에게 등을 돌린 채로 양복 안주머니에서 수면제를 싼 흰 종이를 꺼냈다. 종이가 바스락대지 않도록 조심하면서 우유에 수면제 가루를 넣고 흔들었다. 그러곤 진열장에서 컵을 세 개 꺼내어 우유를 따랐다. 불투명하고 진한 하얀 액체가 유리컵에 넘치도록 담겼다. 나는 유리컵을 쟁반으로 받쳐들고 거실로 갔다. 순영은 여전히 텔레비전만볼 뿐, 내게 눈길도 주지 않았다.

"이거 당신도 마시고 애들도 줘."

쟁반을 들고 있는 손이 떨리지 않도록 눈에 힘을 주었다. 순영이 한심하다는 표정으로 날 올려다봤다.

"그게 뭔데?"

"우유."

"우유? 갑자기 우유는 왜? 이제라도 좋은 아빠 흉내 내시게?"

순간적으로 순영의 얼굴에 우유를 끼얹고 싶은 유혹이 일었지만 가까스로 참아냈다. 나는 이를 악물고 말했다.

"가서 애들 주고, 당신도 마셔."

"진웅이 지금 배앓이 중이라서 우유 못 마셔. 그리고 진혁이도 우유 안 좋아하고."

"가져다주라면 가져다주라고! 시발!"

더 참았어야 했는데 참지 못하고 순영에게 욕설을 내뱉었다.

"헛! 당신 지금 욕한 거야? 이젠 별걸 다 하네."

순영이 어이없다는 듯 코웃음을 쳤다. 분노가 가슴 깊은 곳에서 부글부글 끓어오르고 있었다. 마지막으로 한 번만 더 말하고, 그때도 말을 듣지 않으면 순영의 입을 벌려 억지로라도 마시게 할 작정이었다.

"……욕한 건 미안해. 하지만 나도 애들한테 좋은 아빠가 되고 싶어서 이러는 건데, 당신이 몰라주니 야속해서 그랬어."

그 말은 진심이었다. 비록 실패했지만 나는 언제나 진혁이와 진웅이에게 좋은 아빠였으면 싶었다. 순영이 내 얼굴을 유심히 보다가 소파를 짚고 일어나 내 손에서 쟁반을 가져갔다.

"우유만 준다고 좋은 아빠가 되겠어? 돈을 가져다줘야지."

순영은 날 흘겨보곤 곧장 진혁이 방으로 들어갔다. 잠시 뒤에 진혁이 방을 나와 우유 컵 두 개를 들고 진웅이 방으로 들어갔다. 이 분쯤 뒤에 순영이 빈 컵들을 들고 방에서 나왔다. 순영은 할 일을 다 했다는 듯 다시 텔레비전 앞으로 돌아갔다.

순영과 진웅이는 우유를 마셨다고 볼 수 있었다. 문제는 진혁이였다. 진혁이가 우유를 마셨는지 확인할 방법이 없었다. 그걸 알아본답시고 평소 잘 들어가본 적도 없는 진혁이 방으로 들어서는 게 괜한 의심을 사는 일 같았다. 어떻게 해야 하나 고심하고 있는데 진혁이가 이어폰을 낀 채 문을 열고 나왔다. 날 보고는 고갯짓으로 인사를 하더니 우유가 남아 있지 않은 유리컵을 개수대에 놔두고 방으로 다시 들어갔다. 마셨구나. 쓸쓸하기도 하고 안쓰럽기도 했다. 그러나 그때 느낀 가장 큰 감정은 안도감이었다.

순영이 텔레비전을 보면서 하품을 했다. 이제 한 시간만 지나면 우리 가족은 세상에서 영원히 사라지게 될 것이다. 나는 양복을 입은 채로 안방에서 순영이 돌아와 침대에 눕길 기다렸다. 이불 속에는 옷장에서 꺼내둔 넥타이가 숨겨져 있었다. 내가 제일 좋아하는 넥타이로, 어버이날 가족들이 선물해준 넥타이였다. 손바닥에 땀이 나서 허벅지에 손을 계속 문질러 닦았다. 목이 자꾸만 탔다. 삼십 분이 지나도록 순영이 안방으로 들어오지 않아 슬며시 거실로 나가보니 소파에 앉은 채로 졸고 있었다. 수면제 약효 탓에 안방까지 들어오지도 못하고 그 자리에서 잠이 든 모양이었다.

원래 계획은 가족들이 잠에 빠져들면 한 명씩 목을 조르는 것이었다. 다 같이 모여 죽는 것보다 각자의 침대에서 생을 마감토록 하는 게 덜 고통스러울 것 같았기 때문이다. 그러기 위해선 아내를 안방으로 옮겨야 했지만 축 늘어진 상태라 안아 드는 수밖에 없었다. 하지만 엉뚱한 곳에 힘을 빼고 싶지 않았다.

어차피 모두 잠들었을 테니까 괜찮을 거야.

안방으로 들어가 넥타이를 이불 속에서 꺼내왔다. 순영을 소파에 눕히고 목에 넥타이를 감았다. 연약해 보이는 목에서 맥박이 힘차게 뛰고 있었다.

"이렇게밖에 못하는 날 용서해주라. 죗값은 지옥에 가서 받을 게……."

나는 순영의 목을 넥타이로 조르기 시작했다. 숨을 쉬지 못해 괴로운지 순영이 눈을 감은 채로 손가락을 넥타이와 목 사이에 집어넣으려고 허우적거렸다. 문득 수면제는 마취제가 아니라는 데에 생각이 뒤미쳤다. 젠장. 젠장. 순영이 신음을 내기에 넥타이를 잡은 양손에 힘을 더욱 주었다. 갑자기 순영이 손톱으로 내 턱을 할퀴면서 눈을 번쩍 떴다.

얼마나 놀랐는지 모른다. 어째서 눈을 뜬 건지, 잠이 든 게 아니었는지, 지금 정신이 있는 상태인 건지 수만 가지 의문들이 순식간에 머리를 꽉 채웠다. 그 와중에도 순영은 나를 밀어내기 위해 안간힘을 쓰고 있었다. 핏발이 선 순영의 눈을 보지 않으려고 넥타이에 시선을 모았다. 넥타이에 졸리며 목이 점점 붉어져 갔다.

"엄마!"

뒤에서 진웅이의 목소리가 들려왔다. 설마……. 아닐 거야. 진웅이는 우유를 마셨잖아. 지금 잠들어 있어야 한단 말이야. 공황 상태가 되어 뒤를 돌아본 순간, 순영이 내 배를 걸어차고 구르듯이 몸을 빼내어 소파에서 빠져나갔다. 목을 잡고 기침을 하던 순영이 잽싸게 진웅이를 낚아채 안아 들었다. 진웅이가 어리둥절한 표정으로 나와 아내를 번갈아가며 쳐다봤다. 아빠! 도대체 무슨 일이 일어나고 있는 거예요, 하고 묻는 얼굴로.

나 역시 이 상황에 대해 묻고 싶었다. 어째서 너는 깨어 있는 건가. 순영이 두 잔의 우유를 모두 마셨던 걸까. 아니, 중간에 깨어난 것을 보면 순영도 우유를 마신 척한 건지도 모른다.

순영은 감기려는 눈에 힘을 주며 말을 하기 위해 애쓰고 있었다.

"당신…… 당……신…… 미쳤구나. ……미쳤어."

"날 속였어? 시바알!"

고함에 놀란 진웅이가 어깨를 움찔거렸다. 그러나 순영은 오히려 정신을 차렸는지 진웅이를 자신의 뒤로 숨기며 뒷걸음질쳤다. 순간적으로 순영의 시선이 주방을 향하기에 베란다로 나가려는 줄 알고 식탁 반대편으로 돌았다. 순영은 내가 헛짚은 기회를 놓치지 않고 진웅이를 끌고 안방으로 뛰어들어갔다.

곧바로 순영을 뒤따라가 문손잡이를 돌려보았지만 잠겨 있었다. 순영은 안방에 있는 무선 전화기로 경찰에 신고할 수 있었고, 나는 여벌의 방문 열쇠가 어디 있는지 알고 있었다. 싱크대 서랍장을 열고 방문 열쇠를 꺼내다가 옆에 있던 식칼도 같이 집어 들었다. 열쇠로 문을 따고 손잡이를 돌렸지만, 순영이 온몸으로 막고 있는지 문은 쉽게 열리지 않았다. 몇 번 힘을 주자 문이 들썩대다가 예상치 못한 순간에 벌컥 열렸다. 그 바람에 고꾸라질 뻔했다. 내가 휘청인 틈에 진웅이가 내 옆을 잽싸게 빠져나갔다.

"도망쳐!"

순영이 소리치면서 칼을 든 내 손목을 붙잡았다. 뼈를 파내버리겠다는 기세로 손톱을 박고 있는 순영의 눈에는 여전히 핏발이 서 있었다.

"애들은 건드리지 마."

순영은 직감하고 있었다. 자신이 곧 내 손에 죽을 것이며 뒤이어 아이들마저 살해당할 거라는 사실을.

칼을 든 내 손을 놓칠까 봐 순영이 이를 악물었다. 나는 다른 손으로 순영의 손목을 비틀었다. 순영이 비명을 지르며 무릎을 꿇듯이 바닥에 주저앉았다. 나는 그 찰나의 순간에 칼을 휘둘렀다. 순영의 어깨부터 가슴까지 빨갛고 굵은 선이 그어졌다. 칼로 사람을 벴다는 건 손아귀에 전해지던 묵직한 느낌만으로도 알 수 있었다. 피가 한꺼번에 솟구치며 순영이 피에 젖었고 벽지에도 붉은 피가 튀었다. 모든 게 한꺼번에 일어났고 아주 짧았다. 그리고 눈가에 튄 피를 닦으며 돌아서는 순간, 내 앞에는 지옥이 펼쳐져 있었다.

진혁이가 경악에 찬 눈으로 나를 바라보고 있었다. 식칼에서 툭툭 떨어지는 핏물과 내 뒤로 서서히 쓰러져 가는 순영을 동시에 보고 있다는 걸 느낄 수 있었다. 나는 개수대를 보았다. 진혁이가 놓고 간 빈 컵이 보였다. 어째서 진혁이마저 날 속인 걸까. 어째서. 진혁이가 우유를 마시지 않았다는 자각이 밀려오자 가슴 밑바닥부터 걷잡을 수 없이 거센 분노가 일어났다. 대체 왜 다들 시키는 대로 하지 않는 거야! 내 말이 우스워? 왜 잠들지 않아서 이런 꼴까지 보는 거냐고! 왜! 도대체 왜!

나는 멍하니 선 진혁이를 향해 칼을 휘둘렀다. 뜻밖에도 진혁이가 칼날을 맨손으로 잡았다. 공포로 인해 커진 진혁이의 눈동자에는 아들을 죽이기 위해 이를 악물고 있는 내 얼굴이 비치고 있었다. 저 악귀가 나……인가? 내가 지금 도대체 무슨 짓을 저지르고 있는 거지?

손에 힘이 빠진 걸 눈치챈 진혁이가 날 밀치고 현관으로 도망쳤다. 진혁이가 도망가자 그 뒤에 서 있던 진웅이가 눈에 들어왔다. 진웅이는 진혁이 방의 문손잡이를 붙잡고 손가락으로 날 가리키고 있었다.

"아빠! 피 났어. 다쳤어?"

다리에 힘이 풀려 주저앉았다. 나는 내가 쳐둔 덫에 걸렸다. 야수로 변한 내가 울부짖고 있었다. 현기증이 일어 눈앞이 흐려졌다. 순영의 몸에서 쏟아진 피가 내 발밑까지 흘러와 양말이 젖어가고 있었다. 진혁이에게 아버지가 잘못했다고 용서를 구해야만 했다. 어째서 이런 상황이 된 건지 변명이라도 해야만 했다. 이대로 끝낼 수는 없었다.

진웅이를 두고 진혁이를 쫓아 허둥지둥 밖으로 나갔다. 밤거리를 달려가는 진혁이의 맨발이 서서히 눈앞에서 멀어져 갔다. 이녀석아! 신발이라도 신지. 나는 진혁이를 부르며 달렸지만 따라잡을 수 없었다. 변명할 기회를 영원히 잃어버린 것이다.

피를 뒤집어쓴 짐승을 보고 사람들이 비명을 질렀다. 내 손에는 아직도 식칼이 들려 있었다. 식칼을 들고 아들에게 미안하다고 할 작정이었다니.

허청거리며 집으로 돌아가니 벽에 튄 핏방울과 거실로 흘러나온 핏물이 눈이 멀도록 새빨갰다. 진웅이는 보이지 않았다. 이름을 불러보았지만, 대답이 없었다. 어린 진웅이에게라도 너희를 세상에 남겨두어서 미안하다는 말을 하고 싶었는데, 이제 그럴 시간이 없었다. 경찰이 곧 들이닥칠 터였다. 나는 손에 쥐고 있던 식칼을 배에 찔러넣고 순영의 옆으로 쓰러졌다.

순영아! 미안해. ……미안해, 모두한테.

멀리서 사이렌 소리가 들려왔다.

그리고 나는 죽지 않았다.

*

내 죄목은 특정범죄 가중처벌 등에 관한 법률 위반, 살인 목적을 위한 미성년자 유인 및 특수상해죄, 살인미수죄 그리고 살인죄였다.

"범죄에 사용될 수면제와 넥타이를 준비하는 등 치밀하게 살인을 계획하고, 도망간 아내를 끝까지 쫓아 살해하는 등 죄질이 나쁘나 경제적으로 어려움을 호소하고 있었고 죄를 인정하여 자살을 시도한 동기가 참작되어 십 년 형을 언도한다."

재판관의 말이 끝나자, 갑자기 귀에서 이명이 들려왔다. 초침이 움직이는 소리였다. 그 소리는 마치 나를 재촉하는 것만 같았다. 교도소로 넘어가기 직전, 병원에서 한 차례 더 자살을 기도했지만, 그마저도 실패했다. 목을 매달고 있는 나를 발견한 간호사가 신속하게 비상 호출 버튼을 눌렀다. 창문틀에서 끌려 내려온 뒤로 목구멍에서 쇳소리가 났다. 질리도록 질긴 목숨이었다.

교도소에서 나는 '금수'로 통했다. 인간 이하라는 의미로 방장이 지어준 별명이었다. 나는 십 년을 말없이 복역했다. 죄수들의 괴롭힘도 묵묵히 참아냈다. 죄책감으로 얼룩진 마음을 씻기에 십년은 그리 긴 시간이 아니었다.

출소한 날, 어머니의 당부대로 새 옷을 사 입고 이발도 했다. 십년 만에 보는 아이들에게 어떤 표정을 지어주어야 하는지 감도 오지 않았다. 어머니 집으로 가는 길에 손바닥에 땀이 나서 몇 번이나 바지춤에 손을 닦아냈다. 드디어 내 자식들을 만났지만, 막상 만난 아이들은 기억과 완전히 달랐다.

진혁이는 어른이 되었고, 진웅이는 소년이 되어 있었다. 그날 이후에도 아이들은 하루하루 자라고 있던 것이다. 내가 만약 자식들까지 죽였다면 아이들은 오늘의 사람이 될 수 없었겠지. 그제야 내가 무엇을 잘못했는지 뼈저리게 깨달았다. 아이들에게는 스스로 미래를 살아낼 수 있는 능력이 있는데, 나는 내가 없으면 안 된다는 논리로 그 사실을 외면했다. 이를 깨닫자 뒷덜미가 서늘해졌다. 아이들이 건너온 시간이 토막 난 채 내 머리 위로 우수수 떨어져 내렸다. 고개를 들어 아이들을 똑바로 바라볼 수가 없었다.

당장 진혁이와 함께 있는 게 거북해서 핑계를 대며 자리를 피했다. 오랜만에 친구를 만나보겠다며 밖으로 나왔지만 달리 만날 사람도 없었다. 걸을수록 신념이 발밑에서 무너지고 있었다. 한참을 정처없이 걷다가 정호수를 만난 건 순전히 우연이었다.

목이 말라서 편의점에 들러 얼음 컵에 음료를 따라 나오는데 때마침 급하게 들어오던 사람과 어깨를 부딪쳤다. 그 바람에 내가 들고 있던 얼음 컵이 바닥으로 떨어지며 음료수가 쏟아졌다.

"아우, 뭐야!"

어깨를 부딪친 사람이 바지에 튄 음료수를 털어내면서 짜증을 냈다.

"죄송합니다."

교도소에서 해오던 습관대로 사과가 먼저 입에서 튀어나왔다. 상대방은 미안하다는 말도 없이 바지를 살피면서 내 탓을 했다.

"아, 이 사람이 사과만 하면 다야? 이 옷이 얼마짜리인 줄 알고 말 한마디로 퉁치려고 그래."

부딪친 건 쌍방인데 왜 나만 잘못한 것처럼 구는 건지 억울했다. 따지고 보면 앞도 보지 않고 뛰어들어온 당신 잘못이 더 크잖아. 음료수는 이제 마실 수도 없게 되었는데 말이야.

나는 옷을 털면서 유난 떠는 남자를 물끄러미 바라봤다. 눈에 익은 얼굴이었다.

"정호수?"

아는 사람이라고 느꼈을 때 입을 닫고 있었어야 했다. 자기 이름을 들은 남자가 흠칫 놀라며 내 얼굴을 유심히 뜯어보곤 "아! 너!" 하고 알은체를 하는 상황이 온 뒤에야 뒤늦게 후회가 밀려왔다. 어릴 때도 호수와 나는 친구가 아니었다. 하물며 소문내기 좋아하는 녀석에게 내가 돌아왔다는 걸 굳이 먼저 알릴 필요는 없었다.

호수는 처음에는 당황한 듯 머뭇거리더니 곧 재미난 구경거리라도 본 얼굴이 되어 살갑게 말을 붙여왔다.

"아니, 이게 누구야? 유재만이 아니야. 야야! 반갑다. 언제 교도소에서 나온 거야?"

악수를 청하는 손길이 부담스러웠다. 하지만 한편으로는 나를 전과자로 대하지 않고 평범한 인간으로 봐주는 것 같아서 기쁘기도 했다. 호수가 이렇게 대할 정도면 다른 사람들도 그저 나를 불쌍한 인간쯤으로 생각해줄지 모른다. 그런 희망이 가슴속에서 슬며시 고개를 쳐들고 있었다.

"오늘."

"아! 그래? 와아, 축하한다. 야야! 여기서 이러지 말고 우리집으로 가서 얘기나 더 나누자. 잠깐만 기다려봐. 담배 하나 사 올 테니까 가지 말고 기다려."

호수가 내게 다짐을 놓으며 편의점으로 들어갔다. 나는 문 앞에서 호수가 나오길 기다렸다. 호수는 담배를 받아들었는데도 계산대 앞에서 뭔가를 얘기하면서 웃고 있었다. 주인이 간혹 내 쪽으로 시선을 던졌다가 나와 눈이 마주치면 고개를 돌렸다. 오 분이 지나도록 호수는 나오지를 않았다. 날씨는 더웠고 나는 목이 말랐다. 다시 음료수를 사서 나올까 하고 발길을 옮기려는데 호수가 편의점 문을 열고 나왔다.

"야야! 미안하다. 여기 주인이랑 워낙 친해서 말이 좀 길어졌다. 가자, 가자."

호수가 자동차 키를 누르자 주차장에 세워진 벤츠에 불이 들어왔다.

"타! 타!"

호수가 운전석 문을 열었다.

"차 좋다. 출세했구나."

"뭐, 이 정도야. 요즘엔 알짜 농사꾼은 다 끌고 다녀. 폼 안 나게 트렁크에 삽이랑 곡괭이 같은 거나 넣고 다녀 그렇지, 이 동네에도 몇 대 있어."

돌이켜 생각해보니 호수 집은 어릴 때부터 땅부자로 통했다. 십여 년 전에 사업 자금이 부족해서 돈을 빌리러 다닐 때 호수에게도 연락했던 기억이 떠올랐다. 그때 호수는 내게 돈을 빌려주지 않았다. 호수뿐만이 아니라 모두가 그랬다. 아무도 나를 상대하지 않았었다.

"다 왔다."

높은 담장을 낀 전원주택 앞에 호수가 차를 세웠다. 이전 터에 새로 지은 모양으로, 얼핏 봐도 공들여 지은 집이라는 게 티가 났다. 잔디가 깔린 넓은 마당으로 들어서자 하얀 털이 무성한 커다란 개가 호수에게로 풀쩍대며 뛰어왔다. 호수가 개의 목을 양손으로 쓰다듬자 개가 허리께로 껑충 뛰어올랐다.

"에고, 에고. 우리 밥충이, 잘 놀고 있었어? 이놈이 썰매 끌던 사모예드인데 밥충이다, 밥충이. 좋은 거 사 먹인다고 일주일에 밥값만 삼십만 원이 넘게 들어. 어이구, 우리 밥충이."

호수가 사랑스럽다는 듯 개를 몇 번 더 어르다가 덥다며 집으로 들어갔다. 집에는 사람이 없는지 불이 모두 꺼져 있었다. 그래도 큰 창으로 햇살이 아낌없이 들어와 밝았다. 호수가 에어컨을 틀면서 거실 소파에 털썩 앉았다.

"집사람은 유등 축제 때 입겠다고 옷 사러 나갔어. 우리집 애가 이번에 유등 축제 준비위원이 됐는데 애 기죽이면 안 된다나 뭐라나. 하여튼 자기가 옷 사 입고 싶으니까 애 핑계를 대고…… 뭐 하고 있어? 와서 앉아."

나는 대리석으로 꾸며진 집안을 넋 놓고 둘러보다가 소파로 갔다. 질이 좋은 가죽 소파는 손끝에 닿는 감촉부터 달랐다. 사업이 한창 잘됐을 때도 나는 이런 소파를 가져보지 못했었다. 나를 포함해도 직원이 고작 세 명인 작은 사업체를 꾸려봤을 뿐이니까. 호수가 느긋하게 등받이에 기대더니 다리를 꼬았다.

"야야! 네 얘기 좀 해봐라. 교도소에서 어땠는지."

"별건 없었어."

"영화에서 보면 빵에 들어갈 때 신고식 같은 거 치르던데 너도 맞고 그랬냐?"

"어, 뭐, 좀."

"독방은? 독방도 가봤어?"

"아니."

"독방도 안 가보고, 뭐 했냐. 아주 얌전하게 지냈나보다. 야야! 그럼 다구리는? 영화 보면 감방 동기들이 제일 악질적인 놈 하나 몰아서 쥐어패잖냐. 너도 당해봤냐?"

"그런 적 없어."

"아유, 참! 재미없게 구네."

내가 더이상 대답하지 않자 거실에 정적이 흘렀다. 호수가 자기 어깨를 툭툭 치면서 하품을 했다. 나는 목이 말랐다.

"물 한 잔만 마실 수 있을까?"

"근데 네 목소리는 어째 그러냐? 쇳소리가 나네. 교도소에서 뭔일 있었냐? 표정 봐라! 분명히 뭔 일 있었어. 뭐냐?"

호수는 물을 내오지 않았다. 나를 집으로 부른 건 순전히 호기심을 채우기 위해서였던 모양이다. 예나 지금이나 자신만 앞세우는 이기심은 변하지 않았다. 더 있어봐야 사람들 입에 오르내릴 얘깃거리만 늘어날 뿐이었다. 자리에서 일어날 타이밍을 보고 있을 때 현관문이 열리며 교복을 입은 소년이 들어왔다.

"어, 왔냐? 하나밖에 없는 내 아들."

호수 아들이 내 눈치를 보면서 꾸벅 인사했다.

"공부 잘하게 생겼네."

"중학교 땐 맨날 전교 일등만 하더니 고등학교 들어가선 한 번도 못 했어. 과외비를 그렇게 처들이고 있는데, 응? 정태민! 말 좀 해봐."

"다른 녀석이 나보다 잘하는 걸 저보고 어쩌라고요."

"저, 저, 대꾸하는 싸가지하고는. 지 애미가 외아들이라고 오냐오냐하고 키웠더니 버릇이 없어. 으휴! 속 터져."

호수 아들이 안경테를 추켜올리더니 곧장 방으로 들어갔다. 문득 어머니가 편지마다 진웅이가 일등을 했다는 소식을 전해오던게 기억났다. 호수는 아들에게 아낌없이 정성을 쏟는데 나는 진웅이에게 해준 게 아무것도 없었다. 바싹 마른 목에 침을 삼키며 호수에게 조심스럽게 부탁했다.

"저기…… 미안한데, 돈 좀 빌려줄 수 있을까? 한 삼십만 원만."

호수가 뜨악한 눈으로 나를 쳐다보더니 대답도 없이 소파 옆 안마의자에 가 앉았다. 나는 몸을 완전히 안마의자에 맡긴 호수를 무력하게 쳐다보고만 있었다.

"곧 갚을게. 우리 아들 책값이라도 보태주려고 그래."

호수가 눈을 감은 채로 대답했다.

"곧 갚겠다라……. 사람 참 불편하게 만드네. 그래도 옛정이 있어서 집에까지 데려왔더니만 고작 한다는 말이 돈 빌려달라는 말이야? 교도소에서 막 출소한 주제에 뭔 수로 돈을 갚을 건데? 차라리 그냥 달라고 하는 편이 양심적이지 않나."

뺨이 화끈거렸다. 나조차 호수를 친구가 아니라고 여기면서 왜 돈을 빌려달라고 한 걸까. 호수의 재력이면 그 정도는 그저 빌려줄 거라고 착각한 내 잘못이었다. 나는 자리에서 주춤주춤 일어섰다.

"그만 가볼게."

호수가 실눈을 뜨고 나를 쳐다보았다.

"태민아! 손님 가신단다. 현관에 소금 뿌려라."

그 소리에 호수 아들이 방에서 나왔다. 나는 신발도 제대로 꿰차 신지 못하고 현관을 서둘러 빠져나왔다. 얼굴이 화끈거리다 못해 머리까지 욱신거렸다. 마당으로 나서자 사모예드가 꼬리를 치며 따라오다가 뒤이어 다시 문 열리는 소리가 들리자 현관으로 뛰어갔다. 호수가 바가지에 소금을 가지고 나와서 현관에 뿌렸다. 가슴이 터질 것같이 뛰기 시작했다.

벤츠를 타고 왔던 길을 걸어서 거슬러 왔다. 어머니를 도와서 식사 준비를 하던 진웅이가 잘 다녀오셨느냐고 인사를 해왔다. 아비가 못났어도, 너는 애쓰며 살고 있구나. 나는 방으로 들어가서 가족이 함께 먹는 첫 끼 때 아이들에게 해줄 말이 있을지를 찾았다. 그러나 아무리 궁리를 해봐도 내 손에 쥘 수 있는 말은 하나도 없었다.

그렇게 저녁이 왔고 식사하는 내내 가족들은 조용했다. 어머니는 계속 반찬을 집어주었다. 교도소에서 부실하게 먹는 걸 걱정해왔으니, 집에서 먹는 첫 밥은 푸짐하게 차려주고 싶었을 것이다. 그 마음을 알기에 꾸역꾸역 밥을 떠넣었다.

입은 뭔가를 계속 씹고 있었지만 사실 내 눈은 진혁이 몸에 새겨진 문신에 가 있었다. 진혁이 몸에는 내가 가족들과 동반자살을 시도한 날의 날짜가 무수히 새겨져 있었다. 잊으라고 해도 잊을 수 없는 날이었지만, 큰아들의 몸에 새겨진 것을 눈으로 직접 보니 가슴이 쑤시듯 아파왔다. 진혁이는 문신을 굳이 숨기고 싶어하지도 않았다. 눈이 있으면 보라는 듯이, 보고 잘못을 깨달으라는 듯이, 당신은 나의 아버지일 자격이 없다는 듯이 말이다.

먹는 내내 진혁이의 눈치를 보느라고 밥이 얹혔다. 화장실에서 속을 게우고 나왔더니 진웅이가 대문에 선 한 소년이랑 얘기를 나누고 있었다. 소년은 나를 보더니 호수 아들이라며 먼저 알은체했다. 그러고 보니 안경 쓴 얼굴이 기억났다. 동시에 소금을 뿌리던 그 아버지의 손길까지. 진웅이가 호수 아들을 데리고 문밖으로 나갔지만, 목소리가 담장 안으로 넘어 들어왔다. 내가 호수에게 돈을 빌려달라고 했던 걸 그 아들도 알고 있었다. 뺨이 다시 화끈거렸다.

다정하게도 화장실 문 앞에 내가 신을 신발을 놓아준 내 아들이 나 때문에 호수의 아들에게 협박당하고 있었다. 당장이라도 뛰쳐나가 진웅이를 보호해주고 싶었지만, 차마 발이 떨어지질 않았다. 못난 아비라는 걸 스스로 인정하는 게 두려웠다. 한심했지만 숨죽여 대화를 엿듣는 게 다였다. 두 아이의 대화가 마무리되어가는 것 같기에 안방으로 슬쩍 들어갔다. 아무것도 모르는 어머니가 텔레비전을 보면서 웃고 있었다.

교도소도 그렇지만 시골 역시 하루를 일찍 마무리했다. 어머니는 초저녁잠이 늘었는지 텔레비전을 보다가 꾸벅꾸벅 졸기 시작했다. 이불을 펴서 자리를 봐드리고 나도 방으로 건너갔다. 곧바로 잠자리에 들었지만 좀체 잠이 오지를 않았다. 불과 어제까지만 해도 모든 것이 통제되는 비좁은 벽에 둘러싸여 있었는데 오늘은 내가 먹고 싶으면 먹고, 자고 싶으면 자고, 가고 싶은 곳을 마음대로 가도 되는 자유로운 세상에 누워 있었다. 뒤척대며 믿기지 않는 자유를 새삼스레 상기해보다가 문득 허기가 져 부엌으로 갔다.

나는 냉장고에서 총각김치를 꺼내어 먹었다. 먹을수록 허기가 더 몰려왔다. 인기척이 느껴져 눈을 들어보니 부엌문 앞에 선 진혁이가 한심하다는 얼굴로 나를 쳐다보고 있었다.

"담배 있냐? 있으면 하나 줘봐라."

그렇게 물은 건 그저 큰아들에게 말을 붙일 핑계가 필요했기 때문이다. 나는 담배를 피우지 않았다. 진혁이는 나와 말을 섞기 싫은지 대꾸도 없이 몸을 돌려 밖으로 나갔다. 진혁이의 입에서 나를 아버지라고 부르는 날이 올까. 오기는 할까. 그런 생각을 할수록 더 허기가 졌다. 나는 구멍이라도 난 듯한 배를 채우기 위해 김치를 마저 먹었다. 매운맛에 연신 기침이 나왔다.

밥을 다 먹고 자유를 좀 더 느껴보자는 마음으로 밤길을 걸어가 편의점에서 술과 안주를 샀다. 어머니는 술을 준비해놓지 않았다. 술을 마시면 없던 사고도 찾아서 친다는 게 어머니의 지론이었다. 점원이 더 필요한 게 없냐고 묻기에 담배도 달라고 했다. 어쩌면 언젠가 진혁이에게 담배를 무심히 건네줄 수 있을지도 모른다. 고작 담배 한 갑 넣었을 뿐인데 바지 안주머니가 두둑해진 기분이었다.

나는 편의점 파라솔에 앉아서 술을 마셨다. 첫 잔은 쓰고 두 번째 잔은 달았다. 가슴속이 곧 뜨거워졌다. 교도소에서 나왔다는 게 그제야 실감이 났다. 술을 한잔 더 마시고 고개를 젖혀 밤하늘을 올려다보았다. 하늘에는 별이 총총했다. 아름답다는 생각이 드는 즉시 별을 볼 자격이 있나 싶어 고개가 숙여졌다.

그렇게 많이 마신 것 같지 않은데도 오랜만이어서인지 금세 취기가 돌았다. 하늘에 총총히 떠 있던 별이 휘어지고 늘어지며 흔들리고 있었다. 의자에서 일어나다가 휘청이며 넘어졌다. 그래도 누구 하나 뭐라고 간섭하는 사람이 없다는 게 좋았다. 일부러 허청거리며 걸었다. 허리 펴고 똑바로 줄 맞춰 걸으라는 교도관의 목소리도 들려오지 않았다. 좋구나, 좋아. 허청허청 걸을수록 정신도 점점 비틀거리며 멀리 떠나가는 것 같았다.

"에이 씨! 플래시."

집으로 돌아가는 길, 어디쯤이었을까. 갑자기 눈앞이 번쩍이고 낯선 목소리가 들려왔다. 나는 정신을 차리려고 애쓰면서 목소리가 들려온 쪽을 쳐다봤다. 중학생 정도로 보이는 소년이 핸드폰을 보면서 서 있었다.

"뭐 하는 거냐?"

"아무것도 아니에요."

낯이 익다. 누구였지? 취한 와중에도 나는 소년이 누구인지를 기억해내고 싶어서 바짝 다가갔다.

"왜 와요? 아저씨 찍은 거 아니에요."

눈앞이 번쩍였던 건 플래시 때문이었나. 아! 플래시라고 말했었지. 나를 찍으려고 했던 걸까. 왜? 의문이 든 동시에 소년이 누구인지 기억났다. 호수의 아들이자 진웅이네 반 반장. 그 아이가 허둥대며 핸드폰을 주머니에 집어넣고 있었다.

"나를 찍은 거냐? 왜?"

"아저씨 찍은 거 아니라니까요."

"그래."

나는 그 길로 돌아갔어야만 했다. 호수 아들이 핸드폰으로 나를 찍었든 말든 그런 건 상관도 없었으니까 집으로 돌아가는 발을 멈추지 말았어야 했다. 몇 발자국 걷다가 뒤를 돌아본 건, 호수 아들이 진웅이에게 했던 말들이 떠올라 발목이 붙잡힌 듯 움직이지 않았기 때문이다. 호수 아들이 내 쪽으로 핸드폰을 들고 사진을 또 찍고 있었다.

"넌 진웅이 친구지?"

난처한 얼굴로 핸드폰을 내린 호수 아들이 웅얼웅얼 입엣말을 했다.

"잘 안 들린다. 뭐라고 한 거냐?"

"유진웅, 제 친구 아니에요."

나 역시도 호수와 친구가 아니었다. 아버지와 아들이 대물림하듯이 척을 지고 있구나. 갑자기 웃음이 났다. 내가 웃자 호수 아들이 불안한 듯 눈동자를 굴렸다.

"왜 웃으세요?"

"그냥 우스운 게 생각나서. 진웅이랑 친구가 아니더라도 잘 지내거라. 나중에는 친구가 될지도 모르잖니."

"아저씨 혀가 꼬였어요."

말을 너무 많이 했다. 병원에서 목을 맨 뒤로 쇠를 가는 듯한 탁한 목소리가 났다. 그래서 가급적 말을 하지 않도록 신경써왔는데. 술을 마신 탓인가, 말이 많아지고 있었다.

"술 좀 마셨더니 이렇구나."

"안 물어봤어요."

아이가 앞서 걸어가더니 갑자기 몸을 돌려서 플래시를 또 터뜨렸다. 눈앞에서 플래시가 터지자 순간적으로 눈이 먼 듯 깜깜해졌다.

"뭐, 뭐 하는 거냐?"

"내일 반 애들한테 보여주려고요."

진웅이 아버지가 이렇게 생긴 사람이라고 보여주겠다는 의미였다. 진웅이 아버지가 교도소에서 출소했다고 덧붙이겠다는 말이기도 했다. 우리 아버지에게 돈 빌리러 왔었다는 말도 하겠지. 분명 진웅이는 난처해질 것이다. 그런 상황에 내 아들을 빠지게 둘 수는 없었다.

아이가 뒤를 돈 틈을 타 나는 재빠르게 따라가서 손에 들고 있던 핸드폰을 빼앗았다. 갑자기 핸드폰을 뺏긴 아이가 당황하며 뒤로 물러섰다.

"뭐예요, 갑자기. 핸드폰 줘요. 내 거 잖아요."

"핸드폰 줄 테니까 사진 지우거라."

"아, 싫어요. 사진도 마음대로 못 찍어요?"

"지우지 않으면 돌려줄 수 없어."

"아, 진짜! 이거 도둑질이거든요. 빨리 돌려줘요."

호수 아들이 내 손에 들린 핸드폰을 잡으려고 손을 뻗어왔다. 감추려고 손을 뒤로 숨기다가 핸드폰을 놓치며 땅에 떨어뜨렸다. 아이가 잽싸게 핸드폰을 주워 들었다.

"아! 시발! 이거 어쩔 거예요? 액정 깨졌잖아요."

호수 아들이 핸드폰 액정을 문지르면서 화를 냈다. 아이의 성난 얼굴 위로 호수 얼굴이 겹쳐 보였다. 이러려던 건 아닌데. 단지 타이르려던 것뿐인데. 내가 원하는 방향과 다르게 상황이 엇나가고 있었다.

"미안하구나. 고쳐줄 테니까 걱정하지 마라. 얼마를 주면 되겠니?"

"하! 돈을 준다고요? 돈 없어서 우리 아버지한테 빌리러 온 주제에?"

"줄 수 있다니까. 얼마인데?"

"이거 최신 기종이에요. 수리비가 백만 원은 나올 텐데, 줄 수 있으세요?"

"수리비가 그렇게나 비싸냐?"

"하! 됐고요. 수리비는 유진웅한테 받을게요. 아버지가 못 갚으면 아들이 대신 갚아야죠."

"진웅이가 그런 큰돈이 어딨다고, 진웅이한테서 받는다는 거냐?"

"유진웅은 당근 돈 없죠. 기초생활수급자 주제에 돈이 어딨겠어요. 근데 제가 유진웅한테는 돈으로 받을 생각이 아니거든요."

집으로 찾아와서 진웅이를 협박하던 모습이 머릿속에 떠올랐다. 다시 내 핑계를 대면서 진웅이를 손아귀에 올려두겠다는 심보에 기가 막혔다.

"돈으로 안 받겠다는 건, 진웅이에게 뭘 또 시키겠다는 말이냐?"

"유진웅은 한번쯤 내 꼬붕으로 살아도 돼요. 한 일주일쯤. 아니, 평생 내 꼬붕으로 있으면서 내 발바닥이나 핥고 살았으면 좋겠어요."

말이 끝나기가 무섭게 내 손이 저절로 움직였다. 손이 화끈거릴 만큼 세게 호수 아들의 뺨을 올려붙였다. 뺨을 맞은 아이가 붉어진 뺨을 부여잡고 경악에 찬 얼굴로 나를 바라봤다. 이러려던게 아닌데. 제멋대로 손이 올라갔다는 걸 어떻게 설명해야 할지 알 수 없었다.

　내가 미안하다고 말하기 전에 아이가 바닥에 떨어진 안경을 주워서 귀에 걸쳤다. 안경알에 금이 가 있어 눈동자가 일그러져 보였다. 비스듬하게 걸린 안경이 땅바닥으로 다시 툭 떨어졌다.

　"아우, 시발! 진짜."

　호수 아들이 안경을 주워 들곤 몸을 돌렸다. 나는 아이의 손을 다급하게 붙잡았다.

　"놔요. 놔!"

　아이가 몸부림치며 내게서 손을 빼내려고 했다. 예상치 못했던 기세에 휘청이며 내 몸이 아이 쪽으로 끌려갔다. 아이가 몸을 홱 돌린 순간, 튀어나와 있던 돌에 발이 걸리며 나는 길바닥으로 내동댕이쳐졌다.

　"아우, 시발! 재수없어."

　욕설이 들려왔다. 호수 아들을 이대로 보내면 안 된다고 생각했다. 나는 누운 채로 하늘을 바라봤다. 별이 여전히 흔들리고 있었다.

술이 문제다. 도무지 어젯밤이 기억나지 않는다.

아침에 일어나보니 집이었다. 편의점에서 술을 마신 것까진 기억나는데 이후 어떻게 돌아온 건지 가물가물했다. 오랜만이라 금세 취해버린 모양이라고 넘어가기엔 온몸이 뻐근하고 엉덩이뼈마저 아팠다. 옷도 벗지 않고 잠들었는지 어젯밤 외출할 때 입은 옷 그대로 이불을 덮고 있었다. 취한 와중에도 교도소에서 하던 습관대로 이불을 펴고 잠들었나보다. 이불에 흙 알갱이들이 흩어져 있었다. 바지에도 흙이 묻어 있는 걸로 보아 옷에서 떨어진 듯했다. 대체 어젯밤에 뭘 한 걸까. 생각이 전혀 나지 않으니 신경이 쓰였다.

세수는 했지만, 면도는 하지 않았다. 퀭한 얼굴이 거울 속에서 한층 더 늙어 보였다. 아침을 먹으라고 부르기에 부엌으로 갔더니 어머니가 술 마셨냐고 타박을 줬다. 티가 날 정도로 그렇게나 많이 마셨나. 진웅이도 술냄새를 맡은 듯 살짝 인상을 찡그렸다가 곧 미소를 지었다. 교복 차림의 진웅이를 보니 뭔가가 떠오를 듯 말 듯했다. 그 실낱같은 기억마저 진혁이가 들어오면서 사라져버렸다. 진혁이는 여전히 쌀쌀맞게 굴었다. 당연하다면 당연했다.

진웅이는 학교에 가고 어머니와 진혁이가 장을 보러 간 사이에 혼자 남아 집을 지켰다. 집을 지킨다고 생각하니 내가 강하고 믿을 만한 사람이 된 것 같아 좋았다. 그러나 그런 생각도 잠시뿐, 곧 집 지키는 개가 떠올라 내가 하찮은 존재가 된 것 같기도 했다. 쓸데없는 생각이 너무 많아졌다. 교도소에서는 이러지 않았는데. 교도소에서는 출소할 날만이 미래였기에 날짜에만 집착했는데, 돌아오니 모든 게 다 미래였고 두려움이었다.

방에서 조금 더 빈둥대다가 이불을 걷어서 안마당으로 나왔다. 빨래 건조대에 이불을 펴놓고 먼지떨이로 흙을 털어냈다. 마른 흙들이 가볍게 떨어졌다. 이불을 개어서 장롱에 넣어둔 뒤에 방에 벗어둔 옷가지를 안고 나와 마루에 둔 헝겊 가방에 쑤셔넣었다. 그러고 나니 할 일이 없었다. 심심하기도 하거니와 큰아들의 일을 덜어줄 겸, 시장에 가기 전에 진혁이가 창고에서 꺼내둔 예초기를 고쳐보자고 마음먹었다.

예초기는 오랫동안 관리하지 않아서 칼날에 굳은 풀이 붙어 있었다. 핸들 안쪽으로 손가락을 넣어 풀을 손톱으로 살살 긁어내다가 예리하게 벼린 칼끝이 눈에 닿자 배가 가려웠다. 그날 순영이를 죽이고 내 배 깊숙이 식칼을 찔러넣은 뒤로 날카로운 것을 보거나 생각하면 가끔 배가 가려워졌다.

쪼그리고 앉은 채로 배 위로 손을 가져가려는 찰나, 어머니와 진혁이가 안마당으로 들어섰다. 생각을 들키고 싶지 않아 예초기 상태를 묻는 어머니에게 대강 얼버무려 대답했다. 기계도 잘 못 다루면서 더 고장낸 것 아니냐고 어머니가 퉁을 줬다.

"잘 보셨겠죠, 뭐."

진혁이가 장 봐온 물건을 정리하면서 무심하게 말했다. 처음에는 잘못 들었나 싶었다. 그런데 눈이 마주친 어머니의 표정도 상기돼 있는 걸 보니까 제대로 들은 게 맞았다. 순영이가 다시 생각났다. 순영아! 이제야 내 아들이 나를 용서해주려나봐. 그럴 기미가 보여. 가슴이 먹먹해졌다.

점심을 먹을 때도 진혁이의 호의는 이어졌다. 갑자기 냉장고에서 캔맥주를 꺼내와 마시더니 내게도 조심스럽게 술을 권했다.

"좀 드실래요?"

전날 마신 술 때문에 몸이 여전히 찌뿌둥했지만 그러자고 했다. 출소 후 처음으로 큰아들이 먼저 말을 걸어주었는데 어떻게 거절할 수 있겠는가. 진혁이가 맥주가 없다면서 대신 막걸리를 꺼내왔다.

"드세요."

막걸리를 따라주는 진혁이의 손이 미세하게 떨리고 있었다. 나는 탁주를 잘 마시지 못했다. 마시고 나면 꼭 뒤끝이 안 좋아서 젊었을 때도 되도록 마시지 않았다. 하지만 그런 게 뭐가 대수랴. 숙취로 며칠을 고생한다 하더라도 진혁이가 권하는 술이라면 두 팔 벌리고 환영이다. 진혁이가 이제부터 탁주만 마시라고 한다면 앞으로 평생 탁주만 마실 수도 있다. 아들이 원하는 건데, 그 정도는 충분히 해줄 수 있었다. 나는 막걸리를 한 번에 들이켠 뒤 진혁이에게도 막걸리를 따라주려고 병을 들었다.

"저는 막걸리는 못 마셔요. 남은 맥주를 마실게요. 막걸리는 두 분이 드세요."

진혁이가 막걸리를 못 마신다며 거절했다. 탁주를 못 마시는 면도 나를 닮았구나. 기뻤다. 어머니는 원래 술을 드시지 않아서 밍밍한 막걸리를 나 혼자 마셨다. 다 마시지도 않았는데 졸음이 몰려왔다. 확실히 술이 약해진 모양이었다. 연신 하품이 나와서 먼저 자리에서 일어났다. 그 와중에도 진혁이가 준 선물이라도 되는 것처럼 막걸리 병을 방으로 가지고 들어왔다. 그러곤 바닥에 눕자마자 잠이 들었다.

꿈을 꾼 건 아니었다. 기억나지 않던 어젯밤 일이 조금 떠올랐을 뿐이다. 편의점에서 돌아오는 길에 호수 아들을 만났다. 다음 장면은 왜 그랬는지 모르겠지만 내가 그 아이의 뺨을 때리는 거였다. 다음은 아이가 나를 밀치는 장면. 그 이후는…… 잘 모르겠다. 현실인지 꿈인지 누군가 내 손을 잡고 움직이는 게 느껴졌다. 눈을 뜨고 싶었지만, 마음대로 되지 않았다. 다시 내 손을 내려놓는 기척. 이 손으로 호수 아들을 때렸지. 문이 닫히는 소리. 욕설을 들었던 것도 같은데. 현실인지 꿈인지 분간되지 않는 채로 정신이 왔다갔다했다.

잠에서 깨어났을 때는 진웅이가 휴지로 술을 닦아내고 있었다. 잠에 취한 채로 휴지를 풀어내는 진웅이의 손목을 나도 모르게 움켜잡았다. 그렇게 몇 초쯤 있었나보다. 나조차도 왜 그랬는지 모르겠으니 잡은 이유를 설명해줄 수가 없었다. 민망한 상황이었다. 진웅이의 손을 슬며시 놓기 위해선 구실이 필요했다.

"방, 방에 누, 누가 들어왔었냐?"

겨우 생각해낸 게 이따위 조잡한 변명이었다. 진웅이가 아무도 들어오지 않았다고 대답했다. 왜 그런 멍청한 질문밖에 하지 못했는지 후회되었다. 이번엔 좀 더 고심해서 그럴듯한 말을 꺼내려고 했는데 갑자기 머리가 깨질 듯이 아파왔다. 몸에서 산소가 다 빠져나간 듯 속마저 울렁거렸다. 나는 손으로 머리를 짚으며 방 밖으로 나갔다. 바깥공기를 마시니 정신이 좀 들긴 했지만, 두통은 가시지를 않았다. 다리에 힘도 잘 들어가지지 않아서 한동안 자리에 앉아 쉰 다음에야 제대로 걸을 수 있었다.

어머니는 뒤란의 밭에 계셨다. 예전에는 꽃밭이었는데 돌아와 보니 고추밭으로 변해 있었다. 나를 보러 올 때마다 시시콜콜한 이야기를 다 전해주던 어머니가 고추밭 얘기는 하지 않은 것으로 보아 마지막 면회 뒤에 바뀐 것 같았다. 고추밭에 쭈그리고 앉아서 풀을 뽑던 어머니가 고개를 들었다.

"왔냐? 해 지기 전에는 일어났구나."

그러고 보니 벌써 해가 뉘엿뉘엿 넘어가고 있었다. 오래 잤구나. 오래 자서 머리가 아픈 건가. 머리가 지끈거리는 걸 참으며 어머니 옆으로 가서 호미를 들었다.

"됐으니까 가서 쉬어라."

말은 그렇게 하면서도 어머니는 내가 일할 자리를 만들기 위해 옆으로 비켜주었다. 나는 잡초 밑뿌리를 호미로 캐내며, 호미질을 할 때마다 쿵쿵 울리는 머리를 떼어내어버리고 싶다고 생각했다.

"여기 꽃밭 예뻤는데, 왜 없애셨어요?"

신경을 딴 데로 돌려보려고 대충 뱉어낸 질문인데 갑자기 어머니의 표정이 심각해졌다. 왜 그러시지. 말없이 호미질만 하는 어머니가 이상해서 짐짓 가볍게 말을 이었다.

"옛날에 꽃밭에서 뛰놀던 추억이 있어서 막상 사라진 걸 보니까 아쉽네요."

"그게 너한테야 추억이지, 다른 사람은 꽃밭이 괴로울 수도 있는 법이다."

"다른 사람이요? 다른 사람 누구요? 진웅이?"

"……진혁이."

어머니가 잠깐 머뭇거리다가 대답했다. 풋고추가 아직 제대로 영글지 않은 것이 그제야 눈에 들어왔다. 고추밭을 일군 건 정말 얼마 되지 않은 모양이었다. 진혁이가 꽃밭을 보면 괴로워한다는 걸 알고 언젠가는 집에 올 진혁이를 위해 어머니가 꽃밭을 없앤 건지도 몰랐다. 그런데 왜? 왜 진혁이는 꽃밭이 괴로운 걸까?

"진혁이가 꽃밭을 싫어했어요?"

"좋아하진 않았지. 여기서 울기도 많이 울었고."

"진혁이가요? 왜요?"

어머니가 한숨을 깊게 내쉬었다.

"어린 것한테 내가 못 할 짓을 많이 했어. 그놈이 겉으론 퉁퉁거려도 속은 여린 놈이다, 아주. 아휴! 자기 속도 안 좋을 거면서 희생을 그렇게나 했는데, 내가 해줄 수 있는 게 이것밖에 없더라."

어머니가 하는 말을 하나도 알아들을 수가 없었다. 말에서 풍기는 느낌으로는 어머니가 진혁이에게 뭔가를 잘못했고, 진혁이의 마음을 헤아려주는 의미로 꽃밭을 없앴다는 것 같았다. 그렇지만 구체적인 부분이 하나도 없었다. 직설적으로 묻고 싶었지만, 어머니의 표정이 수심에 차 있어서 말을 돌렸다.

"그래도 어머니가 애들 잘 살펴주셨잖아요."

"애들이 다 알아서 큰 거지. 내가 뭘 해줬겠니."

내가 십 년 동안 진웅이의 면회를 거부한 이유가 바로 그 때문이었다. 죄책감과 미안함이 커서 차마 얼굴을 볼 수 없었던 것도 분명 있었지만, 그보다 더 큰 이유는 아이들이 크는 걸 보는 게 두려웠기 때문이다. 나 없이도 아이들이 자라날 수 있다는 사실을 인정하는 게 가족을 살해하려 했다는 죄를 인정하는 것보다 어려웠다.

나는 고개를 숙이고 묵묵히 잡초를 뽑아갔다. 어머니도 더는 말을 잇지 않고 벌레 먹은 고추를 골라내는 데에만 집중했다. 한참 동안 허리를 숙인 채 작업을 해나갔다. 목이 뻐근하여 고개를 드는 순간, 잊고 있던 두통이 맹렬하게 몰려오며 머리에 극심한 통증이 느껴졌다.

"왜 그러냐?"

"머리가 좀 아프네요."

어머니가 목장갑을 벗고 맨손을 내 이마에 댔다.

"열은 없는 것 같은데, 감기 걸린 거 아니니?"

어머니를 따라 일어나면서 고개를 저었다. 집 쪽으로 걸어가면서 술병이 난 것 같다고 하자 어머니가 혀를 찼다.

"그러게 작작 마셔야지."

진웅이가 찾아준 두통약을 삼키고선 정신도 차릴 겸 씻기로 했다. 가방을 뒤적여 속옷을 꺼내 들고 욕실로 들어가는데 진웅이가 가방에서 길쭉한 물건을 봤는지 물어왔다. 뭘 말하는 건가 싶어서 되물었더니 이번엔 자기 슬리퍼를 봤냐고 물었다. 본 적 없다고 하자 진웅이가 시무룩한 얼굴이 되었다. 왜 내게 그런 걸 묻는지 궁금했지만 우선은 씻고 싶었다. 개운해지면 두통도 사라질 것이므로, 그때 진웅이에게 물어봐도 늦지 않으리라.

샤워를 마친 후 속옷의 태그를 떼고 갈아입으려는데 속옷에 피가 묻어 있었다. 분명 새로 산 속옷이었다. 어째서 막 태그를 뗀 새 속옷에 피가 묻어 있는 건지 황당했다. 뭐야, 대체. 피가 묻은 부분을 물로 적셔 문지르자 지워졌다. 축축해진 속옷을 입고 몸 여기저기를 거울로 비춰 보았다. 다친 곳은 없었다. 다친 곳이 있다손 쳐도 새 속옷은 지금 꺼낸 것이니 내 몸에서 묻었을 리 없었다. 다른 곳에서 묻은 것이다. 불량품이었다고 자위하며 넘어가보려고 해도 찜찜했다. 어젯밤에 내가 새 속옷을 건드렸나? 기억이 날 리 없었다. 역시 술을 마시지 말았어야 했다. 두통도 여전했다. 밖에서 어머니가 나를 부르고 있었다.

*

　유등 축제장으로 가는 길은 좁고 불쾌했다. 어머니가 원해서 축제장으로 가겠다고는 했지만, 속마음은 아이들이 거절해주길 바라고 있었다. 그러나 웬일인지 아이들도 군소리 없이 축제장으로 따라나섰다. 낭패였다.

　사람이 많은 곳을 어릴 때부터 유독 싫어했다. 하물며 지금 내 처지에 유등 축제장은 가장 멀리해야 하는 곳이었다. 축제장에는 사람이 많았고 그건 나를 알아볼 사람이 어제보다 늘어날 거라는 의미였다. 호수를 만난 뒤로 날 아는 동네 사람을 만나는 게 더욱 꺼려졌다. 그들과 어떤 얼굴로 무슨 말을 나누겠는가. 안부도, 위로도, 질책도 모두 사절이었다. 웃지도, 울지도 못할 상태로 서로 꺼림칙하게 돌아서고 나면 내게는 자괴감만 남을 터였다. 제발 아는 사람을 만나지 않길. 제발! 나는 고개를 숙인 채 걸으며 그렇게 빌고 또 빌었다.

　소원등을 저수지에 띄울 때까지만 해도 문제가 없을 줄 알았다. 소원을 적지 못해서 쩔쩔매고 진혁이가 툴툴대고 진웅이가 의기소침한 채 웃는 모습이 어머니는 못마땅했겠지만, 내게는 오히려 우리 가족의 그런 모습이 자연스럽고 편했다. 어머니가 화장실에 간 사이에 진웅이를 데리고 좌판으로 간 것도 마음이 조금은 누그러졌기 때문이다. 한눈에 봐도 초라해 보이는 기념품들이었지만 소원등을 사 왔다고 당당히 말하지 못하는 진웅이가 안쓰러워 작은 선물이나마 해주고 싶었다. 하지만 방심하면 안 됐다. 동창 녀석이 좌판 주인이라는 걸 확인한 순간 자리를 곧장 피했어야 했다. 아니 적어도 도발에는 넘어가지 말았어야 했다.

동창 녀석이 자신의 아내에게 나를 살인자로 소개할 때에도 참았다. 호수가 그랬듯 이름 모를 동창 녀석 역시 나를 그저 구경거리로 만들 셈이라고 여겼다. 그런데 아니었다. 동창 녀석은 진심으로 나라는 인간을 경멸하고 있었다.

"……만날 이불 덮고 같이 자던 마누라 죽이고, 지 자식새끼들까지 죽이려다가 감옥 간 거 모르는 놈도 있을까 봐. 네 큰아들놈도 너처럼 살인귀가 돼서……."

아이들은 건드리지 말았어야 했다. 아이들은 내 가슴에 불을 지피는 도화선이었다. 나 아닌 누구도 감히 우리 아이들을 입에 올리며 조롱해서는 안 되었다. 주먹을 휘두를 때 내 머릿속에는 동창 녀석에게 사과를 받아내겠다는 일념뿐이었다.

먼저 달려든 것은 난데 정작 얻어맞고 있는 것도 나였다. 얼굴에 점점 감각이 없어졌다. 손에 집히는 대로 흙을 쥐어 던졌는데 뜻밖에도 동창 녀석이 비틀대며 몸에 힘을 뺐다. 그 틈에 몸을 빼내어 녀석의 얼굴을 무릎으로 찍었다. 퍽! 아마도 그런 소리를 들었던 것 같다. 소리가 경쾌했다. 계속 듣고 싶을 만큼. 내가 제압할 수 있는 약한 녀석이 있다면 내 발밑에 넙죽 엎드리게 만들고 싶었다. 더는 나를 깔보지 못하도록.

눈에 가장 먼저 띈 큼지막한 돌을 손아귀에 쥐었다. 묵직한 돌을 쥐자 그때까지 주변에서 들려오던 소음이 모두 사라졌다. 세상엔 오로지 바닥에 드러누운 녀석과 나뿐이었다. 피를 보고 끝내야지 가슴에서 들끓는 분노가 가라앉을 것 같았다. 자, 나를 무시한 대가를 치러라. 내리치려는 순간 진웅이의 목소리가 들려왔다.

"아버지! 안 돼요!"

갑자기 나는 소리가 꽉 찬 세상으로 돌아왔다. 나를 비난하는 사람들이 사는 세상으로. 곧 사람들이 달라붙어서 나를 동창 녀석에게서 떼어냈다. 동창 녀석의 아내가 울었고 딸도 울고 있었다. 그들은 울고 있는데 그들을 둘러싼 사람들은 웃고 있었다. 재미난 구경이겠지. 너희하곤 상관없는 일이니까. 나는 돌을 버렸다. 돌을 쥐고 있을 힘이 없었다.

밀려드는 인파 사이로 어머니의 목소리가 들려왔지만, 못 들은 척했다. 나는 길을 벗어나 사람이 없는 곳에 숨어 아직도 떨림이 멈추지 않는 주먹을 내려다보았다. 손등에 붉은 피가 조금 묻어 있었다.

나는 이성을 잃고 싸움을 했다. 교도소에서도 사소한 시비로 싸움이 곧잘 붙었지만, 나는 일방적으로 맞는 쪽이었다. 잔혹한 범죄자들과 척을 져서 좋을 게 없다는 판단 때문이기도 했지만, 돌이켜보면 살면서 주먹다짐을 해본 적이 없었다. 나는 얌전한 학생이었고, 평범한 가장이었다. 누군가와 치고받으며 싸운 건 이번이 처음이었다. 내가 이렇게나 충동적이고 폭력적인 놈이었나. 나는 나를 지극히 이성적인 사람이라고 여겨왔다. 하지만 천성이 원래 폭력성이 짙은 사람일지도 모르겠다. 그렇지. 나는 교도소에서 금수로 불렸다. 아내를 죽이고 아이들까지 살해하려고 한 금수. 그런 짐승이 폭력적이지 않으리라 생각하는 것 자체가 착각이었다.

손등에 묻은 피를 바지에 문질러 닦으면서 불현듯 궁금해졌다. 혹시 어젯밤에도 내가 손에 피를 묻혔나? 그랬었나?

분명 나는 호수 아들의 뺨을 때렸다. 그런 다음은 어떻게 됐을까? 조금 전처럼 이성을 잃지는 않았을까? 뺨이 아닌 다른 곳을 때리진 않았을까? 술 때문이 아니라 떠올리기 싫어서 억지로 기억을 봉인하고 있는 건 아닐까? 속옷에 묻은 건 호수 아들의 피였을지도 모른다. 그렇다면 새 속옷에 묻은 피도 설명된다. 그 아이는 다친 것이다. 피를 볼 정도로 다쳤다면, 학교는? 학교에서 진웅이에게 보복하진 않았으려나? 학교에서 돌아온 진웅이는 특별히 문제가 있어 보이진 않았다. 아닌가. 어쩌면 호수 아들은 학교에 가지 못했을지도 모른다. 피가 났을 정도이니 병원에 있을지도. 그렇다면 큰일이다. 이제라도 진웅이에게 호수 아들의 안부를 확인해야 끝모르고 솟아나는 걱정이 사라질 것 같았다.

머리가 깨질 듯이 쑤셔왔다. 제기랄! 이 숙취는 언제 끝나는 거야. 머리를 누르고 다시 끓기 시작한 분노를 마주하고 있을 때 진웅이가 나를 불렀다.

"아버지!"

내게 다가온 진웅이가 흙이 묻은 옷을 털어주고 눈을 맞추며 미소를 지어주었다. 분노가 거짓말처럼 스르륵 가라앉았다. 십 년 전에 악귀가 되어 날뛰던 나를 진웅이가 사람으로 돌려놓았던 것처럼, 오늘도 금수가 될 뻔한 상황에서 나를 구해주었다. 진웅이에게는 다른 사람마저 선하게 만드는 기운이 서려 있었다. 나는 그걸 오롯이 느낄 수 있었다.

진웅이와 함께 수변으로 돌아갔다. 어머니는 내 몰골을 보고도 아무것도 묻지 않았다. 내가 지나온 길쯤은 어머니 앞에 훤히 펼쳐져 있을 터였다. 집으로 가는 길에 어머니가 포장마차로 들어선 것도, 평소에는 입에 대지도 않던 술을 마신 것도 내가 가는 길에 함께 서겠다는 무언의 지지라는 걸 알고 있었다. 가족이라고 불리는 사람들이 내 옆에서 내가 무너지지 않도록 지탱해주고 있다는 것만으로 마음이 따뜻해졌다. 진혁이도 언젠가는 내가 따라주는 술을 받아줄 것이다. 시간이 조금 더 걸릴 뿐, 우리가 가족이라는 걸 인정하는 날이 꼭 올 것이다. 나는 그렇게 믿기로 했다.

넉살 좋은 포장마차 주인이 우리 가족의 사진을 찍어주었다. 카메라 액정 속에서 어색하지만, 열심히 웃고 있는 얼굴들을 오랫동안 바라보았다. 미안하다, 순영아. 사진의 한 공간에 있어야 할 순영이. 사진을 볼수록 순영이가 더욱 생각나서 술을 쉴 새 없이 마셨다. 어제처럼 취기가 난데없이 올라오지는 않았다. 도리어 진웅이가 나를 따라서 마시다가 술에 취해버렸다. 테이블에 카메라를 두고 나가기에 내가 챙겨 들었다.

"진웅이 저놈은 어른한테 술을 배우라고 했더니만 취하는 것 먼저 배우는구나."

어머니가 비틀거리며 걷는 진웅이를 보면서 희미하게나마 웃었다. 진혁이가 헤실헤실 웃는 진웅이를 부축했다. 집으로 돌아가는 길은 갈 때보다 넓고 유쾌했다. 나는 그렇게 믿기로 했다.

사건 셋째 날

양계장에서 시체를 발견했다. 아는 얼굴이었다. 호수의 아들. 진웅이네 반 반장이 양계장에서 머리가 깨진 채 죽어 있었다.

어째서 이 아이가 양계장에 죽은 채로 있는 건지 의문이 들면서 온몸에 식은땀이 났다. 그건 몸이 먼저 보내는 반응이었다. 두려움을 마주한 본능적인 반응. 나는 무서웠다. 기억나지 않는 밤과 폭력과 재깍대는 시간이 내게서 미끄러져 어딘가에 처박혀 있으므로 더욱 그랬다.

아이는 암매장된 채였고 그건 누군가 살해했다는 증거였다. 사고라면 스스로 묻힐 수가 없으니까. 커다란 새 한 마리가 발톱으로 내 머리를 감싸쥐고 관자놀이를 부리로 쪼는 것처럼 두통이 몰려왔다. 나는 죽은 아이를 다시 내려다보았다. 구더기가 아직 많이 끓지는 않았다. 죽은 건 어제일지도 몰랐다. 아니, 어제여야만 했다. 그 아이를 마지막으로 만난 사람이 나여서는 안 됐다. 그건 내게 너무나 가혹한 처사였다. 나는 자유를 얻은 지 불과 사흘밖에 되지 않았다. 내가 그런 건 절대 아닐 거야. 호수 아들은 어제도 학교에 갔을 테니까. 그렇지만 불안하고 왠지 절망스러웠다.

아무도 나를 찾지 못할 곳으로 숨고만 싶었다. 진혁이가 집으로 돌아가는 게 좋겠다고 배려해주는데도 현장에 남겠다고 버틴 건 그나마 겨우 붙잡고 있던 이성의 끈 때문이었다. 양계장으로 오는 길과 양계장 안에도 내 발자국이 수없이 찍혀 있었다. 호수 아들을 파내면서 옷이며 피부를 여러 번 건드렸다. 진혁이의 바람대로, 내가 없는 상태에서 시체를 발견했다는 말을 경찰은 믿어주지 않을 것이다. 내가 겪어본 바로 경찰은 그렇게 어수룩하지 않았다. 나조차 잘 모르는 것을 증거로 찾아내는 게 경찰이었다.

양계장을 나와 바람을 쐬니 정신이 조금 맑아졌다. 시체를 보고 충격 받았을 어머니가 앉아서 쉬셨으면 했지만 어머니는 정신도 차릴 겸 함께 걷자며 공터 쪽으로 먼저 걸음을 옮기셨다.

"저 윗동네 전원주택에 사는, 좋은 차 끌고 다니는 놈이 네 동창이지? 저기 있는 애가 걔 아들이니? 아까 들으니까 저 아이를 이전에 만난 것 같던데 언제 만난 거니?"

호수 아들을 발견하고 깜짝 놀라서 나도 모르게 튀어나온 말을 어머니가 들은 모양이었다. 단지 내가 죽은 아이를 알아봤다는 것만으로 신경을 곤두세워 질문하는 건 아닐 것이다. 어머니는 뭔가

미심쩍어서 일부러 함께 걷자고 한 걸지도 몰랐다.

"그제 밤에 나갔다가 우연히 호수 녀석을 만났어요. 같이 호수네 집으로 갔는데 거기서 저기 있는, 그러니까 호수 아들이요. 저아이를 만났어요. 저녁에는 진웅이 보러 우리집으로도 왔더라고요. 그래서 기억하는 거예요."

의혹을 살까 봐 단어 하나하나를 선별해서 말했는데 오히려 어머니는 생각에 깊이 빠져들었다. 진혁이가 양계장에서 나와 어머니와 내 쪽을 흘깃 보곤 진웅이 옆에 가 앉았다. 어머니가 그 모습을 지켜보다가 내 쪽으로 고개를 돌렸다.

"호수 아들이 그제 우리집으로 왔었다는 말이지? 그게 몇 시쯤이니?"

어머니가 긴장한 것처럼 느껴졌다. 나는 아이들이 이야기 나누는 걸 보면서 기억을 더듬었다.

"저녁 먹고 조금 있다가 왔었어요. 진웅이랑 잠깐 얘기하다가 바로 갔고요."

어머니는 걸음을 멈추고 심각한 얼굴로 아이들을 바라보았다. 아이들 역시 심각한 얼굴로 말없이 서로를 바라보고 있었다.

"어제 떡 찾으러 방앗간에 갔더니 윗동네 어느 집 아들이 그제 밤에 집에 안 들어오고 학교에도 오질 않아서 그 집 엄마가 실종신고를 냈다고 하더구나. 그땐 흘려들어서 어느 집인지 몰랐는데 아무래도 네 동창 집인 모양이다."

그제 밤이라고 어머니가 말했다. 그제 밤에 호수 아들은 집으로 돌아오지 않은 것이다. 나를 만났을 때도 이미 늦은 밤이었다.

그 이후에 다른 누구를 만나서 험한 꼴을 당한 게 아니라면, 시간상 호수 아들이 만난 마지막 사람이 나일 확률이 높았다. 정말 내가 죽였을까. 왜? 뺨을 때릴 만큼 화가 나 있어서? 개연성이 있었다. 아니, 화났다고 머리를 깨버리는 게 개연성이 있는 건 아니잖아. 경찰도 그렇게 생각해줄까. 나는 이미 살인을 저지른 적이 있는데도? 죽였다면, 이 손으로 호수 아들을 죽이고 양계장에 파묻은 건가. 그러고 보니 어제 아침에 일어났을 때 이불에 흙이 묻어 있었다. 설마 시체를 파묻으면서 묻혀 온 흙이었나. 아닐 거야. 아니야. 비관적인 생각은 접어두자. 호수 아들의 뺨을 때린 뒤로 무슨 일이 있었는지 기억해내야만 했다. 그게 내가 의심받을 때를 대비한 최소한이자 최대한의 방어가 될 수 있었다. 그러나 아무리 되짚어봐도 깜깜했다.

"재만아! 왜 그러니? 괜찮아?"

잠깐 휘청거렸나보다. 어머니가 내 팔을 붙잡고 있었다.

"괜찮아요. 갑자기 어지러워서요."

나는 식은땀을 훔치며 어머니의 시선을 피했다. 그제 밤에 외출했던 걸 알고 있기에 어머니는 사건과 나를 연결해봤을 것이다. 괜한 의심을 하지 않는 분인 만큼 마음에 걸리는 게 있으니 정보를 흘려주는 척하며 뭔가를 찾아내려는 거였다.

"그제 밤에 다들 나가서 늦게 들어오던데 공교롭게도 우리 식구들이 그제 밤에 실종된 아이를 찾아냈구나."

어머니의 말에 깜짝 놀라서 되물었다.

"다들요?"

내 목소리가 컸던지 떨어져 앉아 있던 진혁이와 진웅이가 내 쪽을 돌아보았다. 어머니가 평평한 돌을 찾아 자리에 앉자 아이들이 각자 자기만의 세상으로 침잠하듯 먼 곳을 바라봤다.

"진혁이가 먼저 나가고 뒤이어서 너도 나갔지, 아마. 그러고 나서 진웅이도 나갔고."

"안 주무셨어요?"

"다들 같은 지붕 아래에 있다는 게 실감이 안 나서 잠이 안 오더구나."

지금 물어야 했다. 내가 그제 밤 몇 시에, 어떤 모습으로 돌아온 건지 지금이 아니면 자연스럽게 질문할 기회를 얻지 못할 수도 있었다.

"……제가 늦게 들어왔나요?"

"기억 안 나니?"

"술을 많이 마셔서요. 정확하게는 잘……."

어머니가 한숨을 내쉬었다. 제발 제가 멀쩡한 모습으로 돌아왔다고 말씀해주세요. 제발! 나는 기도하는 마음으로 어머니의 말을 기다렸다.

"그때가 한 시였나, 애들이 먼저 들어오고 나서 설핏 잠이 들었는데 누가 또 나가는 것도 같고……."

두 아이가 밖에서 만나 이야기를 나누다 돌아온 모양이었다. 그렇다면 나는?

"너는 세 시 반 좀 넘어서 돌아오더구나. 그때 네가 우당탕거리며 들어와서 잠이 완전히 깼거든. 그래서 시간이 확실하게 기억나."

편의점에서 술을 마신 시각이 열한 시가 안 되었으니 내가 적어도 네 시간 동안은 밖에 있었다는 말이었다. 네 시간 동안 도대체 뭘 하고 있었는지 생각해보려고 할수록 눈은 자꾸만 양계장으로 향했다. 다리가 후들후들 떨려와서 어머니 옆에 쓰러지듯이 주저앉았다.

멀리서 경찰차의 사이렌 소리가 들려오고 있었다.

*

경찰서에서 집요하고 끈질긴 조사를 받는 동안 내가 새롭게 알게 된 사실은 진혁이가 과거에 어떤 사건에 휘말렸다는 것이다. 형사들은 나를 추궁하는 것과 비슷한 강도로 진혁이를 피의자처럼 대하고 있었다. 저수지라는 말이 자주 들려왔는데 그럴 때마다 진혁이는 그 일과 자신은 관계가 없다고 언성을 높였다. 유등 축제장에서 만난 동창 녀석이 했던 말이 떠오른 것도 진혁이가 필요 이상으로 화를 내어서였다.

'네 큰아들놈도 너처럼 살인귀가 돼서……'

그때는 그게 우리 아이들이 나처럼 될 거라는 저주의 말인 줄 알았는데, 다른 의미가 있는 듯했다.

잠깐 쉬는 시간이 주어져 경찰서 출입문 앞에 있는 자판기에서 커피를 뽑았다. 역시 쉬러 나오던 진혁이를 그 앞에서 마주쳤다. 진혁이는 지쳐 보였다. 아직 건네지 못한 담뱃갑이 주머니에서 잡했다. 나를 지나쳐 가는 진혁이에게 어렵게 말을 붙였다.

"이거 가서 피워라."

담배를 내밀자 진혁이가 나와 담배를 번갈아가며 쳐다보았다.

"저 담배 안 피워요."

진혁이가 몸을 돌려 출입문 안으로 다시 들어갔다. 차라리 커피를 줄걸. 뒤늦게 후회가 밀려왔다.

마지막으로 조서를 작성하고 진혁이와 함께 경찰서를 나왔다. 나와 함께 걷는 걸 사람들이 보면 진혁이마저 좋지 않게 여길까봐 먼저 정문을 빠져나와 큰길로 들어섰다. 조금 걷고 있는데 진혁이가 탄 택시가 옆으로 붙어서더니 나를 태워주었다.

저수지에서 무슨 일이 있었는지를 물어보려고 했다. 하지만 입술을 떼는 것마저 용기가 필요했다. 속으로만 수십 번 묻는 동안에 진혁이가 차창에 머리를 기대었다. 진혁이의 눈 밑에 그늘이 졌다. 진혁이에게도 오늘은 힘겨운 날이었을 것이다. 나는 아무것도 묻지 않기로 했다.

진혁이와 대문 안으로 들어서자 어머니가 안방에서 맨발로 뛰어나왔다. 마치 돌아오지 못할 줄 알았는데 돌아왔다는 듯이 반기는 어머니가 고맙기도 했고 불편하기도 했다. 진혁이가 바깥방으로 들어갔다가 새 옷을 들고나와 욕실로 들어간 뒤에야 어머니가 별일 없었는지를 물어왔다.

"그냥 조서만 썼어요."

이제 내가 모르는 우리집의 내력을 어머니가 말해줘야 할 차례였다. 나는 진혁이가 혹시나 들을까 봐 창고로 가자며 어머니의 손을 끌었다.

창고 문을 닫고 전등을 켰다. 다양한 형태의 농기구에 음영이 지며 창고 안이 기괴한 그림자들로 가득찼다. 주변 이웃의 부탁으로 가축 사료를 맡아두고 있다고 들었는데 사료 포대가 꽤 많이 쌓여 있었다. 어머니가 몇 발 떼더니 발끝으로 바닥을 문댔다.

"뭐 하세요?"

"누가 여기서 뭘 태웠나. 불 피운 흔적이 있네."

어머니가 계신 곳으로 다가가니 바닥에 그을린 흔적이 있고 미처 흩어지지 않은 재가 남아 있었다.

"어머니가 안 그러셨으면 진웅이가 뭘 태웠겠죠."

"진웅이? 걔는 뭘 하면 한다고 늘 먼저 허락을 구하는 애야."

"정신이 없었나보죠."

지금은 재 따위를 신경쓸 때가 아니었다. 나는 적당한 자리를 찾지 못해서 어정쩡하게 선 채로 말을 꺼냈다.

"어머니! 여쭤보고 싶은 게 있는데요."

"뭔데 그렇게 뜸을 들여? 속 시원히 말해봐라."

"진혁이 말이에요. 예전에 저수지에서 무슨 일이 있었어요?"

어머니가 왜 그런 걸 묻냐고 하기에 경찰서에서 본 것을 말해드렸다. "그놈들이 아직도……." 하고 혀를 찬 어머니가 창고 구석에 세워둔 플라스틱 간이의자를 가지고 오더니 앉으라고 했다. 긴 대화가 될 것 같았다. 자리에 앉은 어머니가 저수지에서 발생한 사고와 그 사고를 접한 마을 사람들이 어떻게 진혁이를 대했는지를 들려주었다. 사고사라고 결론 났는데도 다들 진혁이를 물어뜯으며 살인자 취급했다는 것을.

다른 말을 더 듣지 않아도 진혁이가 왜 혐의를 쉽게 벗을 수 없었는지 알 수 있었다. 내 아들이니까. 평범한 가정에서 자랐다면 애초에 편견에 시달리지 않아도 되었을 텐데 나 때문에 손가락질 당해 의탁할 사람도 없는 서울로 올라가 혼자 지냈다니 참담했다.

"진혁이가 많이 힘들어했지. 근데도 잘 버텨내더라. 혹여라도 색안경 끼고 진혁이를 보면 안 된다. 걔는 아무 잘못도 없어. 범인이 아니야. 그건 내가 장담할 수 있어."

"알아요, 이머니."

"알면 되었다. 이제 네가 애들 편이 되어줘야지."

나는 말없이 고개를 끄덕였다. 끄덕일 때마다 가슴이 당겨지듯 아파왔다.

"아버지 노릇 톡톡히 해내거라. 니들 괄시한 사람들 보란듯이 잘살고."

"그럴게요."

무거운 마음을 끌고 안마당으로 들어왔다. 마루 밑의 신발을 보니 진혁이는 나가지 않은 모양인데 욕실도, 바깥방도 기척 없이 조용하기만 했다. 씻고 잠이 들었나. 진이 다 빠질 만큼 경찰서에서 시달렸으니 그럴 법했다. 그동안 참 고단했겠구나. 어머니 말대로 진혁이는 정말 잘 버텨주었다. 이제는 내가 버팀목이 되어 진혁이를 세상에 정착시키는 일만이 남아 있었다.

"거 서 있지 말고 너도 가서 씻고 와라. 등이 땀에 다 젖었구나."

안 그래도 씻으려던 참이었다. 아버지 성묘를 다녀오는 길도

194

더웠는데, 더하여 양계장에서 흙을 퍼낼 때 옷 안으로 흙 알갱이가 들어가 온몸이 꺼끌꺼끌했다. 어머니가 속옷을 꺼내주겠다며 헝겊 가방을 열었다. 인상을 찌푸린 어머니가 거친 손길로 가방에서 옷들을 꺼냈다.

"입은 옷은 세탁기에 넣어둬야지 새 옷이랑 같이 놓아두면 쓰니."

옷을 골라내던 손길이 허공에 멈췄다가 부산스럽게 움직였다. 어머니는 꺼내 든 셔츠 뒷면을 살피고 다시 뒤집어서 훑어보았다.

"이게 뭐니? 어디서 묻힌 거야? 다쳤니?"

어머니가 내민 셔츠에 피가 묻어 있었다. 속옷에만 묻은 게 아니라니! 나는 가방을 허둥지둥 뒤집어 옷가지를 전부 쏟아냈다. 핏자국이 또 있는지 옷을 하나하나 훑어가며 찾았다. 희미하게나마 피가 묻어 있는 옷이 두 벌 더 있었다. 그중의 한 벌은 그제 밤에 내가 입고 나갔던 바지였다. 이게 내가 호수 아들을 죽였다는 증거인가. ……어떡하지, 이제.

망연하게 선 내 손에서 어머니가 옷들을 빼앗아 들었다. 옷에 묻은 피를 확인한 어머니가 한달음에 부엌으로 들어갔다가 나왔다. 어머니의 손에는 식용유와 휴지가 들려 있었다. 어머니가 마루에 흩어진 옷을 전부 품에 안아 들고 재빠르게 대문을 빠져나갔다. 나는 무서운 얼굴을 하고 나간 어머니 뒤를 홀린 듯이 쫓았다.

어머니는 창고로 들어갔다. 머뭇거림도 없이 곧바로 재가 있던 자리에 옷가지를 내려놨다. 그러곤 그 위로 식용유를 쏟아붓더니 남은 식용유는 휴지에 적셨다. 주머니에서 성냥을 꺼낸 어머니가 휴지에 불을 붙인 뒤 옷가지 위로 팽개치듯이 던졌다. 불길이 꺼질 듯이 일렁이다가 조금씩 거세지며 옷들을 태워갔다. 어머니가 창고 구석에 쌓아둔 장작더미에서 곁가지를 몇 개 가져와 불 위로 하나씩 던지며 불길을 잡아갔다. 불꽃이 비친 어머니의 얼굴이 섬뜩했다.

"어머니, 저 아니에요. 제가 그런 거 아니에요."

어머니의 눈동자에는 불길이 일렁이고 있었다.

"안다. 네가 안 그런 거 알아. 그래도 가만히 있으면 안 된다."

어미니가 식용유를 마저 다 붓자 불길이 한결 높아지며 거세게 타올랐다.

"앞으로는 이전보다 더 세상이 호락호락하지 않을 거다. 에미 말 명심해라. 오해가 생길 만한 작은 불씨도 남겨두어선 안 돼. 그 불이 널 잡아먹을 수도 있어."

옷이 다 탈 때까지 몇 번이나 불길을 잡아가던 어머니가 부지깽이로 잿더미를 뒤적여 불씨를 없앴다. 어머니가 잿더미를 발로 툭툭 차자 재가 허공으로 흩날렸다. 불이 완전히 꺼진 걸 확인한 뒤에도 어머니는 그을린 덩어리들을 발로 뭉개며 혹시나 남아 있을지도 모르는 불씨를 제거해갔다. 어쩐지 그 발길이 자꾸 약해지는 내 마음을 꾹꾹 밟는 듯했다.

집으로 들어간 어머니는 아무 일도 없었다는 듯 가지고 나왔던 물건들을 정리했다. 그러곤 안방으로 들어가 바지며 셔츠 따위의 옷을 한아름 꺼내어 나왔다.

"네가 이전에 두고 간 옷들이다. 골라서 입고 지금 입고 있는 옷은 벗어서 바로 세탁기에 넣어둬라."

나는 기억나지 않는 그제 밤을 설명하고 싶은 마음이 굴뚝같았지만 모든 말들이 변명으로 비칠 걸 알기에 말을 아끼기로 했다. 어머니가 치맛자락을 쥐고 마루에서 일어섰다.

"오늘 일은 너랑 나의 비밀인 거다."

어머니는 여전히 활활 타오르는 불길 앞에 서 있는 것처럼 보였다.

*

몇 년은 씻지 못한 사람처럼 몸을 씻어냈다. 범죄의 찌꺼기. 그런 게 있다면 거품에 녹아 없어지길 바랐지만, 씻으면 씻을수록 오히려 들러붙는 느낌이었다. 엉망진창인 순서로 한참 동안 씻다가 욕실을 나왔다. 젖은 머리를 털며 방으로 들어가려는데 마루 밑에 못 보던 신발이 놓여 있었다. 크기가 작고 예쁘게 생긴 단화였다. 바깥방에 찾아온 손님이 누구든 마주치고 싶지 않아서 쫓기는 사람처럼 집밖으로 서둘러 나왔다.

채 말리지 못한 머리가 여름볕에 금세 말라갔다. 물기가 다 가시자 그제야 불안함이 가라앉고 자식 잃은 부모의 심정이 어떨지 헤아려 보게 되었다. 빗질이라도 할 걸 그랬나. 단정한 모습으로 찾아간다고 하여 달라질 건 없겠지만 괜히 나쁜 인상을 주고 싶지도 않았다. 나는 부스스한 머리칼을 손가락으로 쓸어내리면서 호수네 집으로 걸음을 옮겼다.

지금쯤이면 호수도 분명 아들이 죽었다는 비보를 전해 들었을 것이다. 외아들이라고 했다. 아들을 소개하던 호수는 입은 거칠었을망정 피붙이를 끔찍하게 아낀다는 기색이 역력했다. 그런 아들을 내가 때렸다. 어른으로서 해서는 안 되는 행동이었다. 아들을 양계장에서 발견한 사람이 나라는 사실도 이미 들었을 수 있었다. 돈을 빌리려 했던 전과자가 아들의 시체를 발견했다는 걸 호수는 어떻게 받아들일까. 나를 보자마자 상황을 추궁하며 범인 취급하고 상대도 안 할 확률이 높았지만, 나도 아버지로서 자식 잃은 슬픔이 어떨지는 충분히 짐작되었다. 범인이 잡히기 전까지 호수는 나를 범인이라고 여기며 돈을 빌려주지 않은 탓에 아들이 살해당했다고 자책할 것이다. 그 괴로움을 뼈저리게 알고 있기에 적어도 내 입으로 시신을 발견한 경위를 말해주는 게 도리일 것 같았다.

대문 앞에서 초인종을 여러 번 눌렀지만 안에서는 인기척이 없었다. 문이 살짝 열려 있어서 밀어보니 활짝 열렸다. 아들 소식을 듣고 급하게 나가느라 문도 못 닫은 건가. 그 심정이 오죽할까 싶었다. 덩달아 착잡해져 문을 닫고 모퉁이를 돌아 나오는데 바로 앞에 소년이 서 있어서 맞부딪칠 뻔했다.

"괜찮니?"

소년이 교복 셔츠 밑단을 탁 잡아당기며 살짝 옆으로 물러섰다. 진웅이와 같은 교복이었다.

"보다시피요."

소년의 발치에는 희고 큰 개가 피투성이가 된 채 누워 있었다. 개를 끌고 올라왔는지 도로에는 핏자국이 길게 이어져 있었다. 붉은 흔적은 언덕 밑 길가에 세워진 비닐하우스부터 시작되고 있었다. 내 시선을 느낀 소년이 뒤를 돌아봤다. 핏자국이 난 길을 확인했을 텐데도 소년의 표정은 여유로웠다. 해명하는 목소리마저 느긋했다.

"우리집 갠데요. 죽어 있더라고요. 그래서 집으로 데려가는 중이었어요."

소년이 개를 발로 툭 차더니 운동화에 피가 묻었는지 자리에 쪼그리고 앉아서 운동화 앞코를 물티슈로 문질러 닦았다. 개는 사모예드였다. 호수네 집에서 보았던 사모예드. 조금 전에 활짝 열린 대문을 닫으려고 마당에 들어갔을 때 개는 보이지 않았다. 이 아이가 호수네 개를 죽였구나. 추궁하거나 화를 낼 수도 있었지만 그보다 개를 이곳에 둘 수 없다는 생각이 더 컸다.

"어디 사니? 힘들어 보이는데 같이 옮겨줄까?"

소년이 운동화 앞코를 닦다가 말고 고개를 들어서 나를 올려다보았다. 표정에서 묘한 분위기가 풍겼다. 모든 걸 알고 있는 듯하면서도 모르는 척하는 듯한. 소년이 운동화를 탁탁 털더니 일어서면서 웃었다.

"그래 주실래요?"

당연히 거절할 거라고 여겼다. 그런데 예상 밖으로 동의하며 물티슈까지 건네주었다. 소년이 허리를 굽히며 먼저 개의 꼬리를 잡았다.

"머리 쪽에는 피가 많이 묻어 있어서 손이 더러워지거든요. 물티슈도 다 써가는데 조심해야죠."

소년이 꼬리를 끌자 개가 움직이며 길에 다시 핏자국이 생겼다.

"도와주신다면서요?"

"어, 그래."

나는 어디를 잡아야 할지 몰라 허둥대다가 앞다리를 겹쳐서 잡으며 힘을 주었다. 개가 허공으로 들린 것과 동시에 몸 전체가 내쪽으로 쏠려왔다. 핏물에 흥건히 젖은 털이 바지를 쓸고 가는 통에 피한다고 몸을 뒤로 빼다가 다리를 놓쳤다. 개가 바닥으로 툭떨어졌다. 그 바람에 소년의 발을 개가 덮친 꼴이 되고 말았다.

"어?"

소년이 개의 몸에서 발을 빼냈다. 운동화에는 피가 잔뜩 묻어 있었다.

"미, 미안해. 개를 놓치는 바람에."

한참 운동화를 내려다보던 소년이 꼬리를 놓았다. 그러곤 히죽 웃었다.

"괜찮아요. 이것도 기념이니까."

"뭐?"

"대신 얘는 아저씨가 치워주세요. 집에는 못 데려가겠네요. 그래 주실 수 있죠?"

"하지만……."

"수고비 드릴게요."

소년이 바지 주머니에서 지갑을 꺼냈다. 지갑을 여는 순간 그 사이에 끼어 있던 명찰이 바닥으로 떨어졌다. 소년이 명찰을 집어 들었다. 명찰에는 '김민기'라는 이름이 적혀 있었다.

"돈은 됐다. 근데 집에는 정말 안 데려가도 되는 거냐? 부모님도 보셔야 하지 않아?"

"죽었는데요, 뭘."

소년이 지갑을 주머니에 넣고 개를 한번 내려다보았다.

"그럼 부탁드릴게요."

소년이 유유히 멀어져 갔다. 죽은 사모예드가 호수네 집 앞에 있었다. 아들을 잃은 상실감이 클 텐데 죽은 개까지 마주하게 할 수는 없었다. 나는 소년이 그러했듯이 꼬리를 잡고 핏자국이 난 길을 거슬러 개를 끌고 내려갔다.

비닐하우스 안으로 죽은 개를 겨우 끌고 들어가자 더운 열기가 훅 끼쳐왔다. 하우스 중앙에 피가 흥건히 고여 있었다. 근처에 편의점에서 산 것으로 보이는 육포가 버려져 있는 것으로 보아 그걸로 유인한 모양이었다.

나는 비닐포대를 주워 와서 개 사체 위에 덮어두었다. 그러곤 몇 블록 더 내려가 편의점에서 생수를 여러 통 사 왔다. 도로에 난 핏자국에 생수를 뿌려 흔적을 지워갔다. 흔적은 완전히 지워지지는 않았지만 호수가 알아챌 정도는 아닐 것 같았다. 대문 앞에서 오늘 일들을 돌이켜보다가 개를 죽인 아이를 내버려둔 게 호수가 걱정됐다기보단 내가 경찰과 연루되기 싫어서였다는 걸 뒤늦게 깨달았다. 어쩔 수 없잖아. 더는 경찰서에 가면 안 되니까. 기억을 되찾을 때까지는.

해가 질 때까지 기다렸지만 호수는 집으로 돌아오지 않았다. 나는 밤길을 걸어서 집으로 돌아갔다.

사건 넷째 날

　범인은 사건 현장으로 돌아간다. 증거를 인멸하기 위해서. 혹은 사태가 어떻게 돌아가는 건지 파악하기 위해서. 사람들이 나를 본다면 그렇게 입방아를 찧어댈 것이다. 범인이 사건 현장으로 돌아왔다고.

　그러나 나는 증거를 인멸하거나 사태를 파악하기 위해 양계장으로 온 것이 아니었다. 어느 순간 끊겨버린 기억을 되찾기 위해 표지가 될 만한 것들을 확인하며 길을 되짚어 온 것뿐이었다.

　기억의 조각을 맞춰보는 과정은 예상보다 더 수월치 않았다. 편의점 파라솔을 나와 남은 술을 홀짝이며 걸었던 것까지는 분명 기억이 났다. 가는 길에 세워진 전봇대도, 유등 축제를 알리는 현수막도 본 게 기억이 났다. 빈 맥주 캔이 버려진 걸 찾아내어 내가 그날 마신 것과 같은 브랜드인지도 확인했다. 같았다. 조금 더 가다가, 역시 같은 브랜드의 따지 않은 맥주 캔이 비닐봉지에 넣어진 채 버려져 있는 것도 발견했다.

　문제는 다음부터였다. 맥주 캔이 발견된 지점까지 왔었던 기억은 드문드문 났다. 하지만 양계장까지는 아무리 되짚어봐도 생소할 뿐, 이렇다 하며 떠오르는 기억이 한 조각도 없었다. 실마리가 있어야지 추리라도 해볼 텐데 돌파구는 없고 사방이 벽이었다. 양계장 근처를 더 얼쩡거리다가 구설만 불러올 것 같아 주변 풍경을 눈에 더 담은 뒤 따지 않은 맥주 캔이 있던 자리로 되돌아왔다.

　어떤 흔적이라도 있을까 하여 쭈그리고 앉아서 한동안 바닥을 헤집고 다녔다. 흙바닥에서 찾아낼 게 있을까 회의감이 들 무렵, 반쪽이 깨진 안경알을 발견했다. 주변을 더 훑어보자 더 잘게 쪼개진 다른 조각들도 찾을 수 있었다. 여기구나. 깨진 안경알을 손바닥에 올려두고 내려다보았다. 여기서 내가 호수 아들의 뺨을 때렸구나.

　손바닥으로 뺨을 올려붙이자 안경이 허공으로 날아갔다. 호수 아들이 안경을 주워서 썼지만, 다시 바닥으로 떨어졌던 게 기억났다. 안경알은 그러는 와중에 깨진 모양이었다. 왜 때렸더라.

　깨진 조각을 돌려 보며 망각해버린 게 무언지 생각에 빠져 있는데 햇살을 받은 안경알이 순간적으로 반짝였다. 빛. 플래시. 그리고 사진.

　불현듯 떠올랐다. 그날의 일이. 호수 아들이 내 사진을 멋대로 찍고 그걸 반 아이들에게 보여주겠다고 해서 화가 났었다. 그래서 몸싸움을 벌인 건가. 겨우 그딴 이유로? 그딴 이유로 사람을 죽였다고? 내가? 한심하다 못해 끔찍했다. 동반자살을 하겠다며 순영을 죽인 것과는 차원이 다른 살해였다. 오로지 감정에 지배당한 짐승의 짓거리.

만약 이곳에서 몸싸움을 벌인 거라면 맥주 캔이 든 비닐봉지가 버려져 있던 것도 설명된다. 다만 아무리 찾아봐도 핏자국이 없는 것으로 보아 이곳에서 머리가 깨진 건 아니었다. 양계장까지 같이 걸어간 걸까. 화를 내면서? 아니면 용서를 빌면서? 같이 걸어갔다고 보는 편이 타당하긴 했다. 이곳에서 양계장까지는 거리가 꽤 되니까. 근데 왜 하필 양계장이었을까. 지나쳐 온 길에는 버려진 수많은 장소가 있는데 말이다. 양계장에 다다르고 상황이 변해 감정이 폭발했나. 그랬다면 내가 아이를 양계장으로 유인했을지도 모른다. 어떤 구실을 대면서. 뭐라고 둘러댔을까. 그게 뭐든 아이를 후미진 양계장으로 이끌 만큼 솔깃한 제안이었을 거라는 건 확실했다.

그후 아이가 양계장으로 들어오자 격렬한 감정을 추스르지 못하고 살해했을 것이다. 머리카락에 핏덩이가 엉겨 있던 것 외에 다른 외상은 없어 보였으니 무언가로 머리를 내리쳤을 것이다. 아니면 목을 먼저 졸랐다든가. 그도 아니면 사고? 그래, 어쩌면 아이는 양계장에서 어떤 사고를 당한 건지도 모른다. 나는 그 광경을 보고 놀란 나머지 아이를 암매장해버린 것이다. 아이를 살해한 범인으로 몰릴까 봐 두려워서. 술에 취해 있었으니 판단력이 마비되어서 말도 안 되는 선택을 한 것이다. 그것밖에 다른 정황은 상상할 수 없었다.

검은 새 한 마리가 날개를 펼치고 날아가면서 불길한 소리로 울었다. 뒤이어 트럭 한 대가 흙먼지를 날리며 길을 지나쳐 갔다. 나는 입을 틀어막고 들고 있던 안경알을 도로 한가운데로 던졌다. 자동차 바퀴에 부서져 고운 가루가 돼라. 영원히 세상에서 사라지도록.

등 뒤에서 호수 아들이 노려볼 것 같았지만 그래도 할 수 없다고 스스로 다독였다. 아이에게는 미안했지만 기억을 일부 잃었다고 속수무책으로 당할 수는 없었다. 얼마 만에 만난 자유이고, 자식들인데 그걸 또 뺏길 수는 없어. 어딘가에서 다시 새 울음소리가 들려왔다. 검은 새는 보이지 않았다.

하늘은 청명했다.

*

집으로 돌아온 뒤에 카메라를 들고 시내에 있는 사진관을 찾아갔다. 아직도 사진관이 있다는 게 신기했지만 사진관 주인의 설명으론 오히려 최근에 손님들이 늘었다고 했다. 그러냐고 무심하게 대꾸하면서 작업대 위에 카메라를 올려두었다. 주인이 카메라와 컴퓨터를 연결하여 사진 파일을 인쇄 창으로 옮겨 담았다.

"한 컷 흔들렸는데, 이 사진도 뽑아드려요?"

"네, 전부 네 장씩 뽑아주세요."

사진이 인쇄돼 나오길 기다리는 동안 달리 할 일도 없어 내부에 전시된 인물사진들을 차례차례 구경했다. 가족사진 코너에 이르자 낯익은 얼굴들이 눈에 들어왔다. 호수네 가족사진이었다. 한껏 멋을 낸 여자 뒤에 호수 아들이 서 있고, 호수는 옆에 자리잡은 사모예드의 목에 손을 얹고 있었다. 나는 호수 아들의 얼굴을 내 기억 속에 있는 얼굴과 맞춰보려고 뚫어지게 사진을 바라보았다. 그날 밤 무슨 일이 있었던 거냐? 응? 얘야!

"아들이 공부도 잘하는 모범생이었다는데, 참 안타깝죠?"

어느새 다가왔는지 주인이 내 옆에 서서 가족사진을 같이 바라보고 있었다. 놀라기도 했거니와 사진을 보고 있었다는 사실을 들킨 게 뜨끔해 나도 모르게 퉁명스럽게 대꾸했다.

"무슨 말이죠?"

"아! 모르시는구나. 오랫동안 이 사진만 보시기에 아는 사이신 줄 알았어요."

"모르는 사람들이에요. 근데 무슨 일이 있었나요?"

주인은 들어오는 사람이 없는지 문을 한번 바라보고는 사진 속 호수 아들을 손가락으로 짚었다.

"여기 이 애가 _그끄저께_ 살해당했잖아요. 뭐, _그끄저께_ 당한 건지, 그저께 그리 된 건지는 다들 의견이 분분하지만요."

"살해요?"

"저기 아랫동네에 폐쇄된 양계장이 있거든요. 거기서 죽어 있더래요, 머리가 깨져서는. 애가 공부 잘했거든요. 하나밖에 없는 아들이라고 애지중지 키우셨는데. 아! 사모님이 저희 단골이라

잘 알아요. 사장님도 지역 발전 위원장이셔서 좋은 일 많이 하시는 분이고요."

"범인이 하루빨리 잡혀야겠네요."

"범인은 잡힌 거나 다름없죠. 다들 알고 있으니까."

"네? 다들 범인을 안다고요?"

"아랫동네에 전과자가 있거든요. 며칠 전에 출소해서 돌아왔대요. 자기 부인 죽이고 애들까지 죽이려던 놈이라데요. 다들 그놈이 범인이라고 생각해요. 한 번 사람 죽인 놈이 또 못 죽이겠어요? 더욱이 지 피붙이 죽이려고 했던 놈이면 세상천지에 누구라도 죽일 수 있죠."

주인은 출력 소리가 멈춘 프린터기를 돌아보더니 작업대로 넘어가서 인쇄된 사진을 집어 들었다. 그가 사진을 자르는 동안에 나는 동반자살을 시도했던 이유를 해명하고 싶은 걸 억지로 참고 있었다. 교도소에서처럼. 교도소에서도 나는 해명다운 해명을 해보지 못했다. 나를 금수라고 부르던 방장의 목소리가 귓가에 들려오는 듯했다.

'동반자살?'

신고식 때 수감 이유를 들은 방장이 비웃음을 흘렸다.

'갖다붙인다고 다 말인가. 마누라가 죽겠다고 했어? 자식들은? 죽겠다고 하디? 오죽했으면 같이 죽으려고 했겠냐고? 그거 다 당신 변명이야. 당신 괴로움 잊겠다고 생목숨 죽여놓고선 다 같이 자살하려고 했으니 잘못 아니다, 하는 건 짐승들도 안 하는 짓이야. 그것들보다 당신이 밑인 거야. 이 금수만도 못한 인간아!'

"다 됐습니다. 가족사진인가봐요. 아들들이 아주 잘생겼네요. 다음에는 스튜디오에서 제대로 한번 찍으세요. 잘해드릴게요."

사진관 주인이 종이봉투에 담긴 사진을 내밀었다. 포장마차에서 찍은 우리 가족의 사진이었다. 처음으로 다 함께 찍은 의미 있는 사진이기도 했다. 내 계획은 내일 점심을 먹고 난 뒤에 가족들에게 사진을 선물로 주는 것이었다. 비록 커다란 액자에 넣어서 벽에 걸어두지는 못하더라도 모두 가족사진을 지니고 있었으면 했다. 우리가 가족이라는 걸 잊지 않도록. 그런데 지금은 사진을 건넬 수 있을지 자신이 없었다.

사진관을 나오자 속이 통째로 비워진 것처럼 갑자기 허기가 몰려왔다. 집에 돌아온 뒤로 이상하게도 허한 느낌이 들면 참을 수가 없었다. 주변을 두리번대다가 근처 중국집으로 들어갔다. 휑한 중국집에서 자장면을 시켰다. 교도소에 있을 때부터 계속 먹고 싶었던 음식이었다. 단무지와 양파를 가져다준 종업원이 잠시 뒤에 자장면을 내왔다. 나는 허겁지겁 춘장과 면을 비빈 뒤에 자장면을 크게 한입 먹었다. 느끼하면서도 고소한 춘장의 맛이 입안에서 서서히 퍼져 갔다. 그릇 바닥이 보일 정도로 춘장을 핥아먹었다. 그런데도 허기가 졌다. 배달 주문 전화를 받은 종업원이 주방 쪽에 대고 메뉴 이름을 외치고 있었다. 나는 망설이다가 자장면을 한 그릇 더 주문했다.

"에고! 첨에 곱빼기를 시키시지."

종업원이 주방에 메뉴를 외치고 단무지와 양파를 다시 가져다주며 "배가 엄청 고프셨나보네." 하고 덧붙였다. 잠시 뒤에 자장면과 짬뽕을 랩으로 씌워 철가방에 넣은 종업원이 "다 됐다."라고 외치자 20대 초반으로 보이는 청년이 주방에서 나왔다.

"당구장으로 가져다줘라잉."

철가방을 든 청년이 중국집을 나갔다.

"배달원을 따로 안 쓰시나봐요."

"우리는 가게가 작아서 좀 전에 걔가 주방보조 하다가 배달도 가고, 배달이 밀리면 제가 주방보조도 하고 그래요."

"아! 그럼 배달원을 따로 구하진 않으시겠네요."

"그렇죠. 왜? 배달 일 해보시게?"

"네, 뭐 자리가 있으면 해보려고 했죠."

"딱 보니 일자리 구하는 분 같더라니. 여는 자리가 없고 〈벼룩시장〉 같은 데 함 찾아보소. 나도 거서 구한 거니까."

나는 자장면을 먹으면서 〈벼룩시장〉을 어디에서 구하는지 물었다. 중국집을 나와 종업원이 설명해준 대로 슈퍼마켓으로 가니 옆에 큼지막하게 〈벼룩시장〉이라고 적힌 신문 가판대가 있었다. 나는 신문을 한 부 꺼냈다. 내친김에 슈퍼에서 볼펜도 샀다. 버스를 타고 돌아오면서 신문을 펼치고 일할 만한 자리가 있을지를 살펴보았다. 화물차 운전, 홀서빙, 주방보조, 도시락 배달, 단기 알바, 고소득 보장……

나는 신문을 접고 눈을 감았다. 조금 전까지 차올라 있던 희망이 꺼져가고 있었다. 고소득 보장이라는 문구를 제외하고는 마음에 차는 게 없었다. 그러나 고소득을 보장하는 일들이 어떤 일들인지 나는 잘 알고 있었다. 위험을 감수해야 하는 자리니 내 이력이 소용이 있을지도 모르겠네. 어쩌면 그나마 내가 해볼 수 있는 건 이런 일들뿐일지도 모르지……. 마음이 착잡해졌다.

가슴 한구석에는 한 방에 크게 벌어서 아이들에게 도움이 되고 싶은 마음이 있었다. 돈만 있으면 아이들과 잘 지낼 수 있을 것 같고, 돈만 있으면 나를 무시하는 인간들을 내 발밑에 둘 수 있을 것 같았다. 돈만 있으면 말이다. 하지만 고소득을 보장해주는 자리에 들어가도 분명 도돌이표처럼 아이들과 사이가 벌어지고, 나를 무시하는 인간들을 만날 것이다. 그게 순리였다.

나는 신문을 다시 들여다보고 몇 군데 일자리에 동그라미를 쳐두었다. 버스는 끊임없이 덜컹거렸고 그 흔들림에 멀미가 올라왔지만 계속 신문을 들여다보았다. 우선 삼십만 원을 모으는 게 목표였다. 다음 일은 나중에 생각하기로 했다.

*

"여보세요."

안마당에서부터 들려온 전화벨 소리는 내가 안방으로 들어설 때까지 끊어지지 않고 울렸다. 전화를 받자마자 굵직한 남자 목소리가 흘러나왔다.

"왜 이렇게 늦게 받아?"

다짜고짜 짜증을 내 황당했지만, 어머니를 찾는 전화이겠거니 싶어서 정중하게 대꾸했다.

"죄송합니다. 어디시죠?"

"거기 유재만이라는 사람 있죠?"

"제가 유재만인데요. 누구신가요?"

"아아! 유재만 씨. 나 장 실장인데 기억하죠?"

"아!"

십 년 전에 불법 사채를 빌려준 사람이었다. 매일같이 걸려오던 전화, 집으로 찾아와서 거칠게 문을 두드려대던 수금원들, 원금은커녕 점점 불어나는 이자와 압박을 감당하지 못해 결국 나는 극단적인 선택을 했었다.

"십 년 만에 통화하는데 반가워도 안 하네? 나는 엄청 반가운데. 아니, 화가 나는 건가? 십 년 동안 유재만 씨를 어떻게 갈아 마셔야 분이 풀릴지 상상하는 재미로 살았으니까 반갑다고 칩시다. 여보세요. 듣고 있어요? 유재만 씨."

"……예. 듣고 있어요."

"듣고 있으면 듣고 있다고 대답을 해줘야 알지, 시발!"

"……죄송합니다."

"피차 바쁜 사이니까 단도직입적으로 말할게요. 빌려간 돈 갚으셔야죠. 우리가 당신 때문에 아주 힘들었거든. 아! 참 나. 아저씨! 아! 아저씨라고 불러도 되죠?"

"예."

"좋아요. 아저씨! 아저씨가 십 년 전에 우리한테 돈 빌려가서 안 갚았잖아요. 맞죠? 아니라고는 못 하겠죠?"

"압니다. 알아들었습니다."

"알아들었다는 말이 고작 다야?"

"……죄송합니다. 당연히 갚아야죠."

"갚아야죠, 당연히. 우리가 그때 너무 친절했나봐. 아저씨가 우리를 우습게 보고 돈은 갚지도 않고 도망만 다니더니 웬걸, 아줌마 죽이고 감빵에 가셨네. 나 아주 깜짝 놀랐잖아. 그래도 뭐 사망보험금은 나왔겠지. 그거라도 먼저 받으러 갈 테니까 잘 가지고 있어요."

"저…… 시일을 좀 주시면……."

"시일? 무슨 시일? 십 년이나 줬잖아. 십 년이면 이자가 얼마나 되는지 궁금하지 않아요? 아저씨가 그때 일억 빌렸고, 우리가 못 받은 이자가 오천쯤 돼. 오천에 십 곱하면 오억. 원금 일억에 이자 오억, 출장비, 수수료……. 다 퉁쳐서 깔끔하게 칠억으로 합시다."

"네? 하지만 아무리 사채 이자라고 해도 그건 말이 안 되는 금액인 것 같은데요. 제가 교도소에 있었던 시간까지 포함하시는 건 것도……."

"우리는 땅 파서 장사해요? 돈을 빌렸으면 갚는 게 인지상정이잖아. 아저씨가 우리한테 돈을 안 갚아서 우리가 받은 손해는 생각 못 하나보다. 그죠? 내가 얼마나 스트레스를 받았는지 아저씨는 모르죠? 나는 정신적인 손해배상도 받아야 할 것 같은데 말이에요. 뭐, 그건 됐고 우리가 받을 돈만 딱 받을게요. 정당하게. 그러니까 이번에 또 도망가거나 죽겠다고 난리치면 나도 더는 못 참아요. 아저씨 아들한테 받을 거야. 아저씨 아들도 아저씨가 사채 쓴 거 알고 있죠?"

"……아니, 제 아들은 모릅니다. 모릅니다. 제발 진혁이는……."

"유진혁이, 알아보니까 나랑 몇 살 차이도 안 나던데, 만나면 친동생처럼 예뻐해 줘야겠다. 가족이라는 게 뭐 같아도 어쩔 수 없이 가족이잖아요. 안 그래요? 듣고 있어요?"

"예."

"아들한테 대출 좀 받으라고 하면 되겠네. 아들이 잘나가는 모델이던데 그 정도는 해줄 능력되겠더만."

"……하지만 그 애는 제 말을 듣지 않을……."

"그럼 내가 대신해서 아들한테 말해줄까요? 아버지가 우리한테 빌린 돈이 있는데, 네가 장기라도 팔아서 줄 수 있는가 하고요."

"……아닙니다. 대출받겠습니다. 하지만 진혁이가 신용불량자는 아닐 테지만 그렇게 큰돈을……."

"아직 절박하지 않은가보다. 큰돈 못 빌린다고 우는 거 보니까. 목숨값이라고 생각하면 어떻게든 마련해보려고 할 텐데, 아직 안 절박해. 우리가 얼굴 보고 얘기하면 달라질 것 같은데 그게 낫겠어요?"

"……진혁이 명의로 대출을 받아서 갚겠습니다."

"좋아요. 통화 오래 하는 것도 예의가 아니니까 금방 끝낼게요. 사망보험금을 가져오든, 아들 이름으로 대출을 받든 일주일 안에 돈 가지고 우리 앞에 딱 나타나는 겁니다. 알아들었죠?"

"……며칠만 더 기다려주세요."

"십 년을 기다렸잖아요. 가족들이랑 회포도 풀 만큼 풀었을 텐데 이제 비즈니스 해야죠. 하긴 뭐, 같은 감방 선후배 사이이긴 해

요, 우리가. 면회도 못 갔는데 출소 기념으로 며칠 더 줄까요? 대
신······."

안방 문이 벌컥 열리고 진혁이가 나타났다. 말릴 새도 없이 내
손에서 수화기를 빼앗아 든 진혁이가 전화를 일방적으로 끊어버
렸다. 통화 내용을 다 듣고 있었다는 걸 핏발 선 눈에서 알 수 있
었다. 전화벨이 곧바로 다시 울렸지만 진혁이가 전화를 받지 못하
게 했다.

"안 받으면 찾아올 거다."

"받으면 내가 그들을 찾아갈 거예요."

찾아가다니. 찾아와도 만나서는 안 될 판국에, 찾아가다니. 나
는 고개를 흔들면서 진혁이를 말렸다.

"찾아가면 안 된다. 안 돼. 절대 안 된다."

"왜 안 돼요? 내 돈이 필요하다면서요? 돈을 주려면 만나야 하
잖아요. 빌려서 줄게요. 장기라도 팔아서 원하는 만큼 가져다 바
칠게요."

전화벨 소리만이 방 안을 채우고 있었다. 날카로운 벨소리가
날 옭아매는 것처럼 느껴졌다. 진혁이가 끊임없이 울려대는 전화
기를 노려보더니 수화기를 들고 소리를 질렀다.

"개새끼들아! 전화하지 마!"

진혁이는 전화를 끊은 뒤에도 분이 풀리지 않는지 전화선까지
뽑아버렸다.

"이러면 안 돼. 이렇게 감정적으로 굴 문제가 아니야. 차분하게
아버지랑 얘기를 좀 하자."

"차분하게 얘기를 하자고요? 무슨 얘기요? 아아! 대출! 대출받으셔야죠. 제가 신용불량자인지 아닌지 알고 싶으시죠? 대출한도가 얼마나 되는지 파악하셔야 하잖아요. 그 얘기 하자는 거죠?"

아니라는 말을 하지 못했다. 사채업자들의 무서움을 진혁이는 몰랐다. 우리집 벨을 누르고 문을 부술 듯이 쿵쿵 주먹으로 치던 우락부락한 덩치들을 진혁이는 만난 적이 없었다. 그들은 반드시 나를 찾아낼 것이다. 우리 가족을 찾아낼 것이다. 그러므로 그들을 화나게 해서는 안 되었다.

"……네가 이번만 도와주면, 아버지가 다음에 꼭 갚으마. 응?"

"어떻게요? 다시 사업이라도 하시게요? 사업해서 다 말아먹고노 아직 정신 못 차리신 거예요? 이번엔 진웅이랑 제 목이라도 따시게요?"

나는 진혁이의 뺨을 후려쳤다. 나도 모르게. 또다시 나도 모르게 폭력을 저지른 것이다.

"미안하다. 때릴 생각은 아니었는데……."

"엄마를 죽였죠."

"……."

"돈 때문에 엄마를 죽였으면서 여전히 그 더러운 돈에 우리까지 엮어넣으려고 하시네요."

진혁이가 지갑에서 돈을 꺼내어 내밀었다.

"자요! 받아요. 돈 좋아하시잖아요. 왜 안 받아요? 너무 적어요? 적어서 그래요? 사채 끌어다가 준다니까요. 그러니까 이 돈 먼저 받으라고요."

고함을 지르며 진혁이가 돈을 내게로 던졌다. 만 원짜리 지폐들이 허공을 날다가 힘없이 바닥으로 떨어졌다. 진혁이는 지폐를 쿵쿵 밟으며 안방을 나갔다. 마루에 놓여 있던 신문이 진혁이의 발에 치여 땅바닥으로 떨어졌다. 나는 화끈거리는 손바닥의 통증이 진정되길 기다리다가 뒤늦게 전화선을 다시 꽂았다. 전화는 잠잠했다. 대신 한 시간이 채 지나지 않아 사채업자들이 나를 찾아왔다.

검은색 차량 두 대가 바깥마당에 서자 직감적으로 그들이 왔다는 걸 알 수 있었다. 검은 양복 재킷 안에 화려한 프린트가 박힌 티셔츠를 받쳐 입은 남자들이 차에서 내리는 걸 보고 나는 반사적으로 시계를 쳐다봤다. 어머니는 지인의 병문안을 갔다가 저녁에나 돌아온다고 했으니 아직 괜찮았다. 하지만 진웅이는 학교가 끝났을 시간이었다. 사채업자들이랑 같이 있는 모습을 보여줄 수는 없었다. 그들이 진웅이를 해코지할지도 모르는 일이었다. 집에서 벗어나야 했다.

"여기 말고 다른 곳……."

나는 말을 끝내지도 못했다. 내게 다가온 덩치에게 배를 얻어맞고 주저앉았으므로. 곧바로 검은 옷을 입은 남자들이 내 얼굴에 뭔가를 씌우고 나를 차에 태웠다. 차가 움직이는지 몸이 마구 흔들렸다. 집에서 벗어나게 되어서 다행이었다. 적어도 진웅이는 내가 맞는 모습을 보지 못할 테니까.

*

비명을 지르는 내 입속으로 꺼끌꺼끌한 헝겊 뭉치가 밀려 들어왔다. 필사적으로 발버둥쳤지만 덩치들이 팔과 다리를 결박하고 있어서 움직일 수가 없었다.

"아저씨! 그게 내가 경고했잖아요. 고분고분해도 시원찮을 판에 전화를 일방적으로 끊으면 어떻게 해요."

장 실장이 내 머리채를 휘어잡았다. 기절하지 않을 만큼 두들겨 맞은 탓에 나는 내가 쓰러져 있는 곳이 어디인지 알아볼 수 있었다. 벽과 바닥이 시멘트로 칠해진 돼지우리였다. 생을 끝내는 마지막 장소로서 정말 끝내주도록 내게 잘 어울리는 곳이었다.

"아쭈! 웃어? 아직 덜 맞았나보네."

내 옆얼굴을 장 실장이 시멘트 바닥에 붙이고 무릎으로 관자놀이를 찍어 눌렀다. 머리가 이대로 종이처럼 구겨지는 게 아닐까 싶을 정도로 거센 압력이 관자놀이를 압박해왔다. 헝겊을 물었는데도 입에서 침이 흘러나오며 시멘트 바닥을 적시고 있었다.

"아저씨! 죽는 게 쉬울 것 같죠? 안 쉬워요. 내가 이렇게 아저씨를 눌러도 쉽게 숨이 끊어지진 않는다니까요. 내 말이 믿겨요, 안 믿겨요?"

믿는다고 말할 수 있었다면 고문받는 시간이 조금은 단축됐을까. 하지만 재갈이 물린 상황에서 무슨 말을 할 수 있겠나. 그렇게 수분은 더 지난 뒤에야 장 실장의 고문에서 벗어났다. 머리가 아직 내 몸 위에 달려 있다는 걸 일깨워주려는 듯 다른 덩치가 내 뺨을 몇 번 때렸다. 일으켜 세워져 무릎이 꿇린 채 바닥에 앉혀졌지만 몸이 자꾸 옆으로 쓰러지려고 했다.

"우리는 믿음이 중요한데, 아저씨한테는 진정성이 안 보여요. 그래서 보증인을 한 명 세워야겠어요."

덩치가 내 눈앞으로 종이를 들이밀었다. 힘겹게 눈을 뜨고 봐도 글씨가 잘 보이지를 않았다. 덩치가 부축하던 나를 놓고 바닥에 종이를 내려놓았다. 나는 쓰러지려는 몸을 억지로 바로 세우며 종이에 써진 글씨를 읽으려고 노력했다. 몇 번을 시도한 끝에 그 종이가 연대보증인을 내세우는 증서라는 걸 깨달았다. 내가 갚지 못할 경우를 대비해 신혁이에게 돈을 받겠다는 일종의 각서. 안 될 말이었다.

나는 발버둥을 치고 고개를 마구 저었다. 장 실장이 턱짓으로 신호를 보내자 덩치가 내 입에서 헝겊을 빼냈다. 기침이 났지만 언제 입이 또 막힐지 몰라서 다급하게 말을 쏟아냈다.

"제가 꼭 갚겠습니다. 아내 보험금도 있고, 진혁이가 대출도 받기로 했습니다. 그러니까 이건……."

"이건 뭐요? 이건 못 쓰겠다?"

장 실장이 내 턱을 쥐어 올렸다. 작고 검은 눈이 매섭게 변해 있었다. 나는 입술이 떨리는 걸 느끼면서 어렵게 대답했다.

"아내 보험금이 있으니까……."

"보험금이 어디 있는데요? 꼴랑 삼천만 원 탄 그 사망보험금? 그거 할머니가 다 홀랑 먹었잖아. 아니에요?"

어머니가 보험금을 수령했다는 걸 장 실장은 이미 알고 있었다.

"진짜 내가 모르는 줄 알았구나. 아저씨, 진짜 순진하네. 아까

보험금 얘긴 아저씨 떠보려고 한 거야. 아저씨가 사고친 다음에 보험금 찾으려고 여기 왔었어. 그때 할머니가 아주 힘이 넘치더구만. 칼 들고 덤비는데 끝내주더라고. 아저씨가 엄마를 닮았나봐. 아저씨도 칼로 아줌마 죽였잖아. 아니, 이참에 우리 조직에 들어와볼래요? 몇 놈만 좀 담가주라. 거슬리는 애들이 있거든."

장 실장이 꽉 쥐고 있던 내 턱을 놓았다.

"근데 꼴랑 삼천만 원이 뭐예요? 삼천만 원이. 이 아저씨가 정말 순진한 건지, 머리가 안 돌아가는 건지. 아줌마 명의로 된 보험금 액수를 올려놓고 죽였으면 서로 좋잖아. 그럼 우리도 할머니한테 푼돈 뺏는 느낌 안 들었을 테고 말이에요. 내 말이 무슨 말인지 알아요? 아저씨한테 돈이 없다는 걸 안다는 말이에요. 그러니까 써요, 그냥."

덩치들이 달라붙어서 증서에 이름을 적게 했다. 그러곤 내가 저항하는데도 강제로 지장을 찍었다. 지장이 찍힌 증서를 봉투에 넣고 덩치가 물러섰다. 나는 장 실장의 바짓가랑이를 붙잡고 사정했다. 이곳에서 나가는 즉시 생명보험을 들어 보험금으로 돈을 갚을 테니까 사고사로 위장해 나를 죽여주면 안 되겠냐고. 그 돈 모두 갖고 가족들은 내버려두면 안 되겠냐고 울면서 빌었다.

장 실장이 실실 웃으면서 나를 내려다보았다.

"아저씨 지금 울어요? 하! 사람 마음 약해지게 만드시네. 사정이 딱하니까 한번 봐드릴까요?"

나는 고개를 세차게 끄덕였다.

"그럼 내가 시키는 일은 뭐든지 할 수 있겠네요, 그죠, 아저씨?"

"할게요. 시키는 일은 뭐든 다 할게요."

"그럼 내 가랑이 사이로 돼지 흉내 내면서 기어와봐요."

망설일 시간이 어디 있겠는가. 내가 돼지가 되어 그 값으로 가족의 안전을 보장받는다면 그보다 더한 짓도 나는 할 수 있었다. 나는 꿀꿀 울고 엉덩이를 흔들면서 장 실장의 가랑이 밑으로 기어들어 갔다. 그만큼 절박했다. 장 실장이 박장대소하며 점점 뒤로 물러나기에 그를 따라 계속 기어갔다. 돼지우리에 같이 있던 덩치들도 내 모습을 보고 비웃음을 흘리고 있었다. 장 실장이 내 이마에 구두 밑바닥을 댔다.

"아저씨, 진짜 머리가 안 돌아가는구나. 순진한 게 아니고 멍청한 거였네. 시킨다고 그걸 다 해요? 사람이 자존심이 있어야지 그러면 못 써요."

사태 파악을 못 하고 여전히 어리둥절한 얼굴로 엎드려 있는 날 내버려두고 장 실장이 검은 양복 재킷을 입었다.

"아저씨! 우리가 무슨 청부살인업자인 줄 알아요? 우리는 아저씨가 죽어도 아들한테 돈만 받아내면 그만이에요. 보험을 들어놓고 죽든지 말든지 그건 아저씨 마음대로 하세요."

"내, 내가 장기를 팔게요. 장기 팔아서 갚을게요."

"좋은 생각이네, 그것도. 공중화장실 가면 귀신 산다는 딱지들 많으니까 일주일 안에 팔아서 가지고 와봐요. 아저씨 꽃게를 수산시장에서 얼마로 쳐줄지는 모르겠지만, 죽지 않을 만큼만 다 떼내 달라고 해보든가요."

가죽구두에 뭐가 묻었는지 장 실장이 손짓하자 덩치 한 명이 달려와서 양복 소매로 구두를 닦았다.

"아! 맞다. 아저씨, 어제 경찰서 갔었죠? 시체 유기된 거 찾아냈다던데, 그거 아저씨가 한 건 아니죠? 뭘 그렇게 놀라요. 맞아? 아저씨가 한 거야?"

"아, 아니에요."

"아저씨가 한 거든 아니든 경찰이 주목하고 있는 게 좋은 건 아니거든. 그리고 혹시 또 모르잖아, 아저씨가 진짜 한 건지. 우리가 뒤통수 맞은 경험도 있고 말이에요. 그러니까 그전에 우리 정산 끝내는 게 낫겠다. 일주일 말고 나흘 줄게요. 어차피 꽃게 팔려고 마음먹었으면 마음 바뀌기 전에 후딱 해치우는 게 좋아요. 마땅한 수산시장 못 찾으면 연락줘요. 귀찮긴 하지만 내가 연결해줄 수도 있으니까요."

장 실장이 나가자 덩치들 몇몇이 그 뒤를 따라갔다. 남은 덩치 두 명이 내 입에 다시 헝겊 뭉치를 쑤셔놓고 배를 걷어찼다. 경적이 울릴 때까지 패더니 소리가 두 번도 울리기 전에 신속하게 안을 빠져나갔다.

돼지우리에 나만 남겨두고 그들은 승합차를 타고 떠났다. 나는 고개를 옆으로 돌리고 몸을 웅크린 채 입에서 헝겊 뭉치를 빼냈다. 헝겊은 누군가 신었던 양말이었다. 입천장에 남아 있던 실밥이 목구멍에 걸리면서 기침이 터졌다. 맞은 데가 욱신거려 신음을 흘리면서 천장을 향해 누웠다. 무섭도록 적막한 기운이 시멘트 바닥에 내려앉아 있었다. 모두 정말 돌아갔을까. 바닥에서 올라오는 냉기에 더는 누워 있지 못하겠다 싶었지만, 몸이 으스러질 것 같아서 움직일 수가 없었다. 나는 등허리에 전해져오는 냉기를 느끼면서 허공을 바라봤다. 먼지 입자들이 춤을 추듯이 허공을 날고 있었다. 여기는 꼭 교도소 같네. 교도소도 돼지우리만큼 춥고 조용했다. 그래서 생각할 시간이 많았다.

교도소에서 가장 많이 생각한 건 '만약'이라는 단어였다. 만약 내가 그때 그런 선택을 하지 않았더라면 어땠을까 하는 가정들 말이다. 부질없는 생각이라는 건 알지만 주체할 수 없을 만큼 많은 시간 속에 던져진 사람은 생각마저 통제할 수가 없는 법이다.

만약 그때 사업을 확장한다며 고금리 대출에 손대지 않았더라면. 만약 그때 신용이 좋지 않았던 거래처와 물량 공급 계약을 체결하지 않았더라면. 만약 그때 부도 직전의 회사를 일으켜보겠다며 사채업자를 찾아가지 않았더라면……. 아내와 자식을 죽이기 위해 야수로 변하는 일은 없지 않았을까 하는 치명적인 가정들.

다 부질없는 생각이었다. 갖은 수를 동원했지만 나는 끝내 실패했고, 그 결과로 지금 돼지우리에 누워 있는 것이다.

몸을 겨우 일으켜 돼지우리를 빠져나왔다. 인가가 없는 으슥한 들길을 가로질러 집을 찾아갔다. 눈물이 끊임없이 볼을 타고 흘러 턱 끝에서 떨어져 내렸다. 어둠이 내 발을 물고 있는 것같이 막막했다. 절뚝거리며 느리게 걸었는데도 어느새 나는 집 앞에 와 있었다. 운 것을 들키지 않으려고 옷매무새를 가다듬고 대문 안으로 들어갔다. 집에는 아무도 없었다. 다행이었다.

나는 불도 켜지 않고 마루에 앉아서 어떻게 돈을 융통해야 할지를 고심했다. 고민이 돌고 돌다가 보면 결국 더러운 공용 화장실로 생각이 되돌아가 있었다. 문에 반쯤 찢긴 채 붙어 있는 스티커들이 눈앞에 계속 아른거렸다. 칠억. 내 몸뚱이가 그 정도의 값어치가 되려나. 신장, 각막, 췌장, 힘줄, 간……. 그리고 또 뭘 팔수 있지? 어쩌면 내 몸을 분해해 다 바친다 해도 칠억을 만들 수없을지도 모른다. 하지만 암담하다고 주저앉아 있을 수는 없었다. 이젠 다른 방법을 시도할 시간적 여유조차 없었다. 아무리 생각해도 길은 하나뿐이었다. 이번 일을 마무리하는 것은 가장으로서의 마지막 의무였다.

나는 장기를 팔기로 결심했다. 그리고 반드시 살아남아 이번에야말로 좋은 아버지가 되자고 다짐했다. 둥근 달이 내 눈물처럼 보였다.

사건 다섯째 날

하늘엔 금방이라도 비가 쏟아질 듯 먹구름이 가득했다. 버스를
타고 집으로 돌아가는 길에 차창에 기대어 어둑어둑한 하늘을 바
라보았다. 창문이 덜컹거릴 때마다 머리가 지끈거렸지만 기댈 곳
이 필요했다.

여러 정황상 나는 범인에 가까웠다. 어쩌면 내가 죽였을지도
모른다는 추론을 며칠 동안 해보았기에 형사가 나를 찾아온 게
마땅하다고 느껴지기도 했다. 그래서 쇠파이프를 흉기로 썼다는
말을 들었을 때도 내가 호수 아들을 쇠파이프로 쳐서 죽이는 모
습을 상상하며 체념했다. 이로써 내가 잃어버렸던 기억의 조각이
나타나 그림을 맞추어가는 거라고 말이다.

경찰서에서 나는 손가락 마디마다 빨간 인주를 찍고 여러 각도로 쇠파이프를 쥐어봤다. 새로운 쇠파이프에 붉은 손도장이 찍히면 경찰이 그 모습을 사진으로 찍고 번호를 붙였다. 턱수염이 난 형사가 벽에 기댄 채 나를 지켜보다가 팔짱을 풀고 다가왔다.

"제 쪽으로 손을 쥐어보세요."

테이블 위에 올려둔 쇠파이프 가운데 하나를 집어 든 턱수염 형사가 맞은편에서 내 오른손을 잡아 쇠파이프를 감싸 쥐도록 했다. 내 손가락을 지긋하게 누른 형사가 쇠파이프에 찍힌 지문을 확인한 뒤에 미간에 주름을 잡았다.

"그만하고, 저리로 가서 대기하고 계세요."

형사가 가리킨 의자에 앉아 무슨 일인가가 일어나길 기다렸다. 삼십 분쯤 지나고 양손에 파일을 든 채 입에 종이컵을 물고 나타난 턱수염 형사가 컴퓨터 앞에 앉으며 나를 불렀다.

"유재만 씨, 이 사진 보고 특이한 점이 있나 말해보세요."

인주가 찍힌 쇠파이프 사진이 테이블에 놓였다. 형사가 어떤 대답을 원하는지 몰라 보이는 대로만 말했다.

"쇠파이프에 지문이 네 개밖에 안 찍힌 거 같은데요. 엄지가 없어요."

"예리하네요. 이게 마지막에 제가 유재만 씨 손 붙잡고 지문을 찍은 사진이에요. 그리고 이쪽이 흉기로 쓰인 쇠파이프의 지문을 확대해놓은 거고요."

형사가 내민 다른 흑백 사진에는 하얀 지문이 쇠파이프에 군데군데 찍혀 있었다. 그것도 네 개의 지문만.

"범행에 쓰인 쇠파이프에 찍힌 지문이랑 각도가 동일하죠? 놀랄 거 없어요. 유재만 씨가 아직은 범인이 아니라는 증거니까. 둔기에 찍힌 지문 각도론 아무리 힘줘도 머리는 못 깨요. 엄지를 제외한 손가락 네 개만으로 힘을 줬다가는 두께감이 있어 쇠파이프를 휘두르기 전에 떨어뜨리는 게 일반적이거든요."

형사가 사진을 손가락으로 톡톡 치면서 말을 이었다.

"누군가 맞은편에서 유재만 씨 손에 쇠파이프를 쥐여줬다면 이런 각도로 지문이 나올 수 있어요. 아니면 유재만 씨가 그렇게 보이도록 자작했거나. 누명이든 자작이든 그건 우리가 캐야 하는 거고, 이쯤에서 질문 하나 할게요. 유재만 씨를 범인으로 생각하게끔 만들 만한 사람, 짚이는 사람 없어요?"

나를 이미 범인이라고 생각할 수많은 얼굴들이 떠올랐다. 하지만 범인으로 만들고 싶어하는 사람이라니. 짐작도 가지 않았다.

"글쎄요. 근데 왜 그런 사람이 있을 거라고 보시나요? 혹시 지문 말고 다른 이상한 점이 있나요?"

형사가 의자 등받이에 기대면서 커피를 마셨다.

"아주 어설프게 흉기에 피를 문대서 범행 흔적을 남겨두었거든요. 육안으로도 확인될 만큼 분명한 조작이에요. 엉뚱한 곳을 헛짚도록 유도한 건데 그 방식이 너무 서툴러요. 물론 이것도 유재만 씨의 의도일지도 모르지만, 그건 차차 밝혀지겠죠. 그러니까 혹시 생각나는 게 있으면 망설이지 말고 말해보세요."

"정말 짚이는 사람이 없어요."

"보통은 원한 관계에 있는 사람일 확률이 커요. 집으로 돌아가면 천천히 주변 좀 돌아보세요. 그리고 누구한테 맞은 건진 모르겠지만 자숙하면서 조용히 지내고 계시고요. 곧 다시 부를 테니까."

이상한 정황에도 불구하고 나는 여전히 주요 용의자였다. 새로운 용의자가 나타나거나 지문의 미스터리가 풀리기 전까지 형사는 나를 주시할 터였다.

경찰서에서 나오는데 목구멍에서 두부 맛이 올라왔다. 집으로 돌아가면 어머니가 다시 두부를 줄까. 어머니의 늙은 손이 다시 두부를 떠먹여줄 걸 생각하니 콧등이 시큰해졌다.

출소한 지 일주일도 지나지 않았는데 다시 교도소로 돌아가게 될지도 몰랐다. 그렇게 되면 사채업자들은 진혁이를 찾아가서 빚을 갚으라고 독촉할 것이다. 어떤 수를 써서라도 이번엔 놔주지 않고 돈을 받아내려고 할 게 뻔했다. 내가 손쓸 수 없는 상황이 되기 전에 일을 해치우는 게 나을 것 같았다.

나는 터미널 화장실에 들어가서 화장실 칸마다 문을 열어 안을 살폈다. '귀신 헬리콥터 고가 매입'이라고 적힌 스티커가 칸마다 덕지덕지 붙어 있었다. 전화번호는 모두 같았다. 이거구나. 내 저승사자. 손톱으로 스티커를 하나 긁어내어 반으로 접어 바지 주머니에 넣었다. 돌아 나오려는데 갑자기 구토가 올라와서 속엣것을 다 게워냈다. 변기를 붙잡은 두 손이 벌벌 떨리고 있었다.

집으로 돌아가는 내내 머리가 지끈거렸다. 주머니 속에 든 스티커를 만지작거리면서 하늘을 올려다봤다. 차라리 십 년 전에 이런 선택을 했다면 적어도 순영은 죽지 않았을 것이다. 그랬다면 내 아이들도 나를 덜 원망했겠지. 어디부터 잘못된 걸까. 다시 헛된 생각들이 이어지려고 했다.

비가 한두 방울씩 내리는가 싶더니 갑자기 굵은 빗줄기가 쏟아지기 시작했다. 나는 버스에서 내리자마자 절뚝대며 집으로 뛰어갔다. 집은 조용했고 안마당에는 빨래 건조대가 펼쳐져 있었다. 건조대에 걸린 내 헝겊 가방 밑으로 물이 고여 있었다. 건조대를 들어서 처마 밑으로 옮겨놓고 있는데 안방 문이 벌컥 열리며 어머니가 나왔다.

"신혁이냐?"

어머니는 외출복 차림이었다. 나를 본 어머니가 마루에 그대로 주저앉았다.

"재만이구나. 너로구나. 돌아왔구나, 돌아왔어."

나는 몇 시간 만에 수척해진 어머니가 안쓰러워서 무릎을 꿇고 어머니의 손을 잡았다. 어머니의 작은 손은 가죽만 남아 뼈 마디마디가 느껴졌다.

"저 이제 어디에도 안 가요. 걱정하지 않으셔도 돼요."

"그래, 그래."

어머니가 내 손을 꽉 움켜잡다가 힘을 빼며 갑자기 진웅이 이야기를 꺼냈다. 진웅이가 물에 빠졌다는 말이었다. 무슨 말이냐고 다급히 캐물었더니 횡설수설대면서 구해냈다고 했다가 진혁이가 연락이 안 된다고 했다. 평소와 다른 어머니의 모습에 불안함이 머리끝까지 올라왔다. 나는 다그치듯이 되물었다.

"어머니! 진웅이가 저수지에 빠졌는데 구해졌다는 거예요? 아니라는 거예요?"

느닷없이 벼락이 번쩍이더니 천둥소리가 묵직하게 울렸다. 픽, 소리가 난 동시에 안방에 켜둔 전깃불이 나갔다.

"구해졌단다."

어머니는 천둥소리에 오히려 평정심을 되찾았는지 침착하게 상황을 설명했다. 진웅이 여자친구한테 전화가 왔는데 진웅이가 저수지에 빠졌지만 구했다고. 병원에 갈 정도는 아니어서 축제장 의료 부스로 옮겼다고. 진혁이한테 연락해서 오라고 할 테니까 걱정하지 말라고.

"근데 무슨 일인지 진혁이 핸드폰이 꺼져 있어. 연결이 안 돼."

일단은 구해졌다는 사실이 중요했다. 병원으로 바로 실려가지 않았다는 건 의식이 있다는 거고, 돌보는 사람이 붙어 있으니 촌각을 다투는 긴급한 상황은 아니라고 봐도 됐다. 나는 어머니의 손을 놓고 마루에서 내려섰다.

"제가 가볼게요."

"같이 가자."

"비가 이렇게 쏟아지는데 어딜 가시게요. 진웅이 여자친구도 걱정하지 말라고 했으니 별 탈은 없을 거예요. 제가 가서 진웅이를 집으로 데리고 올게요."

뒤숭숭한지 계속 따라나서려는 어머니를 안심시킨 후 우산을 들고 유등 축제장으로 서둘러 출발했다. 이유는 알 수 없으나 꿈틀대는 벌레를 밟고 있는 것같이 찝찝하고 조마조마한 기분에 저절로 발이 빨라졌다.

축제장 입구는 빠져나오는 관광객들 때문에 복잡했다. 거리에 설치된 스피커에서는 우천으로 행사가 취소되었다는 안내가 흘러 나오고 있었다. 관광객 무리를 헤치고 유등 축제장 중앙으로 들어가니 행사 진행 요원들이 우의를 입고 이리저리로 뛰어가고 있었다.

"저기요, 의료 부스가 어디에 있는지 아세요?"

쏟아지는 비 때문에 눈을 제대로 뜨지 못한 채 진행 요원이 축제장 뒤편을 가리켰다.

"저기 하얀 천막 뒤로 더 넘어가면 빨간색 십자 표시가 된 부스가 나올 거예요. 거기가 의료 부스예요. 가는 길에 전선이 많으니까 밟지 않도록 조심하시고요. 지금 전기 상태가 불안정해서 축제장 닫을 거거든요."

나는 진행 요원이 가르쳐준 길을 급한 걸음으로 건너갔다. 비바람이 심하게 불어서 입고 있던 옷이 젖으며 몸에 달라붙었다. 노점도 철수한 것인지 지나쳐 온 천막 부스마다 빈 상자만 버려져 있었다.

마침내 붉은 십자 표시를 찾아서 천막을 걷고 안으로 들어갔다. 한 소년이 간이침대 옆에 앉아 있었다. 당황스럽게도 호수네 집 앞에서 보았던 아이였다. 진웅이는 간이침대에 누워 있었다. 소년이 나를 보고 의자에서 천천히 일어났다.

"또 뵙네요. 근데 여긴 어떻게 오셨어요?"

소년도 나를 알아보았다. 나도 모르게 진웅이가 무사한지 슬쩍 쳐다보았다. 가슴이 일정하게 오르락내리락하고 있었다. 소년이 내 시선을 따라서 진웅이를 내려다보았다.

"아아! 진웅이 아버지시구나. 와아! 이런 우연이. 그땐 몰라뵙고 실례를 저질렀네요."

죽은 개가 길에 끌리며 남긴 핏자국이 떠올랐다. 꿈틀거리는 불쾌감을 억누르며 애써 담담하게 소년을 보았다. 소년이 간이침대 매트리스를 손가락으로 두드리며 웃고 있었다. 그건 그날 사모예드를 죽인 걸 알고 있는 나를 향한 협박이었다. 나는 일정한 속도로 움직이는 손가락에 시선을 빼앗긴 채 말을 신중하게 골라내려고 애썼다.

"나는 진웅이 아버지가 맞는데, 너는 누구냐?"

"저요? 저는 진웅이의 가장 친한 친구 김민기예요. 잘 부탁드려요."

소년은 이를 드러내며 웃고 있었다.

*

민기는 진웅이의 친구라고 자신을 소개했다. 진웅이가 노란 탑에서 추락하는 장면도 봤다고 했다. 민기는 노란 탑이 잘 보이는 언덕에 자리잡고선 진웅이를 기다리고 있었다. 처음에는 진혁이가 먼저 노란 탑 전망대로 올라갔고, 한참 뒤에 진웅이도 전망대로 올라갔다.

"그때 저도 노란 탑으로 올라가려고 했거든요. 진웅이한테 형님이랑 같이 노란 탑에서 보자고 약속했었으니까요. 진웅이에게

줄 선물도 있고요. 그래서 언덕을 내려가는데 한희 누나가 먼저 노란 탑으로 올라가더라고요."

민기는 타이밍을 놓쳤다고 했다. 한희가 전망대로 올라가자 진혁이가 노란 탑을 내려왔다. 진혁이는 유등 축제장을 떠났고, 진웅이는 전망대에 남아 한희가 유등을 다는 일을 도와주었다. 곧이어 비명이 들리고 진웅이가 추락했다. 곧바로 한희가 저수지로 뛰어들었다.

"한희 누나, 진짜 용감하던데요. 망설임도 없이 진웅이를 구하겠다고 다이빙을 하다니. 정말 놀랐어요. 구해낸 거 보고 더 놀랐지만."

구하지 못할 줄 알았다고 민기는 말했다. 빗방울이 떨어지고 있었고, 물에 빠진 사람을 맨몸으로 구하는 게 그리 쉬운 일은 아니니까. 진웅이뿐만 아니라 솔직히 한희까지도 물살에 휩쓸려버릴 거라고 생각했다고 한다. 한희는 페이스를 잃지 않고 진웅이의 목에 팔을 감은 채 물가로 헤엄쳐 나왔다. 한희가 물속에서 나왔을 때 저수지 근처에서 발을 동동거리던 사람들이 박수를 쳤다. 그때 마침 빗줄기가 강해지며 본격적으로 쏟아지기 시작했다.

"사람들이 참 웃겨요. 방금까지 물가에서 사람이 빠졌다고 난리를 치던 사람들이 비가 내리니까 비 맞기 싫어서 재빨리 흩어지더라고요."

민기가 물가로 다가갔을 때 한희는 거친 숨을 내쉬면서 진웅이에게 인공호흡을 하고 있었다. 진웅이가 곧 숨을 몰아쉬면서 깨어났다.

"정신이 든 진웅이가 한희 누나를 봤어요. 그리고 작지만 분명한 목소리로 말했어요. 뭐라고 했는지 짐작도 못 하시겠지만 한번 맞혀보실래요?"

"……"

"모르시겠죠? 물에서 나온 진웅이가 정신을 차리자마자 처음으로 한 말은……."

민기가 거기서 말을 끊더니 씩 웃었다. 뒤에 이어질 말이 궁금했지만 나는 그저 기다리는 수밖에 없었다.

"진혁이 형은 범인이 아니에요, 였어요. 범인은……."

"범인은, 이라고 진웅이가 말했다는 거니? 너희 반 반장 죽인 범인을 말하는 거야?"

민기가 뜸을 들이기에 조바심이 나서 더는 기다리지 못하고 내가 먼저 되물었다. 민기가 의아한 눈길로 나를 쳐다봤다.

"그렇겠죠. 근데 아저씨가 왜 흥분하세요? 아저씨가 범인이라는 소문 때문에 그러세요?"

"그, 그런 헛소문은 어디서 들었냐?"

"여기저기요. 근데 그게 헛소문이에요?"

"그래, 헛소문이야. 그래서 진웅이는 범인이 누구라고 했니?"

"범인은, 이라고 말하곤 입을 곧장 다물었어요. 한희 누나가 괜찮으냐고 묻자, 병원으로는 안 가겠다고 하더라고요. 그래서 제가 업고 의료 부스로 왔어요. 오자마자 잠들었고요. 자원봉사 선생님이 진웅이를 진찰하셨는데 좀 쉬면 괜찮아질 거라고 해서 병원으로는 가지 않기로 했어요. 좀 아까 번개가 쳐서 축제장 통합 전압기가 나가는 바람에 한희 누나는 긴급회의에 소집되어 갔고요. 선생님은 물난리가 난 곳으로 지원 가서 보다시피 지금은 저 혼자 진웅이를 보고 있었어요."

민기가 자세하게 설명해준 대로라면 진웅이는 잠든 것일 뿐, 건강에 문제가 생기지는 않은 모양이었다. 나는 비로소 안도했다.

"진웅이는 어쩌다가 저수지에 빠진 거냐?"

"한희 누나 말로는 갑자기 휘청이다가 난간 여닫이문으로 빠졌다는데요. 저는 그 순간은 못 봐서 자세히는 모르겠어요."

진웅이는 정신이 들자마자 진혁이가 범인이 아니라고 말했다. 그 말을 뒤집어보면 진혁이를 호수 아들을 죽인 범인이라고 생각했었다는 뜻이기도 했다. 그런 생각을 하다가 물에 빠진 건가? 내내 그리워하고 따르던 형이 범인일까 봐 걱정되었던 거구나. 나는 진웅이를 안쓰럽게 바라보았다. 눈을 감고 있는 진웅이는 평온해 보였다.

"진웅이 봐준 거 고맙다. 이제 집으로 가보거라. 진웅이는 내가 돌볼 테니까."

다른 간이침대에 걸터앉아 있던 민기가 다리를 까닥까닥 움직였다. 다리만 움직일 뿐 집으로 돌아가라는 말에는 반응이 없었다.

"우산은 있냐? 없으면 내 걸 쓰고 가거라."

대답이 없는 게 신경쓰여서 우산을 쥐여 주고 돌려보내려고 천막 앞에 둔 것을 가지고 돌아왔다. 어느새 민기가 진웅이가 누운 간이침대 옆에 서 있었다.

"아저씨! 다 알고 계시죠?"

나는 우산을 든 채 자리에 우뚝 섰다. 민기가 조금 전처럼 이가 다 드러날 만큼 환하게 웃고 있었다.

"뭘 말이냐?"

"제가 그 하얀 개 죽인 거 말이에요."

온몸에 소름이 돋아났다. 개를 죽인 사실을 고백할 줄은 몰랐다. 소름 돋은 팔뚝을 쓰다듬고 싶었지만 그렇게 해도 가라앉을 것 같지는 않았다. 민기는 진웅이 옆에 붙어 서 있었다. 금방이라도 민기가 진웅이에게 해코지할 것 같아 불안해졌다. 우선 민기를 진웅이에게서 떼어놔야 했다.

"무슨 말인지 모르겠구나. 네가 개를 죽였다고? 글쎄, 그 개는 네 개였잖니."

간이침대로 서서히 다가가자 민기가 피식 웃더니 원래 앉아 있던 자리로 돌아갔다.

"그저께도 느꼈지만, 아저씨 연기 진짜 못 한다."

민기가 주머니에서 큰 사이즈의 커터칼을 꺼냈다.

"제가 이걸로 그 개를 죽였어요. 원래는 죽일 생각으로 간 건 아니거든요. 그냥 정태민 부모님 얼굴이 어떤가 하고 갑자기 궁금해져서 간 건데, 그 개가 너무 짖어대는 바람에 할 수 없이. 이해하시죠?"

피에 젖어 있던 사모예드가 다시 떠올랐다. 바닥에 생긴 핏자국들도. 나는 우산을 손에 그러잡았다. 여차하면 우산으로라도 민기를 막아야 할지 모른다. 민기는 다리를 까닥이면서 커터칼의 날을 뺐다가 넣었다가 하며 나를 보고 있었다.

"제가 어떻게 할까 봐 걱정되시나봐요. 근데 저는 진웅이를 비롯해 아저씨도 해칠 생각이 없어요. 그런 건 제 취향이 아니거든요. 저는 자기 인생이 나락으로 빠졌다는 걸 깨닫는 순간 사람들이 짓는 표정을 보는 게 좋아요. 그러니까 딱 지금 아저씨 같은 얼굴요."

"그럼 개는 왜 죽인 거냐?"

"제가 아까 말씀드렸잖아요. 정태민네 부모님 표정을 보러 간 건데, 한발 늦었는지 집에는 아무도 없고, 개는 시끄럽게 굴고 해서 그냥 그랬다고요. 사실 그렇게 큰 개를 죽인 건 처음이었어요. 토끼랑 고양이는 몇 번 있었는데. 하긴 다를 것도 없지만요. 선물로 태민이네 집에 두고 오려고 한 건데 아저씨 때문에 망쳤잖아요. 옮기느라 힘들었는데."

"잘 알았으니까 그 칼 좀 치우지 그러니."

"아아! 이게 신경쓰이시는 거구나. 그럼 진즉 말씀하시죠. 공평하게 이 칼은 진웅이 옆에 둘게요."

민기가 간이침대에서 폴짝 뛰어서 바닥에 착지하더니 커터칼을 진웅이가 벤 베개 위에 올려두었다. 그러곤 아무것도 들고 있지 않다는 걸 확인시키려는 듯 양손을 들어올렸다.

"이러면 됐죠? 대신 아저씨도 건들기 없기에요."

칼이 저거 하나일까? 칼을 치우자고 하면서 손대면 저 애는 어떻게 반응할까. 칼을 자연스럽게 없앨 이런저런 방법을 고심하고 있는데 다시 간이침대로 돌아간 민기가 나를 뚫어지게 쳐다보고 있었다.

"아저씨! 제가 어떻게 진웅이랑 친구가 됐는지 궁금하지 않으세요?"

"친구인 척하는 건 아니고?"

"진혁이 형님이랑 똑같은 말을 하시네요. 저 정말 친구 맞아요. 초등학교 1학년 때부터요. 제 짝이 진웅이었어요. 그때 반 애들 부모님들이 모두 진웅이랑 짝이 안 되게 해달라고 꼰대한테 청탁했다나봐요. 왜 그랬는지는 아시겠죠? 아저씨 때문에요. 살인자 아들이랑 놀게 하고 싶은 부모가 어딨겠어요. 근데 우리 부모님만 안 한 거 있죠. 맞벌이여서 바쁘셨거든요. 그래서 제가 진웅이의 짝꿍이 되었어요."

나는 일곱 살의 진웅이를 기억하고 있었다. 작고 착한 아이가 나로 인해 험난한 생활을 시작한 것이다.

"어른들이 만든 분위기는 곧잘 애들한테도 전염되잖아요. 어른들이 진웅이를 꺼리니까 처음에는 저도 진웅이랑 놀기 싫었어요. 진웅이를 따돌리고 몰래 때리기도 했어요. 그러다가 미술시간에 진웅이가 그린 그림을 봤는데 그때부터 관심이 생기더라고요."

"그림?"

"노란색 옷을 입은 여자가 쓰러져 있고, 그 여자 몸에서 흘러나온 붉은 피가 침대로 흘러가는 무서운 그림이었어요."

순영. 그날 순영이는 분명 노란 옷을 입고 있었다. 진웅이가 그날을 그림으로 그렸다니 충격적이었다. 민기가 나를 뜯어보며 반응을 살피고 있었다.

"뭘 그렸는지 아시겠죠? 아저씨가 가족들을 죽이려고 한 날이요. 아저씨를 피해서 진웅이가 안방 침대 밑에 숨었다던데, 아저씨는 그때 정말 몰랐어요? 진웅이가 침대 밑에 숨어 있는 걸?"

몰랐다. 집으로 돌아왔을 때, 진웅이가 보이지 않기에 어딘가로 숨었다는 건 알았지만 침대 밑인 줄은 몰랐다. 진웅이는 침대 밑에서 무슨 생각을 하고 있었기에 그림으로 그날을 그린 걸까.

"진웅이가 그림을 계속 그렸니?"

"그날 있었던 일을 더 그렸냐고요?"

"그래."

"아니요. 그건 단 한 번뿐이었어요. 제가 관심을 가지고 쭉 지켜봐서 잘 알아요. 그 이후로 뭔가 일탈이 있을 거라 생각했거든요. 오줌을 싸거나 불을 여기저기 지른다거나 동물을 죽인다거나 하는 일들이요. 사이코패스들이 보통 어릴 때 그러거든요. 근데 진웅이는 너무나 평범하게 지냈어요. 사고도 안 치고요. 늘 상처받은 얼굴로 지내지만 사실 속은 누구보다 강하니까 재미가 없다 싶던 참인데 아저씨가 돌아왔어요. 이 따분한 동네로요."

"……"

"아저씨는 이 동네가 어때요? 저는 여기가 미치도록 따분하거든요. 변화가 없어요, 늘. 근데 아저씨네 가족이 돌아오고 나서 변화무쌍해졌어요. 아저씨만큼 진혁이 형님도 멋지잖아요. 아! 그러고 보니 아저씨한테는 피 냄새가 안 나네요."

"피 냄새?"

"진혁이 형님한테는 나거든요. 그래서 재미있으라고 진웅이를 위해서 제가 선물도 준비했는데. 아저씨가 도와주실래요?"

민기가 바닥에 놓인 쇼핑백을 들더니 내게 내밀었다. 내가 받아들지 않자 민기가 그 안에 든 것을 꺼냈다. 노란색 티셔츠였다.

"진웅이가 왜 제 친구인지 궁금해하셨죠? 그럼 이 옷으로 갈아입고 기다려보세요. 진웅이가 깨어났을 때 재미난 일이 생길 테니까요."

"놀리는 거냐?"

"놀리긴요. 저 진지해요. 아저씨가 궁금해하는 모든 일을 이 옷이 말해줄 거예요. 정말로요."

민기가 내게 노란색 티셔츠를 내밀었다. 노란색 티셔츠에서 순영의 얼굴이 보였다. 침대 밑에 숨어 있던 진웅이의 마음을 헤아려 달라는 듯이 순영이 간절하게 나를 바라보고 있었다. 순간적인 착각이었을 테지만 오랜만에 환영으로나마 나타나준 순영을 외면할 수 없어서 옷을 받아들었다.

노란색 티셔츠로 갈아입고 간이침대 옆에 앉아 내 아들이 깨어나길 기다렸다. 그때, 천막이 들춰지며 비에 흠뻑 젖은 진혁이가 안으로 뛰어 들어왔다.

큰아들 진혁

사건 첫째 날

다시 밤이다. 보지 않아도 밤이 온 것을 느낄 수 있다. 실타래처럼 풀어진 어둠이 손바닥을 간질일 때 밤은 온다. 눈을 떠도 내게는 오직 어둠뿐이다. 나는 아버지에게 죽임을 당하기 직전에 도망친 아들이기 때문이다. 슬플 것도 비참할 것도 없다.

기억할 수 있는 가장 오랜 시절부터 피 냄새를 맡으며 산 것 같다. 그건 내 몸에 새겨진 냄새인지도 모른다. 뻗지 못하고 휘감긴 생명의 줄기들이 썩어가는 냄새 말이다. 고약한 냄새가 코를 찌를 때쯤, 엄마의 장례식을 치렀다. 손바닥을 꿰맨 실밥을 풀기도 전에 이삿짐을 쌌고, 나는 이 세상이 무서워졌다. 누구를 믿을 수 있겠는가. 피를 나눈 가족조차 나를 죽이려고 하는데, 누구인들 나를 피 웅덩이 속으로 처박으려고 하지 않겠는가. 매일매일 피 냄새를 맡으며 살았다. 손바닥에 남은 상흔이 늘 간지러웠다.

그 사건 이후 아버지가 나를 혐오하여 죽이려 했다는 생각이 차츰 들기 시작했다. 사업 실패는 핑계였고, 처음부터 나를 죽이고 싶어서 꾸민 일이었다고. 진웅이를 집에 내버려둔 채 밤거리를 달려와 끝까지 나를 쫓은 것도 광기의 목적을 붙잡기 위해서였다고. 그래서 나를 대신하여 죄 없는 엄마가 죽은 건 아닐까 자책하며 살았다.

살아 있다는 사실만으로는 위안이 되지 않았다. 하루는 극단적인 자기 경멸에 시달리다가 다른 하루는 아버지에게 복수할 궁리를 했다. 차마 목구멍으로 밥을 넘길 수 없어서 살가죽만 남은 채 아버지에게 잘못한 일들을 차곡차곡 적어 편지를 써보기도 했다. 아버지에게. 아니, 살인자에게.

어떻게 하면 이 세상으로부터 달아날 수 있을지 자문하던 날들을 통과하며 희망이 희귀해졌다. 마침내 내게 남은 진실은 단 하나였다. 앞으로 살아내야 하는 삶은 그날의 사건이 만들어낸 꺼져가는 불씨일 뿐이라는 걸.

그 불씨를 휘저어놓은 건 할머니였다. 전화를 걸어와 아버지가 출소하게 되었다고 나를 자극했다. 아버지를 만나보라는 말을 직접 하진 않으셨다. 할아버지 산소를 찾아가보자고 하고, 진웅이 성적이 떨어진 게 여자친구 탓인 것 같다고 하고, 이번 유등 축제에는 같이 가자고만 말했다. 그러나 그 모든 말들은 아버지를 만나라는 뜻이었다.

'아버지'라는 단어만 떠올려도 지층이 흔들리며 멀미가 올라오는 듯했다. 할머니도 보고 싶지 않았다. 할머니는 하나밖에 없는 아들이 교도소에 간 게 며느리를 잘못 들인 탓이라고 여겼다. 네어미가 잘만 했어도……. 할머니는 늘 아버지 편이었다. 그러나 할머니는 이해하지 못하고 있었다. 아버지에게는 언제나 같은 편이 되어주는 엄마가 있지만, 정작 우리는 그런 존재를 빼앗겨버렸다는 사실을.

할머니의 전화가 잦아졌고 나는 점점 침묵으로 일관했다. 서로의 침묵을 대답 대신으로 여기기도 했다. 침묵이 길어지자 전화기 너머로 성난 목소리가 들려왔다.

"네가 장남이잖니."

"그러네요. 제가 빌어먹을 장남이었네요. 아무래도 아버지에게 효도하고 살아야겠지요. 아버지가 자식을 죽이려는 일쯤 참아내지 못하면 어떻게 자식이라고 하겠어요?"

장남이라니. 핏줄이라니. 아직도 우리가 가족으로 엮여 있다고 생각하다니 헛웃음이 나와서 말을 걸러낼 수가 없었다.

"망할 자식 같으니라고. 그게 네 애비한테 할 소리냐?"

할머니의 전화는 진즉에 가족이라는 굴레를 끊지 못한 내 우유부단함에 대한 대가였다. 엄마가 죽어서 생긴 보험금을 생활비로 야금야금 먹어치운 것에 대한 형벌이기도 했다. 또다시 침묵이 이어지자 할머니는 방법을 바꾸었다.

"진혁아! 단지 사흘만 같이 지내자는 거야. 그 사흘도 못 참겠니?"

마음 한편에서 아버지에게 내 모습을 보여주고 싶다는 욕망이 일었다. 아버지 없이도 잘 살 수 있었다는 걸 밑바닥에 있는 아버지에게 보여주고 싶었다. 당신이 빼앗으려고 했던 삶을 내가 지켜냈기에 이렇게 자라날 수 있었다고 말하며 마음껏 비웃어주고 싶었다.

"……내려갈게요."

한 번은 겪어야 할 일이라고 마음속으로 되뇌면서 대답했다. 할머니는 잘 생각했다며 더는 나를 재촉하지 않았다.

막상 내려가는 당일이 되자 그저 미뤄둔 숙제를 하는 기분이었다. 담담했고 피곤했다. 버스에서 캐리어 가방을 힘겹게 내린 뒤 흙먼지가 날리는 길을 따라 걸으면서도 바퀴에 걸리는 돌덩이만 신경썼을 정도로 아버지를 내게서 치워두고 있었다.

그러나 안마당을 쓸던 아버지와 눈이 마주치는 순간, 그날 밤 들었던 비명이 귓가에서 울려왔다. 그때처럼 피 냄새가 풍겨와 온몸이 떨렸다. 아버지가 든 빗자루가 금방이라도 칼자루로 변할 것 같았다. 나를 바라보는 아버지의 눈빛에서 그날 우리 가족을 모두 죽이지 못한 후회가 읽혔다.

"왔으면 들어올 것이지 뭘 그리 멍하니 서 있어?"

할머니 손에 이끌려 마루로 자리를 옮겼다. 떠밀리듯 앉는 바람에 때에 절고 귀퉁이가 해진 헝겊 가방을 깔고 앉아버렸다.

"네 애비 가방인데, 조심 좀 하지 않고."

엉덩이를 털며 일어나 불결한 가방으로부터 멀찍이 떨어져 앉았다. 괜히 돌아왔다는 생각에 서울로 돌아가고 싶은 걸 참느라고 입술을 아주 꼭 깨물었다. 아버지는 빗자루를 내려놓고 부엌으로 가서 뭐라고 웅얼거리더니 대문 밖으로 나갔다. 대문이 아버지라도 되는 것처럼 한참 동안 노려보았다. 그 대문을 열고 장바구니를 든 소년이 안마당 안으로 들어설 때까지.

섭 년 동안 보지 못한 내 동생은 선하게 생긴 고등학생으로 자라 있었다. 지나가다 보았더라면 알아보지 못하고 그냥 지나칠 만큼 키도 컸다.

"형!"

진웅이가 입을 크게 벌리며 활짝 웃었다. 어린아이였을 때 칭찬 스티커를 받을 때마다 짓던 그 웃음이었다. 그 일을 겪었음에도 여전히 순수한 웃음을 잃지 않았다는 게 대견하여 나도 모르게 머리를 쓰다듬어주었다. 진웅이가 한번 더 웃자 주변이 환해지는 듯했다.

캐리어 가방을 마루로 올리고 할머니와 약간의 실랑이를 벌인 뒤에 바깥방으로 들어갔다. 통화 끝에는 늘 망할 자식이라고 욕하더니 만나서도 달라진 게 없었다. 진웅이가 방에 잡동사니가 쌓여 있는 걸 부끄러워하면서 내 눈치를 보았다. 괜찮다고 했더니 이번엔 옷을 갈아입는 날 훔쳐보았다. 정확하게는 온몸에 새긴 문신들을 바라보고 있었다.

문신을 처음으로 새긴 건 고등학교 졸업식 날이었다. 체육관 창문 너머로 진눈깨비가 날리는 걸 보고 있는데 자꾸만 부스럭대는 소리가 들려왔다. 꽃다발에서 나는 소리였다. 졸업을 축하하기 위해 꽃다발을 들고 온 학부모들이 몸을 움직일 때마다 비닐 포장지가 덩달아 부대끼며 소리가 났다. 그 소리를 견딜 수 없어서 교장선생이 송별사를 읊던 중간에 자리에서 일어나 집으로 돌아왔다.

진눈깨비에 젖은 머리도 털지 않은 채 오래전에 사둔 문신용 잉크를 책상 서랍에서 꺼냈다. 불에 달구어 소독을 마친 바늘을 잉크에 푹 담갔다. 그러곤 오랜 시간을 들여 오른손목 안쪽에 여덟 개의 숫자를 찍어갔다. 삐뚤빼뚤하게 새긴 숫자는 엄마가 죽은 날짜였다. 반대편 손목에는 엄마가 태어난 날짜를 새기고 싶어 바늘에 다시 잉크를 찍다가 그만두었다. 그 숫자는 언젠가 내가 아버지에게 복수를 마치는 날 새기리라. 나는 문신을 새기지 않은 왼손목을 내려다보았다. 흰 팔뚝 위로 뜨거운 눈물이 뚝뚝 떨어졌다.

그 뒤로는 나라는 사람을 견딜 수 없어지는 날에 문신을 새겼다. 아버지의 아들이라는 사실도, 진웅이를 남겨두고 혼자 비겁하게 도망쳤다는 사실도 극복하지 못했으므로 문신은 늘어갔다.

아르바이트로 돈을 좀 모은 뒤에는 타투이스트를 찾아가 문신을 받았다. 잉크를 찍은 바늘로 귀 뒤쪽에 점을 찍어 염증 반응을 늘 확인하는 타투이스트가 매번 같은 날짜를 새겨주었다. 요란한 기계음을 울리며 타투 머신이 내 몸의 한구석을 쓰다듬듯 지나갔다. 그러면 적어도 그날까지 나는 살아 있는 인간이 되었다.

모델을 해보지 않겠냐는 제의가 들어온 것도 문신 덕분이었다. 클럽에서 만나 하룻밤을 함께 보낸 사진작가라는 여자가 벌거벗은 채로 내 등줄기에 새겨진 문신을 쓰다듬었다.

"레터링이네. 멋지다. 자기 이미지랑 잘 어울려. 사진 몇 컷 찍어도 돼?"

여자는 내 문신이 마음에 드는지 장난을 치며 사진을 찍었다. 내가 그 여자가 마음에 든 건 왜 같은 날짜를 계속 새긴 건지 묻지 않았다는 점이다. 이튿날 여자가 작업한다는 스튜디오로 가서 포즈를 취하고 술을 마시고 함께 잤다. 같은 일이 몇 번 더 반복되고 난 뒤 내 이름이 업계에 퍼지기 시작했다. 〈보그〉, 〈에스콰이어〉, 〈지큐〉……. 잡지 지면에 내가 찍은 브랜드 광고 사진이 실릴수록 나를 찾는 광고 담당자도 늘어갔다.

잡지사의 인터뷰 요청을 물리친 다음 날, 섹시한 이미지의 여자 가수를 보조하는 콘셉트로 청바지 지면 광고를 촬영했다. 상대의 허리를 잡고 카메라에 시선을 고정하고 있는데 갑자기 촬영 현장이 부산스러워졌다. 방송계 거물이라고 알려진 연예 기획사 대표가 예고도 없이 찾아왔기 때문이었다. 가수가 애교 섞인 목소리로 인사하자 대표가 고개를 끄덕여주었다. 그러나 그뿐, 더는 알은체하지 않았다. 그는 촬영감독에게 뭔가를 지시하곤 그대로 자리를 떠났다.

촬영이 끝난 뒤에 감독이 은밀히 날 부르더니 기획사 대표가 기다린다는 술집으로 데려갔다. 커다란 룸에서 기획사 대표와 마담이 고가의 양주를 마시며 이야기를 나누고 있었다. 감독과 내가 자리에 앉자 곧바로 여자 네 명이 들어왔다. 기획사 대표가 내게 술을 따라주었다.

"문신 지워보는 게 어때? 이제 업그레이드해야지."

무슨 말인지 이해하지 못해서 멍하게 있었더니 얼굴에 취기가 돌기 시작한 감독이 내 어깨를 툭 쳤다.

"진혁 씨, 이제 잘나가겠네. 문 대표님이 키워주겠다잖아. 이제 진혁 씨한테 잘 보여야겠어. 나중에 나 잊으면 안 돼."

내 옆에 앉은 여자가 나를 우리 스타님이라고 부르며 건배했다. 마치 내가 이미 셀럽이라도 된 것처럼. 방송계로 진출해 성공할 수 있는 기회라니, 당연히 욕심이 났다. 사람들에게 주목받을수록 그토록 벗어나려 했던 과거와 가까워질 거라는 걸 알았지만 딱 한 번만 눈감고 그 기회를 움켜쥐고 싶었다. 기획사 대표가 날 아낀다면 갖은 수단을 동원해서라도 신분세탁을 해주지 않을까 잠시 기대감에 부푼 것도 사실이다.

마담이 우아한 손놀림으로 양주병을 내밀었다. 나는 술잔을 내밀어 술을 받았다.

"문신이 모두 같은 날짜인데 특별한 의미가 있어요?"

묻지 않았더라면 좋았을 걸. 계약서에 도장을 찍는 날까지, 결코 평범과는 거리가 먼 가족사나 살인 누명을 쓴 일이 떠오르지 않도록 말이다. 내 과거를 알게 된 후에도 기획사 대표가 날 키워줄 확률은 제로에 가까웠다. 헛된 기대감에 호의를 해결책이라 잠시 착각했던 것뿐이다. 유명해지고 싶다는 욕망을 억누르기 위해 바지 주머니 속으로 손을 깊숙이 찔러넣었다.

"말씀은 감사하지만 저는 지금 상태에 만족하고 있습니다. 먼저 일어나서 죄송합니다. 좋은 시간 되십시오."

기획사 대표의 제안을 거절하고 나를 잡는 사람들을 뿌리치며 술집을 나왔다. 그 뒤로 몇 달 전에 사인했던 계약 건들이 해지되기 시작했다. 함께 촬영을 해보고 싶다고 연락해오던 사람들과 전화 연결이 되지 않았다. 그게 벌써 두 달이 되어 가고 있었다.

"저녁 준비 도와드리러 나가볼게. 천천히 갈아입고 쉬고 있어."

문신을 흘깃거리던 진웅이가 내 얼굴을 살피더니 방을 나갔다. 혼자 남겨지자 성냥갑 속에서 타오르길 기다리는 성냥이 된 것 같은 기분이 들었다. 내 영역을 침범하는 모든 것을 불태우고 싶었다. 불꽃이 사그라들 때까지. 나는 제자리뛰기를 해서 손바닥으로 천장을 두어 번 쳤다. 들뜬 벽지가 눌리면서 구겨졌다. 쓸쓸한 냄새가 났다.

*

아버지는 우악스럽게 밥을 먹었다. 숟가락이 닳아버릴 때까지 먹어치우겠다는 기세였다. 나를 죽이려고 했던 남자와 밥상에 마주앉아 있는 것만으로도 입맛이 떨어지는데 쩝쩝대는 소리는 도저히 참아줄 수가 없었다. 역겨웠다. 그래서 숟가락을 내려놓고 먼저 방을 나왔다.

별다른 목적도 없이 창고를 둘러보다가 가슴이 답답해서 큰길까지 내쳐 나갔다. 한참을 걸었는데도 낫기는커녕 속이 더욱 더부룩해져서 집으로 되돌아왔다. 창고 근처쯤 왔는데 바깥마당에 진웅이가 어떤 소년과 서 있는 게 눈에 들어왔다. 듣자고 들은 건 아닌데 둘의 대화가 자연스럽게 내가 있는 곳까지 들려왔다.

부탁하러 온 주제에 진웅이를 깔보는 소년. 좀 분했다. 어쩌자고 저런 녀석한테까지 당하고만 있는 건지 안쓰럽기까지 했다. 아버지를 버리면 될 텐데. 착한 내 동생은 꿈에서도 그런 건 상상할 수 없을 것이다. 소년이 돌아가고 진웅이도 집안으로 들어간 뒤에야 숨어 있던 곳에서 나왔다. 뒤늦게 한마디해줄 걸 그랬나 후회했지만 그랬다면 진웅이가 더 난처해졌을 것이다. 자기 몫은 스스로 책임져야 하는 법이니까. 바로 방으로 따라 들어가지 않고 바깥마당에 서서 한동안 유등 축제장 전망대를 바라봤다. 전망대에 설치된 유등이 점멸을 반복하고 있었다. 마치 영원히 풀리지 않을 암호 같았다.

안마당으로 들어서니 안방에서 텔레비전 소리가 흘러나왔다. 방청객이 "와아!" 하고 감탄사를 터뜨렸고 동시에 아버지의 웃음소리도 들려왔다.

이런 상황에서도 웃을 수 있다니, 속 편하네.

씁쓸하기도 하고 허무하기도 한 마음이 되어 바깥방 문을 열었다. 진웅이가 바닥에 깔린 신문에 고개를 숙이고 있다가 날 올려다보았다. 신문을 읽고 있는 줄 알았는데 그게 아니라 여러 장 겹쳐 쌓아놓은 신문 위에서 커터칼로 한지를 자르는 중이었다. 칼을 쥔 진웅이의 손이 눈에 들어오자 갑자기 현기증이 일었다. 아버지라고 불리는 그 남자 때문에 나는 칼을 무서워했다. 가만히 놓인 칼을 보는 것 정도는 괜찮았지만, 칼을 쥔 사람을 보면 숨이 턱 하고 막혀왔다. 날 흘깃 본 진웅이가 커터칼을 재빨리 가방에 집어넣었다. 그러곤 자신은 형의 약점 따위는 모른다는 듯 태연히 그림을 그리기 시작했다. 눈치가 빠른 녀석이었다.

"어머니, 그럼 주무세요."

문밖에서 탁한 목소리가 들려왔다. 아버지가 마루로 나서는 발소리에 마음이 다급해졌다. 금방이라도 아버지가 방으로 뛰어들어와 칼을 마구잡이로 휘두를 것 같아서 급하게 문을 잠갔다. 십년이나 지났는데도 고작 발소리 하나에 겁을 먹고 방문을 허겁지겁 잠그는 꼴이라니. 동생에게 꼴사나운 모습을 보이고 말았다.

자리에 누웠지만 잠은 오지 않았다. 여전히 속이 답답했다. 일찍 잠자리에 드는 시골의 리듬에 적응이 안 된 탓도 있었다. 뒤척거릴수록 정신은 또렷해졌다. 속도 가라앉힐 겸 산책이나 해야겠다 싶어서 이불을 살며시 젖히며 일어났다. 진웅이를 남겨두고 나가는 게 꺼림칙했지만 이미 잠든 아이를 깨울 수도 없어서 혼자 방을 나섰다.

밤의 빛깔은 더 깊어져 있었다. 수백만 광년 떨어진 수많은 별들 사이에 노랗고 둥근 달이 떠 있었다. 개망초 꽃과 닮은 달을 보니 뒤란에 있던 꽃밭이 문득 궁금해졌다. 담장을 따라서 어둠이 짙게 깔린 뒤란으로 가보았다. 꽃밭이 제대로 보이지 않아서 핸드폰의 손전등 앱으로 앞을 비추었다.

꽃밭은 내가 알던 모습과는 사뭇 달라져 있었다. 꽃들은 사라지고 푸른 잎사귀 속에 알싸한 고추가 숨어 있었다. 내 비밀이 숨겨진 꽃밭. 그곳은 완전히 변해버렸지만 여전히 울음소리가 들려오는 것 같은 기분이었다.

손전등을 끄고 집으로 들어왔다. 부엌에서 기척이 느껴져서 가만히 들어보니 아사삭거리는 소리가 간헐적으로 들려오고 있었다. 고요한 한밤에 기괴한 소리를 듣자 소름이 돋았다. 그냥 지나쳐 갈까 망설이다가 그래도 소리의 정체는 파악해야 할 것 같아서 부엌을 들여다보았다.

불도 켜지 않은 부엌에서 아버지가 총각김치를 깨물어 먹고 있었다. 아버지가 입을 한껏 벌린 채로 나와 눈이 마주쳤다. 눈동자가 커지긴 했지만 김치는 마저 입속으로 들어갔다.

"담배 있냐? 있으면 하나 줘봐라."

십 년 만에 아들에게 건넨 첫 말이 고작 이런 거라니……. 아버지다웠다. 대꾸하지 않고 부엌 앞을 벗어났다. 속이 쓰렸다. 차라리 밖에서 자는 편이 나을지도 모른다고 생각하며 언덕을 내려갔다. 큰길에서 가로등과 가로등 사이를 왔다갔다하면서 시간을 보냈다. 멀리서 개가 짖는 소리가 들려와 뒤돌아보니 반대편의 가로등 불빛 아래로 걸어가는 아버지가 보였다. 어디로 행차하시는지요, 아바마마! 그게 어디든 영원히 돌아오지 마세요. 나는 아버지가 시야에서 사라질 때까지 뒷모습을 지켜보다가 당장 돌아오진 않을 거라는 확신이 든 뒤에야 언덕을 올라갔다.

바람 부는 소리에 섞여 희미하게 발소리가 들려왔다. 맞은편에서 어둠을 헤치며 누군가 언덕을 내려오고 있었다. 형체로 보아 진웅이 같았다. 잠에서 깬 진웅이가 내가 없다는 걸 깨닫곤 찾으러 나온 모양이었다.

"유진웅!"

진웅이는 대답이 없었다. 못 들었나 싶어서 다시 불렀는데도 마찬가지였다. 그 사이에 거리가 좁혀져서 진웅이를 또렷하게 볼 수 있었다. 진웅이는 팔을 축 내리고 신발을 가볍게 끌며 걸어왔다. 어릴 적 앓던 몽유병이 도졌다는 걸 깨닫는 데는 몇 초도 필요하지 않았다. 내 옆을 지나가는 진웅이의 동공에 초점이 없었다.

진웅이의 몽유병은 그날 이후 생긴 것이었다. 엄마의 숨이 끊어지는 동안 그 모습을 지켜본 진웅이에게 어떤 생각들이 자라났는지 나로선 알 수가 없다. 다만 내가 아는 것은 몽유병이 진웅이의 깊은 상처를 보여주는 증상이라는 사실이다.

할머니는 부스스 일어나 방을 나가는 진웅이를 보면서도 붙잡지 않았다. 대신 나를 깨워서 밤거리를 헤매고 다니는 진웅이를 데려오도록 했다. 운동화를 꿰차고 달려나가 보면 진웅이가 어둠 속을 유령처럼 배회하고 있었다.

매일 그랬던 건 아니다. 며칠 잠잠하다가도 다시 도지는 게 몇 번이나 반복됐다. 진웅이가 사라지면 찾느라고 잠을 설치고, 잠잠하면 언제 도질까 조마조마해서 잠을 설쳤다. 늘 잠이 모자랐고 그래서 자주 학교에서 졸았다.

나는 그 당시 가운뎃방을 쓰고 있었다. 그날도 온 신경을 열어둔 채 선잠이 들었기 때문에 안마당에 신발이 끌리는 소리를 듣자마자 깨어났다. 그러나 몸은 의지대로 바로 움직여지지 않아서 좀 더 뭉그적대다가 이불을 빠져나왔다. 혹시나 싶어서 안방 문을 열어보니 역시나 진웅이는 없었다. 그날따라 할머니는 진웅이가 나간 사실조차 모르고 잠에 곯아떨어져 있었다.

뒤늦게 진웅이를 찾아 나섰다. 큰길 여기저기를 헤매고 다니다가 찾지 못하고 되돌아와 꽃밭을 지나쳐 샛길로 들어섰다. 멀리서 진웅이가 공터를 가로질러 가는 게 보였다. 나는 샛길에서 넘어지지 않을 만큼 속력을 내어 진웅이를 쫓아갔다. 거대한 건물의 밤 그림자에 묻힌 진웅이가 육계를 기르는 양계장으로 들어가고 있었다.

뒤이어 양계장 문을 열자 후끈한 기운이 얼굴로 훅 몰려왔다. 온도를 낮추기 위해 곳곳에 대형 선풍기를 틀어놓았지만 바닥에 깔린 왕겨를 치우지 않는 한 별 소용이 없을 것 같았다. 타이머에 맞춰 자동으로 소등되는 시설인지 양계장은 아직 환했다. 낮은 철조망으로 나눠놓은 구획에는 출하를 앞둔 닭들이 모이를 먹고 있었다. 그 반대편의 백열등 아래에선 노란 병아리떼가 날개를 파닥였다. 다른 병아리 위를 타고 넘다가 넘어지는 병아리도 보였다. 그리고 그 속에 진웅이가 서 있었다.

진웅이는 병아리를 만지고 있었다. 진웅이를 데려오기 위해 발을 내딛다가 오밀조밀하게 붙어 있는 병아리를 밟을까 두려워 쉽게 걸음을 옮길 수가 없었다. 손으로 조심스럽게 병아리들을 밀며 앞으로 나아갔다. 제발 내 발밑에 병아리가 깔리는 불상사가 없기를 빌면서 엉거주춤한 자세로 나아가다보니 진웅이가 있는 곳까지 가는 데 시간이 꽤 걸렸다.

"진웅아!"

나는 내 동생의 이름을 불렀다. 그러곤 한동안 병아리가 내 발등을 타고 넘는 것을 그대로 둔 채 망연히 서 있을 수밖에 없었다. 진웅이는 병아리의 목을 비틀고 있었다. 병아리를 만진다고 생각했던 손길은 실은 죽이기 위한 손놀림이었다. 목을 비틀다가 병아리가 몸부림을 쳐서 놓치면 다른 병아리를 주워 들어 몸통을 으스러뜨리듯 잡고 다시 목을 비틀었다.

일곱 살의 작은 손으로 기어이 피를 본 진웅이는 병아리떼를 헤치고 양계장 구석으로 가서 온몸을 마구 긁기 시작했다. 내가 뒤늦게 정신을 차리고 다가갔을 땐, 이미 여린 팔과 종아리에 손톱자국이 깊게 남은 뒤였다. 내가 손대려 하자 진웅이는 피가 배어 나오는 팔을 감싸안은 채 벌벌 떨었다.

그후 몽유병이 도졌을 때마다 진웅이를 양계장에서 찾아냈다. 나는 양계장 주인이 알아차리지 못하도록 죽은 병아리를 한 손에 들고, 다른 손으론 진웅이의 작은 손을 잡아 집으로 돌아오곤 했다. 돌아온 진웅이는 죽은듯이 잠을 잤다. 아침에 일어나면 아무것도 기억하지 못했다. 할머니와 오랜 시간 이야기를 나눈 끝에 이 일은 덮어두기로 했다. 당연히 진웅이 본인에게 몽유병이 있다는 사실도 밝히지 않았다.

죽은 병아리는 꽃밭에 묻었다. 병아리를 묻으며 나는 한밤의 꽃밭에 주저앉아 몰래 울 수밖에 없었다. 막막했다. 나는 고작 열다섯 살에 불과했다. 하지만 할머니는 장남이자 형인 내가 강해져야 한다면서 다그쳤고, 동생은 내가 구해줄 수 없는 곳을 헤매고 있었다. 죽은 병아리가 죽은 엄마처럼 보여서 늘 장례를 치르는 기분이었다.

병아리 무덤이 늘어날수록 꽃밭은 나무 십자가를 숨긴 묘지가 되었다. 꽃밭을 무심히 쳐다보면 바람에 흔들리는 꽃송이가 아니라 그 아래 묻힌 병아리가 먼저 떠올랐다. 병아리의 사체들이 바싹 말라서 이제 뼈만 남았을 거라는 데 생각이 미쳤을 때, 죽은 병아리를 꽃밭에 묻는 걸 그만두었다.

그리고 그때쯤 진웅이가 마지막으로 몽유병을 일으켰다. 그날의 기억이 아직도 또렷하다. 여느 날처럼 할머니가 자는 나를 흔들어 깨우며 진웅이를 데려오라고 했다. 양계장으로 부랴부랴 달려가보니 양계장 주인이 달아두었는지 문에 자물쇠가 채워져 있었다. 양계장 주변에 진웅이는 없었다. 진웅이를 찾아서 사방으로 뛰어다니다가 결국 유등 축제장까지 가게 되었다. 축제장 입구를 통과하는데 빗방울이 한두 방울씩 떨어지기 시작했다. 폐장 시간이 다 되어 내 동생을 봤는지 물어볼 데가 없었다.

색색의 유등으로 장식된 수변 산책로를 두리번대다가 노란 탑 전망대에 올라간 진웅이를 발견했다. 진웅이는 저수지를 내려다보며 뭔가를 발로 밀고 있었다. 저러다가 떨어지지 싶어서 산책로 모퉁이를 돌자마자 전망대로 뛰어 올라갔다. 전망대 꼭대기부터 줄이 풀린 노란 유등들이 바닥에 흩어져 있어 그걸 피하면서 계단을 올랐다. 유등 몇 개가 난간에 매달린 채 바람에 흔들거렸다. 진웅이는 계단 난간에 기댄 채 목을 긁고 있었다. 그 옆으로 여닫이문이 활짝 열린 채 바람에 흔들리는 중이었다. 진웅이가 그 사이로 빠질까 봐 걱정되어 문을 닫아두고 긁지 못하도록 손을 잡은 채 바로 집으로 돌아왔다.

다음 날, 여자아이의 익사체가 저수지에 떠올랐다. 난간의 유등이 풀린 정황으로 보아 전망대에서 추락한 것으로 추정되었다.

경찰이 탐문을 시작하자, 범인이 여자아이가 잡고 있던 유등을 풀고 죽을 때까지 지켜보고 있었다는 소문이 퍼졌다. 유등을 풀어버린 소문의 주인공은 바로 나였다.

나는 조사를 받았고, 곧 풀려났다. 여자아이는 실족으로 인한 익사로 처리되었다. 그러나 소문은 수그러들 기미가 없었다. 오히려 걷잡을 수 없이 커져만 갔다. 잡지사에서 나왔다는 취재기자가 안마당으로 들어선 날, 할머니는 나를 불러놓고 마을을 떠나는 게 어떻겠냐고 물었다. 흉한 소문에 시달리는 것보다 가족이랑 떨어져 사는 편이 나을 거라면서.

나는 할머니 집으로 왔을 때처럼 배낭 하나만 달랑 챙겨 들고 문을 나섰다. 서울로 가는 버스에 올라타자 눈물이 났다. 아무도 나를 알지 못하는 곳에서 평범하게 살 수 있을 거라고 스스로 위로하고 싶었지만 이미 내게서 평범함이 사라진 지 오래였다.

그후로 할머니 집에 간 적이 없다. 진웅이는 내가 떠난 뒤로 몽유병을 단 한 번도 일으키지 않았다고 했다. 그 때문에 할머니는 진웅이에게 몽유병을 일으키게 하는 원인이 나라고 여겼다. 병균처럼. 그렇게 생각하는 편이 할머니에게는 편했을 테지만, 나는 동생에게 연락조차 없는 무심한 형이 되어야 했다.

*

나는 거리를 두고 진웅이를 따라 걸어갔다. 양계장으로 향하는 익숙한 길이었다. 지난해 겨울에 양계장이 문을 닫았다는 말을 할머니에게 전해 들었다. 조류독감으로 닭을 모두 도살한 후 반년 넘게 방치해뒀다가, 최근에 양계장 주인이 다른 사업을 시작했다는 이야기였다. 즉, 지금은 양계장이 폐쇄돼 있다는 말이었다.

이제 그곳에 병아리는 없어.

나는 병아리떼 속에서 진웅이를 데려오지 않아도 된다는 안도감에 걸음을 조금 더 늦췄다. 보였다가 보이지 않았다가 하는 진웅이를 눈으로 좇다가 쪼그리고 앉아서 운동화 끈을 새로 묶었다. 진웅이의 모습이 그림자처럼 검게 보였을 때, 갈림길 끝에서 불쑥한 소년이 나타났다.

"야! 유진웅!"

소년은 진웅이를 얕잡아보던 바로 그 녀석이었다. 녀석은 화가난 듯 씩씩거리며 진웅이에게로 다가갔다.

"잘 만났다. 안 그래도 가는 길이었는데. 비겁하게 고자질하니까 좋냐?"

소년이 진웅이 앞을 가로막고 섰지만 진웅이는 당연히 아무런 반응도 하지 않았다.

"야! 내 말 안 들려? 너 나 무시하냐?"

소년이 팔을 거칠게 잡아도 진웅이는 가만히 서 있었다.

"내가 아까 너네 아버지한테 어떤 꼴을 당했는지 알아? 너네 아버지가……."

뒤이은 말은 없었다. 가만히 진웅이의 표정을 살피던 소년이 살며시 팔을 놨다. 잡혔던 팔이 풀리자 진웅이가 공터를 가로질러 갔다.

"야! 유진웅! 너 뭐야? 일부러 이러는 거지?"

진웅이의 상태가 이상하다는 걸 눈치챈 듯했다. 진웅이는 폐쇄된 양계장 문을 여는 중이었다. 소년이 "뭐야? 뭐냐고?" 하면서 소리를 지르더니 주춤대면서 진웅이 뒤를 따라 들어갔다. 갑자기 양계장 안이 환해졌다. 아직 전기를 끊지 않았는지 전등이 자동으로 켜진 듯했다. 찢어진 비닐과 보온재 너머로 양계장 안쪽이 들여다보였다. 소년이 코를 움켜쥐고 진웅이에게로 다가갔다. 진웅이는 쇠파이프가 훤히 드러난 양계장 골조 앞에 서 있었다.

"여기 작년에 닭들 다 죽은 양계장이지? 아우! 냄새. 근데 여긴 왜 왔나?"

소년의 음성이 양계장 밖으로 들릴 만큼 적막한 밤이었다. 나는 발소리를 조심하며 내부가 더 잘 보이는 비탈길로 자리를 옮겼다. 완만하긴 했지만 경사로에 미끄러지지 않도록 다리에 힘을 주며 양계장을 주시했다. 소년이 여전히 코를 쥔 채 진웅이의 표정을 살피고 있었다.

"너 지금 나 보여?"

소년이 마주선 진웅이의 눈앞에서 손을 흔들며 물었다. 진웅이는 여전히 반응이 없었다.

"핫! 몽유병이구나. 하! 천하의 유진웅이 몽유병이었어."

소년이 핸드폰을 꺼내며 "아우, 액정은 깨져가지고. 시발!" 하고 욕을 뱉더니 핸드폰을 가로로 눕혀 진웅이를 촬영하기 시작했다. 자리를 바꿔가며 촬영하던 소년은 점점 과감해져 손으로 진웅이를 툭툭 치기까지 했다. 동영상인 모양이었다. 이 정도면 볼 건

다 보았다. 내 어쭙잖은 참견 대신 진웅이가 혼자 해결하고 싶어 하는 눈치를 보였기에 기다려준 것뿐이었다. 그런데 약점을 잡았다고 좋아하는 꼴이라니. 더는 시간을 줄 필요가 없었다.

진웅이를 소년에게서 떼어놓으려고 걸음을 옮기는 순간, 양계장에서 핸드폰 벨소리가 울려왔다. 밤의 정적을 가르는 소리에 소년이 흠칫 놀라며 핸드폰 액정을 살폈다. 그러나 전화는 받지 않고 핸드폰을 쥐고만 있었다. 잠시 뒤에 벨소리가 끊어졌다.

"아우 씨! 저장 하나도 안 됐잖아."

소년이 영상 파일을 확인하는 사이에 진웅이는 허리를 굽혀 뭔가를 집어 들고 있었다. 멀리서 봐도 견고하고 묵직해 보이는 봉이었다. 소년이 핸드폰을 들어올려 다시 촬영하려는 순간, 봉을 소년의 머리 위로 높이 쳐든 진웅이가 어깨를 젖히며 그것을 휘둘렀다.

방금 무슨 일이 일어난 거지?

소년이 쓰러지는 순간까지도 그저 과격한 장난이라고 믿고 싶었다. 진웅이가 봉을 다시 쳐들었을 때, 양계장 골조를 이루고 있는 쇠파이프가 몇 군데 잘려 있는 게 눈에 들어왔다. 진웅이가 든 건 그 쇠파이프 가운데 하나였다.

쓰러진 소년을 진웅이가 쇠파이프로 두 번 더 후려쳤다. 진웅이가 입고 있던 흰색 반팔 티셔츠에 새빨간 점들이 늘어났다. 소년이 경련을 멈출 때까지 가만히 지켜보던 진웅이가 돌연 몸을 긁어대기 시작했다.

불현듯 양계장 구석에 앉아 몸을 긁던 일곱 살의 진웅이가 떠올랐다. 전망대 난간에 기댄 채 몸을 긁어대던 모습도. 나는 그제야 알았다. 익사체로 발견된 여자아이는 사고로 죽은 게 아니었다. 그렇게 만든 건 다름 아닌 내 동생, 진웅이였다.

눈동자 위를 거미가 기어가는 것 같았다. 그 느낌이 너무 가려워서 나는 눈을 감았다. 메스껍고 비릿한 피 냄새가 비탈길까지 풍겨오는 듯했다.

십 년 전, 아버지가 칼을 들었던 그날도 오늘처럼 피 냄새가 지독했었지?

그랬지. 지독하니까 내가 다시 진웅이를 두고 혼자 도망쳐야 하는 거니?

내 마음에 질문을 내던지면서 눈을 서서히 떴다. 진웅이는 시야각에서 사라지고 없었다. 나도 모르게 주변에 사람이 있는지 두리번거렸다. 아무도 없다는 걸 확인하곤 폐쇄된 양계장 안으로 비틀거리며 들어갔다.

소년은 엎드린 자세로 땅바닥에 쓰러져 있었다. 그 주변의 왕겨는 피에 젖어 붉게 변해버렸다. 쇠파이프는 부주의하게도 소년 옆에 버려진 채였다. 그리고 진웅이는 어릴 때처럼 구석에 쪼그려 앉은 채 벌벌 떨고 있었다.

사건 둘째 날

　진웅이의 떨림이 멈추지 않았다. 나는 그 옆에 앉아 진웅이의 고개를 내 어깨로 받쳐주었다. 내 어깨에 비스듬히 고개를 맡긴 진웅이가 곧 얕은 숨소리를 내며 잠에 빠져들었다.

　꽤 오랫동안 진웅이의 단단한 얼굴뼈를 느끼며 가만히 앉아 있었다. 나는 소년의 두개골이 무참히 깨지던 상황을 몇 번씩 되짚어보면서 내가 선택할 수 있는 결말이 있을지를 생각했다.

　경찰에 신고하는 결말에 다다를 때마다 번번이 나를 가로막는 것은 그날의 기억이었다. 그날 나는 내 뒤에 숨어 있던 진웅이를 내버려두고 도망쳤다. 그 순간에 나는 미쳐버린 아버지가 어린 동생을 죽여도 좋다는 계약서를 쓴 것과 다를 바 없었다. 내가 그동안 진웅이를 찾지 못했던 진짜 이유는 그 때문이었다. 비겁한 선택을 했다는 죄책감이 동생을 향한 그리움을 이겼다.

땀에 젖은 진웅이의 머리카락이 내 목을 간질였다. 수습할 수 없는 감정들 사이로 그날의 엄마가 떠올랐다.

엄마. 죽은 엄마. 죽임을 당한 엄마…….

그날 아버지가 휘청대던 틈을 타 문밖으로 도망친 나는 어딘지도 모르는 골목에 숨어 몸을 최대한 웅크리고 있었다. 이대로 작아져 꽃씨가 되었으면. 나는 시궁창에 흘러드는 핏물을 보면서 계속 울었다. 손바닥이 아픈 줄도 몰랐다.

골목에서 벌벌 떨던 나를 발견한 누군가가 신고를 해서 경찰이 나타났고 뺨을 여러 대 맞은 뒤에야 정신을 차릴 수 있었다. 나는 경찰을 붙잡고 조금 전에 엄마가 죽었으며 아버지가 나를 죽이려고 했다는 말들을 쏟아냈다. 하지만 입 밖으로 나온 말들은 모두 울음이 되어버렸다.

병원으로 데려가려는 경찰을 뿌리치고 도망쳤다. 엄마랑 진웅이가 걱정돼 집 앞으로 돌아왔다. 아버지가 근처에 있을까 봐 잔뜩 경계하며 다가갔는데 집 주위가 어수선했다. 어디선가 비린내가 끼쳐왔다. 구경꾼들에게 휩쓸려 폴리스라인이 쳐진 집 앞까지 쓸려 왔을 때, 아버지가 구급차에 실려갔다는 말을 이웃집 아저씨에게서 전해 들었다.

"실려갔다고요? 왜요?"

조금 전까지 칼을 들고 나를 죽이겠다고 쫓아오던 인간이 어느 한순간에 고꾸라지다니, 믿을 수가 없었다. 아저씨는 나에게 이 말을 해주어도 괜찮을지 판단이 서지 않는다는 듯 머뭇거렸다.

"놀라지 말아라. 아버지가 칼에 찔렸다는구나. 어머니는 지금 집안에 있지만 상태가……."

처음엔 엄마가 아직 죽지 않았다는 말인 줄 알았다. 조금만 이성을 차렸더라도 아버지가 실려간 마당에 칼부림을 당한 엄마가 그대로 집에 있을 이유가 없다는 걸 깨달았을 것이다. 그러나 그땐 경황이 없었다. 엄마는 살아 있고, 아직 모든 게 망가진 건 아니라고만 생각했다. 안도감이 밀려들어서 조금 비틀거렸다. 아저씨가 그제야 내 손에서 떨어지고 있는 핏방울을 보았다.

"진, 진혁아! 어디 다친 거니? 왜 그런 거야?"

나는 대답할 기운이 없었다. 빨리 엄마를 만나보고 싶다는 생각뿐이었다. 아저씨를 지나쳐서 미끄러지듯 문 앞으로 갔다. 집으로 들어가려는 나를 경찰이 가로막았다. 들어가면 안 된다는 말에 이 집 아들이라고, 이웃 주민들이 소리를 지르며 나를 대신해 말해주었다.

"엄마가 안에 있어요."

내 옷에 묻어 있는 핏자국과 손을 타고 떨어지는 핏방울들을 보면서 경찰이 난처한 듯 말했다.

"모든 게 끝났다."

그제야 엄마가 응급실에 실려가지 않은 이유를 깨달았다. 살아 있었더라면 엄마가 먼저 실려갔어야 했다는 걸. 모든 희망은 끝장났다. 그렇다고 해도 결말을 내 눈으로 직접 확인해야만 했다.

"들어가게 해주세요. 안에 동생이 있어요."

내 맨발을 내려다보며 경찰이 길을 터주었다. 내가 엄마의 상태를 확인하러 들어가기도 전에 혀를 차는 소리가 들려왔다. 심장이 터질 것같이 뛰었다. 주위에 있는 모든 사물이 흐릿해지면서 흐물흐물 녹는 듯 보이더니 그마저도 경찰들이 뒤로 빠지자 뿌옇게 변해갔다. 무거운 추를 매달아놓은 것처럼 다리가 부들부들 떨려서 걷기가 힘들었다. 그런데도 무엇을 보겠다고 꾸역꾸역 걷고 있는지 스스로에게 물으면서 한 발 한 발 힘겹게 내디뎠다.

거실 바닥이 먼저 눈에 들어왔다. 어지럽게 찍힌 발자국들과 붉은 물감이 터진 것 같은 핏자국들이 거실에 뭉개져 있었다. 피가 웅덩이져 있는 바닥 위에서 엄마가 몸을 외로 튼 채 누워 있는 게 보였다. 발바닥부터 발뒤꿈치까지의 매끄러운 곡선이 눈부실 만큼 창백했다. 피가 괸 바닥에 누워 있는 엄마는 사람이 아니라 하나의 상태 같았다. 살해의 상태. 증오의 상태. 상실의 상태……. 나는 더 걸을 수가 없어서 주저앉고 말았다. 한순간에 내게서 소리도, 냄새도, 시야도, 모든 감각이 사라졌다. 중력이 소멸되어 세상이 뒤집힌 듯 어지럽기만 했다.

누군가 내 어깨를 붙잡고 괜찮으냐고 물었다. 괜찮을 리가 없잖아요. 나는 그 말을 내뱉는 대신에 엄마를 부르며 울부짖기 시작했다.

엄마! 이제 일어나. 응? 제발! 그만 일어나. 제발, 엄마! 이제 그만 자고 눈 좀 떠봐. 제발 눈 좀 떠줘. 엄마! 내가 이렇게 빌게. 응? 제발! 내가 잘못했어. 제발! 제발! 그만 일어나. 제발! 제발…….

그날 이후 나는 심장쯤은 도려내어도 아무렇지 않은 인간이 되었다. 그래. 나는 그런 인간이 되었으므로 엄마를 대신해 동생을 지켜줄 의무가 있었다. 동생을 버렸던 죄를 갚기 위해 이제라도 내가 진웅이를 지켜내야만 했다.

먼 곳에서 개가 짖는 소리가 들려왔다. 그제야 나는 현실로 돌아와서 주변을 둘러보았다. 누군가 양계장에 불이 켜져 있는 것을 수상하게 여길 수도 있었다. 이곳에서 붙잡히지 않으려면 서둘러 빠져나가야만 했다.

진웅이가 내 어깨에서 미끄러지기에 양계장 골조에 기대도록 고개를 조정해주었다. 그러곤 소년이 쓰러져 있는 곳으로 향했다. 피 웅덩이가 얼굴 근처에 괴어 있었다. 소년을 이대로 둘 수는 없었다. 그러나 만질 엄두는 도무지 나지를 않았다. 대신 쇠파이프를 먼저 처리하기로 했다. 쇠파이프는 양계장 골조를 절단해놓은 것 가운데 하나였다. 폐사한 닭들을 쉽게 빼내기 위해 골조를 잘라내면서 생긴 것 같았다.

그런 생각을 하면서 쇠파이프를 집어 들려다가 아차 싶어서 손을 거두었다. 내 지문이 쇠파이프에 찍힐 수 있었다. 손을 감쌀 만한 게 있는지 찾았지만 없었다. 윗옷을 벗어서 감싸볼까도 고민했지만 그만두었다. 시체를 처리하기 위해서라도 장갑과 커다란 가방, 삽 같은 연장 따위가 필요했다.

시계를 보았다. 12시 45분.

우선 진웅이를 여기서 데리고 나가자.

나는 진웅이를 일으켜 세운 후 어릴 때처럼 손을 잡았다. 진웅이가 서서히 눈을 떴다. 속눈썹에 맺혀 있던 핏방울이 굳어서 눈을 깜박일 때마다 따라 움직였다. 초점은 없었다. 손을 잡고 걷자 어릴 때처럼 내가 이끄는 대로 잘 따라왔다.

양계장을 나가기 전에 손가락을 티셔츠로 감싸고 전기 스위치를 수동으로 전환한 뒤에 불을 껐다. 윙, 하고 전기가 꺼지면서 사방이 더욱 고요해졌다. 아귀가 잘 맞도록 양계장 문을 닫아두고, 주변에서 뾰족한 돌을 골라와 모난 부분이 위로 가도록 해서 문 앞에 세워두었다. 혹시라도 누가 왔다 갔다는 것을 확인하기 위한 작은 조치였다.

밭을 가로질러서 큰길로 나섰다. 밤하늘에 보름달이 떠 있었다. 해말간 진웅이의 얼굴이 달빛을 받아 창백하게 보였다. 집으로 돌아가는 길에 사람들을 만날까 봐 조마조마해져서 나도 모르게 발걸음이 빨라졌다.

진웅이를 거의 끌고 오다시피 해서 집 앞에 도착했다. 잠시 대문 가에 선 채 집안의 동태를 살폈다. 안방에선 작게 코 고는 소리가 들려왔다. 아버지 방에서는 아무런 소리가 없었다. 행여 잠을 깨울까 봐 발걸음을 더욱 조심스럽게 움직였다. 진웅이의 슬리퍼를 벗기고 바깥방으로 들어와 문을 잠갔다.

밝은 곳에서 보니 진웅이의 몰골이 끔찍했다. 흰 티셔츠뿐만 아니라 트레이닝복 바지 윗부분과 피부 전반에 피가 튀어 있었다. 흙장난이라도 하고 온 듯 발등과 손에 흙도 묻어 있었다.

판단할 것도 없이 일단 피가 얼룩진 흰 티셔츠부터 벗겨냈다. 트레이닝복 바지를 벗기자 접어놓은 바짓단에서 왕겨가 쏟아졌다. 속옷만 입고 있는 진웅이를 세워놓고 물티슈로 몸에 묻은 핏자국을 닦아냈다. 핏자국이 깨끗이 지워지도록 문질렀더니 피부가 새빨개졌다. 그런데도 진웅이는 별다른 반응이 없었다. 물티슈가 금세 바닥났다. 여분의 물티슈는 양계장에서 쓰기 위해 바지 주머니에 넣어두고 어떻게 해야 하나 고민에 빠졌다. 아예 샤워를 시킬까 싶었지만, 물줄기를 맞고도 진웅이가 깨지 않을 거라 장담할 수가 없었다. 만약 샤워 도중 깨어난다면 뭐라고 변명해야 할까. 이런저런 궁리 끝에 수건에 물을 적셔와 머리카락에 굳은 피를 문질러서 닦았다. 차라리 지금 진웅이가 깨어나길 바라는 마음과 깨어나지 않았으면 하는 상반된 마음이 번갈아 가며 일어나 나를 괴롭혔다.

이제 잠옷을 입혀야 할 차례였는데 진웅이의 옷은 모두 아버지가 잠든 방에 있었다. 야밤에 그 방으로 들어가서 잠옷을 꺼내 올 수는 없는 노릇이었다. 벗겨둔 채로 두자니, 혹시나 내가 미처 보지 못한 핏자국이 있을까 봐 불안했다. 나는 될 대로 되라는 심정으로 캐리어 가방에서 내 트레이닝복을 꺼내 입혀주었다.

진웅이를 요에 눕히고 이불을 턱밑까지 덮어주자 스르륵 눈을 감았다. 나는 왕겨를 주워 담고 방바닥에 걸레질을 했다. 피가 튄 옷가지와 피를 닦아낸 수건 그리고 물티슈를 비닐봉지에 넣어 밖으로 가지고 나왔다. 운동화를 신다가 진웅이가 신고 있던 슬리퍼에도 핏방울이 튄 걸 발견했다. 닦아내는 것에 지쳐서 슬리퍼도 그대로 챙겨 들고 대문을 나섰다.

손전등 앱을 켜고 창고로 들어갔다. 구석에 쌓여 있는 사료 포대 사이에 비닐봉지와 슬리퍼를 숨겨두었다. 그러곤 창고를 뒤져서 목장갑과 삽을 찾아냈다. 이제 시체를 담을 만한 큰 가방만 있으면 됐다. 하지만 그런 게 창고에 있을 리 없었다. 급한 대로 사료 포대나 캐리어 가방을 쓸까 했지만 토막내지 않는 이상 역부족이었다.

무리해서 옮기는 것보단 양계장에 묻는 방법이 나을 수도 있었다. 그러나 양계장 주인이 다른 사업을 시작했다는 할머니의 말이 떠올랐다. 만약 양계장을 접기 위해 땅이라도 파헤치게 된다면 시체까지 파내질 터였다. 그렇다면 양계장에 불이라도 질러? 적어도 지문이나 발자국 같은, 범인을 추정할 수 있는 물적 증거는 손쉽게 없앨 수 있는 방법이긴 했다. 하지만 시체가 제대로 타지 않으면? 불이 다른 곳으로 옮겨붙으면 어쩌지? 소방대원이 불에 탄 시체를 발견하면 곧바로 신원을 조회해 수사가 더 빨리 시작될 수도 있었다.

당분간 소년이 '실종'이나 '가출' 정도로 처리되어 수사가 지연되는 게 현재로선 가장 나은 방법이었다. 그러려면 시체가 늦게 발견될수록 좋았다. 시간을 얼마나 벌 수 있을지 알 수 없지만 소년을 양계장에 묻어두기로 했다. 나는 목장갑을 낀 채 삽을 들고 창고를 나왔다.

거리에는 인적이 없었다. 그러나 저수지에서 나를 목격했다고 진술한 사람을 내가 눈치채지 못한 것처럼 누군가 날 몰래 지켜보고 있을지도 몰랐다. 목격은 단 몇 초만으로도 충분했으므로 나는 자꾸 뒤를 돌아보았다.

양계장에 도착해보니 문 앞에 세워둔 돌이 뾰족한 모양 그대로

하늘을 향해 있었다. 돌을 치우고 양계장 문을 열고 안으로 들어
갔다. 전등은 켜지 않았다. 대신 손전등 앱을 켜고 발밑만 비추며
앞으로 나아갔다. 어둠 속에서 왕겨를 밟는 소리만 바스락바스락
울려왔다.

시체와 쇠파이프는 그 자리에 그대로 있었다. 폭이 좁은 불빛
에 드러난 시체를 보자 금방이라도 소년이 벌떡 일어나 내게 덤
벼들 것 같았다. 무서움을 억누르고 심호흡을 여러 번 한 뒤에 쇠
파이프를 집어 들었다. 물티슈로 피가 묻지 않은 곳의 지문부터
지워나갔다. 바닥에 놓아둔 핸드폰 불빛에 의지하니 핏자국이 완
전히 닦인 것인지 정확하게 판단이 서지 않았다. 그러나 그런 걸
따질 때가 아니었다. 누군가 오기 전에 어서 시체를 처리해야만
했다.

쇠파이프를 내려놓고 삽을 들었다. 소년의 발 밑에 자리잡고선
왕겨 더미를 치워냈다. 땅바닥이 나오자 삽을 푹 박아서 흙을 퍼
냈다. 한 삽, 한 삽 흙을 파면서 소년의 키와 체구를 가늠하는 내
가 혐오스러웠다.

구덩이가 모양을 잡아가자 안쪽 흙을 파냈다. 땅이 단단해 흙
을 퍼내는 게 쉽지는 않았다. 손목 근육이 점차 뻐근해졌다. 그러
나 삽질을 멈추는 순간, 그 옛날 집 앞에서 경계를 서던 경찰이 나
타나 모든 게 끝났다고 말할 것만 같았다. 저절로 삽을 쥔 손에 힘
이 들어갔다. 숨소리가 거칠어졌다.

마침내 시체가 들어갈 만한 구덩이가 마련됐다. 구덩이를 메우
고 왕겨로 덮어두면 그런대로 당분간 들통은 나지 않을 것 같았

다. 한참을 망설이다가 시체의 발목을 잡았다. 물컹한 피부가 느껴져 속이 울렁거렸다. 발목을 잡고 구덩이 쪽으로 끌자 노란 티셔츠가 점점 말려 올라가며 등이 드러났다.

겨우 구덩이에 넣고 한숨 돌리려고 했을 때, 갑자기 음악 소리가 울려왔다. 나는 소스라치게 놀라며 그 자리에 주저앉았다. 시체가 손에 쥐고 있는 핸드폰에서 음악이 흘러나오고 있었다. 액정 화면에 불빛이 들어온 것으로 보아 벨소리인 듯했다. 생각해보니 양계장 밖에서도 들었던 노래였다. 끊기기 직전, 발신자 표시에 '엄마'라는 단어가 떠 있다가 사라졌다. 엄마. 그래, 너도 누군가의 아들이구나. 지금 너희 엄마는 네가 돌아오길 애타게 기다리겠지. 근데 여기에서 넌 뭘 하고 있니? 그리고 나는 여기에서 뭘 하는 걸까?

나는 소년을 내려다보다가 울지 않기 위해 이를 악물었다. 그러곤 이미 굳기 시작한 손아귀에서 핸드폰을 뺏듯이 꺼냈다. 혹시 위치 추적이라도 당할까 봐 전원 버튼을 부랴부랴 눌렀다. 핸드폰 액정은 먹빛으로 변하며 곧 꺼졌다.

소년의 핸드폰은 쇠파이프 옆에 두었다. 흉기와 핸드폰까지 구덩이에 넣어 같이 묻는 멍청한 짓은 저지르고 싶지 않았다. 만의 하나 시체가 발견될 경우, 흉기와 핸드폰은 수사를 진전시키는 데 지대한 역할을 할 것이기 때문이다.

흙을 퍼서 시체의 등 위로 던졌다. 파낼 때보다 가벼워진 흙들이 시체를 조금씩 덮어갔다. 피에 젖은 왕겨도 같이 묻었다. 왕겨에 거의 다 덮여 가는 시체를 보니 그제야 울음이 터졌다. 미안하다, 미안해. 나는 미안하다고 중얼거리면서 흙을 덮어갔다. 눈물이 끊임없이 흘러내렸다.

시체가 완전히 보이지 않을 때까지 흙을 덮고, 남은 흙으로 흙의 두께를 늘려갔다. 더 덮을 흙이 남아 있지 않게 되었을 때, 조심스럽게 땅을 발로 밟아 다졌다. 금방이라도 소년이 흙을 뚫고 일어나서 내 발목을 잡을 것 같아 긴장한 채 꾹꾹 눌러둔 흙 위로 왕겨를 다시 헤쳐 놓았다. 그러곤 시체를 묻은 자리 위에 양계장 문 앞에 두었던 돌을 올려놨다.

삽과 쇠파이프와 핸드폰을 양손에 들고 양계장을 빠져나왔다. 무심코 뒤를 돌아보았더니 아무 일도 없었다는 듯이 양계장은 어둠 속에 잠겨 있었다. 소년이 문을 열고 따라올 것 같은 기분에 더는 뒤를 보지 못하고 양계장을 벗어났다.

시간은 새벽 세 시가 넘어가고 있었다. 나는 큰길을 벗어나 들풀들이 그림자를 늘어뜨린 수풀길로 들어섰다. 드문드문 세워놓은 가로등 불빛만으론 앞뒤 분간도 어려울 정도로 수풀길은 어두웠다. 가로등이 비추는 거리만큼만 길바닥이 보이는 탓에, 불쑥 튀어나온 돌에 발을 헛디딘 뒤에야 방금 지나온 자리에 돌이 있었다는 걸 깨달았다. 목뒤가 뻣뻣해지고 신경이 곤두섰다. 쇠파이프와 핸드폰을 숨겨둘 만한 장소가 눈에 들어오지 않아서 더했다.

방향을 틀어 논둑길로 길을 잡아갔다. 풀숲에 나와 있던 개구리가 논물로 뛰어들면서 목을 놓자 다른 개구리들도 따라서 울었다. 시끄러운 소리에 정신이 산란해졌다. 경사로를 거슬러 가 제법 깊어 보이는 수로를 찾아냈다. 나는 있는 힘껏 논물을 대는 수로를 향해 소년의 핸드폰을 던졌다. 핸드폰이 물속으로 사라지자 가슴 한구석에 자리한 답답함이 조금은 씻기는 듯했다.

논둑길을 벗어나 다시 큰길로 들어섰다가 눈에 띄는 고샅으로 들어갔다. 길을 헤맨 끝에 막다른 곳으로 갔다가 돌아 나오고 보니 엉뚱하게도 할머니 집 근처 밭이었다. 내가 알기론 노는 땅이었다. 타지 사람이 사놓은 빈 땅이어서 뭘 심어보려고 했더니 어느새 내려와 화를 내더라고, 그럴 거면 땅을 놀리지나 말 것이지 아직도 땅을 놀리고 있다고 할머니가 불평했던 기억이 났다. 밭엔 여전히 아무것도 심겨 있지 않았다.

삽을 들고 퍽퍽한 땅을 파냈다. 삽질도 요령이 생겼는지 처음보다는 수월했다. 수풀 속에서 풀벌레가 흙을 퍼내는 소리에 맞춰 울었다. 구덩이에 쇠파이프를 넣어두고 흙을 덮었다. 이제 마무리로 흙을 눌러주기만 하면 됐다. 그런데 그때 멀리서 노랫소리가 들려왔다.

나는 밭에 납작 엎드렸다. 노랫소리는 점점 더 가까워지고 있었다. 숨소리를 들키지 않으려고 고개를 더 숙이자 코에 흙이 닿았다.

눈만 살짝 치뜨고 내 앞을 지나쳐 가는 사람을 쳐다보았다. 어두워서 윤곽밖에 보이지 않다가 그 사람이 가로등 아래를 지나쳐 갈 때 얼굴이 엿보였다. 아버지였다. 술에 취한 아버지가 노래를 부르며 집으로 돌아가고 있었다. 한 번도 뒤를 돌아보지 않은 채 언덕을 올라간 아버지가 곧 길 끝에서 사라질 참이었다.

나는 서서히 몸을 일으켜 세웠다. 어슬렁거리며 멀어지는 아버지를 보면서 입술에 묻은 흙을 뱉어냈다.

계획을 바꾸었다. 나는 아버지라는 외피를 입었다는 이유만으로 내 삶을 갈기갈기 찢어놓으려고 했던 남자를 벌하기로 했다.

따지고 보면 모든 것이 아버지 탓이었다. 아버지가 그날 우리 가족을 해치려고 하지 않았다면, 진웅이가 몽유병에 걸리는 일은 없었을 것이다. 그랬다면 자신이 무슨 짓을 저지르는지도 모른 채 누군가를 죽이는 일도 없었을 것이다. 내가 야밤에 시체를 유기하는 일도, 저수지의 여자아이와 양계장의 소년이 집으로 돌아가지 못하는 일도 생기지 않았을 것이다. 누군가 벌을 받아야 한다면 그건 균열의 진원지인 아버지여야 했다. 아버지가 책임지는 게 마땅했다.

나는 삽을 버려둔 채 맨손으로 땅을 파냈다. 손가락이 굳어가는 느낌이 들었지만 멈추지 않았다. 손톱에 낀 흙이 손톱 속살을 눌렀다. 그래도 흙을 파고 또 파내어 묻어두었던 쇠파이프를 도로 꺼냈다.

쇠파이프를 들고 창고로 가서 손전등 앱을 켰다. 사료 포대 사이에 쇠파이프를 끼워두고 손전등 불빛에 내 몰골을 비춰 보았다. 티셔츠 앞섶과 트레이닝복 바지에 피가 얼룩져 있었다. 바지 주머니에 넣어둔 물티슈를 꺼내어 손과 옷을 문질러보았지만 잘 닦이지 않았다. 옷은 그냥 두기로 하고 남은 물티슈로 삽자루에 묻은 핏자국을 닦아냈다. 다 쓴 물티슈를 모아서 옷가지를 넣어둔 비닐봉지에 쑤셔넣었다. 그러곤 비닐봉지를 여민 뒤 썩은 감자 여남은 개가 들어 있는 사료 포대를 찾아내어 그 안에 넣어두었다. 아버지가 잠들기를 기다리면서 빠뜨린 일은 없는지 체크해보려고 했지만 머리가 무거워서 아무런 생각도 할 수 없었다.

한 시간만 있다가 들어가자, 십 분만 더 있으면 아버지가 확실히 잠들었을 거야, 하며 창고 벽에 기대어 있다가 나도 모르게 앉은 채로 얼핏 잠이 들었다. 새가 지저귀는 소리에 놀라서 깨어보니 새벽 여섯 시가 넘어가고 있었다.

밤에는 어두워서 몰랐는데 바지에 도깨비바늘 열매가 깨알처럼 붙어 있었다. 밤새 풀숲을 헤매고 다녔다는 걸 떠벌리는 꼴이었다. 그나마 다행은 흙이 묻기도 했거니와 티셔츠가 검은색인 까닭에 피 얼룩은 눈에 언뜻 들어오지 않는다는 점이다. 도깨비바늘 열매를 되는대로 마구 뜯어내자 보풀이 일어났다. 그러다가 문득 얼른 집으로 들어가 옷을 벗어버리는 게 더 손쉬운 방법이라는 걸 깨달았다. 어차피 버려야 할 옷이니까. 아무와도 마주치지 않고 옷을 벗어버리면 도깨비바늘 열매건 흙이건 문제될 건 없을 거였다.

대문 앞에서 귀를 기울이고 있으려니 아침을 만드는 소리가 들려왔다. 부엌 앞만 잘 지나치면 욕실로 바로 직행해 몸에 묻은 범죄의 흔적들을 씻어낼 수 있을 듯했다. 심호흡을 한번 하고 발끝으로 서서 살금살금 마루 끝까지 갔다. 할머니는 내가 지나가는 걸 눈치채지 못했다. 나는 후다닥 뛰어가 재빠르게 욕실 문을 열었다. 그런데 이게 뭔가. 안에는 이미 진웅이가 있었다.

하마터면 소리를 지를 뻔했다. 당연히 진웅이는 아직 자고 있을 거라고 여겼다. 언제 정신을 차린 걸까. 내가 밤새 방에 없었다는 것을 알고 있을까. 설마 어제 일을 기억하는 건 아니겠지. 머릿속이 빠르게 회전하는 것과는 반대로 내 입은 느긋하게 노크를 할 걸 그랬다는 말을 건네고 있었다.

진웅이가 내 얼굴과 옷을 흘깃 쳐다보았다. 동시에 내가 몸을 빼면서 문을 닫았다. 곧이어 욕실 안에서 진웅이가 나를 부르는 소리가 들려왔다. 못 들은 척하고 싶었다. 문을 열고 싶지 않았다. 그렇지만 열지 않으면 진웅이가 날 더욱 소리쳐 부를 테고 그러면 할머니가 부엌에서 나와 무슨 일인가 알아보려고 할 수도 있었다.

욕실 문을 다시 열자 진웅이가 자신이 왜 내 옷을 입고 있는지를 물었다. 그제야 내 옷을 진웅이에게 입혀두었던 사실이 기억났다. 아버지가 방에 없는 줄 알았더라면 굳이 내 옷을 입힐 필요도 없었다. 모든 게 다 아버지 탓이라는 생각이 또다시 떠올라 말이 퉁명스럽게 나왔다. 네가 잘못 입었을 거라니. 어린아이도 저지르지 않을 실수를 네가 했을 거라고 나는 우기고 있었다. 논리적이지 않은 대답에 진웅이가 고개를 갸웃거렸다.

진웅이가 방으로 들어오기 전에 옷을 갈아입고 그것을 캐리어 가방 안 깊숙이 숨겨두었다. 그러고도 안심이 안 되어 비밀번호까지 걸었다. 좀처럼 불안한 기운이 가시지를 않았다. 안절부절 왔다갔다하다가 문득 거울을 쳐다보았는데 턱 아래에 선명하게 피가 묻어 있다. 젠장. 서둘러서 핏자국을 닦아냈다. 간발의 차이로 진웅이가 방으로 들어왔다. 나는 욕실에서 나오길 기다렸다는 듯 태연하게 바깥방을 나왔다. 그러나 내 눈은 문을 나서는 순간까지 진웅이를 좇고 있었다.

진웅이의 목과 팔에는 할퀸 상처들이 선명했다. 할머니가 본다면 몽유병이 도졌다는 사실을 알아챌 것이다. 할머니는 모든 걸 알고 있으니까 분명 간밤의 일들을 나에게 물어올 터였다.

나는 욕실로 들어가서 샤워기를 틀어놓고 팔과 목을 거세게 긁었다. 손톱에 낀 핏자국과 흙은 칫솔로 문질러서 닦아냈다. 시간이 없었다. 밖에서 할머니가 밥을 먹으라고 부르고 있었다.

수건으로 머리를 털면서 부엌으로 들어갔다. 진웅이의 옆에서 아버지가 술에 전 눈으로 음식을 탐욕스럽게 쳐다보고 있었다. 자리에 앉자마자 예상대로 할머니는 진웅이에게 팔이 왜 그런지를 물었다. 진웅이가 대답하기 전에 내가 먼저 내 팔을 보여주면서 변명했다. 진웅이가 나를 쳐다봤다. 내가 왜 약속을 지키지 않는지 묻는 것 같은 표정이었다.

이 모든 게 다 널 위한 일이라면 믿을 수 있겠니?

나는 밥을 가득 퍼서 목구멍에 닿도록 쑤셔넣었다. 목이 콱 막혀왔다. 숨을 쉬는 게 괴로웠다.

*

진웅이는 학교에 갔고, 아버지는 마저 잠을 자러 방으로 들어갔다. 나는 할머니가 설거지하는 동안에 내일 성묘에 쓸 예초기 상태가 어떤지 보고 오겠다며 숨겨둔 옷가지를 들고 창고로 갔다.

피가 묻은 한 무더기의 옷을 넣을 만한 봉지가 따로 없어서 사료 포대 속에 넣어두었다. 내친김에 쇠파이프도 함께 넣어두고 입구를 접어서 막아두었다. 예초기를 꺼내서 안마당에 두었다. 예초기는 그럭저럭 쓸 만했다.

기름때가 묻은 손도 씻을 겸 욕실에 들어가 거울을 봤다. 밤새도록 어찌나 심하게 깨물었는지 입술이 너덜너덜해져 있었다. 손가락으로 입술을 살살 건드려보고 있는데 할머니가 밖에서 부르는 소리가 들려왔다.

"준비 다 됐으면 이제 가자."

"잠시만요."

나는 거울에 대고 입꼬리를 올려보면서 웃는 연습을 했다. 손바닥으로 뺨을 두 번 살짝 친 뒤, 숨을 깊게 내쉬고 밖으로 나왔다. 그러곤 연습한 대로 할머니에게 웃어보았다.

"이제 가요."

버스를 타고 시내에 있는 시장으로 갔다. 잠을 제대로 못 잔 탓에 피곤했지만, 할머니가 몽유병을 눈치챘는지 알아내는 게 우선이었다. 차창 밖을 내다보고 있는 할머니에게 자연스럽게 말을 붙일 기회를 엿보았다. 버스가 정류장에 섰을 때 정류장 양옆으로 꾸며진 화단이 보였다. 기회였다.

"꽃밭은 언제 없애신 거예요?"

할머니가 옆에 앉은 나를 보며 무뚝뚝하게 대답했다.

"좀 됐다."

할머니가 고개를 돌리기 전에 다급하게 말을 이어 붙였다.

"그때 제가 꽃밭에서 자주 울었는데, 혹시 알고 계셨어요?"

생각지도 못한 말을 꺼내고 나서 오히려 내가 더 당황했다. 얼굴이 빨개진 내게 아무런 말도 하지 않았으면 싶었는데, 할머니가 뺨을 후려치는 것 같은 말을 했다.

"꽃밭에서 네가 왜 울었는데?"

힐난하는 어조에 도리어 마음이 차갑게 가라앉았다. 할머니는 저수지에서 여자아이를 죽인 범인이 나라고 생각했다. 서울에 올라올 때마다 돈 봉투를 건네주고선 급히 돌아가는 뒷모습을 볼 때마다 할머니가 손자인 나를 무서워한다는 걸 느낄 수 있었다. 차라리 내게 저수지에서 여자애를 죽였냐고 물어봐주었더라면 내 삶은 조금쯤 달라졌을지도 모른다. 이 세상에서 가족만이라도 나를 믿어주었으면 했으니까.

할머니에게 더 말을 건넬 필요는 없었다. 진웅이의 몽유병이 도진 것을 알든 모르든, 어차피 할머니는 혼자서 판단할 것이다. 모든 게 진혁이 네 탓이라고. 아버지가 가족을 죽이려고 했던 게 엄마 탓이었던 것처럼 진웅이와 관련된 모든 건 내 탓이어야만 했다. 나는 버스에서 내린 뒤 다시 한번 굳게 마음을 닫아걸었다.

할머니가 시장에서 생선을 고르는 사이에 나는 대로변에 있는 철물점으로 가서 예초기에 쓸 기름을 구매했다. 길 끝에서 할머니가 아직도 생선을 뒤적이고 있는 걸 보면서 철물점 근처의 슈퍼마켓으로 들어갔다. 그러곤 막걸리와 캔맥주를 샀다.

"웬 술이니?"

할머니가 봉지에 든 술을 보면서 물었다.

"그냥요."

냉랭하게 대답한 뒤에 짐을 들고 할머니를 따라다녔다. 할머니도 장을 보는 내내 별다른 말이 없었다. 시장에서 돌아와 대문으로 들어섰더니 아버지가 안마당에 쪼그리고 앉아 예초기를 망연히 보고 있었다. 우리를 보자 그제야 예초기를 만져보는 척했다. 예초기 핸들을 들곤 괜히 시동을 걸어보는 모습이 영 서툴렀다.

"쓸 만하니?"

할머니가 마루에 장바구니를 내려놓으면서 물었다. 아버지가 머리를 긁적이면서 일어나 마루로 다가왔다.

"글쎄, 잘 안 되네요."

"더 고장낸 거 아니냐? 진혁이 말로는 기름만 쳐주면 될 것 같다던데. 어릴 때부터 기계엔 젬병이면서 갑자기 뭔 바람이 불어서 고쳐보겠다고 해."

아버지가 겸연쩍은 얼굴로 나를 쳐다보았다. 생각보다 일이 더 잘 풀릴지도 모르겠다. 예초기에 아버지도 손을 댔으니까 예초기를 고장냈다는 누명도 아버지에게 씌울 수 있게 되었다.

"잘 보셨겠죠, 뭐."

할머니와 아버지가 서로 눈을 마주쳤다. 진혁이 녀석이 웬일로 편을 들지, 하는 표정으로. 나는 모르는 척 옷을 갈아입겠다며 바깥방으로 들어갔다. 캐리어 가방을 열고 안쪽 주머니에서 졸피뎀을 꺼냈다. 모델 일을 하면서 알게 된 지인이 불면증에 시달리던 내게 몇 알 주었던 것이다.

나는 신문을 바닥에 깔고 선반 위에 있던 진웅이의 미술대회 최우수상 트로피로 졸피뎀을 으깼다. 알약이 가루가 될 때까지 꾹

꾹 누른 뒤에 막걸리 마개를 땄다. 그러곤 병 안으로 가루를 흘려 넣고 마개를 닫은 뒤 흔들었다. 아버지가 우유에 섞은 수면제를 우리에게 먹이고 돌아올 수 없는 강을 건너려고 했던 그날처럼 말이다.

졸피뎀이 든 막걸리와 캔맥주가 든 봉지를 들고 부엌으로 갔다. 할머니가 한창 점심 준비를 하느라고 부산스럽게 움직이고 있었다. 냉장고에 술을 슬그머니 넣어두었다. 혹시라도 할머니가 막걸리 마개가 따져 있는 걸 발견할까 봐 걱정되어 부엌을 나가지도 못했다.

"왜 그러고 섰어?"

멀뚱히 서 있는 나를 보고 할머니가 눈치를 줬다. 괜히 머쓱해져서 행주를 집어 들고 식탁을 닦는 척했다.

"아니, 뭐 그냥……."

의심받을 걸 알면서도 점심을 먹을 때까지 부엌에서 뭉그적거렸다. 그러나 그보다 더 문제는 아버지에게 자연스럽게 술을 권하는 일이었다. 대화다운 대화는 해본 적도 없으면서 갑자기 친해진 척 술을 권했다가 괜한 부스럼만 낼 수도 있었다. 더욱이 나는 술을 잘 마시는 타입이 아니었다. 자칫하면 수면제가 든 막걸리를 나도 같이 나눠 마셔야 하는 상황이 벌어질 수도 있었다.

타이밍. 타이밍. 타이밍……. 적절한 시기를 벼르다가 나는 밥을 절반 정도 먹은 상태에서 속이 얹혔다는 듯 가슴을 두어 번 치고 캔맥주를 꺼내왔다. 그러곤 할머니가 말리기 전에 캔맥주를 따서 벌컥대며 마셨다. 코가 얼얼하고 목이 화끈거렸다. 그래도 꾹 참고 맥주가 삼 분의 일 정도로 줄었다고 느껴졌을 때, 캔을 내려놓았다.

"무슨 술을 그리 급하게 마셔."

아니나 다를까 할머니가 타박을 해왔다. 하지만 내가 목표로 삼고 있는 건 아버지였다.

"좀 드실래요?"

나는 진지한 눈빛으로 아버지를 바라보았다. 아버지가 어리둥절한 얼굴로 할머니를 바라봤다가 다시 나를 봤다.

"어? 그, 그래."

유리컵에 내가 마시다가 만 캔맥주를 따랐다. 유리컵에 딱 사 분의 일 정도 차는 양이었다.

"맥주가 없네요. 새 막걸리는 있는데, 그걸로 드릴게요."

아버지의 대답도 듣지 않고 나는 냉장고에서 막걸리를 꺼냈다. 이미 마개를 땄다는 걸 들키지 않기 위해 꺼내는 동시에 마개를 따는 척하며 식탁으로 돌아왔다. 막걸리 병을 식탁에 올려두고 찬장에서 불투명한 사기그릇을 찾아서 가져왔다. 혹시 막걸리에 덜 풀린 가루가 있을지 몰라서 내용물이 안 보이게 하려는 조치였다.

"막걸리는 역시 그릇에 따라야죠."

막걸리를 넘치도록 사기그릇에 따라 아버지에게 내밀었다.

"드세요."

아버지가 막걸리를 받아들었다. 마셔요, 어서. 푹 잠들 수 있도록. 아버지가 한 번에 막걸리를 쭉 들이켰다. 그러곤 내게도 막걸리를 따라주려고 했다.

"저는 막걸리는 못 마셔요. 남은 맥주를 마실게요. 막걸리는 두 분이 드세요."

술을 따르던 아버지의 손이 멈칫했다.

"나도 술 못 마신다. 애비나 마셔라."

할머니가 술을 사양하며 밥을 먹었다. 다행이었다. 기억이 녹슬지 않아서. 아버지가 밥을 먹으면서 막걸리를 같이 마셨다. 하품이 잦아졌다. 곧 졸음을 이기지 못하고 쓰러질 것 같았다. 아버지는 남은 막걸리 병을 들고 하품을 하면서 방으로 들어갔다.

아버지가 정말 제대로 잠들었는지 확인하기 위해 나는 안마당에서 예초기를 보는 척했다. 예초기를 분리한 후 이를 꽉 깨물고 칼날에 묻은 풀과 이물질을 제거했다. 손이 바들바들 떨려서 정신을 바짝 차려야만 했다. 금속 부분에 기름을 바르고 있는데 할머니가 방앗간에 주문해둔 떡을 찾아오겠다면서 밖으로 나갔다. 지금이 호기였다. 할머니가 언덕을 내려가는 걸 끝까지 본 뒤에 창고로 뛰어가서 새 목장갑을 꼈다.

사료 포대에 숨겨둔 비닐봉지를 풀어 피가 묻은 옷을 꺼냈다. 그러곤 쇠파이프에 피 묻은 부분을 세심하게 비볐다. 피가 굳은 탓에 쇠파이프에 혈흔이 잘 묻어나질 않았다. 계속 문대자 옷감에 밴 피 얼룩이 뭉개지면서 굳은 피가 덩이째로 떨어졌다. 바닥에 떨어진 핏덩이는 물을 뿌려 없앴다.

쇠파이프를 들고 집으로 들어왔다. 수건으로 쇠파이프를 감싼 뒤에 방문 앞에서 아버지를 불러보았다. 아무런 대답도 없었다. 방문을 살며시 열고 안을 들여다보니 아버지가 배를 드러내놓고 잠들어 있었다. 얼마나 깊이 잠들었는지 알 수 없어서 잠시 머뭇대다가 결심을 굳히고 아버지의 팔을 들어올려 보았다. 미간이 약간 떨렸지만, 아버지는 깨어나지 않았다. 수건으로 감싼 쇠파이프를 아버지의 손아귀에 맞추려고 움직이다가 막걸리 병을 쓰러뜨렸다. 쏟아진 막걸리가 바닥에 고였다.

막걸리를 밟지 않으려고 어정쩡하게 선 채 아버지가 쇠파이프를 쥐도록 내 손아귀로 아버지 손을 감싸 잡았다. 아버지의 손가락을 쇠파이프 표면에 눌러서 겨우 지문을 남겼다. 아버지의 팔을 내리고 쇠파이프를 수건으로 감싼 뒤에 조용히 방문을 닫고 밖으로 나왔다.

안도감을 느낄 틈도 없었다. 느닷없이 진웅이가 여자애와 함께 대문으로 들어서는 게 보였다. 진웅이의 시선이 수건으로 덮어둔 쇠파이프에 꽂혀 있었다. 뒤이어 목장갑을 낀 손으로 시선을 돌린 진웅이가 의아하다는 듯 내 얼굴을 쳐다봤다. 왜 하필이면 지금. 여자애가 인사를 하며 다가오고 있었다. 진웅이는 계속 나를 쳐다보고 있다. 어서 빨리 쇠파이프를 숨겨야 한다.

나는 마루에서 내려오면서 아버지의 가방을 보았다. 다행히 가방은 지퍼가 열린 상태였다. 급한 대로 쇠파이프를 가방에 쑤셔 넣고 지퍼를 닫은 것과 동시에 여자애가 내 옆에 붙어 섰다. 나는 마치 나가려던 사람처럼 아버지의 가방을 들고 여자애에게서 떨어졌다. 진웅이가 이번에는 내가 든 아버지의 가방을 쳐다보고 있었다.

나는 진웅이의 여자친구를 피해서 가방을 들고 밖으로 나왔다.

등 뒤에선 여전히 진웅이의 시선이 느껴졌다. 진웅이가 문제였다. 진웅이는 새벽부터 내 행동을 이상하게 여기고 있었다. 머리만 복잡해진 채 쇠파이프가 든 가방을 들고 양계장으로 향했다. 더럽고 낡은 가방을 든 걸 사람들이 이상하게 여길까 봐 초조해졌다. 양계장 주변을 살피면서 걸음을 늦추고 들어갈 타이밍을 노렸다. 오늘밤에 하려던 일이었는데, 예상치 못하게 진웅이와 마주치는 바람에 그 일을 얼떨결에 해치우자니 걷는 것마저 어설펐다. 당장이라도 경찰이 날 붙잡고 가방을 열어보자고 할 것만 같았다.

사방을 다 살피다가 도리어 타이밍을 잡지 못해 양계장으로 들어가지 못하고 그대로 길을 지나쳐 갔다. 되돌아가는 것만큼 의심스러운 행동도 없어서 저녁나절까지 여기저기를 헤매다가 지쳐서 집으로 돌아왔다. 해야 할 일이 너무나 많았다. 피가 묻은 옷들이며 슬리퍼도 아직 처리하지 못했다. 이참에 태워버리자고 마음먹었는데 막상 집으로 돌아오니 아직 해가 지기 전이어서 누군가 불피우는 걸 볼 수도 있다는 게 문제였다. 아무것도 해결하지 못한 채 쇠파이프를 다시 창고에 숨겨두곤 바깥방으로 들어갔다.

방에는 진웅이가 있었다. 진웅이는 내게 궁금한 것이 많을 테고 그 질문에 거짓말로 대답한다면 분명 알아챌 것이다. 나는 말을 섞지 않기 위해 자겠다고 했다. 실제로도 너무 피곤했다. 하루가 굉장히 길었다. 선잠이 들었는데 유등 축제를 보러 가야 한다면서 진웅이가 나를 깨웠다. 한가롭게 유등 축제라니. 가지 않겠다는 날 열심히 설득하는 진웅이를 외면할 수 없어서 함께 축제장으로 갔다.

유등 축제장에는 사람들 머리밖에 보이지 않았다. 나는 사람들이 많은 곳은 질색이었다. 뭐가 저리 신이 날까. 언제나 그런 의문이 머리에 맴돌았다. 사람들에 치이면서 집에 먼저 돌아갈 궁리를 하고 있는데, 진웅이가 소원등을 사 왔다. 진웅이는 소원등을 앞에 두고 뭐라고 써야 할지 몰라 시간만 흘려보내고 있었다. 얼른 집으로 돌아가서 문제를 처리해야 하는데. 이러고 있을 시간이 없는데. 진웅이를 대신해서 소원등에 소원을 적었다. 할머니가 욕을 했다. 할 수 없었다.

할머니가 화장실에 간 사이에 유등을 보려는 사람들에게 치여서 결국 물가로 밀려났다. 한순간 좌판 쪽이 시끌시끌해졌다. 그러거나 말거나 물가에 있다가 돌아와 보니 할머니 혼자 서 있었다. 진웅이와 아버지는 어디로 사라졌는지 보이지 않았다. 어색한 공기의 흐름. 할머니는 무언가에 노여워하고 있었다.

아버지가 돌아왔을 때, 옷에 묻은 흙을 보아하니 상황이 대강 그려졌다. 한순간 소란스러웠던 이유는 아버지 때문이었으리라. 아는 사람이 더 잔인할 수 있다는 걸 내가 잘 알지. 좋은 구경을 놓친 게 그저 아쉬웠다.

이제 겨우 돌아가나 싶었는데 할머니가 멋대로 포장마차로 들어가 하는 수 없이 다 같이 자리를 잡고 앉았다. 낮에 내가 술을 준 게 화해의 표시인 줄 알았던지 아버지가 내게 술을 따라주려고 했다. 당연히 마시지 않았다. 진웅이가 눈치를 보다가 나를 대신해서 술을 마셨다. 할머니도 마셨다. 차라리 다들 취해버리면 좋겠다고 생각하다가 얼떨결에 포장마차에서 사진도 찍었다. 오늘은 모든 걸 얼결에 하는 것만 같았다.

아버지와 소주 두 병을 나눠 마신 진웅이가 휘청거렸다. 어젯
밤에 보았던 걸음걸이였다. 집으로 돌아와 요 위에 눕자마자 진
웅이는 얕게 코를 골면서 잠을 잤다. 코 고는 소리를 삼십 분 정도
듣다가 몰래 밖으로 빠져나왔다. 시간이 없다. 진웅이가 깨기 전
에 얼른 마무리짓고 돌아가야 한다. 나는 창고에 숨겨둔 옷 봉지
와 슬리퍼에 예초기 기름을 붓고 불을 붙였다. 순식간에 불길이
솟구치며 타오르기 시작했다. 너울대는 불길을 보면서 지난밤 일
이 그저 내 상상이면 좋겠다고 생각했다. 상상일 리 없는 현실이
도무지 현실 같지 않았다.

불길이 모자라서 슬리퍼는 완전히 타지 않고 고무만 녹아내렸
다. 어차피 핏자국은 없앴으니 됐다. 사료 포대에 타다 만 슬리퍼
를 넣어두고 잿더미 위에 물을 뿌려서 흔적을 지웠다. 바람이 스
산하게 불고 있었다. 나는 호미와 쇠파이프를 챙겨 들고 폐쇄된
양계장으로 갔다.

전등 스위치를 눌러서 불을 켰다. 양계장 가장자리에는 쇠파이
프들이 흩어져 있었다. 모두 열두 개로, 세 개가 한데 몰려 있기
도 했다. 나는 한 개만 놓여 있는 쇠파이프에 피가 묻은 쇠파이프
를 겹쳐두었다. 그러곤 큰 걸음으로 돌을 올려둔 곳으로 갔다. 죽
은 자세 그대로 구덩이에 넣었으니 이쯤을 파면 시체의 손이 나
올 것이다.

왕겨를 치우고 호미로 땅을 팠다. 혹시라도 소년의 피부를 호
미로 찍을까 봐 어느 정도 판 뒤로는 손으로 주변 흙을 긁어냈다.

조금 더 파헤치자 소년의 손가락이 먼저 보였다. 팔목 앞쪽 흙을 긁어서 마저 흙을 파냈다. 땅속에서 기어나오려는 듯한 팔목이 훤히 드러났다. 내일이면 너도 집으로 돌아갈 수 있어. 나는 손을 털며 일어났다.

불을 끄고 양계장을 나와 집으로 돌아왔다. 진웅이는 세상 모르게 자고 있었다. 그러나 언제 몽유병을 일으킬지 몰랐으므로 나는 수시로 진웅이가 자리에 잘 누워 있는지 확인했다. 방문 틈으로 바람이 드나드는 소리가 한밤 내내 들려왔다. 바람 소리는 폐쇄된 양계장에 누워 있는 소년의 울음소리 같기도 했다.

나는 잠을 설쳤다.

사건 셋째 날

　폐쇄된 양계장이 가까워지고 있었다. 할머니는 영원히 눈치채지 못할 테지만, 사실 할머니가 양계장을 지나쳐 가도록 유도한 것은 나였다. 할머니를 홀리는 건 의외로 간단했다. 어깨를 주무르면서 양념을 치듯 할아버지와의 추억 몇 조각을 흩뿌린 뒤에 진웅이를 걱정하는 한마디를 더해주면 됐다. 진웅이는 이제 양계장에 가지 않죠? 내가 담아낸 요리를 할머니는 의심 없이 맛보았다. 거긴 폐쇄됐으니까 들어갈 수도 없지. 이제 접시를 치울 시간. 서울로 올라가기 전에 먼발치에서나마 제 눈으로 확인하고 싶어요. 정말 마음을 놓아도 될 만큼 양계장이 변했는지를요.

　할머니는 성실하게 길을 안내해주었다. 나는 중간중간 풀을 베

는 척하며 예초기를 돌렸다. 위험하니까 그만두라는 말은 무시했
다. 예초기가 고장날 수밖에 없는 상황을 만들어야 했으므로 당연
히 전원 스위치를 끌 수 없었다. 등허리 전체를 진동시키는 모터
의 무게를 견디면서 오로지 고무 나사를 돌리는 데에만 집중했다.
마침내 고무 나사가 빠지자 안전 보조 장치가 작동되며 예초기
날이 멈췄다.

버리고 가자는 말에 생각지도 못한 반대 의견들이 오갔다. 이
대로 그냥 양계장을 지나쳐 갈 수도 있는 위태로운 상황이었다.
양계장이 거대해지며 나를 덥석 삼킬 것 같은 기분에 다들 말리
는데도 고집을 피우며 양계장으로 들어갔다.

더운 날씨 탓에 양계장 내부는 후텁지근했다. 찢어진 비닐 사
이로 바람이 불어왔지만 높은 온도를 내리기엔 역부족이었다. 썩
은 내가 진동했다. 시체가 빠르게 부패하고 있는 모양이었다. 땅
속에서 끄집어 내놓은 팔목 주변엔 벌레도 꼬여 있었다. 신물이
올라와서 입을 틀어막으며 예초기를 내려놓았다. 여유롭게 있을
시간이 아니었다.

문 앞쪽에 덮여 있는 왕겨를 준비해간 비닐봉지에 쓸어 담았
다. 비닐 주둥이를 약간만 벌리고 양계장 뒤쪽부터 왕겨를 슬슬
뿌렸다. 희미하게 찍혀 있던 발자국이 왕겨로 덮여갔다. 왕겨를
뿌리는 동시에 미처 확인하지 못한 흔적이 남아 있는지 구석구석
까지 살펴보았다. 눈에 띄는 것은 없었다. 발자국도 거의 지워졌
다. 남은 발자국은 우리 가족이 시체를 찾은 후에 낸 거라고 하면
될 터였다.

그 밤, 진웅이가 앉았던 자리를 중심으로 진웅이와 소년이 서 있던 자리까지 훑고 있는데 나를 부르는 소리가 들려왔다.

"형!"

대답하지 않았다. 이제 나를 찾으러 와줘. 잠시 뒤에 진웅이가 다시 나를 부르며 양계장으로 다가오는 발소리가 들려왔다. 나는 예초기를 들고 시체를 멍하니 바라보는 척 연기했다.

진웅이가 들어오고 아버지가 뒤이어 들어왔다. 할머니는 바로 들어오지 않았다. 진웅이가 내 시선이 머무는 곳으로 눈을 돌렸다. 땅속에서 불쑥 튀어나온 팔목을 드디어 보았는지 동공이 커졌다. 정말 기억이 안 나는 거니? 나는 물을 수 없는 질문을 속으로 삼키면서 진웅이의 반응을 살폈다.

"형! 형! 땅에서 솟아 있는 저게 뭐야?"

거짓말하는 표정은 아니었다. 역시나 기억하지 못하는구나. 나는 왠지 모르게 안도했다. 이제 아버지만 신경쓰면 되는 거니까. 진웅이가 손가락을 떨며 가리킨 지점을 보고 나서야 아버지도 양계장에 시체가 있다는 사실을 알아차렸다. 아버지가 뒷걸음질쳤다. 아버지가 이 정도로 놀라시면 반칙이잖아요.

"안 나오고 뭐 하는 거니?"

밖에서 기다리던 할머니까지 양계장으로 들어오면서 우리 가족이 모두 범죄 현장에 발을 들여놓게 되었다. 할머니도 시체의 팔목을 보고 충격을 받았는지 떨면서 양계장 골조를 붙잡았다. 우리 중 할머니만이 그때까지 살해된 시체를 본 적 없다는 걸 깨달았다. 그 얼마나 평탄한 칠십 년인가. 나는 왕겨가 흩어져 있는 쪽으로 가서 팔목을 유심히 보는 척했다.

"사람 손이에요."

다들 알고 계시겠지만요.

주변을 둘러보는 척하며, 지난밤에 가져다놓았던 돌을 들고 왔
다. 그러곤 몸이 있을 거라고 추정되는 부분에 쌓인 왕겨를 흩뜨
리며 땅을 팠다. 나를 말리는 말들에 경찰이 누굴 의심할지 짐작
하게 하고 아버지와 함께 시체를 파냈다. 노란 티셔츠가 서서히
드러나자 시체 냄새를 맡고 금파리가 몰려들었다.

땅속에 묻혀 있는 것 같은 머리까지 파내자 피가 엉겨붙은 뒤
통수가 제일 먼저 눈에 들어왔다. 땅속에 있어서인지 예상보다 부
패가 심하진 않았다. 피가 몰린 피부 주변에 진홍색 반점이 생겨
있는 걸 보면서 손을 털고 일어났다.

"죽었는지 한번 확인해보세요."

땅속에서 파낸 사람의 생사를 확인해보라는 황당한 요구에 아
버지가 흙을 파던 손길을 멈췄다.

"내가?"

"죽었는지 한 번은 확인해야죠."

아버지가 내키지 않는 표정으로 소년의 목으로 손을 가져다 대
었다. 피에 젖은 모습을 보니까 엄마 생각이 나지는 않으세요? 아
버지! 물어보고 싶은 마음을 참느라고 입술을 깨물었다.

죽은 걸 확인하고 경찰서에 전화를 걸었다. 아버지가 진웅이
와 집으로 돌아간 다음에 시체를 찾았다고 거짓말할 계획이었는
데 어그러졌다. 시체를 만진 흔적이 나온다면 거짓말이 들통날 테

니 아버지에게 더욱 불리한 정황이 될 수 있었다. 나름 준비한 건데. 그래도 괜찮아. 이 정도는 아버지를 범인으로 만드는 데 아무런 문제도 되지 않을 거야.

곧 사이렌 소리가 울려왔다. 폴리스라인이 둘러쳐진 다음에는 각자 형사가 시키는 일을 하거나 따로 떨어져 말을 걸어주길 기다려야 했다. 내게 붙은 형사는 덩니가 난 사십 대 남자였는데, 팔뚝에 난 할퀸 상처를 작정한 듯 집중적으로 물었다. 알고 보니 형사들은 내가 십 년 전에 저수지 사건의 용의자였다는 사실을 이미 알고 있었다. 날 의심하고 있다는 사실을 눈치챈 뒤로는 어떤 질문에도 단답형으로 대답했다. 말이 길어지면 쓸데없는 실수를 저지를 수가 있는 법이다.

범죄 현장 주변에는 금세 구경꾼들이 몰려들었다. 핸드폰으로 사진이나 동영상을 찍는 사람들을 경찰이 제지하긴 했지만 그리 성공적으로 보이진 않았다. 아버지와 함께 경찰차 뒷자리에 올라타자 실시간으로 소셜 미디어에 사진을 업로드하던 사람들의 시선이 우리에게 쏠렸다. 사진에 찍힐까 봐 손으로 얼굴을 가렸지만, 사건 사고에 굶주린 사람들을 당해낼 순 없었다. 뉴스 속보로 한 남성 모델이 살인 사건 현장을 발견했다는 기사가 뜰 수도 있었다. 예상치 못했던 전개에 나도 모르게 욕이 튀어나왔다.

"젠장! 뭐 하고 있어요? 사람들이 사진 찍는 거 안 보여요? 빌어먹을 경찰차 좀 빨리 출발시켜요!"

덩니 형사가 뒤도 돌아보지 않고 "예예, 어디로 모실까요?" 하면서 나를 비꼬았다. 그러고 나서도 바로 출발하지 않고 한참을 뭉그적거렸다. 속이 타는 건 나뿐인 모양이었다. 아버지는 주먹을 쥔 손을 허벅지에 가만히 올려두고 정면만 바라보고 있었다.

세 시간쯤 지나고 난 뒤, 별다른 소득을 얻지 못한 경찰이 당분간 집에 있으라고 경고하며 우리를 풀어주었다. 나보다 앞서 걷는 아버지를 내버려두고 경찰서 앞에서 택시를 잡았다. 그사이에 아버지는 모퉁이를 돌아 사라지고 없었다. 할머니 집 주소를 불러주자 택시가 큰길로 나갔다. 저멀리 구부정한 자세로 도로변을 걷고 있는 아버지의 뒷모습이 보였다. 교도소에서 고개만 숙이고 살았나. 왜 저렇게 등이 굽은 거야. 그냥 지나쳐 가자고 다짐했지만, 아버지 옆을 지나는 순간 결국 택시를 멈춰 세우고 말았다. 둘 다 아무런 말도 주고받지 않고 집으로 돌아왔다.

나는 곧바로 바깥방으로 들어갔다. 진웅이는 방에 없었다. 나간 건가? 씻고 돌아와도 없기에 하는 수 없이 방문을 잠갔다. 진웅이가 당황할지도 모르지만 눈꺼풀이 감기는 탓에 어쩔 수 없었다. 어제도, 그제도 잠을 제대로 자지 못해서 주체하지 못할 정도로 졸음이 밀려들고 있었다.

이제 내가 할 일은 다 했어.

나는 현실이 단칼에 잘린 것 같은 깊은 잠을 잤다.

*

낮잠에서 깨어난 건 누군가 날 쳐다보고 있다는 느낌 때문이었다. 눈을 힘겹게 떴다가 감는 찰나에 낯선 여자의 얼굴이 보였다가 사라졌다. 누구지. 꿈인가. 다시 눈을 떴을 때, 멀지 않은 곳에 진웅이의 여자친구가 앉아 있는 게 눈에 들어왔다. 잠이 확 달아나서 벌떡 일어났다.

"뭐야? 뭐 하는 거야?"

한희가 진지한 표정으로 자세를 가다듬었다.

"유진혁 씨한테 물어보고 싶은 게 있어서 왔어요."

"방엔 어떻게 들어왔어? 분명 문을 잠가뒀는데."

한희가 방바닥에 놓여 있던 열쇠를 집어 들었다. 그러더니 열쇠를 손가락에 걸고 빙빙 돌렸다.

"비상 열쇠가 마루 벽에 걸려 있는 걸 모르셨나봐요. 이 집에선 늘 비상 열쇠를 마루 벽에 둬요. 그리고 이게 그 비상 열쇠고요."

지난 며칠 동안 애써서 문을 잠근 게 다 쓸데없는 짓이었다는 말이었다. 머리가 지끈거려서 이마를 짚으려다가 한희가 계속 열쇠를 돌리고 있는 꼴이 더 거슬려 열쇠부터 낚아챘다.

"진웅이는?"

"제가 왔을 때는 이미 없던데요."

허락도 없이 멋대로 방으로 들어와 있음에도 한희는 태연하기만 했다.

"그만 나가줬으면 좋겠는데."

한희가 내 말에 대꾸하지 않고 핸드폰을 꺼내 보였다.

"녹음은 안 할게요. 근데 제가 여기에 온 건 할머니도 봤고, 우리 엄마도 알아요. 무슨 일이 생기면 유진혁 씨가 의심받을 거예요."

"뭐?"

"쇠파이프였죠? 쇠파이프로 태민이 머리를 내리쳐서 죽인 거죠?"

아버지의 지문을 쇠파이프에 찍고 나오다가 한희와 정면으로 마주쳤던 게 불과 하루도 지나지 않았다. 숨긴다고 숨겼는데도 가방에 넣은 물건이 쇠파이프라는 걸 한눈에 알아본 모양이었다. 벌써 들통난 건가? 그런데 이상했다. 쇠파이프가 흉기라는 건 아직 공식적으로 밝혀지지 않은 정보였다. 경찰 내부에서 받은 정보가 아니라면 단순히 정황을 꿰어맞춰 떠보는 걸 수도 있겠단 생각이 불현듯 들었다.

"누가 그래? 내가 쇠파이프로 죽였다고?"

"제가 추리력이 좋거든요. 어제 수건으로 덮어서 가방에 숨긴 거 쇠파이프잖아요. 태민이는 두부가 손상돼 죽었다고 하고요. 이 정보는 군청에서 우연히 들었어요. 그렇게 연결해보면 결론이 나오지 않나요? 태민이를 살해한 흉기가 쇠파이프라는 게요. 맞죠?"

그저 직감일 뿐이었다. 아직 아무것도 밝혀진 건 없고 추측만 있다는 말이었다. 말려들 필요가 없어 한희를 내버려둔 채 마루로 나섰다.

"잠시만요. 말이 없는 건 내 말을 인정한다는 거예요?"

맹랑하고 당돌한 아이였다. 아니, 머리가 좋은 아이라고 하는 편이 옳았다. 더욱이 내가 범인이라고 예측하면서도 나를 혼자 찾아올 만큼 겁도 없었다.

"왜 죽인 거예요?"

"······."

"동기가 없잖아요. 갑자기 피를 봐야 직성이 풀리는 사이코패스가 아니라면 죽인 이유가 있을 거 아니에요?"

"왜 죽였나 궁금해서 온 거니?"

"아니요. 걱정 때문에 왔어요."

"걱정?"

"진웅이가 유진혁 씨의 동생이라는 점이요. 진웅이는 이제 곧 학교에서 왕따가 될 테니까요. 저는 그걸 막고 싶어요."

나는 진웅이가 저지른 일을 덮는 데에만 몰두해 있던 탓에 진웅이가 처하게 될 상황은 고려하지 못했다. 곧 용의자가 지목되면 진웅이는 학교에서 버티기 힘든 상황이 될 터였다. 한희는 먼저 내가 범인이라는 전제를 깔아두고 역으로 의심스러운 사항을 제거해, 용의선상에서 나를 제외하고 싶은 것이었다. 그래야만 형제로 엮인 진웅이에게 객관적으로 힘이 될 논리를 만들어줄 수 있으니까.

하지만 용의자로 지목될 사람은 내가 아니라 아버지였다. 아버지가 용의자로 지목되기 전에 진웅이와 함께 서울로 올라가는 편이 나을지도 모른다. 그렇지만 언제 몽유병이 도질지 모르는 진웅이를 내가 견뎌낼 수 있을까?

"왜 심각해졌어요? 진웅이를 걱정하는 거예요?"

"너보단 내가 더 걱정하겠지."

"살인은 해도 형제애는 있나봐요."

"넌 말조심하는 게 좋겠다."

나는 더위가 한결 누그러진 거리로 나왔다. 되도록 오늘은 밖에 있을 계획이었다. 오늘만큼은 아버지와 마주앉아 밥을 먹을 자신이 없었다. 진웅이를 걱정한다는 여자애가 여전히 추리를 풀어내면서 내 뒤를 따라왔다.

"커피 좋아하니?"

"아마도요."

편의점으로 걸어가는 동안 한희는 나를 계속 주시하면서 의심쩍은 점을 찾으려고 했다. 아니, 의심하고 있다는 걸 일부러 보여주면서 도발하고 있었다. 내가 정말 범인이라면 이런 행동이 얼마나 위험한지 모르는 것 같았다. 혹은 알면서 하는 행동일지도. 호신용품을 숨겨놓고선 위험한 순간에 나를 처단하고 도망갈 수 있을 거라 생각하는 건가. 그렇다면 핸드폰을 보여주며 녹음하지 않을 거라고 한 말도 믿을 수가 없다. 지금 이 순간순간이 모두 어딘가에 기록되고 있을지도 몰랐다.

"더워요."

뜨거운 열기를 담은 바람이 불어왔다. 한희의 머리카락이 그 바람을 타고 사방으로 날리고 있었다. 한희는 머리카락을 내버려둔 채 편의점 앞 파라솔 의자에 앉아 손부채질을 했다. 나는 대꾸하지 않고 테이블 위에 놓인 조약돌을 집어 들었다. 아이들이 공기놀이라도 했는지 조약돌에는 색색의 물감이 칠해져 있었다. 조약돌을 손안에서 굴려보았다. 동글동글하고 보드라운 감촉에 어린 시절이 잠깐 생각났다. 조약돌을 바지 주머니에 넣고 커피를 마셨다. 한희는 캔커피를 손톱으로 탁탁 밀어냈다.

"커피 쏟겠다."

"쏟으면 버리면 돼요. 이 동네처럼."

한희가 자조적으로 웃더니 급작스럽게 풀이 죽었다.

"있죠. 이 동네는 죽은 동네예요. 다들 좀비처럼 살아 있는 척 지낸다고 해야 하나. 그런 주제에 작은 스캔들이라도 일어나면 눈을 부릅뜨고 달려들어요. 지금도 어딘가에서 우리에 대한 소문이 만들어지고 있을 거예요."

"흥미롭진 않네. 난 벌써 경험한 일이거든."

뜻밖에도 한희가 활짝 웃었다. 문득 알고 싶어졌다. 진웅이가 이 웃음을 보고 마음의 안정을 얻었을지를. 그랬다면 좋을 것 같았다. 앞으로도 쭉 진웅이를 보고 웃어주는 사람이 옆에 있어 주었으면 했다.

전화가 왔는지 한희가 내 눈치를 보면서 일어났다. 엿듣고 싶지 않았는데도 통화 소리가 들려왔다. 진웅이에게서 걸려온 전화인 듯했다. 나는 주머니에 넣어둔 조약돌을 한희의 발치로 던졌다. 한희가 조약돌을 피하면서 전화를 끊었다.

"뭐 하는 거예요?"

"거짓말했잖아. 넌 지금 나랑 있는데도 진웅이한테 사실을 말하지 않고 거짓말을 했어."

"살해 동기를 듣기 전까진 진웅이가 몰랐으면 하니까요."

나 역시 진웅이가 모르길 바란다고 말하면 한희의 표정이 어떻게 변할지 궁금해졌다. 때마침 앱으로 미리 불러둔 택시가 왔다. 나는 택시에 올라탔다. 한희가 대답도 안 해주고 어디 가는 거냐며 뒤따라 올라탔지만 말리지 않았다.

시내에서 내린 뒤에는 거리를 정처없이 걸어다녔다. 내가 누구인지, 오늘 내게 무슨 일이 있었는지 모르는 사람들 사이를 비집고 익명으로 떠돌다보니 경찰서 근처였다. 하필 와도 여기를. 한희는 단서를 찾겠다며 여전히 조잘대고 있었다. 자기가 이미 정해놓은 답대로 해석하고 있는 말들. 어떤 말에는 대꾸를 해주고, 어떤 말에는 하지 않았는데 그마저도 지겨워졌다.

"그만하지."

한희가 자리에 우뚝 멈춰 섰다.

"뭘 그만해요?"

"지금 이러는 거. 이렇게 따라다니면서 있지도 않은 단서를 찾겠다고 난리치는 거 단지 고집 피우는 거잖아."

"고집이라……. 그렇게 보인다는 게 유감이지만, 저는 제 할 일을 할 거예요."

그 점은 나와 비슷했다. 나도 내 할 일을 하겠다고 여기까지 일을 끌어왔으니까. 한희가 담벼락에 기대며 교복치마 주머니에서 담배를 꺼냈다.

"하나 줘요?"

"담배도 피우니?"

"가끔. 진웅이는 몰라요. 알아도 모르는 척해주는 건지도 모르지만."

한희가 담벼락에 기댄 채 느긋하게 담배를 피웠다. 담배 연기를 내뱉곤 연기가 사라지는 걸 권태롭다는 듯 보더니 천천히 입을 열었다.

"문신은 무슨 의미예요? 날짜 같은데."

묻지 않았더라면 좋았을 텐데. 그랬다면 진웅이에 대한 마음을 조금은 고맙게 여기며 내가 범인이 아니라는 단서 몇 개쯤 흘려주었을 텐데.

"그만 까불고 가."

길고양이가 길끝에서 나타났다가 슬그머니 물러났다. 한희가 담벼락에 담배를 비벼 껐다.

"……그날이죠?"

나는 받아들었던 담배를 바닥에 버리고 뒤돌아서 걸었다. 뒤따라오는 발소리가 점점 가까워지더니 한희가 내 앞을 막아섰다.

"갑자기 왜 그래요?"

"지겨우니까 그만 좀 꺼져줄래?"

한희를 길거리에 남겨둔 채 택시를 잡고 바로 출발해버렸다. 한희가 황당하다는 표정으로 나를 바라보고 있었다. 지금까지 잘 참다가 갑자기 화낸 이유를 한희는 끝끝내 모를 것이다. 그 순간, 같은 질문을 했던 고급 술집의 마담이 기억났고 동시에 내 앞길을 막아버린 기획사 대표가 생각났으며, 앞으로 먹고살 길이 막막해졌다는 사실이 떠올랐다. 이 모든 게 아버지 탓인데, 또다시 아버지 때문에 진웅이가 살인을 저질러서 내가 밤마다 남들 눈에 띄지 않도록 조심하며 증거를 없애야 했고, 그로 인해 한희에게 문신이 어떤 의미인지 추궁당했다는 걸 참을 수 없었다.

"어디로 갈까요?"

마음 같아서는 폐쇄된 양계장으로 돌아가 상황이 어떻게 돌아가고 있는지 살펴보고 싶었다. 그러나 양계장엔 지금도 경찰들이 들락대고 있을 것이다. 괜한 소문을 지어낼 필요는 없었다.

나는 저수지 지류가 내려다보이는 둔치에서 내렸다. 여러 갈래로 뻗어 나가는 물줄기 밑에선 모래도, 물풀들도 시간을 따라 흐르며 조금씩 해체되고 있을 터였다. 내 오랜 상처도 해체될 수 있을까. 시간이 지나면 모든 것이 조금씩 낡아가듯이 그렇게.

발치로 떨어지는 햇빛 조각들이 점점 수그러들어 사라졌을 때 저수지에 작은 불빛들이 반짝이기 시작했다. 소원등이었다. 물결에 흔들리는 소원등을 보자 어제 저수지에 소원등을 떠내려 보낸 일이 기억났다. 뒤늦은 후회였지만 이제야 그 소원이 마음에 걸렸다. 각자가 되고 싶었다고 해도 조금 더 평범하게 쓸 수 있었을 텐데, 왜 그렇게 적었을까.

나는 축제 운영 센터로 가서 소원등을 하나 더 샀다. 소원등을 앞에 놓고 보니 뭐라고 써야 할지 여전히 막막했다. 아버지가 범인으로 잡히길 바란다고? 진웅이가 진실을 모르도록 해달라고? 그 모든 바람이 사실은 소원이 아니었다는 것을 인정하니, 아버지와의 추억들이 덩달아 떠올랐다. 아버지의 헝겊 가방처럼 먼지를 뒤집어쓰고 귀퉁이가 나간 채 버려져 있던 추억들. 먼지를 털어내면 언제, 어디에서, 무엇을 하며 아버지가 웃었는지 선명하게 기억났다. 젠장! 이런 결론을 원한 건 아니었는데. 뺨을 따라서 눈물이 흘러내렸다.

이제라도 흉기를 찾으러 양계장으로 돌아갈 수 있었다. 그러나 경찰은 이미 아버지를 의심하고 있었다. 또 종이 한 장만큼의 차이로 나 역시 의심받고 있었다. 게다가 나는 시체를 유기하는 범죄를 저질렀다. 그 하나만으로 이미 내 인생은 나락에 있었다.

아버지와 나는 너무 먼 길을 걸어왔다. 되돌아가기엔 늦었고 앞으로 나아가기도 고단했다. 우리는 각자의 전쟁에서 진 패배자처럼 처참한 몰골로 결말을 기다릴 수밖에 없었다. 이제는 그 무엇도 돌이킬 수 없었다.

나는 소원등을 쓰레기통에 버렸다. 내 등 뒤에서 철문이 철컥철컥 소리를 내며 바람과 부딪치고 있었다. 축제장을 빠져나오다가 누군가 부르는 소리에 저수지를 돌아보았다. 짙은 어둠으로 가득찬 저수지가 아가리를 벌리고 무언가 다시 떨어지길 기다리고 있었다.

사건 넷째 날

예정에 없던 나흘째 날, 나는 오솔길을 걸었다. 산책로로 정비되지 않은 길이었다. 이따금 나뭇가지 사이를 올려다보면 푸른빛이 아른거려 눈이 부셨다. 나무 밑에 떨어진 열매를 주워 숲으로 던지며 걷는데 멀리 건너편 길에서 아버지가 쭈그리고 앉아서 바닥을 살피면서 점점 이동하는 게 보였다. 그 길은 양계장으로 이어져 있었다. 뭘 찾고 있어요? 잔뜩 움츠린 채로. 중요한 걸 잃어버린 듯 보여 한동안 지켜보았지만 별 소득이 없어 보이기에 발길을 돌렸다. 어차피 나와는 상관없는 일이었다.

꽤 오랫동안 걸었다. 완만한 길이 점점 가팔라지더니 갑자기 시야가 탁 트였다. 배드민턴장이었다. 산속에 무슨 배드민턴장이

람. 더 당황스러운 건 배드민턴장을 나오자마자 보인 유등이었다. 어느새 나는 유등 축제장 안에 있었다.

"어? 내 아이스크림."

뛰어오던 아이가 내게 부딪치며 아이스크림을 놓쳤다. 그 바람에 면바지에 아이스크림이 묻었다. 바닥에 떨어진 아이스크림을 넋 나간 듯 내려다보던 아이가 울기 시작하자 부모가 다가와 내게 화를 냈다. 왜 아이 앞을 갑자기 가로막느냐고. 평소였다면 반박했겠지만 지금은 어떤 일로도 주목받아서는 안 됐다. 나는 아이스크림 값을 변상하고 광장에 있는 공중화장실로 들어갔다.

세면대에 물을 받아 얼룩진 부분을 문질렀다. 한참 아이스크림 자국과 씨름하고 있는데 핸드폰 진동이 울렸다. 기획사에서 걸려온 전화였다. 할머니 집에 내려오기 직전, 기획사로 연락해 대표님을 만나뵙고 싶다고 요청해놓았었다. 나는 대충 물기를 닦고 전화를 받았다.

"여보세요."

"유진혁 씨 되시죠? 아우라입니다."

기획사 대표의 비서였다. 그녀는 대표님이 장기 해외 출장 계획이 있어 만나기 어렵다는 답변을 들려주었다. 그러면서 돌아오더라도 당분간 중요한 스케줄이 있으므로 연락을 자제해주길 부탁한다고 정중하게 말했다. 이제 나를 만날 일이 없다는 거구나. 자신이 직접 찾아와 건넨 제안을 거절한 것에 대한 대가를 완벽히 치르게 할 셈이었다. 한숨이 나오려는 걸 억지로 참으며 바지를 문지르다가 화장실로 막 들어온 학생이 손을 씻으려고 하기에 자리를 비켜주었다.

"혹시 진웅이 형님 아니세요?"

서글서글해 보이는 남자애가 손을 씻으면서 거울에 비친 내게
물었다. 교복이 진웅이 것과 같았다. 눈으로 누구인지를 묻자 남
자애가 시원스럽게 자기를 소개했다.

"안녕하세요. 저는 김민기라고, 진웅이 친구예요."

민기가 나를 주의 깊게 훑으며 수도꼭지를 잠갔다.

"우와! 모델이라서 그런지 옷발 장난 아니네요."

"그래? 잘 봐줘서 고맙다."

"유등 축제장에 진웅이 있는데 같이 가서 만나실래요? 재밌는
것 보여드릴게요."

"진웅이가 있어?"

"네. 같이 가보세요."

광장을 지나쳐 잔디가 깔린 언덕배기를 걷다가, 책가방과 캔버
스백이 놓인 지점에서 민기가 멈춰 섰다.

"돛단배 유등 보이시죠? 진웅이는 저기서 유등을 수리하고 있
어요."

민기가 가리킨 곳에 진웅이가 있었다. 유등을 만지며 작업복
차림의 사람에게 뭔가를 설명하는 중이었다.

"물고기 유등이 쓰러져서 한지가 젖었나봐요. 원래 유등 수리
를 하려고 온 건 아닌데, 애들이 만든 작품이 엉망이라 오지라퍼
인 진웅이가 대신 벌서는 거죠."

민기가 날 흘깃 보더니 짐짓 아무렇지 않은 척하며 저수지에

대해 말을 꺼냈다.

"그나저나 저수지에는 오랜만에 오신 거죠? 감회가 새로우시 겠어요."

하고 싶은 말이 이거였나. 진웅이랑 동갑이라면 저수지 사건에 대한 내 소문을 알고 있을 것이다. 한희에 이어 민기도 나를 떠보기 위해 미끼를 치는 게 느껴졌다.

"추억이 없어서 감회도 없네. 근데 보여줄 거라는 건 뭐니?"

민기가 "와! 쿨내 풀풀." 하고 장난스럽게 말하더니 이어서 바닥에 놓여 있는 캔버스백 앞에 쪼그리고 앉았다.

"진웅이 그림이요, 그림 보신 적 있으세요?"

"있어. 근데 그게 재밌단 거니?"

캔버스백에서 스케치북을 꺼낸 민기가 일어나면서 첫 장을 펼쳤다.

"형님은 진웅이와 달리 성격이 조급하시네요, 일단 한번 보세요."

아크릴 물감을 사용해 그린 풍경화에는 빛이 비치는 강도나 바람이 부는 방향까지 훌륭하게 표현되어 있었다. 마지막 장에는 할머니를 그린 인물화가 있었는데 주름의 깊이까지 상세히 묘사돼 실감이 났다. 스케치북을 다 넘겨보자 민기가 히죽 웃었다.

"이상한 점 못 느끼셨어요?"

"이상한 점이라니?"

"에이, 형님은 진웅이만큼 색에 민감하진 않으신가보다. 잠깐만요."

민기가 진웅이의 캔버스백을 뒤져서 이번엔 팔레트와 물감을 꺼냈다.

"그러면 제가 한번 더 기회를 드릴게요. 이것도 좀 보세요."

민기가 팔레트와 물감을 내게 내밀었다. 대체 뭐 하자는 건가 싶어서 화구들을 받지 않고 민기를 쳐다보았다. 내가 팔짱을 낀 채 가만히 서 있자 민기가 웃으면서 직접 팔레트를 펼쳐 보였다.

"까칠한 형님께 제가 퀴즈 하나 낼게요. 지금 여기 없는 색상은 무엇일까요?"

그걸 내가 어찌 알겠는가. 슬슬 짜증이 올라왔다. 대답할 생각이 없는 내 마음을 읽었는지 아니면 처음부터 내 대답 따위는 필요 없었는지 민기가 곧장 답을 말했다.

"정답은 노란색입니다!"

민기의 말대로 팔레트에는 정말 노란색이 없었다. 그렇지만 그게 특별한 의미란 말인가? 민기가 물감 케이스를 열어 보이면서 말을 이었다.

"물감에도 노란색이 없죠? 지금쯤 눈치채셨을 테지만 풍경화나 인물화에도 노란색을 쓰지 않았어요. 왜 안 썼을까요?"

"노란색이 다 떨어졌나보지. 넌 지금 노란색을 쓰지 않는 게 이상하다는 말을 하고 싶어서 날 여기로 데려온 거니?"

민기가 팔레트와 물감을 아무렇게나 바닥에 툭 던져놨다. 그러곤 과장되게 한숨을 쉬었다.

"아휴! 모르시나보네, 정말. 알고 계실 줄 알았는데……. 제가 이렇게 힌트를 많이 드렸는데도 초점을 못 맞추시다니 조금 실망이네요."

"대체 뭘 모른다는 건데?"

민기가 눈빛을 빛내면서 눈을 가늘게 떴다.

"진웅이는 말이죠, 노란색을 병적으로 싫어해요. 거의 증오하는 수준이죠. 아마도 지금 저기 돛단배 앞에서 물고기 유등을 수리하면서도 앞을 쳐다보지 않으려고 엄청 노력하고 있을 거예요. 왜냐면 돛단배가 노란색이니까요."

나는 노란색 물감이 빠진 팔레트를 내려다봤다. 왜 자꾸 노란색을 들먹이는지 알 수 없었지만 내가 중요한 걸 잊고 있다는 느낌은 들었다. 갑자기 민기가 내게 다가오더니 코를 킁킁댔다.

"뭐 하는 거야?"

"진웅이가 형님한테서 독특한 냄새가 풍긴다고 했었는데, 그 말이 정말 맞네요."

"냄새?"

"설마 모르셨어요? 우왓! 표정을 보아하니 정말 모르셨나보네. 형님은 정말 아는 게 없네요."

민기가 내 표정을 살피며 입꼬리를 올리고 있었다. 말려들지 말아야겠다고 생각했다. 이건 덫이야. 하지만 진웅이가 냄새에 대해 언급했다는 말에 반응하지 않을 도리가 없었다.

"무슨 냄새?"

"피비린내요. 형님한테서는 피 냄새가 나요."

한 방 먹었다. 무슨 의도로 자꾸 나를 자극하는 건지 모르겠지만, 녀석이 내게 호의를 가지고 있지 않다는 건 분명해졌다.

"진웅이가 그런 말도 안 되는 소릴 했을 것 같진 않은데?"

"맞아요. 진웅이는 그런 말 절대 안 하죠. 사실 그냥 제 생각이에요."

민기가 순순히 수긍하고, 뜻밖에도 환하게 웃었다. 입은 웃었지만, 눈으로는 노란 탑 전망대를 더듬고 있었다.

"제가 뭐 하나 물어봐도 돼요? 예전부터 진짜 궁금했거든요."

"……."

"그날 말이에요. 형님네 아버지가 동반자살 시도한 날이요. 그날 죽은 어머니가 입고 있던 옷이 혹시 노란색이었어요?"

"동반자살? 누가 그래? 동반자살이었다고?"

"와! 형님, 눈빛이 엄청 살벌해졌어요. 무서워요."

"그건 됐고, 진짜 하고 싶은 말이 뭐야?"

민기는 퉁명스럽게 튀어나간 내 말엔 아랑곳없이 일관되게 표정을 감추고 있었다. 비웃음을 숨기고 있는 민기가 내 얼굴을 정면으로 바라보면서 천천히 입을 열었다.

"진웅이가 그린 아주 이상한 그림을 본 적이 있어요. 초등학교 1학년 미술시간에 그린 그림이었는데, 노란 옷을 입은 여자가 피를 흘리는 그림이에요."

민기에게 얻어맞기라도 한 듯 눈앞이 번쩍였다. 진웅이는 분명 그날의 사건을 그림으로 그린 것이리라. 어쩌면 노란색 옷을 입고 죽은 엄마를 본 뒤에 충격을 받아 지금껏 노란색을 싫어하는지도 몰랐다. 이 녀석은 그 사실을 알고 있었다. 그러나 그런 사실을 알고 있다고 해서 내게 말해줄 이유는 없었다. 이 녀석은 내 편이 아니었다. 내게 이런 말을 하는 의도가 뭘까?

"근데 그 그림을 담임이 찢어버렸어요. 어린애답지 않다나. 꼰대가 그림을 찢어버려서 진웅이가 굉장히 화가 났더랬죠. 그래서 몰래 다른 그림을 하나 더 그렸어요. 다른 장소에서 또 다른 여자가 죽는 모습을요."

"또 다른 여자라니?"

"글쎄요. 저보단 형님이 더 잘 알지 않을까요?"

흘깃거리며 노란 탑을 볼 때 알아차렸어야 했다. 진웅이는 아마도 저수지에 빠져 죽은 여자애를 그렸을 것이다. 민기는 분명 그림에 있는 어떤 부분을 나와의 연결고리로 보고, 저수지 사건의 범인이 나라고 추측을 한 모양이었다. 그게 내게 보여준다던 재미있는 것일 터였다. 빌어먹을. 민기는 내가 동요하는지 유심히 지켜보고 있었다. 먹잇감이 되지 않도록 이 거미줄에서 빠져나가야만 한다.

"어릴 때 본 그림을 정확하게 기억한다고 믿다니, 그 자체가 놀라운걸. 처음부터 네가 진웅이에게 영향받아서 상상으로 꾸며낸 건지도 모르고. 뭐, 그걸 확인할 방법이 없다는 게 아쉽긴 하네."

"와아! 형님이 그렇게 받아칠 줄은 몰랐어요. 확실히 진웅이보다는 재미가 있네요. 진웅이는 어리바리해서 지가 당하는 줄도 모르거든요."

"친구가 할 소리는 아닌 것 같은데. 너 진웅이 친구 아니지?"

"맞는데. 것도 베프. 할머니한테 물어봐도 저랑 제일 친하다고 할걸요."

"내가 보기엔 친구처럼 안 보이는데?"

"에효, 그런 말은 진웅이한테 하지 마세요. 친구가 저밖에 없는 애라서 상처받아요. 진웅이가 상처받았으면 좋겠어요?"

약점을 잡고 흔드는 재주를 가진 아이였다. 순진한 진웅이가 감당할 수 있는 유형의 인간이 아니었다.

"근데요, 형님! 아까 한 말씀 중에 잘못된 게 있는데요. 말해도 돼요?"

"안 된다고 해도 할 거잖아."

"아아! 역시 형님이라서 다르네. 맞아요. 하지 말라고 해도 말할 거예요. 왜냐면 그러는 편이 재미가 있으니까."

"……"

"그림을 확인할 방법이 없어서 아쉽다고 하셨죠. 근데 확인할 수 있다면요?"

민기가 의미심장한 어투로 던진 말로 인해, 태연하게 행동하자는 생각도 쑥 들어갔다. 마치 민기가 내 목을 물어뜯는 듯했다.

"미술시간에 그린 그림은 꼰대가 찢어버렸지만, 저수지를 그린 그림은 집안 어딘가에 남아 있을지도 모르죠. 할머니가 진웅이 그림 다 모아두셨거든요. 이것도 모르셨죠?"

*

나는 집으로 급히 돌아왔다. 발길은 조급했지만, 아버지가 혹시 가운뎃방에 있을까 봐 기척을 살피는 것도 잊지 않았다. 방에서는 아무런 인기척이 느껴지지 않았다. 나는 가운뎃방으로 미끄러지듯 들어갔다. 그림을 찾아야 했다. 저수지 그림이 어떤 내용인지 확인해야만 마음이 안정될 것 같았다.

책장에 꽂힌 책 사이를 살피고 옷을 끄집어낸 뒤 옷장 바닥을 뒤졌다. 책상 서랍을 모두 열어서 내용물을 확인했고 이면지를 모아둔 상자를 엎어 한 장씩 넘겨보았다. 컴퓨터 본체와 모니터까지 들었다가 놨다. 그 어디에도 그림은 없었다.

바깥방에서 종이로 만들어진 것들과 그림을 그릴 수 있는 것들을 뒤집어 놓다보니 발 디딜 곳이 없어졌다. 그러다 마침내 그림을 모아둔 상자를 구석에서 발견했을 땐 안도의 한숨마저 나왔다.

나는 상자에 든 스케치북을 하나하나 들여다보았다. 스케치북들을 세 번쯤 반복해서 들여다보아도 저수지 그림은 없었다. 그림을 모아둔 상자에 없다면 버렸을 확률이 높았다. 긴장이 풀리면서 어깨가 축 처졌다. 엉망으로 만든 방을 둘러보다가 스케치북부터 치우자 싶어 제자리에 넣어두고 있는데 안방에서 전화벨이 울려왔다. 받을 때까지 끊지 않겠다는 듯 벨은 끈질기게 울렸다. 신경이 곤두서서 스케치북을 내려놓고 방문을 열려는 순간, 아버지의 목소리가 들려왔다. 어느새 돌아왔는지 아버지가 안방에서 전화를 받고 있었다.

"제가 유재만인데요. 누구시죠?"

분명 할머니를 찾는 전화일 거라고 짐작했다. 그런데 뜻밖에도 전화 상대는 아버지를 찾고 있었다. 나도 모르게 숨을 죽이고 통화 소리에 귀를 기울였다.

"아!"

외마디 비명을 내지른 다음에 한동안 아버지는 말이 없었다. 통화가 끝난 건가, 싶었을 때 아버지의 말이 이어졌다.

"……예. 듣고 있어요. ……죄송합니다."

침울하다고 해야 하나. 아니면 두려워한다고 해야 할까. 아버지의 탁한 목소리가 미세하게 떨리고 있었다.

"압니다. 알아들었습니다. ……죄송합니다. 당연히 갚아야죠. ……시일을 좀 주시면……. 네? 하지만 아무리 사채 이자라고 해도 그건 좀 말이 안 되는 금액인 것 같은데요……. 제가 교도소에 있었던 시간까지 포함하는 것도 좀……."

아버지를 끈질기게 찾았던 상대는 사채업자였다. 아버지가 사업에 실패하며 지은 빚이 아직도 고스란히 남아 있는 모양이었다. 아니, 십 년의 시간까지 쳐 이자를 계산했을 테니, 그때보다 더 어마어마한 크기로 부풀려져 있을 터였다.

나는 손톱을 깨물면서 통화를 들었다. 손톱이 따끔해서 입에서 빼보니 피가 흘렀다. 나도 모르게 살점까지 씹고 있었던 모양이다. 쪼글쪼글해진 손가락을 눌러보는데 아버지 입에서 내 이름이 흘러나왔다.

"……아니, 제 아들은 모릅니다. 모릅니다. 제발 진혁이는……. 하지만 그 애는 제 말을 듣지 않을……. 예. ……아닙니다. 대출받겠습니다. 하지만 진혁이가 신용불량자는 아닐 테지만 그렇게 큰 돈을……. 진혁이 명의로 대출을 받아서 갚겠습니다. ……며칠만 더 기다려주세요."

내 명의로 대출을 받겠다는 아버지의 목소리를 듣자 실소가 터져 나왔다. 횡포를 휘두르는 가장. 우리 목숨이 자신의 손에 있다고 여기더니 아버지는 교도소를 다녀온 뒤로도 전혀 달라지지 않았다.

바깥방에서 나와 마루를 쿵쿵 울리며 걸어가 안방 문을 난폭하게 열어젖혔다. 수화기를 두 손으로 들고 통화를 하던 아버지가 깜짝 놀라며 나를 돌아보았다. 나와 똑같은 크기의 동공이 작아졌다가 다시 커졌다. 나는 거친 손놀림으로 수화기를 빼앗아 들었다. 그러곤 전화를 끊어버렸다. 아버지가 망연히 서서 입을 꾹 다문 채 전화기를 내려다보았다. 곧 다시 전화벨이 울렸다.

"받지 마요."

아버지가 전화기로 뻗던 손을 머뭇거렸다. 나는 전화기와 아버지를 동시에 노려보았다. 아버지가 어깨를 움츠리고 입술을 몇 번 달싹거리다가 안 받으면 안 된다고 나를 말렸다. 받으면 뭐가 달라지는지 아버지에게 묻고 싶었다. 나를 자신의 실패한 인생으로 끌어들이며 언제까지 갉아먹을 건지 묻고 싶었다. 아버지가 이렇게 무능하고 제멋대로니까 사라져주길 바라는 거라고 말하고 싶었다. 그런 말들이 내 눈에 쓰여 있었고 내 입에 담겨 있었다.

아버지가 내 뺨을 후려쳤다. 너무 급작스럽게 당한 탓에 아프지는 않았다. 입이 찢어졌는지 혀에서 찝찔한 맛이 났다. 아버지는 본인이 나를 때려놓고는 스스로 더 황망한 듯 내 눈을 피했다.

뺨을 맞자 오히려 흥분된 마음이 가라앉아 차분해졌다. 담담하게 아버지를 증오할 수 있었다. 더는 복수를 후회하지 않으리라.

이제 아버지를 내 인생에서 정말 지우기로 했다.

나는 안방을 나와 마루로 내려서려다가 발길을 돌려 바깥방으로 들어갔다. 캐리어 가방에서 문신용 잉크와 바늘을 넣어둔 파우치를 꺼냈다. 드디어 오늘이야. 나는 파우치를 들고 방을 나왔다. 아버지가 뭐라고 중얼거리며 입술을 달싹이다가 내 표정을 보더니 그만두었다.

나는 그대로 언덕길을 내려갔다. 지나가던 택시를 잡아타고 무작정 가장 가까운 모텔로 가달라고 했다. 잠시 뒤에 후미진 모텔 앞에 택시가 섰다. 나는 택시비를 치르고 모텔방을 하나 잡았다. 곰팡내가 풍기는 방으로 들어가 스프링이 삐걱대는 침대에 앉자 비로소 제집을 찾은 기분이었다.

파우치에서 문신용 바늘을 꺼냈다. 그러곤 바늘에 검은 잉크를 찍어 왼손목에 지그시 눌렀다. 작고 검은 점이 푸른 핏줄 위에 번져 갔다. 바늘로 한 땀씩 손목을 찍어나갔다. 검은 점들이 늘어날수록 숫자들이 모양을 찾아갔다. 몸을 뒤척이는 바람에 잉크병이 침대 위에 엎어져 검은 잉크가 시트를 적셨다.

죽은 것보단 낫겠지.

흘러넘친 잉크에 바늘 끝을 찍고 날짜를 마저 새겨 나갔다. 19701028. 마지막 숫자까지 찍었을 땐, 어느덧 밤이 되어 있었다. 나는 처음으로 숨을 쉬어보는 사람처럼 숨을 들이마시고 내뱉으면서 새로 새긴 문신을 내려다보았다.

내 왼손목에는 엄마의 생일이 오롯이 찍혀 있었다. 그리고 오른손목에는 엄마가 살해당한 날이. 어두워진 모텔방에서 양 손목을 번갈아가며 오랫동안 내려다보았다. 엄마가 태어나고, 죽은 날들. 엄마의 인생이 내 가장 연약한 곳에 나뉘어 새겨져 있었다.

그건 내가 가진 것의 전부였다.

사건 다섯째 날

아버지가 나간 사이에 몰래 가운뎃방으로 들어갔다. 어제 집으
로 돌아왔을 때 바깥방이 말끔하게 정돈되어 있었던 것처럼 가운
뎃방도 모든 게 제자리로 돌아가 있었다. 방을 치운 사람은 진웅
이일 거라고 짐작했다. 그리고 진웅이도 방을 뒤집어놓은 사람이
나라는 걸 알고 있을 것이다.

나는 진웅이에게 아무런 변명도 하지 않았다. 무슨 말을 하겠
는가. 네가 어릴 때 그린 그림을 찾느라고 온 집안을 뒤지고 다녔
다는 말은 할 수 없는 노릇이었다. 그 이유를 묻기라도 한다면 꾹
삼킨 진실이 입 밖으로 끌려나올 것 같았으므로 침묵을 지킬 수
밖에 없었다.

방을 나서려는데 책상에 사진관 전용 종이봉투가 놓여 있는 게 눈에 띄었다. 봉투를 열어보니 포장마차에서 찍은 가족사진이 들어 있었다. 같은 사진이 네 장씩 소분되어 있는 것으로 보아 아버지나 진웅이가 인화해 온 모양이었다. 사진은 모두 세 종류였다. 두 장의 사진은 약간의 차이만 있을 뿐, 인상을 쓰고 있는 나와 무표정한 아버지, 겨우 미소를 짓고 있는 할머니까지 모두 표정이 제각각이었다. 오직 진웅이만이 활짝 웃는 표정이었다. 나머지 한 장의 사진 속에서야 가족 모두가 카메라를 정면으로 보며 웃고 있었다. 기억을 더듬어보니 이때 포장마차 주인이 웃으라고 주문했던 것 같다. 광고 촬영을 하며 생긴 습관 덕분에 반사적으로 카메라를 보고 웃었다. 지금 내가 뭘 하는 건지 반문하면서.

　"형! 뭐 해?"

　진웅이가 문밖에서 나를 불렀다. 손에 잡히는 대로 책을 꺼내서 페이지 사이에 사진 한 장을 끼워 넣고 덮었다. 때마침 방문이 열리고 진웅이가 머그잔을 내밀었다.

　"믹스커피긴 한데, 마실래?"

　"고마워. 근데 이 책 좀 읽어도 되니?"

　"당연하지."

　진웅이가 특유의 해맑간 표정으로 웃었다. 커피 향도 좋았다. 마루로 나갔더니 어느새 돌아왔는지 아버지도 커피를 마시고 있었다. 어제 아버지에게 언성을 높인 뒤로 처음 얼굴을 맞대는 순간이었다. 아버지가 편하게 마시라면서 마루에서 일어섰다. 아버지의 얼굴에 어제는 보지 못했던 상처가 엿보였다.

321

나는 마루 벽에 기대어 앉아, 책을 보는 척하며 페이지 사이에 끼워둔 가족사진을 오랫동안 바라보았다. 엄마가 없는 가족사진에서 우리가 웃을 수 있다는 사실이 두려웠다. 그리고 엄마가 없는 가족사진에서 우리가 웃을 수 있다는 사실이 위안이 되기도 했다. 나는 다시 아버지를 곁눈질로 바라보았다. 팔에 멍자국이 선명했다. 다리를 약간 저는 것 같기도 했다. 그러거나 말거나. 무슨 상관이람. 상관없어. 상관없다고. 나는 아버지를 신경쓰지 않으려고 책을 들여다보았다. 그러나 보이는 건 우리 가족이 웃고 있는 사진이었다.

조금 뒤에 눈에 익은 형사 두 명이 아버지를 찾으러 왔다. 생각보다 늦었다. 눈에 쉽게 띄는 장소에 흉기를 놓아두고 친절하게 지문까지 찍어두었는데 말이다. 아버지는 수갑을 찬 채 경찰서로 끌려갔다. 턱수염 형사가 남아서 그저 잡담이나 하자는 듯 이런저런 것들을 질문해왔다. 물론 물적 증거를 뒷받침하기 위한 진술을 확보하겠다는 속내 때문일 터였다. 나는 질문에 성실하게 거짓말을 해주었다. 아버지의 알리바이를 뭉개고 형사가 의혹을 더 키울 수 있도록 말이다.

형사가 돌아간 뒤 앓아누운 할머니의 울음소리가 바깥마당까지 들려왔다. 할머니는 어쩌면 범인이 나라고 생각하고 있을지도 몰랐다. 과거에 그랬던 것처럼 내가 또다시 누군가를 죽인 거라고. 아버지가 엄마를 죽인 건 이유가 있지만, 내가 여자아이를 죽인 건 이유가 없으니 분명 진혁이가 그랬을 거라고. 할머니의 머릿속이 훤히 읽히는 듯했다. 이제라도 내게 진실을 물어본다면 할머니에게만은 사실대로 말해줄 용의가 있었다. 하지만 할머니는 절대 진실을 묻지 않을 것이다. 그게 할머니였다.

이제 아버지가 교도소로 돌아가는 결말을 기다리는 일만 남아 있었다. 집을 나와 노란 탑으로 간 건, 나름대로 사건을 마무리하고 싶었기 때문이다. 저수지 사건이 발생한 이후 처음으로 노란 탑으로 올라갔다. 녹슬고 낡은 철 계단을 오르자 전망대 벽에 붙은 경고 문구가 눈에 제일 먼저 들어왔다. '낙하 주의'. 그날 이후 붙은 경고문이겠거니 생각하니 붉은색 글자가 불길하게 느껴졌다. 어딘가에서 끼익, 끼익 하는 소리가 들려와서 돌아보니 새들이 수면 위를 느리게 날아가고 있었다.

이곳에서 여자아이가 죽었다. 나는 죽음을 막지 못했다. 진웅이의 비밀을 진즉 알아챘더라면 여자아이를 살릴 수 있었을까. 아니면 그 소년만이라도. 후회는 매번 느리게 왔다. 이번에도 예외는 아니었다. 그 아이들에게 엎드려 빌고 싶을 만큼 미안하고 죄스러웠다. 하지만 이제 와 빌어도 아이들은 살아날 수가 없었다.

진웅이에게서 전화가 걸려왔지만 받지 않았다. 진웅이를 위한 답시고 그 애를 암매장한 건 내 선택이었다. 진웅이를 탓할 생각은 없었다. 그래도 지금은 진웅이를 보고 싶지 않았다. 나는 핸드폰을 꺼두고 전망대 끝에 걸터앉아서 점점 먹구름이 많아지는 하늘을 우두커니 바라봤다. 정면으로 강한 바람이 불어오고 있었다. 이제 아무것도 생각하지 않겠다고 다짐했다. 죄책감을 벗어두기 위해서는 아무것도 느끼지 말아야 했다.

진웅이가 수변 산책로를 따라 뛰어오는 것이 보였다. 잠시 후

등 뒤에서 예의 다정한 음성이 들려왔다.

"이런 곳에 앉아 있으면 범인이라고 오해받아."

마을 사람들의 생각을 이야기하는 게 아니었다. 예상대로 진웅이는 날 의심하고 있었다. 이곳에 내려와서 알게 된 사람들 그리고 우리 가족들까지, 모조리 내가 범인이라고 생각했다. 진웅이가 내 옆자리에 앉았다. 물결이 흘러가는 걸 보면서 진웅이가 조심스럽게 입을 열었다.

"형은 아버지가 왜 우리랑 같이 죽으려 했다고 생각해?"

그건 복잡하면서도 단순한 감정 때문이다. 사회적 안전망이 부재하다는 논리도, 내가 없으면 안 될 것 같다는 책임감 때문에 그랬다는 말도, 다 헛소리였다. 나를 태어나게 했으니 내 생명권까지 자신의 손에 있다고 믿는, 그 이기적인 소유욕 때문에 우리를 죽이려고 했던 거다.

진웅이의 다른 질문에 가장 사랑하는 사람을 죽일 수 있는 사람은 누구든 죽일 수 있다고 대답해주었다. 그것은 내가 믿고 있는 진실이기도 했다. 아버지가 누구든 죽일 수 있다는 진실을 믿지 않았다면 나는 지금까지 세상을 버텨낼 수 없었을 것이다.

노란 탑에 노란 유등이 바람에 흔들리고 있었다. 나는 먹먹하게 깔린 어둠을 밀쳐내며 바닥을 짚고 먼저 일어섰다. 진웅이의 여자친구가 큰 눈을 굴리며 날 보고 있었다. 삐걱대는 계단을 밟고 내려오면서 시나브로 어두워지는 하늘을 올려다보았다. 비가 올 것이다. 저수지도, 양계장도, 경찰서도 이제 곧 차가운 비에 젖어갈 거였다.

*

　강한 바람이 먼저 불었고 뒤이어 비가 내렸다. 빗방울을 털어 내며 편의점으로 들어갔다. 따뜻한 커피를 마시면서 점점 세차게 내리는 비를 바라봤다. 천둥과 번개가 무서운 기세로 치자 안에 있던 여학생들이 비명을 질렀다.

　우산을 사려고 지갑을 꺼내다가 핸드폰을 떨어뜨렸다. 이상이 없는지 확인하려고 전원을 켰더니 기다린 듯 전화가 걸려왔다. 모르는 번호여서 받지 않으려다가 형사일 수도 있겠다 싶어서 전화를 받았다.

　"왜 이렇게 전화가 안 돼요."

　전화를 건 사람은 여자였다. 누구냐고 묻자 최한희라는 대답이 돌아왔다.

　"전화번호는 어떻게 알았어?"

　"전화번호는 진웅이 폰 보고 알았고요. 부연 설명 싫어할 테니까 짧게 말할게요. 지금 진웅이가 유등 축제장 의료 부스에 있어요. 빨리 그리로 가보세요."

　"진웅이가 왜 의료 부스에 있는데?"

　"노란 탑 전망대에서 추락해 저수지에 빠졌었어요."

　"뭐?"

　"구했어요. 저수지에서 나온 뒤로 의식이 또렷하게 있었고 병원으로는 안 가겠다고 해서 우선 의료 부스로 옮긴 거예요."

"너랑 같이 있었던 거 아니야? 왜 갑자기 진웅이가 저수지에 빠져?"

"죄송해요. 절 도와주다가 그만……. 너무 걱정은 마세요. 제가 구했을 땐 호흡도 정상이었고, 의료 부스에도 긴급 의료품이 있으니까 큰일은 없을 거예요."

"네가 구했다고?"

"네, 그리고 전 지금 축제장에 물난리가 나서 진웅이 옆에 있어 줄 수가 없거든요. 민기가 대신 봐주고 있긴 한데, 여기 상태가 불안정해요. 전기도 안 좋고. 그러니까 유진혁 씨가 빨리 진웅이에게 가줬으면 해서요."

"진웅이는 정말 괜찮은 것 맞아?"

"괜찮아요. 그래도 얼른 가보세요. 이럴 땐 가족이 있어 주는 게 좋잖아요."

한희의 말만으로는 안심이 안 되었다. 저수지에 빠졌다니. 비가 이렇게나 내리는데. 자칫 잘못했으면 진웅이를 구해내지 못했을지도 모른다 생각하니 심장이 마구 뛰었다. 더욱이 민기가 봐주고 있다고 했다. 민기가 진웅이를 보살핀다는 건 상상이 안 되는 풍경이었다. 진웅이가 무사한지 내 눈으로 확인해야 가슴이 진정될 것 같았다. 폭우였지만 우산을 받친답시고 지체할 시간이 없었다. 나는 우산을 내려놓고 편의점을 나왔다. 곧바로 빗속으로 뛰어들어 퍼붓는 비를 맞으며 유등 축제장으로 달려갔다.

비가 많이 와서 전기에 문제가 생겼다는 한희의 말대로 저수지에 띄워둔 일부 조형물의 불빛이 완전히 꺼져 있었다. 대부분의 유등들도 점멸하기를 반복했다. 관광객들은 비를 피해 어디론가 대피했는지 길에는 지나다니는 사람조차 없었다. 나는 적막하게 변한 유등 축제장을 가로질러 의료 부스를 찾아다녔다.

엉뚱한 부스들을 헤매고 다니다가 마침내 의료 부스에 들어섰을 때 내 눈에 가장 먼저 들어온 건 노란 티셔츠를 입은 아버지였다. 아버지가 어째서 경찰서에 있지 않고 여기에? 경찰이 풀어준 건가? 증거가 불충분했나? 어떤 면에서, 왜? 한순간에 의문이 머릿속을 꽉 채웠다.

"비 맞고 온 거냐? 온몸이 흠뻑 젖었구나."

아버지가 자리에서 일어나며 물기를 닦을 만한 걸 찾았다. 진웅이는 간이침대에 누운 채로 눈을 감고 있었다. 그리고 민기가 다른 간이침대에 앉아 있었다.

"형님! 또 뵙네요."

"왜……."

내 말이 끝나기 전에 진웅이가 몸을 뒤척이며 움직였다. 아버지가 쇼핑백에서 셔츠를 꺼내다가 그 기척에 침대로 다가서며 진웅이가 괜찮은지 기색을 살폈다. 민기가 자리에서 폴짝 뛰어와 간이침대 발치에 있는 난간을 잡으며 몸을 진웅이 쪽으로 기울였다.

"드디어 깨어났다."

진웅이가 눈을 뜬 동시에 몸을 일으켰다. 간이침대에서 내려오려는 듯 다리를 걸치며 앉았는데 움직임이 부자연스러웠다. 멀리서도 또다시 몽유병을 일으켰다는 걸 알 수 있었다.

"진웅아! 괜찮으냐?"

아버지가 걱정스러운 표정으로 물었다. 진웅이는 대답하지 않았다. 대신 침대에서 일어나려다가 손에 닿은 무언가를 내려다보았다. 베개에 놓여 있던 물건을 집는 자세가 불안정했다. 진웅이가 집은 건 커터칼이었다.

불현듯 아버지가 입고 있는 티셔츠가 노란색이라는 걸 깨달았다. 경찰서로 끌려갈 때 입고 있던 옷은 노란색이 아니었다. 어째서 아버지는 저런 티셔츠를 입고 있지? 의문이 떠오르자마자 민기가 노란색에 대해 말한 것이 동시에 생각났다. 진웅이가 노란색을 병적으로 싫어한다고. 민기가 일부러 입혔구나. 노란색으로 뭔가를 확인하기 위해서. 진웅이가 커터칼의 날을 본체에서 밀어 올리고 있었다. 저거였구나. 진웅이가 노란 옷을 입은 사람에게 커터칼을 휘두를지 알고 싶은 거였어. 그 목표물은 아버지였다.

아버지는 자신에게 위험이 다가오고 있다는 걸 모른 채 진웅이에게서 커터칼을 건네받으려고 하고 있었다. 진웅이가 노란 옷을 입은 아버지를 쳐다보았다. 동공이 풀려 있었다.

"아버지! 위험해요!"

진웅이가 아버지에게 칼을 찔러넣으려는 순간, 나는 그들 사이에 가까스로 뛰어들어갔다. 칼날이 내 옆구리를 스치고 지나갔다. 나는 진웅이의 손에서 칼을 쳐냈고, 칼이 바닥에 떨어진 걸 본 뒤에야 옆구리에 손을 댔다. 아버지가 옆구리를 움켜쥐는 나를 안으며 돌려세웠다.

"이게 도대체 무슨⋯⋯."

내가 손으로 누르고 있던 옆구리에서 피가 새어나와 셔츠를 물

들여갔다. 아버지가 어쩔 줄 몰라 하며 내 이름을 불렀다.

"진혁아! 괜찮으냐? 진혁아!"

나는 신음을 내지 않으려고 이를 악물었다. 그러면서 내 양면성에 치를 떨었다. 아버지가 다치지 않았다는 사실이 다행이다 싶으면서도 그토록 증오하던 아버지를 지켜낸 자신이 경멸스러웠다. 본능적으로 그랬다는 말로는 이 상황을 나조차 납득할 수 없었다.

"와우! 서프라이즈. 놀라운데."

민기의 목소리가 들떠 있었다. 가장 친한 친구인 줄 알았던 녀석이 이 상황을 즐기고 있다는 것도 모른 채 진웅이는 간이침대에서 일어나 부스 구석으로 가더니 몸을 긁어대기 시작했다. 갑자기 눈앞이 뿌예지며 진웅이가 흐리게 보였다. 툭, 툭, 손바닥을 적시던 핏물이 손을 타고 바닥으로 떨어졌다. 옆구리를 움켜잡고 주저앉듯이 쓰러지자 아버지가 날 부축했다.

"좀 도와줘."

아버지가 나를 침대에 앉히며 민기에게 말했지만, 민기는 들은 체도 하지 않고 몸을 긁고 있는 진웅이에게로 가서 그 앞에 쪼그리고 앉았다. 민기가 진웅이의 눈앞에서 손을 흔들며 의식이 있는지 확인했다.

"제대로 정신 나갔네. 애를 어쩌면 좋지."

민기가 웃고 있었다. 민기를 진웅이에게서 떼어놓으라고 말하고 싶었지만, 호흡 곤란 증세가 나타나 숨 쉬는 것조차 힘겨웠다. 칼에 베인 게 아니야. 그날이 아니야. 나는 공황 상태에 빠지지 않으려고 안간힘으로 버텼다. 아버지는 내 손을 자신의 손으로 덮어 상처를 누르다가 뒤늦게 구급약통을 발견하곤 다급하게 열었다. 구급약통에서 붕대와 소독약을 꺼내온 아버지가 숨을 헐떡이고 있는 나를 붙잡았다. 아버지와 내 눈이 마주쳤다. 아버지의 검은 눈동자에 내 얼굴이 떠올랐다. 그날처럼.

아버지가 조심스럽게 내 셔츠를 들추고 상처를 들여다보았다. 옆구리를 살짝 건드리자 어깨가 움찔거릴 만큼 통증이 몰려왔다.

"괜찮다. 깊지 않아. 살짝 베였어."

아버지의 말대로 상처는 심하지 않았다. 칼에 다시 베였다는 사실이 두려워서 실제보다 더 과하게 받아들인 것뿐이었다. 아버지가 상처를 소독하고 내 배를 빙 둘러 붕대를 여러 번 감았다. 그러는 동안에 진웅이는 긁는 것을 그만두고 가능한 작게 몸을 웅크린 채 벌벌 떨고 있었다.

천막 위로 빗방울이 후드득 떨어지는 소리가 끊임없이 들려왔다. 붕대의 매듭을 다 묶은 아버지가 내 눈치를 봤다.

"나중에라도 병원에 가보는 편이 좋을 것 같다."

아버지가 지금 당장 구급차를 부를 순 없는 건 진웅이 때문이었다. 진웅이가 내게 칼을 휘두른 것과 지금 이상 증세를 보이는 것. 왜 이런 상황이 벌어진 것인지 파악하기 전에 경찰이나 구급대원을 섣불리 끌어들일 수 없다고 판단했을 것이다.

"진웅아! 왜 이러는 거냐?"

아버지가 진웅이를 내려다보며 울먹이듯 혼잣말을 했다.

"별일 아니에요. 몽유병일 뿐이에요."

의심쩍은 과거와 실낱으로도 연결되지 않도록 최대한 담백하게 이 상황을 얼버무리려고 했다. 그러나 민기가 보란듯이 고개를 젓고 있었다.

　"별일 아닌 건 아니죠. 진웅이가 정태민이 죽인 범인이잖아요."

　눈앞은 깜깜해지는데, 머릿속은 변명거리를 찾아 미친듯이 날뛰고 있었다.

　"진웅이가 죽인 거 맞죠?"

　"아니야."

　"형님! 거짓말은 그만해요. 진웅이가 노란색에 반응한다는 거 이미 입증됐잖아요. 그렇죠, 아저씨? 그 옷 입고 있으면 재미난 일이 일어날 거라고 한, 제 말이 맞죠? 사실 반신반의하긴 했는데 진짜 말대로 되니까 저도 놀라긴 했어요."

　민기의 말에 아버지가 허공으로 시선을 옮겼다. 빗물이 천막 기둥을 타고 흘러 그 아래에 조용히 고여가고 있었다. 모두가 떨고 있는데 민기만 즐거워 보였다.

　"궁금한 게 많았는데, 지금 진웅이 보니까 딱 알겠어요. 계속 심증은 가는데 물증이 없었거든요. 아무리 봐도 살인을 저질렀을 때의 불안함이나 뻔뻔함이 없어서 말이죠. 몽유병이라서, 자각이 없다면 그런 태도가 가능하겠다 싶어요. 본인은 모르는 거잖아요. 노란색을 싫어하는 이유도, 형님 냄새에 반응하는 것도, 다른 사람을 죽인 사실도 다 모르고 그저 다른 사람이 범인이겠거니 속 편히 있는 거네요."

　"무슨 말이야? 내 냄새에 반응한다니?"

"형님, 실망스럽게 자꾸 왜 그래요. 이제 그 정도는 추리하실 수 있잖아요. 진웅이가 저수지 사건 이후로 잠잠하다가 왜 이제야 다시 살인을 저질렀겠어요. 형님이랑 같이 있을 때만 그런 거잖아요. 모르시겠어요?"

피비린내. 내 몸에 새겨진 피 냄새를, 아버지에게 복수하려는 그 고약한 냄새를 진웅이도 맡은 것이다. 그리고 반응했다, 나보다 먼저. 병아리를 죽이면서 그 복수가 얼마나 허망하고 불의한 것인지를 보여주고 있었다. 그 비감한 날들을 지나오면서도 나는 아무것도 깨닫지 못했다. 내가 진웅이의 목을 조르고 있었다는 것을.

나는 옆구리를 누르며 신음했다. 쥐어짜는 것처럼 통증이 밀려드는데도 눈을 부릅뜬 건 민기 때문이었다.

"우리 진웅이, 진짜 대단하다. 언젠가 사고치겠지 싶었는데 이런 대형사고일 줄이야. 나는 비교도 안 되겠네. 진짜 존경스럽다."

민기가 진웅이의 어깨를 장난스럽게 툭툭 치자 진웅이가 떨던 것을 멈췄다.

"오오! 신기한데?"

민기에게 이것은 일종의 게임이었다. 범인은 누구라도 상관없었다. 그저 자신이 짜놓은 판에서 쥐고 흔들어댈 말들이 필요할 뿐이었다. 더 휘둘리지 않으려면 애초에 게임이 성립할 수 없다는 걸 증명해야 했다.

"너한텐 초치는 말이겠지만, 진웅이는 범인이 아니야. 몽유병으로 칼을 휘둘렀다고 범인으로 모는 건 비약이 너무 심해. 노란색을 싫어한다는 것도 네 추측일뿐이잖아. 그리고 알리바이는 어쩔 건데? 정태민이 죽던 날에 진웅이는 집에만 있었어. 내가 계속 옆에 있어서 확실한데, 어떻게 죽였다는 거야?"

내 열변에 민기가 박수까지 쳐가며 깔깔거리고 웃었다. 한바탕 웃은 민기가 눈가에 맺힌 눈물을 닦으면서 말했다.

"미안해요. 너무 웃겨서. 나도 형님같이 동생을 끔찍하게 아끼는 형이 있었으면 좋았을 텐데 말이에요. 그럼 내가 저지른 일들 다 형님이 뒤집어써주고 나는 마음 편히 지낼 수 있잖아요."

갑자기 천장에 달린 조명이 불안정하게 깜박였다. 꺼졌다가 켜지는 조명 빛을 받으며 민기가 나를 향해 도전적인 웃음을 지어보였다.

"진웅이가 누굴 죽인 게 정태민이 처음 아닌 거 알아요. 저수지에서 죽은 아이도 진웅이가 죽인 거 맞죠? 그걸 형님이 대신 떠안고 떠났던 거 아니에요? 그리고 진웅이가 정태민을 죽일 수 없다는 그 시간상의 알리바이. 그거 형님만 증언 가능한 거잖아요. 할머니도 진웅이 봤대요? 아저씨는 어때요? 의심도 못 하셨죠? 본인이 범인으로 몰린 판에 자기 아들을 어떻게 의심하겠어요."

아버지가 함께 있다는 걸 잊고 있었다. 아버지가 경찰서에서 풀려난 것은 적어도 바로 구속할 정도로는 의심할 정황이 없다는 의미였다. 쇠파이프가 증거로 채택되지 않았을지도 모른다. 그렇다면 수사는 계속 진행될 터였다. 그리고 손아귀에 쥔 패를 의기양양하게 들고 있는 소년이 눈앞에 있었다. 천막 기둥 아래로 빗줄기가 떨어졌다가 다시 내 발등으로 튀었다. 빗방울에 젖어가고 있는 걸 알면서도 나는 지금 선 자리에서 물러날 수가 없었다. 그런 내게 민기가 먼저 선수를 쳤다.

"진웅이는 살인을 이미 두 건이나 저질렀어요. 그게 뭘 의미하는 건지 알죠? 진웅이의 인생은 완벽히 끝장났다고 보면 돼요. 그리고 그걸 막을 사람이 저예요."

"네가 막는다고?"

"이 모든 사실을 비밀로 할 거거든요. 왜냐면 그편이 더 재미있으니까요. 따분한 이 동네에서 제가 유일하게 즐거웠던 게 진웅이 옆에 있는 거였거든요. 진웅이가 사람들 말에 상처받는 걸 보는 것도 재미가 쏠쏠했고요. 애들이 괴롭히는 게 좀 잠잠하다 싶으면 슬쩍 말을 흘려서 또다시 괴롭히게 만드는 것도 재미났어요. 근데 이제 그럴 필요도 없어요. 유진웅 자체가 흥미진진해졌잖아요. 언제 또 발작할지 모르는 걸 지켜보는 스릴까지 생겼어요. 그러니까 진웅이가 살인자라는 비밀, 굳게 지킬 거예요."

게임이 끝났다는 생각이 들었다. 민기는 그동안 진웅이를 장난감처럼 데리고 놀았다. 거기에 더해 이제는 진웅이가 어떤 조건에 반응하여 손에 피를 묻히는지까지 알고 있었다. 진웅이를 조종해서 다른 살인을 저지르려는 끔찍한 의도를 민기는 굳이 숨기지 않았다. 민기를 말릴 수 있을까? 지금 민기를 말린다면 저 아이는 당연히 경찰에 신고할 것이다. 하지만 그대로 둔다면? 진웅이는 민기의 장난감으로 살아야 할 것이었다.

이대로 어딘가로 숨어들어 영원히 사라지면 좋겠다는 생각이 뒤따라왔다. 아니, 저 아이가 영원히 없어져버리면 좋겠다. 나는 그런 생각을 했다.

"진웅이가 정말 호수 아들을 죽인 범인이냐?"

정적을 깬 건 아버지였다. 민기가 돌상처럼 굳어 있는 아버지를 향해 익살스러운 표정을 지었다.

"맞다니까요."

"넌 입 좀 닥쳐."

아버지가 화를 내자 민기가 "왜 저한테 화풀이해요."라고 웅얼거리다가 아버지의 살벌한 눈초리에 입을 삐죽거리며 침대에 걸터앉았다. 나는 빗방울을 맞으며 그대로 한참을 서 있다가 겨우 입을 열었다.

"진웅이는 양계장에서 무슨 일이 있었는지 기억하지 못해요."

"기억하는 게 문제가 아니다. 진웅이가 정말 죽였냐고 물었다."

아버지의 쇠가 갈리는 듯한 목소리가 도화선이 된 듯 아버지에 대한 원망이 가슴 밑바닥부터 불같이 일어났다.

"그래요. 진웅이가 죽였어요. 아버지 때문에 망가진 진웅이가 죽었다고요."

"나 때문에 진웅이가 망가졌다는 게 무슨 말이냐? 설마 십 년이나 지난 그 일 때문에 내게 복수라도 하고 있다는 말이냐?"

"십 년이나 지난 일이라고요? 복수라고요? 잘못 아셨어요. 아버지가 우리를 죽이려고 한 그날 이후로 지금까지 진웅이는 트라우마에 시달리고 있다고요. 엄마가 노란 옷을 입고 죽은 걸 본 그날부터 노란색을 증오하며 살았다네요. 처음엔 병아리를 죽이고, 다음에는 저수지에서 여자애를 떠밀어 죽였어요. 전망대에 켜진 노란 불빛 때문에요. 양계장에서 머리가 깨진 채 죽어 있던 정태민이라는 애는 기억나시죠? 그 애도 노란 티셔츠 때문에 죽은 거예요. 십 년이나 지난 일이 아니라, 십 년이 지나도록 상처가 지속되고 있는 거라고요! 아시겠어요? 아버지가 진웅이를 살인자로 만든 거라고요."

나는 울부짖었다. 그날로부터 이어져온 고통을, 원망을, 진실을 모두 토해내고 나면 균형을 이루듯 속이 후련해질 줄 알았는데 변함없이 마음이 무겁고 공허했다. 어쩌면 십 년은 어떤 노력을 해도 과거를 극복할 방법 따위는 없다는 걸 깨닫기 위한 시간이었는지도 모른다.

아버지는 조금 휘청거렸다가 침대 난간에 의지하며 몸을 세웠다. 난간을 쥐고 있는 아버지의 손에는 내 피가 묻어 있었고 그 피는 십 년 전과는 다른 것이었지만, 여전히 손은 떨고 있었다.

"이제야 알겠구나. 쇠파이프에 지문이 왜 그랬는지. 진웅이가 쇠파이프에 지문을 조작해서 내게 죄를 덮어씌우려고 한 거구나."

원하고 있었던 아니, 피하고 싶었던 진실을 밝힐 시간이었다.

"……쇠파이프에 지문을 찍은 건, 저예요. 제가 아버지한테 누명을 씌운 거예요. 진웅이는 그 일과는 관계없어요."

"니가? 왜? 왜, 니가?"

"우리를 죽이려고 했으니까요. 아버지는 그 죗값을 받아야 해요."

"지난 시간 동안 나는 좋았을 것 같니? 내가 왜 그런 선택을 했는지 하루에도 몇천 번씩 후회하고 또 후회하고 후회하면서 이를 갈았다. 나한테. 스스로한테. 십 년 동안 나도 힘들고 죽을 만큼 괴로웠다고! 그렇게 죗값을 치렀어. 나는!"

"아버지가 죗값을 치렀다고요? 법을 어긴 대가를 치른 거겠죠. 평생을 갚아도 아버지는 우리한테 죗값을 못 갚아내요. 왜냐고요? 우리는 그날 모두 죽은 것이나 다름없으니까요. 죽은 삶을 살았다고요, 우리가."

거친 숨을 가쁘게 내쉬자 붕대에서 점점 붉은 피가 배어 나왔다. 그런데도 주먹으로 가슴을 누르며 터져 나오는 슬픔을 꾸역꾸역 안으로 밀어 넣었다.

한동안 가만히 서 있던 아버지가, 내가 용서하지 못한 아버지가, 나를 태어나게 한 나의 아버지가 내 앞에서 천천히 무릎을 꿇었다.

"……미안하다. ……정말, 미안해."

이제 와 돌이켜보면 나는 그 한마디를 듣기 위해 십 년을 억지로 살아낸 건지도 모른다. 매순간 죽음을 어깨에 올려둔 채로. 미안하다는 말을 듣기 위해 말이다.

비바람이 거세지면서 천막이 들썩이고 있었다. 시간이 흐르는 것도 같고 멈춰버린 것도 같은 혼란스러움이 내 마음을 넘어 이 공간까지 채우고 있었다. 아버지가 눈을 훔치면서 부스스 일어났다. 나 역시 눈을 훔치며 고개를 돌렸다.

"너는 진웅이를 데리고 집으로 돌아가거라."

아버지가 천천히 허리를 굽혀 바닥에 떨어져 있던 커터칼을 주워 들었다. 갑작스러운 아버지의 말에 당황한 건 나뿐만이 아니었다. 민기 역시 자신을 가로막고 있는 아버지의 심상치 않은 눈빛에 주춤대며 물러서고 있었다.

"티셔츠 잘 어울리시네요. 돌려주실 필요는 없어요. 아저씨가 가지세요."

민기가 던진 농담에 아무도 웃지 않았다. 나는 아버지의 손에 들린 커터칼을 노려보았다. 아버지에게서 그날의 피 냄새가 풍겨 오고 있었다.

"뭘 하시게요? 뭘 하시려고 커터칼을 들고 있는 거예요?"

"저 애가 나가서 경찰에 신고하지 않는다는 보장이 있니? 여기서 나가는 순간, 신고할 거다. 그게 사람이다. 진웅이는 살인범으로 붙잡힐 거야. 그렇지 않더라도 저 애는 진웅이를 쓰다가 버릴 거다. 나는 그걸 막아야 할 의무가 있어."

아버지도 알고 있었다. 민기가 진웅이를 조종할 거라는 걸. 그 늪에 서서히 빠져서 진웅이가 부서질 거라는 걸. 그리고 어느 쪽이든 책임이 필요하다는 걸. 그제야 분위기 파악이 끝난 민기가 손을 저으며 다급하게 말했다.

"비밀 지킬게요. 지킬 수 있어요. 신고도 안 해요. 제 말 들으셨잖아요. 저는 끝까지 비밀을 지킬 거예요. 맹세할게요."

"다 죽이고 다시 감옥에라도 들어가겠다는 거예요? 다른 사람을 죽일 권리는 아버지한테 없어요."

나는 비켜주지 않겠다는 듯 배를 움켜쥐고 민기 앞에 섰다. 그날 아버지가 휘두른 칼을 얼결에 잡았던 나는 수만 번도 더 오늘과 같은 상황을 상상해왔다. 다시 아버지가 목숨을 빼앗으려 든다면 절대 쉽게 지지는 않을 거라고. 그게 누구의 목숨이든.

"그러면 네가 이 일을 책임질 거냐? 진웅이를 대신해서 감옥에 갈 수 있어? 저 애가 평생 비밀을 지키도록 만들 수 있겠어?"

책임. 이 일에 책임을 진다는 건 누군가는 평형에서 내려와 내리막으로 가야 한다는 걸 뜻했다. 그리고 아버지가 그 책임을 진다면 다시 감옥에 들어가야 한다는 것을 의미했다. 두 명 아니, 세 명을 죽인 연쇄살인범이 되어서 사형을 받을 수도 있었다.

"어차피 그날 나는 죽었어야 할 목숨이다. 그동안 죽지 못해서 한스러웠다. 질긴 목숨이 이렇게라도 붙어 있었던 건 아마도 오늘을 위해서였는지도 모르겠구나. 아버지가 다 책임지고 갈게. 모두 다."

아버지가 그 자리에 우뚝 멈춰 섰다. 민기가 절박하게 내 팔을 잡고 매달렸다.

"저 버리지 마세요. 비밀 지킬게요. 약속해요. 협박도 안 해요. 정말 조용히 살게요. 아까 한 말들은 농담이었어요. 제가 잘못했어요. 저 버리지 말아요. 제발요. 제발요."

나는 고개를 돌리고 입술을 깨물었다. 내가 흐느끼고 있는 민기를 외면한 틈을 놓치지 않고 아버지가 성큼성큼 걸어가 민기의 명치를 주먹으로 가격했다. 민기가 가슴을 부여잡고 내 발밑으로 쓰러졌다. 바닥에서 뒹굴고 있는 민기를 아버지가 누르며 팔을 붕대로 감아 뒤로 돌려서 묶었다. 그러는 동안 내 발목으로 연신 빗방울이 튀었다. 돌아보니 진웅이가 앉은 자리로도 빗물이 고여서 바지 밑단이 젖어가고 있었다. 비에 젖은 발목이 차가워져 감기에 들겠다고 생각하면서 천막 틈으로 빗물에 잠겨가는 어둠을 바라봤다.

"아버지 말 잘 들어."

아버지가 울 듯한 얼굴로 내게 다짐을 놨다.

"진웅이 데리고 여기서 나가면 모든 걸 잊는 거야. 너희는 여기에 없었던 거야. 나머지는 아버지가 다 알아서 할 테니까 이제 행복하게만 살아라."

내 입술에서 기어이 피가 배어 나오고 있었다. 나는 팔이 묶인채 기절해 있는 민기를 한 번 쳐다본 뒤 떨고 있는 진웅이를 일으켜 세웠다. 어디선가 희미하게 물비린내가 풍겨오고 있었다.

"우산 쓰고 가거라."

"……비가 계속 올까요?"

금방 그칠 비는 아니었다.

"……밤 내내 올 것 같구나."

아버지가 내민 우산을 말없이 받아들었다. 우산을 펼치고 진웅이의 손을 잡은 채 천막을 빠져나왔다. 흙탕물에 꽃잎이 떠다니고 있었다. 나는 빗길 위를 휘청이며 걷다가 앞에 펼쳐진 어둠으로 들어가기 직전에 뒤를 돌아보았다. 아버지가 천막 앞에서 우리를 보고 있었다. 아버지는 울고 있었다. 그게 아버지를 본 마지막 모습이었다.

할머니

내 아들이 다시 구속됐다.

십 년 전, 며늘아기를 죽이고 진혁이와 진웅이까지 해치려고
했다는 말을 들었을 때도 믿을 수 없었는데 이번엔 진웅이의 친
구들을 죽였다고 했다. 그럴 리가 없다고, 분명 오해가 있을 거라
고 경찰을 붙잡고 말했다.

그러나 자수라고 했다. 이미 그 경위까지 자백했다고 했다. 뉴
스에서 떠들어 대듯이 축제장에서 보낸, 행적이 밝혀지지 않은 세
시간이 열쇠였다. 그 세 시간 동안 심경의 변화를 일으킬 만한 어
떤 일이 생긴 것이다.

비가 내리던 그날 도대체 무슨 일이 일어난 걸까.

우산으로 진웅이를 가리느라고 온몸이 비에 젖은 채 돌아온 진혁이를 붙잡고 아비는 어디에 있냐고 추궁했어야 옳았을까. 자기가 더 비에 젖어 오들오들 떨면서도 진웅이 옷을 벗겨내고 새 옷을 갈아입히던 진혁이의 손길을 막았어야 했던 걸까. 몽유병이 도진 진웅이가 다음 날 아침에 일어나 인사했을 때, 그제라도 병원으로 데려갔어야 했을까.

나는 어느 것 하나 행동으로 옮기지 못했다. 그저 밤새 끙끙대던 진혁이에게 약을 먹이고, 진웅이를 평소처럼 학교에 보냈다. 재만이가 경찰서에서 추가 조서를 쓰고 있다고만 생각했다. 그래서 진혁이가 초췌한 몰골로 서울로 올라가보겠다고 했을 때 말리지 않았다. 그후 진혁이는 연락을 받지 않고 있다.

재만이가 모든 범죄를 실토한 지 이 주가 채 지나지 않았지만 나는 마을을 떠나기로 했다. 시집을 와서 육십 년을 산 곳이지만, 살인자를 아들로 둔 어미까지 품어주는 곳은 아니었다. 더욱이 재만이의 손에 목숨이 끊어진 아이들은 진웅이의 친구들이었다.

진웅이가 누군가에게 얻어맞고 돌아오는 날이 잦아졌다. 담임선생을 만나고 난 뒤에야 진웅이를 주도적으로 때린 아이가 민기의 친구라는 사실을 알게 되었다. 진웅이와 민기는 초등학교 1학년 때부터 단짝이었다. 민기는 진웅이의 아비가 살인자라고 모두가 손가락질할 때 유일하게 다가와준 아이였다. 담임선생도 그 사실을 알고 있었다. 그래서 더 비난하는 눈초리로 나를 봤고 아이들이 폭력을 행사하는 걸 막아주지도 않았다. 학교는 진웅이를 버렸다.

"아무도 우리를 모르는 곳으로 가서 할미랑 살자."

눈에 멍이 들고 입술이 찢어진 진웅이가 그러자며 고개를 끄덕였다.

진웅이의 까만 눈을 보면 돌아가신 아버지가 생각난다. 유순하고 의지가 강한 분이었다. 한 번은 산사태가 나는 바람에 집에서 몸만 겨우 빠져나온 적이 있었는데, 우리 가족이 모두 무사하다는 걸 확인한 아버지가 다른 마을로 가서 곡괭이를 빌려 돌아왔다. 산사태로 폐허가 된 집터에서 아버지는 빌려온 곡괭이로 땅을 일구기 시작했다. 부질없어 보이던 그 일을 몇 날 며칠 해낸 끝에 흙더미 아래에서 가재도구를 끄집어내고 무너진 기둥을 바로 세웠다. 모든 것이 수포가 되는 날이 오더라도 아버지처럼 한번 더 희망을 믿어보자고 기둥 앞에서 다짐했었다. 그러나 가끔 아버지에게 묻고 싶은 마음이 불쑥불쑥 일기도 했다.

아버지! 정말 우리는 잠시 길을 잃은 것뿐일까요?

아버지는 대답이 없다. 당연하다. 아버지는 이미 돌아가신 분이다. 이제 모든 해답은 내가 찾아야 한다.

이사 갈 동네를 알아봐준다고 한 건 이장이었다. 남편이 죽기 전까지 왕래해오던 남편의 초등학교 후배였다. 이장은 나름의 속내가 있었다. 그는 이 마을이 세상 사람들 입방아에 오르내리는 게 자신의 수치라고 여겼다. 이주비라면서 봉투를 내밀며 이사 갈 곳을 알아봐주겠다고 한 것도 그 때문이다.

"마을에 연쇄살인범 집이 있다고 소문이라도 나면 호래자식들이 구경거리라도 되는 양 찾아온다니까요. 서운하다고 생각지 마시고, 재만이랑 연관된 물건은 전부 불태우고 여기는 이제 잊고 그만 떠나슈."

떠나주는 게 후련할 테지. 나는 돈봉투를 챙기며 그러마고 대답했다.

소리 소문 없이 떠나자는 계획을 세웠지만 육십 년을 살아온 마을에 신세진 이들이 하나 없겠는가. 인사는 하고 떠나는 게 도리이기에 몇 집에 들러 위로를 듣고 위안을 받으며 떠날 채비를 해나갔다.

같은 동네에서 시집와 친자매처럼 지내던 언니에게 인사를 올리자 언니가 이제 죽어서나 보겠다면서 눈물을 보였다. 한참 손을 잡고 운 언니가 이사 나갈 채비를 도와주고 싶다면서 며느리 이 씨를 데려가라고 했다. 마음은 고마웠지만, 이 씨의 성정이 어떤지 알고 있던 터라서 바로 거절했다. 어디에서 말을 엿듣고 있었는지 이 씨가 갑자기 나타나서 흔쾌히 도와주겠다고 나섰다. 더 거절할 수도 없는 노릇이었다. 나는 언니에게 고맙다 인사하며 집을 나섰다.

이 씨와 함께 집으로 돌아오니 벌써 저녁나절이 되어 있었다. 전날부터 쓸모없는 물건들을 태우기 시작해서 바깥마당에는 불이 지펴져 있었다. 진웅이가 목장갑을 끼고 불쏘시개로 삭정이를 쑤시다가 인사를 했다.

"그래, 그래."

무엇이 그리 급한지 이 씨는 인사를 받는 둥 마는 둥 하며 대문으로 들어갔다. 그러곤 곧바로 부엌으로 향하며 슬리퍼를 꿰차 신었다.

"이삿짐 보면 부엌살림이 제일 많더라고요."

이 씨가 찬장을 열고 그릇을 꺼냈다.

"그릇은 고물상에 줘도 안 받겠네요. 죄다 이가 빠져서."

그릇을 달그락 소리를 내며 꺼내더니 넣을 때도 조심성 없이 집어넣었다.

"그건 내가 알아서 쌀 테니까 두고, 이리 와서 식탁 좀 잡아봐."

"장독대는 어디에 있어요?"

이 씨가 내 말을 못 들은 척하면서 뒤란으로 나갔다.

"아휴! 장이 참 잘 익었네. 이거 다 가져가실 건 아니죠?"

그깟 장은 다 줘버려도 됐지만 하는 꼴이 얄미웠다. 장독대로 올라가 이 씨를 밀며 항아리 뚜껑을 닫고 평소처럼 돌을 얹어두었다.

"다 가져갈 거니까 그냥 둬."

"항아리째 가져가시게요? 괜히 일 만들지 마세요. 노인네 욕심 때문에 이삿짐 날라주는 사람들만 생고생하니까요."

속에서 열불이 나는 걸 참고 이 씨를 끌고 뒤란에서 나왔다. 내게 손목이 잡힌 게 불쾌했는지 이 씨가 손을 홱 뿌리치더니 신발을 벗고 안방으로 들어가버렸다. 그러곤 다짜고짜 장롱을 활짝 열어젖혔다.

"어이고, 옷도 많네요. 이 옷들도 다 가져가실 거예요?"

조금 전 내가 했던 말을 비꼬면서 이 씨가 비웃음을 흘렸다. 어차피 이제 입고 갈 데도 없지 않냐는 듯이.

"남의 물건을 탐내는 것도 정도가 있어야지. 긴말 안 할 테니 부엌으로 나와."

무어라 웅얼대고 있는 이 씨를 방에 남겨두고 문을 더 활짝 열어두었다. 태울 것을 담아둔 상자를 들고 바깥마당으로 나가자, 진웅이가 그걸 얼른 내 손에서 가져가더니 내용물을 불 속으로 쏟아부었다.

"태울 것 더 있어요?"

연기가 매운지 진웅이의 두 눈이 충혈돼 있었다.

"조금만 더 태우면 되니까 너는 창고 쪽 정리를 좀 해라."

진웅이가 목장갑을 탁탁 털고 일어났다. 나는 진웅이와 자리를 바꿔 불길을 살폈다. 불길은 살아 있는 나무를 아끼고 말라 죽은 가지부터 태우고 있었다. 불꽃이 일고 나무가 타면서 죽어가는 소리가 선명히 났다. 제일 밑에 둔 나뭇가지가 부러지면서 쌓아놓은 잔가지가 무너져 내렸다. 떠나면 다 끝인 것을 공연히 화를 낸 것 같아서 마음이 좋지 않았다.

불이 번지지 않도록 주변을 정리해놓고 집으로 들어왔다. 안방 앞에 여전히 신발이 놓여 있는 것으로 보아 이 씨는 아직 방에 있는 모양이었다. 안방에 들어서니 열린 장롱 문이 보이고, 방바닥에는 장롱에서 끄집어낸 옷들이 한 무더기 쌓여 있는 게 눈에 들어왔다.

거울 앞에서 옷을 대보던 이 씨가 날 발견하곤 옆에 있던 가방을 발로 밀어 숨겼다. 쓸 만하다 싶은 옷들을 챙겨가려고 마음먹고 왔는지, 들고 온 가방에 수십 벌의 옷들이 쑤셔박혀 있었다. 염치도 없는 여자였다.

"챙길 거 다 챙겼으면 이제 나와."

"어휴! 알았어요. 알았어."

대답한 뒤에도 이 씨는 장롱 안을 뒤적이며 꾸물댔다. 한마디 하는 것으론 분이 풀릴 것 같지 않아서 장롱 문을 확 닫아버렸다. 그런데 이 씨의 낌새가 이상했다. 이 씨가 얼굴을 일그러뜨리며 날 올려다보았다. 어느 틈에 꺼냈는지 손에는 그림이 들려 있었다. 장롱 서랍장 밑바닥에 신문지를 깔고 그 아래 숨겨두었던 그림이었다.

"이, 이게 뭐데요?"

스케치북에서 찢어내어 위가 너덜너덜하고 누렇게 변색된 종이에는 크레파스로 그린 저수지가 있었다. 노란 탑 전망대에 매달린 여자애의 손을 남자애가 밟고 있는 지옥의 그림. 진웅이가 어릴 때 그린 그림이었다.

"이거 저수지에서 여자애 죽이는 그림 아니에요?"

태웠어야 했다. 태우는 게 옳다는 건 알았지만 왜인지 차마 그럴 수가 없었다. 진웅이가 어릴 때 그린 그림이니 제대로 숨겨만 둔다면 문제없을 거라고 생각했다. 옷으로 꽉꽉 채워둔 서랍장 아래 신문지를 깔고 그 밑에 숨겨둔 것을 누가 찾을까 싶었다. 그런데 그게 이제 와 발각된 것이다.

"진웅이 그림이죠? 왜 형님이 허구한 날 진웅이가 그림 잘 그린다고 자랑하셨잖아요."

"아니야."

"아니긴 뭐가 아니에요. 딱 봐도 애가 그린 그림인데."

나는 이 씨의 손에 들린 그림을 낚아챘다.

"괜한 오해하지 마. 애들 그림이 뭔 의미가 있다고."

"가만 좀 있어봐요. 저수지에서 여자애가 죽었을 때 아저씨는 교도소에 있을 때니까 진웅이 아버지가 그런 게 아니고……. 어머! 어머! 진혁이가 여자애 죽이는 걸 진웅이가 보고선 그린 거죠? 맞죠?"

이 씨가 물 듯이 내게 달려들어 추궁했다. 그림을 빼앗으려고 하기에 온몸으로 그림을 감싸안고 밖으로 뛰쳐나갔다. 신발도 신지 않고 바깥마당으로 달려가 불길 속으로 그림을 던져넣었다. 종이에 불이 붙어 순식간에 그림이 검은 재로 변해갔다.

"진혁이가 죽인 게 맞죠? 그 사실을 알면서도 지금까지 숨긴 거죠?"

이 씨가 쫓아 나와서 나를 힐난했다. 창고 쪽에서 진웅이가 태울 것을 들고 걸어오고 있었다. 실바람을 따라 불길 방향이 순식간에 바뀌자 이 씨가 불가에서 서너 걸음 뒤로 떨어져 나왔다.

"아니면 왜 아니라고 말을 못 해요?"

"아니라고 했잖아."

"그럼 왜 그림을 태워요?"

"자네가 자꾸 괜한 의심을 하니까 그렇지."

"괜한 의심이요? 괜한 의심인지 아닌지 그림을 그린 당사자한테 물어보면 알겠네요."

이 씨가 우악스러운 걸음으로 진웅이에게로 다가갔다.

"진웅아! 너 느이 형이 저수지에서 여자애 죽이는 것 봤지? 네가 그린 저수지 그림 봤으니까 바른대로 말해."

진웅이가 이게 무슨 얘기인지 설명해달라는 눈빛으로 나를 잠깐 쳐다봤다.

"그림이요?"

"그래. 여자애 죽이는 장면이 그려진 그림인데 느이 할머니가 장롱 서랍장에 숨겨두었더라. 진혁이가 여자애를 죽이는 걸 네가 본 거지? 그렇지? 그래서 그림으로 그려놓은 거지?"

진웅이가 들고 있던 짐을 내려놓고 이 씨를 내려다보았다. 진웅이도 형을 닮아서 키가 컸다. 삭정이는 쉬지 않고 검은 재를 내놓으며 타들어가고 있었다. 그리고 이 씨는 지나치게 불가에 가까이 서 있었다.

"제가 그랬어요."

"그래. 네가 그린 것 알고 있어."

진웅이가 이 씨를 내려다보면서 씩 웃었다.

밤이 오고 있었다.

작가의 말

'한 사회가 아이들을 다루는 방식보다 더 그 사회의 영혼을 정확하게 드러내 보여주는 것은 없다.'라고 넬슨 만델라는 말했다. 그렇다면 우리 사회는 어떤 영혼을 가지고 있을까.

한국은 부모가 극단적 선택을 할 때 자녀를 먼저 살해하는 비율이 다른 나라보다 높다고 한다. 우리나라의 전통적인 가치관이 개인보다 가족을 더 중시하는 경향이 있는 탓이다. 한 언론사의 집계에 따르면 2009년부터 매달 두 명꼴로 부모가 자식을 죽인 뒤 자살하는 강제 동반 사건이 있었다고 하니 지금도 어딘가에서는 자식과 함께 죽으려는 부모가 있을 것이다. 사업실패, 생활고, 빚. 이런 경제적인 어려움이 그들을 죽음으로 내몬다. 그 자신이 사회로부터 지원받지 못했기에 남겨질 자식들도 보살핌받지 못할 거라는 불신이 자녀 살해로 이어진다. 비극일까? 아니, 범죄다.

그동안 우리 사회는 이런 죽음을 '일가족 동반자살'이라고 불러왔다. 너무나 이상한 표현이다. 부모가 그런 선택을 내리기 전에 아이들이 죽겠다는 동의를 했을지 생각해보면 더욱더 그렇다. 답은 모두 알고 있다. 아이들은 죽음을 선택하지 않았다는 걸. 부모에게 살해당한 것인데, 뒤이은 부모의 자살과 같은 의미로 묶여버렸다는 걸 모르지 않는다. 우리는 어른의 눈으로 사건을 재단하기만 했을 뿐, 죽음에 강제로 동반된 아이들이 어떤 마음으로 생을 마감했을지를 모른 척해왔다.

이 소설은 '일가족 동반자살'이라는 이름으로 살해된 아이들의 마음을 생각해보다가 쓰게 되었다. 부모가 극단의 선택을 하기 직전까지도 아이들은 어떤 일이 벌어질지 몰랐을 테고, 당황하거나 무서워할 새도 없이 짧은 인생을 끝내야만 했을 것이다. 마지막으로 본 세상이 가장 믿었던 부모가 자신을 죽이려는 모습이라니. 그 상황을 상상하면 마음이 저릿하다. 어른으로서 미안하다.

그 처절한 상황에서 살아남은 아이들이 소설에 등장한다. 그럴리 없을 극단적인 상황으로 이야기를 풀어내긴 했지만, 진짜 하고싶었던 말은 아버지를 살인자로 대하는 사람들이 그 사건을 말할때는 '동반자살'이라는 모순적인 잣대를 들이민다는 것이다. 지금의 우리들처럼. 적어도 아이들이 자신의 의지로 자살한 게 아니라는 건 알리고 싶었다. 비루한 세상에 아이만 남겨두고 혼자 죽는 게 무책임하다거나 오죽했으면 같이 죽으려고 했을까, 라는 비난과 동정에 앞서 이 세상의 어떤 부모도 자식의 생명과 기회를 빼앗을 권리가 없다는 걸 인지했으면 한다. 그리고 벼랑 끝에 내몰린 부모에게 부디 사회가 안전망이 되어주어 그들이 진 무거운 절망이 희망으로 변하길 간절히 바란다.

이 책이 출간될 수 있도록 도와주신 카카오페이지 관계자분들께 감사드린다.

책이 나온다는 사실만으로도 함께 기뻐해 주신 장영우 교수님과 내 소중한 지인들에게도 감사 인사를 올린다.

특히 세상을 이해하는 관점을 다른 방향에서 숙고하도록 도와주는 혜원. 우리는 모두 희망을 놓지 않으려는 평범한 사람이라는 걸 함께 알아가 주는 혜영. 내 모든 말을 받아주고 긍정으로 이끌어주는 범수. 칭찬을 아끼지 않고 늘 따뜻하게 바라봐주는 KX.

그대들이 있었기에 나는 힘을 얻었고 나아갈 수 있었어. 진심으로 고마워!

무엇보다 우리 가족에게 사랑을 전하고 싶다. 나는 내가 봐도 참 까칠하고 언제나 불효하는데, 우리 가족은 변함없이 날 지지해주고 품어준다. 어려웠던 시간에도 서로 조금씩 힘을 보태며 희망을 늘리려고 애써온 마음들. 그런 가족이 있는 나는 축복받은 사람인 것 같다.

엄마! 아빠! 내 동생 광준이. 앞으로 더 건강하고 언제나 행복하길! 정말 사랑합니다.

아주 오랫동안 기다려왔는데도 막상 이렇게 책이 나오니 마냥 기쁘기보다는 아쉽고 스스러운 마음이 더 크다. 나의 종이배는 지금 막 냇가를 지나고 있다. 냇물에 젖어 위태롭게 가라앉을 수도 있고 바람을 잘 만나 바다로 흘러갈 수도 있을 것이다. 내가 할 수 있는 건, 젖은 곳을 햇살에 말리며 바닥이 질겨지도록 열심히 글을 덧입히는 것밖에 없다. 좋은 책을 쓰기 위해 부단히 노력하겠다. 내 따뜻한 바람인 여러분에게도 늘 좋은 기운이 함께하길 기원한다.

살인자에게

초판 1쇄 발행 2020년 2월 17일

지은이 김선미

펴낸이 카카오페이지 황현수
기획 카카오페이지 이수현
책임편집 김성현, 황예인
마케팅 최지연, 김재선
제작투자 타인의취향
디자인 *Eiram*

펴낸곳 연담ㄴ
출판등록 2010년 8월 16일 제2015-000037호
전화 02-6949-6014
팩스 02-6919-9058

ISBN 979-11-6509-100-2 03810

이 도서의 국립중앙도서관 출판예정도서목록(CIP)은 서지정보유통지원시스템 홈페이지(http://seoji.nl.go.kr)와 국가자료종합목록 구축시스템(http://kolis-net.nl.go.kr)에서 이용하실 수 있습니다. (CIP제어번호 : CIP2020003808)

- 책값은 뒤표지에 있습니다.
- 잘못된 책은 구입하신 곳에서 바꾸어 드립니다.